Caught by the Scot

by Karen Hawkins

海賊に心とらわれて

カレン・ホーキンス

桐谷真生=訳

マグノリアロマンス

CAUGHT BY THE SCOT
by Karen Hawkins

Published by arrangement with the original publisher,
Pocket Books, a Division of Simon & Schuster, Inc.
through Japan UNI Agency, Inc., Tokyo

5

愛するホット・コップ船長。あなたのテクノロジーの魔法のおかげで、わたしのプリンターもコンピューターもスマートフォンも実にスマートに働き続けてくれています。わたしの人生にあなたが現れてくれなかったら、わたしは二十四時間対応可のコンピューター技術者を雇わなければならなかったでしょう。まあ、その場合はヒュー・ジャックマン似の人を指名しますが（どうせならお金の使い道は選ばないと。そうでしょう？）、その人は、わたしが次々に持ちこむ技術的問題をあなたのような冷静な物腰ときらめくウイット、あるいは悪魔的なユーモアのセンスでもって解決してくれることはなかったでしょう。

タイに、わが愛を。

謝辞

長年わたしを担当してくれた編集者、ミッキー・ヌディングにビッグ・ハグを。引退して夕日に向かって走り去ってしまったけれど、いつまでも続く休暇をどうぞ楽しんで！　そして代わって登場してくれたマーラ・ダニエルズには多大なる感謝を。わたしがぶつける無数の質問に答えて、さまざまな面で助けになってくれました。あなたには何杯もマルガリータをおごらなくては！

海賊に心とらわれて

主な登場人物

テオドラ・カンバーバッチ＝スノウ――通称テア。大使の娘。
コナー・ダグラス――私掠船の船長。
ランスロット・フォックス――通称ランス。郷士。テオドラの婚約者。
デリック・カンバーバッチ＝スノウ――コナーの親友。テオドラの兄。
ジェーン・シモンズ――テオドラのシャペロン。
アリス――テオドラの侍女。
アンナ――コナーの姉。故人。
ジャック――コナーの兄弟。
デクラン――コナーの兄弟。
スペンサー――コナーの船では甲板長助手、陸では従僕。
ファーガソン――コナーの船では一等航海士、陸では執事。
マクリーシュ――コナーの船の操舵手。
マレー――コナーの船の医師。
マコーリー――コナーの家政婦。

1

コナー・ダグラスはがっしりしたオーク材のテーブルにグラスを叩きつけた。「ふざけるな！　そんな話はお断りだ」

義理の兄であるラクラン・ハミルトン公爵は窓の外に目をやった。冷たい灰色に光る海に突きでた崖を見つめて、そっけなく言う。「きみたちに選択の余地はない」

コナーは崖の上に何があるか知っていた。オークの巨木の下は墓だ。そこの土はほんの一時間前に彼らが参列した葬儀で掘り起こされたばかりだった。

ああ、姉さん、なぜみなを置いて旅立ってしまったんだ？　悲しみの波に襲われ、コナーは唾を二度ものみこまなければ呼吸すらできなかった。たった一人の姉がこの世を去ってしまったのだ。「義兄さん、まだ早すぎる。われわれにそんな期待をするなんて――」

「甘ったれるな」ハミルトンは怒りに燃えた目で、ぴしゃりと言った。「きみたち兄弟には三カ月以内に妻を見つけてもらう。さもないと、相続財産はいっさい受け取れない」

「義兄《にい》さんにそんな権限はない」ジャックの声は怒りのあまりくぐもっていた。

コナーは不安を覚えながらいちばん上の兄を見た。ジャックは理由もなく〝ブラック・ジャック〟の異名を取っているわけではない。髪の色と同じ漆黒の闇を心に抱え、いつ怒りを爆発させるかわからないからだ。

「わたしはきみたちの姉さんの遺言執行人だ」公爵がいかめしい口調で言った。「アンナが望んだとおりに妻を見つけたまえ。そうすれば、それぞれにしかるべき相続財産を分け与える。ちゃんとした妻を選ぶんだぞ。食堂で働いている女や女優、あるいは純潔を汚されているような者はだめだ。きみたちの姉さんと同じような女性でなければならない」

コナーは歯ぎしりした。遺言の条件に対してだけでなく、人生そのものに対して怒りがこみあげていた。姉のアンナに子どもが生まれるという知らせを受けて、ジャックとデクランとコナーの三兄弟が船でここアラン島に着いたのは一週間前のことだった。かわいい息子か娘の誕生に大喜びの義兄が波止場で出迎えてくれるものと思っていたら、代わりに待っていたのは青ざめた顔をした執事で、その震える声がいまわしい知らせを告げたのだ。

コナーはこぶしを腿に押しつけ、痛みをこらえようとした。両親が十八年前に馬車の事故で亡くなったあと、兄弟を育ててくれた姉がもうこの世にいないなんて。

ああ、姉さん。姉さんを失ってどうすればいいんだ？　目頭が熱くなり、コナーは手で涙をぬぐった。姉というより母のように彼ら兄弟を支えてくれた。コナーは独立して、もう何年も離れて暮らしてきたのに、今は舵を失った船のように進むべき道を見失っていた。

デクランがハミルトンをにらみつけた。「三カ月以内に妻を見つけろだと？　そんな短い期間でできることじゃない」

「それなら四カ月やろう。それ以上は一日の猶予もなしだ。反論も受けつけない。すでにこれだけの寛大さを示してやっているんだからな」公爵は振り返り、義弟たちに向き直った。

「わかったら、行け。全員だ。結婚するまでここには戻ってくるな」

「冗談じゃない」ジャックが断固とした口調で言った。「義兄さんは姉さんの望みではなく、自分の望みにわれわれを従わせようとしてる」

ジャックを見たハミルトンの目は夜のように暗かった。「きみたちがどう思おうと、かまうものか。もしわたしが自分のやり方で事を進められるなら、きみたちの取り分などさっさとくれてやって追い払うだろう。これ以上わずらわされないようにな。だがアンナはきみたちが身を落ち着けることを願い、遺言がその助けになるだろうと考えた」ハミルトンは全員をにらみつけた。「いいからきみたちの姉さんが望んだとおりにするんだ。さもないと、相続財産は赤の他人のものになる」

コナーはウイスキーの入ったグラスを持ちあげた。「どのみち相続財産など欲しいと思ったこともない。義兄さんが取っておけばいいんだ」

その言葉を聞いて、ジャックの目から怒りが消えた。「そうだ、われわれはこれまでだって自分たちのやり方で生きてきた。今さらそんなものを欲しがったりしない」

ハミルトンは眉を上げ、急になめらかな口振りになって言った。「ほう、そうなのか？　それならダグラス家の相続財産をキャンベル家に譲り渡してもいいんだな？」

コナーはウイスキーにむせた。「キャンベル家だと？　わが家の宿敵じゃないか！」

「ばかを言うな！」デクランが強い口調で言う。

ハミルトンは氷のように冷たい視線で兄弟たちを射抜いた。「わたしはアンナに頼まれたとおりにするだけだ。不愉快ではあるが。アンナは金遣いの荒いきみたちの生き方にうんざりしてーー」

「自分で稼いだ金を使ってるだけだ」コナーは抗議した。

「ああ、海賊行為や盗みや密輸で稼いだ金をな」公爵はにべもなく言い、顎をこわばらせた。

「賭博行為や娼婦の斡旋、醜聞は数知れず。アンナがきみたちに絶望したのも当然だ」

コナーは罪悪感に胸を締めつけられた。たしかに姉はいつも自分たち兄弟のことを心配していた。しかし、姉とはそういうものではないのか？

「義兄さん、そう急ぐな」デクランがなだめた。「姉さんの死は……」声が途切れたが、彼は唾をのみ、かすれた声でつけ加えた。「われわれはまだ人生に向き合う覚悟ができてないんだ。やっと一息つこうとしているときに決断を迫らないでくれ。考える猶予を数カ月くれないか。姉さんの望みに応える方法を見つける猶予を」

「アンナは三カ月と言った。きみたちの悲しみを考慮して、わたしはさらに一カ月を加えた。だが、与えられるのはそれだけだ。これ以上は言うべきこともない」ハミルトンは片方の手を振った。「行くんだ。アンナの望みをかなえるまで戻ってくるな」

デクランは両腕を広げた。「わけのわからないことを言わないでくれーー」

「わけのわからないことだと？」ハミルトンの静かな声が書斎じゅうに響き渡った。「わたしは妻を亡くしたばかりなんだぞ。わたしが愛した、これからも愛し続けるたった一人の女性を。そして残された赤ん坊を一人で育てなければならないんだ。こんなにも冷たくて残酷で、わけのわからない世界はない」彼は全員をすばやく見渡した。「さあ、行け。結婚しないなら、相続財産はキャンベル家にくれてやる。誰のものになろうとかまうものか」

「キャンベル家のやつらがダグラス家の財産に手を触れるようなことになったら、ただじゃおかないぞ！」いきり立ったジャックが飛びかかろうとしたが、デクランが腕をつかんで引き戻した。

ハミルトンの唇は血の気を失っている。「わたしを試そうとするな。特に今日は、どんなやつでもいいから誰かの人生を踏みにじってやりたい気分なんだ。運命はわたしにそれくらいの満足を与えてくれてもいいはずだと思う」

ジャックは言い返したそうな様子だったが、デクランが鋭く言った。「姉さんは言い争いを望んではいないはずだ。われわれの誰かの意見が異なるのをいつもいやがった」

重い沈黙の一瞬があり、無視するには生々しすぎる感情が空中に渦巻いた。遠くでドアがバタンと音をたて、続いてかすかに赤ん坊の泣き声が聞こえてきた。

声がするほうを向いた公爵の顔色は真っ青だ。肩を落とし、まるで剣で一突きされたかのように一歩あとずさりした。

乳母になだめられて赤ん坊の泣き声がおさまると、公爵は壁にもたれかかり、大きく息をついた。

まるで風に翻弄される船のようだ。コナーは咳払いをした。「赤ん坊の様子を見に行ったほうがいいんじゃ――」

「いや」ハミルトンは鋭く言った。「あの子は乳母が面倒を見ている」

ジャックが心配そうに眉をひそめた。「姉さんの死の責任を息子に負わせるな。あの子はただ生まれてきただけだ」

「もちろん息子を責めたりはしない」ハミルトンの声が高くなった。「アンナの死の責任を負うべき者がいるとすれば、それはわたしだ」

その言葉に、しばらく誰も何も言えなかった。

コナーは首を横に振った。「あれは自然の残酷さのせいだ。それ以上でもそれ以下でもない」

ハミルトンはやがて落ち着きを取り戻し、顔を窓のほうに向けて表情を隠した。「出ていけ。今すぐに」

コナーはデクランと目を見交わした。父親が泣き声を聞くのも耐えられないということになったら、姉の赤ん坊にどんな未来が待ち受けているだろう?

ジャックの目は今や怒りが消え、悲しみに翳っていた。彼は黙って部屋を横切り、ハミルトンがぐったりともたれている壁のところまで歩いていくと、ぎこちない一瞬の間を置いて、公爵の広い肩に片方の手をかけた。

ハミルトンはこうべを垂れたが、動きはしなかった。励まされはしなかったものの、拒絶もしていない。

デクランは咳払いをして、暖炉の火をかきまわしに行った。ジャックと公爵に静かな時間を与えようとしているようだった。コナーはドアの向こうの広い石の階段の先にある子ども部屋のほうを見た。胸が痛んだ。アンナは子どもをとても欲しがっていた。それなのに、もう赤ん坊を腕に抱くことも、母としての喜びを知ることも、子どもの成長ぶりや笑顔を見ることもできないのだ――。コナーの目に涙があふれそうになった。泣いても誰のためにもならない。だが、誰かのためになることが一つだけある。

コナーは手で涙をぬぐい、ため息をついた。「わかった、姉さんの望みどおりにする」

デクランとジャックが驚いた顔でコナーを見た。

「姉さんの言っていたとおりだ。そういう頃合いなんだよ。〝結婚して家庭に身を落ち着け、平穏な人生を送るときよ〟と」コナーは微笑みを浮かべた。「何回言われたかな？　百回か？」

「少なくともな」デクランは後悔をにじませた笑みを見せ、一瞬黙ってからうなずいた。

「いいだろう。わたしも妻を見つける。それも、すぐにだ」

ジャックは顔をこわばらせ、公爵の肩に置いていた手を下ろしたが、反論はしなかった。

公爵は壁を押して離れ、三人に向き直った。「ありがとう」

「のんびりしてる場合じゃない。行こう」コナーはドアに向かい、デクランとジャックもあとに続いた。コナーはドアのところで別れの挨拶をしようと振り向いたが、ハミルトンの視線はすでに窓の外に向けられ、墓を見つめていた。

後ろ手にドアを静かに閉めて、三人はその場を立ち去った。

ジャックは玄関へと歩きながら顔をしかめた。「姉さんのことは愛してたが、姉さんの思い出に敬意を表する以外に自分にも利点があると思えたら、妻探しにもっと夢中になれただろうに」

コナーは従僕から上着を受け取った。「われわれが結婚して落ち着いたら、社交界のさまざまな噂を封じることになる。姉さんはそういう噂にいらだってたからな」

ジャックが弟をにらんだ。「今はただひたすら吠えて、足を踏み鳴らしたい気分だ」

「同感だ」デクランは愉快さのかけらもない笑い声を放った。「もしかしたら、この怒れる心をなだめるために妻が必要なのかもしれないな」

コナーは相続財産を受け取ったら何をしようかと考えた。これまでそんなことは考えたこともなかった。大いに利益を上げている自分の海運業や私掠行為であまりに忙しかったのだ。彼は本当に相続財産など必要としていなかった。もっともそれを言うなら、あのいまいましいキャンベル家にくれてやる必要もないわけだが。

執事がドアを開けた。コナーは甥っ子が眠っている長い階段の先に最後の一瞥をくれた。様子を見に行くべきだろうか？　彼は首を横に振った。先ほども自分たちの言い争う声で赤ん坊を起こしてしまったのだ。あの子の面倒を見るのは、姉が選んだ乳母に任せておくほうがいい。

コナーはため息をつき、外にいるジャックとデクランのあとを追った。今の気分にぴったりの灰色によどんだ空の下、彼らは馬車を待った。

風をさえぎるために襟を立てながら、コナーは言った。「いいほうに考えよう。結婚という守りも固めずに相続財産を受け取ったら、婿探しをしてるスコットランドじゅうの母親の標的にされるぞ」

ジャックがぞっとした顔で弟を見た。「それは言えてる」

デクランも顔をしかめた。「外を出歩けば、結婚に飢えた母親と娘たちに取り囲まれるな」

ジャックはうなずいた。「間違いない。楽しく過ごせて従順な花嫁を早く見つけないと」

コナーはつけ加えた。「こっちを変えようとなんてしない、穏やかで気立てのいい娘をな。要求ばかりしてきたり、大げさに騒ぎ立てたりする女性はお断りだ。独占欲の強い癇癪持ちも。そうじゃない女性、たとえば……」

そうだ、そんな女性を知っている。一人だけだが、一人いれば十分だ。テア。テオドラ・カンバーバッチ＝スノウはコナーの親友の妹だ。家柄がよく、実際的で、容姿も十分にいい。物静かではあるが、大使の娘で自分なりの生き方を心得ているし、社交界で言う適齢期はとっくに過ぎているのだから、コナーに結婚を申しこまれればありがたく思うだろう。安堵しながらコナーは告げた。「相手が決まったぞ。親友デリックの妹のテアだ。彼女のところに行って、遺言のことを話そうと思う。テアは結婚できれば嬉しいだろう」

デクランが首を横に振った。「コナー、ミス・カンバーバッチ＝スノウがそんな行きあたりばったりの求婚を喜ぶと思ってるなら、おまえは救いようのない愚か者だぞ。彼女に会ったことがあるが、そんな中途半端な求婚を受け入れる女性には思えなかった」

コナーはにやりとした。「テアが求婚を受けるほうに百ポンド賭ける」

デクランは興味を引かれたようだった。「相続財産を手に入れるためというだけの理由で結婚したいと、彼女にそのまま話すんだな？」

「そして彼女を選んだのは、妻として厄介な存在にはならないだろうと思ったからってことも？」ジャックがつけ足した。

コナーはあざけるように言った。「テアには嘘はつかない。彼女はわたしのことをよく知っていて、ありのままを受け入れてくれる」テアは自分のことをそれくらい好きでいるはずだ。彼はそう確信していた。コナーが訪ねるといつも嬉しそうにしていたし、残りの人生をずっと両親の家で暮らしたいとは思っていないだろう。誰がそんなことを望むものか。

ジャックが面白がるように鼻を鳴らした。「愚か者め。おまえの百ポンドはいただきだ」

「わたしも入れてくれ」デクランが言った。「一人、百ポンドずつだぞ。百ポンドを二人で分けるんじゃなくて」

「いいだろう。二人とも、泣きを見るぞ。テアのことならよく知ってるんだ。ケンブリッジで彼女の兄に出会って以来、向こうの家族と親しくつき合ってきたんだから」

デクランが冷笑した。「友情と、妻をめとることはまた話が違うぞ」

「二人から巻きあげる賭け金の使い道を今から考えておくよ」結婚生活を楽しめるとは思えなかったが、テアとなら、結婚は少なくとも耐えられるものになるだろう。コナーにとって幸運なことに、テアの父親は今、任地への配属を待っている時期だ。運が悪ければコナーは花嫁となる人に会うのに船で異国の地に渡らなければならなかったかもしれない。だが今ならテアは一週間も旅をすれば着くカンバーバッチ・ハウスで安全に暮らし、彼を迎え入れてくれる。まるでそうなる運命だったかのように。コナーはジャックとデクランに笑いかけた。「誰が正しいのかはそのうち判明する。一カ月かそこらしてカンバーバッチ・ハウスに足を運んだら、申し分のない妻とともにそこを去ることになるんだからな」

デクランは眉を上げた。「今すぐに行くんじゃないのか？」

「四カ月の猶予があるんだから、急ぐ必要はない。それにテアの父親の次の任地が決まるのは二カ月後、あるいはもっと先の話だ。だから、彼女がすぐにどこかへ行ってしまうことはない。それなら独身の男として残された時間を存分に楽しんだほうがいいと思ってね」

デクランは納得したようには見えなかった。「あまりいろいろなことを当然だと思わないほうがいいぞ」

「特に女性に関してはな」ジャックがぞっとしたような口調でつけ加えた。

コナーはうるさい蠅を追い払うように手を振った。「いずれわかる。そっちの愚か者二人はどうするつもりだ？　これはという花嫁候補がいるのか？」

「くそっ、いない」ジャックが手で髪をかきあげた。「一目惚れして妻を見つけたいものだな。誰と結婚するのかは見当もつかないが、良家の子女にはあまり興味がない」

「そういう女は退屈だ」デクランが同意する。

馬車ががたごと音をたててやってきて、彼らの前で止まった。後部にはトランクが二つくくりつけられている。屋敷から走りでてきた従僕が馬車のドアを開けようとすると、デクランは眉をひそめた。「わたしの黒いトランクはどこだ？」

従僕が目をしばたたいた。「申し訳ありません。玄関に置かれていたトランクはあの二つだけでした」

「くそっ。あの間抜けな従者が運ぶのを忘れたに違いない」デクランはジャックとコナーに向き直った。「先に行ってくれ。船で会おう」

「遅れるなよ」コナーは馬車に乗りこみ、ジャックもあとに続いた。「この風だと、そう長くは待てないぞ」

デクランは馬車から一歩離れた。「潮目が変わるときにわたしが波止場に着いていなければ、気にせず出航してくれ。その場合は、一日か二日あとの船で帰ることにするよ」

コナーは天井を叩いて御者に合図した。これからの数週間が最後の自由な時間となることを考えると、早く出発したくてたまらなかった。できるかぎり楽しんでやると決意していた。

だがそのあいだも、自分の――そしてテアの行く道が決まっていると思うと安心して過ごせそうだ。もっとも、彼女は自分の道が定まっているとはまだ知らないのだが。

2

馬車のドアが勢いよく開き、まぶしい太陽光が差しこんだ。重い頭にずきんと痛みが走り、コナーは片方の手を目の上にかざした。「おい、スペンサー、そのいまいましいドアを閉めろ！」

「着きましたよ、旦那さま」

ぼんやりと驚きを感じながら、コナーは長身痩躯の従僕の向こうにそびえる建物へと目をやった。灰色の石造りのマナーハウスは二階建てで、石の壁を覆うツタによって味気ない印象を免れている。これもテアの工夫のおかげなのだろう。父親がどんな気候のどんな国に赴任しようとも、彼女はひたすら緑の植物を植えるのだ。

義兄に最後通告を受けてから五週間と二日が経っていた。慎重で注意深い男ならあわてて花嫁を確保すべく駆けだしていただろうが、コナーは慎重であったためしがないし、すぐに動きだすつもりもまったくなかった。時間の余裕はあるとわかっている。デリックから来た手紙の一つに、彼らの父親は次の赴任先の任命を待っているところで、少なくともあと一カ月は領地にいると思うと書かれていた。

コナーが顔をこすって上半身を起こすと、毛布が膝に落ちた。「どうやら外に出ていって、用件を片づけなければならないようだな」

「そうしてください、旦那さま」スペンサーは抑えた調子で言った。船では甲板長助手だが、陸地ではすぐれた従僕だ。長身で髪は茶色、丸い顔にはそばかすが散っているせいで、三十過ぎという年齢のわりにずっと若く見えた。

「そうだな」コナーはおぼつかない手つきでシャツのボタンをはめ、ブーツは履いているのに下半身には何も身につけていないことに気づいた。自分のキルト（スコットランドの民族衣装。男性が着用する格子縞のスカート）が向かいの座席にかかっているのを見つけ、持ちあげてみると、その下からほとんど裸の女性が現れた。

ああ、そうだ。忘れるところだった。

キルトの下で寝そべっていた女性が身につけているのはシュミーズだけで、彼のいちばん上等なウイスキーの瓶を人形のように抱えていた。コナーは彼女の腕を持ちあげて瓶を取り戻し、コルクを抜いて瓶の口を乾いた唇へと持っていった。瓶はからっぽだった。

当然、そうだろう。

許すまじとばかりに女性をにらみ、瓶を床に落とすと、コナーはキルトを身につけてきちんとピンで留め、シャツの上に上着を羽織った。足元から女性の赤いシルクのドレスを引っ張りだし、体の上にかけてやる。女性はまだぐっすり眠っていて、茶色の長い髪が泥水の滝のように座席の端から床へと流れていた。

天井のつり革にぶらさがっていたクラヴァットを回収し、ずきずきと頭を襲う痛みに顔をしかめながら馬車を降りる。強い日の光の下に出ると、スペンサーが待っていた。

コナーはスポーラン（キルトの前につるす革袋）の位置を直し、テアが窓から見ていないことを祈った。

「きれいなシャツはあるか？　これにはレディ・ウィンステッドの香水がしみついてしまってる」

「わたしは新しい服を一揃いお持ちになるよう旦那さまに申しあげました。ですが、レディ・ウィンステッドがそれを用意するのに待たされるのは我慢がならないとおっしゃったんです」

シャーロットはいつもは一緒にいて愉快な相手だが、今回コナーは一日で彼女に辟易していた。おそらくはまだ姉の死の悲しみから立ち直っていないのと、いまいましい遺言に対するいらだち、そして貴重な自由を手放したくないという思いと闘っているせいだろう。

コナーはスペンサーがこちらを見つめ、眉間にしわを寄せていることに気づいた。「そんな顔をするな。そんなにいつも思い悩んでると、しわが消えなくなるぞ」

「すみません。ただ……ミス・カンバーバッチ＝スノウを傷つけないでくださいね」

「テアを？　どうしてわたしが傷つけると思うんだ？」

「こうやっていきなり現れて、相続財産を手に入れるためだけに結婚を申しこむなんて」

コナーは自分の用事の目的まで従僕に打ち明けなければよかったと思ったが、こんなに酒を浴びるほど飲んだのならしかたがない。「いいか、スペンサー、これはそんなに悪い話じゃないんだぞ」

スペンサーは一歩も引かず、丸い顔が怒りで赤く染まった。「わたしは旦那さまがおとなしく言うことを聞く妻を見つけたいと望んでるのを責めてるのでも、姉上の葬儀のあとはずっと酒を飲んでばかりいることを責めてるのでもありません。男なら誰だってそういう妻を望むものですし、酒は……」スペンサーは顔を伏せた。「ああ、船長、姉上が亡くなって寂しいのはよくわかります。あの方よりも優しい人はいませんよ」

コナーは喉が締めつけられ、胸が痛んだ。まるでつい今しがた姉を埋葬した墓から帰ってきたかに思えた。こんなふうに悲しみに襲われ、それが波のように頭上で砕けるとは予想もしていなかった。あるときはもう大丈夫と思えるのだが、次の瞬間には悲しみが残酷な爪を心臓に食いこませて彼を引きずりおろす。もう二度と浮上できないかもしれないと怖くなるくらい低いところまで。コナーはどうにか笑みを浮かべた。「ああ、本当に寂しいよ」だが、今は姉のことを考えている場合ではない。テアのことを考えなければ。「心配するな、自分が何をしなければならないかはわかってる」

コナーは片方の手で髪をかきあげ、しわくちゃの外套を伸ばした。

「結局のところ、相手はただのテアだ。どこかの高貴なレディというわけじゃない」

スペンサーの驚いた顔を見て、コナーは片方の手を振った。

「いや、たしかに彼女もレディだが、わたしの友人だ。それにテアは詩だの花だの、浮ついた贈り物は好まないだろう」

「旦那さまがそうおっしゃるなら」

「そうだ。それについてはわたしを信用しろ。テアのことはずっと昔から知ってるんだからな」彼女の兄のデリックを知っているのと同じくらい昔から。コナーとデリックが最初に学校で出会ったとき、二人はどちらのほうがいい男かをめぐって常に争っていた。数々の戦いと策略といたずらを経て、ついに彼らは固い絆で結ばれたことを感じ、親友になった。コナーがクリスマスを自分の家でよりもカンバーバッチ＝スノウ家で過ごすことのほうが多いと、姉はよく文句を言ったものだ。そのとおりだと彼も認めざるを得なかった。だが休暇というのは家族の一員としてよりも、客としてもてなされるほうが気やすいではないか。

　女性があくびするのが聞こえて、コナーは馬車を離れて声を低くした。「レディ・ウィンステッドを船まで連れていって、マクドゥーガルに自宅まで送らせろ。そのあいだに、おまえとファーガソンは馬車で屋敷に戻って、わたしの馬と服を持ってこい」

「了解です。レディと話をされたら、グレトナ・グリーン（駆け落ちの名所）に向かうんですか？」

「まさか！　なぜわたしが国境に向かって逃げなければならない？　テアと彼女の両親はわたしを歓迎するはずだ。日曜日には結婚予告をして、そのあとできるだけ早く結婚する。いちばん長くかかっても三週間というところか」

　スペンサーが目をしばたたいた。「三週間も？　結婚式を計画するだけで？」

「大げさな式にはしたくない。テアもそうだろう」スペンサーはうるさく首を突っこんでくる。テアの望みをコナーよりも知っていると言いたげだ。

「わかりました。旦那さまがそうおっしゃるなら」スペンサーは屋敷を振り向いて眉をひそめた。「それにしても、門番も従僕も誰一人迎えに出てきませんね」

「ほかのどこかで忙しくしてるんだろう。テアは自分のガーデニングの趣味に家じゅうの手を駆りだすからな。彼女の母親がよくそれで文句を言ってる」テアは母親から離れられて喜ぶに違いない。コナーはそう確信していた。レディ・カンバーバッチ＝スノウはコナーには親切だが、相手がテアとなると少々口やかましくなり、家族に尽くすことしか自分の生きる目的はないとばかりに娘に命令するのだ。

テアはじきにそんなことを気に病む暇もなくなる。コナーが買った古いマナーハウスのダンスキー・ハウスにはあちこちに庭があるが、彼はそれを手入れしようとは思わなかった。どのみちその屋敷にはめったにいないので、庭はほとんどジャングルのようになっている。テアがそこをきれいにしてくれるだろう。テアが住むとなればもっと使用人が必要になるが、彼女が満足してくれるなら必要な費用は惜しまない。

コナーはスペンサーを見た。「おまえはもう行け。わたしの客人が目を覚ます前に。夫のいる家に送り返されるとわかったときの彼女の恨み言は聞きたくない」

「了解、船長」スペンサーはお辞儀をして馬車に戻り、自分の席にのぼった。馬車はがくんと揺れて、私道へと向きを変えた。

馬車が視界から消えるなり、コナーは大股で玄関まで歩いていき、真鍮のノッカーをつかんだ。彼がリングを握った瞬間、ドアが開いた。だが、半開きの状態で止まった。妙だ。コナーはドアを押し開け、従僕か誰かが迎えに出てくるのを待ったが、玄関には人の気配がなかった。

首筋の毛が逆立ち、不吉な予感が両肩にのしかかる。コナーは眉をひそめて玄関ホールを進んでいった。静けさのなか、彼の足音だけがこだました。

一時間半後、コナーは馬車へと急いだ。馬車から飛び降りたスペンサーは、主人が前庭で待っていたのを見て驚いていた。彼はコナーの向こうの屋敷を見た。「お嬢さんはどちらに?」

「駆け落ちした」

スペンサーは誰かに腹でも蹴られたような顔で目をしばたたいた。「なんですって?」

そう言いたい気持ちはよくわかる。コナーは食いしばった歯のあいだから答えた。「テアは駆け落ちしたんだ、くそっ!」

「なんてことだ!」ファーガソンが音も高く舌打ちした。海では一等航海士、陸地では執事を務める彼は、手綱をマクリーシュ操舵手に任せ、地面に降りたところでコナーの罵声を耳にした。がに股で屈強、赤い顔をして、輝く頭に一房の白髪を梳かしつけているファーガソンには、船乗りと船の両方を取り仕切る驚異的な才能があった。「どこの馬の骨とです?」

「どこかのいまいましい郷士だ」コナーは馬車の後ろにつながれていた自分の馬を外した。一時間半前、屋敷に入っていくと、そこは大騒ぎになっていた。従僕たちが応接間の入口に集まり、部屋のなかではテアの母親がソファの上でむせび泣いていた。父親は片方の手に手紙を握りしめ、檻に入れられたライオンのように歩きまわっている。母親を慰めようとしていたデリックが、どうしてこんな騒ぎになったかをコナーに説明した。エディンバラに行っていた彼と両親が予定より一週間早く帰ってくると、テアが姿を消したことがわかったのだという。彼女は駆け落ちを告げる置き手紙のほかには何も残さずに消えた。コナーの推測では、テアは彼が来る数時間前に出発したらしい。

いったい全体、なぜこんなことに？　くそっ、ぐずぐずしているんじゃなかった。

しかし、こんな事態は予見しようもなかった。あの目立たない真面目なテオドラ・カンバーバッチ＝スノウがこんなスキャンダラスなことをしでかすなど、思いつくわけもない。

コナーは怒り狂い、馬にまたがった。

「どうなさるおつもりです、船長？」スペンサーが尋ねた。

「テアを見つけて、家に連れ戻す」

「居場所をご存じなんですね？」ファーガソンが意気ごんだ。

「いいや。だが、きっと見つける。駆け落ちしたということは、北に向かってグレトナ・グリーンを目指すはずだ」コナーは歯ぎしりした。「テアはわたしと結婚するんだ、ちくしょう。彼女を辺鄙な場所に埋もれさすことしかできないどこかの田舎者とではなく」

そう言ったとたん、コナーは自分もまさに同じことをするつもりだったと思いあたった。いや、そうじゃない。コナーがテアを放っておくとしても、家では大勢の使用人が仕え、彼女が読みたがるかもしれない本が山のようにあり、テアが興味を示すであろう庭もある。コナーは奥歯を噛みしめた。同じではない。これっぽっちも同じではない。

「わたしは道を誤った二人を追いかけてテアを説得し、計画を取りやめて家に帰らせる。そして、ちゃんとした結婚式を挙げさせる……わたしとの式を」

ファーガソンは顎をさすった。「失礼ですが、船長、あなたがミス・カンバーバッチ＝スノウと結婚するつもりだということを、彼女の両親は知ってるんですか？　それとも、船長は単に救出に駆けつけるだけと思われてるんですか？」

コナーは長々と悪態をつき、部下は二人とも顔を赤くした。ようやく怒りが静まると、コナーはぴしゃりと言った。「おまえたちは馬車で北の街道を行け。わたしが馬で先に行く。テアを見つけたら、おまえたちのもとに使いを出すから、わたしのところへ来い。ぐずぐずするなよ。テアを取り戻すのは早ければ早いほど、彼女の評判を傷つけずにすむ」

それだけ言うと、馬の向きを変えて私道を駆けだした。木々がぼやけて後ろへ飛び去っていく。テアはどこにいるだろう。間抜けな郷士とどこまで行ってしまったのだろう。まったく、なんてことだ。テア、なぜこんなことを？　見つけたら、結婚するまで絶対に目を離さない。

それは宣誓だった。コナーは自分が激怒していることに気づいた――そのことに驚いた。テアはコナーが自分のもとに向かっていることを知らなかったのだから、駆け落ちは彼に対する侮辱ではない。だが、コナーには侮辱に思えた。どういうわけか、テアと結婚すると心に決めてから彼女の家に行くまでのあいだに、コナーはテアを自分のものとして考えるようになっていた。

彼は歯を食いしばった。テアは自分のものだ。自分はただ、この新展開をテアに告げ、彼女が自ら選んだ愚かな道を引き返させればいい。運があれば夕食までに、テアを待つ家族のもとへ連れ帰れるだろう。運がなければ——それはそのときにまた考えればいい。

コナーは顎をこわばらせ、馬の速度を速めて土煙を巻きあげた。

3

かつてこれほど行きあたりばったりに計画され、これほど中途半端に実行された駆け落ちがあっただろうか。スコットランド国境にほど遠い地点にあるみすぼらしい宿の〈猪亭〉で、応接間の暖炉近くに置かれた木の椅子に腰を落ち着けたテオドラ・カンバーバッチ＝スノウは、しくしく痛む胃を手で押さえた。ここで吐いて、ただでさえひどい一日をさらにひどいものにはしたくない。

婚約者のランスロット・フォックス郷士には数々の称賛すべき技能があったが、馬車を安全に御する腕前は持ち合わせていなかった。ろくに舗装もされていない道を直進するだけでもでたらめな走りっぷりだったが、古い二頭立て二輪馬車は角を曲がるたびに大きく傾いた。テオドラは懸命にしがみつき、むかつく胃が車輪のきしみと同調して抗議の声をあげようとするのを必死にこらえた。

今、彼らが旅を中断しているのもそのせいだった。

テオドラはランスに速度を落とすことを最初は提案し、それから要求した。彼女は自分が御したほうがまだましだと言いさえしたが、ランスは交代するのを拒否した。彼は馬も馬車もテオドラのほうが扱いが上手なのはわかっているけれども、〝可能なかぎりロマンティックな方法〟で駆け落ちして、テオドラをさらいたいと言い張った。

自分が手綱を取るべきだった。だがテオドラはランスのロマンティックで崇高な決意を尊重したかったし、大使の娘としてどんな状況でも礼儀を忘れずにいることを教えこまれていた。そのせいで、無理に笑みを浮かべて胃の痛みをこらえ、ランスの悲惨な御し方に耐えるしかなかった。

しかし彼の決死の努力も、古い馬車はテオドラのように喜んで耐えてはくれなかった。曲がり角での判断の過ちで車輪の一つが外れ、馬車はひっくり返った。ランスと馬車は泥だらけの道の真ん中に投げだされて、テオドラと彼女のトランクは水のたまった溝に放りだされた。

テオドラは濡れて脚にまつわりつくドレスを蹴り、腫れた足首の痛みに顔をしかめた。まったく、どうしてこんな駆け落ちに応じてしまったのだろう。

彼女はため息をついた。理由は正確にわかっている。ずっと変化を、新たな始まりを求めていたのだ。そこへランスが現れて、駆け落ちはロマンティックでわくわくすると主張し、彼の興奮がうつってしまった。愚かなことをしでかす年齢はとっくに過ぎていたが、落ち着いてしまう前に節操をかなぐり捨てて本当の冒険をするチャンスだと思うと、誘惑に抗いきれなかった。

「ばか、ばか、ばか！」テオドラは自分を呪い、宿に着いたときに出してもらったウイスキーのグラスに手を伸ばした。到着時の彼女とランスは世にも情けない姿だった。泥にまみれ、あざだらけになって、わらが積まれた農夫の荷車の後ろに乗せてもらってやっとたどりついたのだ。濡れたドレスからいまいましいわらを全部取り除くのに、優に十分はかかった。

もちろん、ランスは状況をましにしようと、できるかぎりのことはしてくれた。応接間を使わせてもらえるようにし、テオドラのために暖炉のそばに椅子を置き、冷えきった彼女の手にウイスキーのグラスを押しつけた。それから宿の馬番のなかでも力のある少年を三人雇い、壊れた馬車のところまで出かけていった。直せるかどうか見てみて、修理できるようなら宿まで運んでこなければならない。

「こんな駆け落ちは小説には出てこないわね」テオドラはつぶやき、濡れた巻き毛を頬から払いのけた。指が顎のすり傷に触れ、思わず顔をしかめる。

ウイスキーを一口すすると、なめらかな液体が血管のなかで沸騰している怒りをなだめてくれた。やっと少しほっとして、片方のハーフブーツを脱ぎ、痛めた足を足のせ台にのせた。かかとにからまる破れたひだ飾りを外そうともがいていると、布地がすり傷だらけの膝をこすり、テオドラはレディにあるまじき悪態をつきたい衝動を必死でこらえた。

飲まないとやっていられない。彼女はもう一口ウイスキーをすすり、頭を椅子の背に預けた。「あの馬車の情けないことといったら」テオドラはつぶやいた。それはランスの祖母のもので、どういうわけか彼はその不格好で色あせたオレンジ色の乗り物が、国境までの逃走にロマンティックさを加えてくれると考えたのだ。

悲しいかなランスは、完全にだめになっている主要なばねを直すことに頭がまわらなかった。そのせいで道のでこぼこを通り過ぎるたびに馬車は大きく揺れ、ぼろぼろの革張りの座席からは鶏の糞やかび臭いわらが次々にこぼれでた。このぎしぎし言う馬車が納屋に〝しばらく〟見捨てられていたのを自分が〝よみがえらせた〟のだというランスの説明で、テオドラはこの不幸な状況に至ったわけを理解した。

座席から漂う臭いから察するに、その〝しばらく〟が百年以上の期間を指しているのは想像がついた。それにランスの〝よみがえらせる〟作業には、車内の空気の入れ替えは含まれていなかったものと思われた。

またしても、飲まないとやっていられない。テオドラはウイスキーをまた一口、先ほどよりも多くすすり、すでにかなりの量を飲んでしまったことに気づいた。部屋の向こうにあるデカンタからもっと注いでこなければならない。そうなれば、足首をますます痛めることになる。それにこのまま飲み続けていると、自分で歩いて取りに行く元気もなくなりそうだ。

ランスは親切だが、しばしば簡単な気配りを忘れているように思えることがある。コナーなら絶対に人前であんな馬車には乗らない。新しい幌馬車を仕立てるか、ちょうど一年前に彼がブリストルで買ったあのつややかな青い馬車で来るはずだ。

そう考えると心が沈み、テオドラは顔をしかめた。コナーが駆け落ちを計画するはずもないのに。彼なら誰かの妻でも躊躇せずさらっていくだろうけれど、結婚？　それはない。

だからこそ、テオドラは今ここにいる。

コナーはスコットランドの名家の出だが、二十歳になる頃までには社交界のはみだし者として名を馳せていた。とんでもない行いばかりするせいで、イングランドの良家の多くが花婿候補のリストからコナーの名を外したのはどの振る舞いのせいなのか、テオドラにはわからなかった。スキャンダラスな情事、夜明けの決闘、不法な賭け、素手での殴り合い。さまざまな噂を耳にした。なかでもよく聞かされたのは、私掠行為で宝石やシルクをたんまり手に入れ、チェズウィック侯爵の庇護を受けている人気女優をたぶらかしたという最近の話だった。チェズウィックは当然侮辱されたと思って腹を立て、デヴォンシャー公爵家の舞踏会の最中に怒りを爆発させた。二人の男は礼儀作法などおかまいなしで広い舞踏室の真ん中で決闘に至り、見物人たちは喜ぶやらがっかりするやらの大騒ぎとなった。致命傷とはならなかったが、負傷したのはチェズウィックで、鏡が粉々に砕け、貴重なアンティークの甲冑が割れ、侯爵の血を目にしたレディが何人も気を失った。それは紛れもない大惨事だった。

当然ながら、チェズウィックはすぐに無罪放免となった。チェズウィックのほうがコナーより爵位も家柄も上だからだ。一方、コナーの評判はスコットランド系の家名と自身の不品行な行いによってすでに傷がついていたが、多くの家の招待客リストからその名を外された。ほかにも武勇伝は数えきれないほどあったものの、名誉になるような話は一つもなかった。その半分でも真実なら、社交界がコナーを締めだしたのも無理はないと思える話ばかりだった。彼は完全に放蕩者と見なされている。

しかしテオドラにとって、コナー・ダグラスは兄の親友だった。そして、きらきら輝く目をした十四歳の彼女が恋に落ちた人だった。

最初に出会ったのは、兄のデリックが懸賞ボクシング試合で一緒に北方に行くというので、コナーを家に連れてきたときだ。テオドラはひょろりと手足が細く胸も平らな冴えない少女で、一方のコナーはハンサムで筋骨たくましく、刺すように鋭い目つきをした二十歳のならず者だった。彼が大股で居間に入ってきたとき、テオドラは一瞬、時間を忘れた。濃い茶色の髪が額にかかり、淡い青の目は黒いまつげに縁取られている。優雅な物腰、チャーミングな笑顔。テオドラの手を取ってかがみこみ、礼儀正しく挨拶の言葉を述べたコナーに、彼女はすっかり魅了された。コナーの唇がテオドラの指をかすめたとたん、心臓が跳ねた。

テオドラはため息をつき、こぶしを握りしめた。そうやって少女は恋に落ちるのだ。ハンサムな顔と肩幅の広さくらいしか理由がなくても、一瞬のうちに。当然ながらコナーはテオドラのことなどまったく気にも留めておらず、親友の妹としてしか見ていなかったが、彼と会う機会は頻繁に訪れた。ヨーロッパ各地を転々とするテオドラの父の赴任先にもコナーはしばしばやってきて、休暇をともに過ごした。悲しいことに、テオドラのほうはどんなに頻繁に会っても、彼を見飽きたり幻滅したりすることがなかった。思いはふくらむばかりで、現実に戻れずにいた。本当にあんな最悪なことはなかったが、それでも時間が経つにつれ、二人のあいだにはしだいに友情が育まれ、その友情を彼女は必要以上に大切に思っていた。

どれだけコナーの夢を見たかしれない。もしかしたら恋人同士になれるかもしれないといった夢に、どれだけ胸をふくらませたか。しかし、二十五歳になる頃にはテオドラも悟っていた。この友情がプラトニックな一線を越えることは決してないと。気の置けない関係になればなるほど、それがロマンスに発展するという望みは徐々に消えていった。そんな望みを抱くことがそもそも愚かなのだが。愚かとわかったところで気持ちをなだめる役には立たず、彼女はどうにもならない感情の渦から自分を解放するのにずいぶん苦労した。

　時間がかかったものの、二年ほどで自分の荒れ狂う感情を手なずけるすべを身につけ、今ではコナーのことを純粋に友人として見ていると断言できた。コナーに視線を向けられているると思うとほんの少しだけ鼓動が速くなることはあったが、それも彼が意識せずに放つ官能的な魅力のせいということで説明がつく。それは変えようがない自然の摂理だ。

　この間にも、コナーのように情熱をかきたてる男性は現れず、テオドラは特に結婚したいとも、コナーがそばにいるときにいつも感じたあのときめきを感じたいとも思わなくなっていた。近頃は、情熱を求めるのは愚かだと悟っていた。この年になれば相性がよくて、まともな会話が快適にできさえすれば結婚相手としては十分だ。

　先週、片方の膝をついたランスに想像し得るかぎり最もロマンティックな方法で駆け落ちを持ちかけられて、テオドラはつい乗り気になった。ランスは立派な人で、本物の愛情を示してくれて、性格にも問題がない。これならそう悪い話ではないと思ったのだ。

　ここまでひどいことになるとは思わなかった。

　いつも感じてきた束縛から逃れられると思うと胸が躍り、十七歳の夢見る少女のようにめまいを感じながら、テオドラは駆け落ちの誘いを受けた。そして今、ここにいる――びしょ濡れで服はぼろぼろ、あざだらけで、お先真っ暗だ。

　これこそ、飲まないとやっていられない。彼女はグラスの酒を飲み干すと、遠くにあるデカンタを恨めしそうに見つめた。足首がこんなに痛まなければいいのに。

この最悪な一日の収穫は、駆け落ちがこんなみじめな始まり方をしたあとでは、コナーがいっそう魅力的に思えるということだった。彼が魅力的だと思えなくなることを期待していたのが愚かだったのかもしれない。コナーはただ部屋に入ってきただけで、そこにいる女性全員を振り向かせ、驚嘆させずにいられない人なのだ。それは外見のせいだけではない。どこか邪悪で危険な雰囲気がにじみでていて、いけないとわかっていても女性なら胸をときめかせてすがりつきたくなる。彼の夢を見ながらも、そのことを口にはできない、そんな男性。

今もまさに窓の外を見つめながら、テオドラは宿の前庭に馬で乗りつけた紳士がコナーだったらと想像していた。たてがみの長い黒い去勢馬からすばやく下りた男性は、ちょうどコナーと同じくらいの背丈だ。肩幅も同じくらい広く、同じような濃いチョコレート色の髪はコナーよりもわずかに長い。キルトまで身につけている。もっとも北に向かって旅をしているのだから、キルトを着た人がいるのは当然かもしれない。

テオドラがため息をついたそのとき、紳士が片方の手で髪をかきあげて振り返った。午後の太陽がそのハンサムな顔を照らしだして……。

感覚を失った指からグラスがすべり落ち、彼女は思わず背筋を伸ばした。「コナー？」

4

テオドラは勢いよく立ちあがり、その拍子に足首に走った鋭い痛みに顔をしかめた。目は外にいる男性に据えられたままだった。コナーがここで何をしているのだろう？

不幸な偶然に違いない。テオドラの両親は来週、家に帰って書き置きを見つけるまで、駆け落ちのことなど知らないはずだ。コナーに見つかるわけにはいかない。コナーはテオドラがここにいる理由を知りたがるだろうし、彼女には駆け落ちのことを隠すまことしやかな嘘を考えつく暇もない。コナーはすでに宿の玄関へ向かっていた。太陽が彼の肩を包み、青い空が彼を歓迎しているように見える。テオドラは鼓動が速まり、この小さな応接間のどこかに隠れる場所がないかと探した。しかし廊下にコナーの豊かな声が朗らかに響いてきて、かすかな望みも消え失せた。

ここでコナーと鉢合わせだなんて。沈む心で毒づきながら、テオドラは足を引きずって鏡の前まで行くと、血のにじんだ顎のすり傷や、怪物のメドゥーサのようにうねっている半乾きの髪を見てたじろいだ。なんてこと。必要なときにかぎって、どうして櫛が見つからないのだろう。

テオドラが巻き毛をなんとか撫でつけると同時にドアが開き、コナーがメイドを一人従えて応接間に入ってきた。赤毛の若いメイドはあこがれのまなざしでスコットランド紳士を見つめている。

テオドラはメイドを責める気にはなれなかった。コナーには誰しも見とれずにはいられない。息をのむほどハンサムで、刺すように鋭い淡い青の目は気分次第で色合いを変える。その微笑みは目もくらむほど魅惑的で、海賊のように野性的な魅力もあり、まさにおとぎ話や夢に出てくるヒーローそのものだ。

コナーは視線をちらりとテオドラに向け、濡れて泥だらけのドレス、くしゃくしゃの髪、そして顎のすり傷へと移していった。テオドラを見て明るく輝いた彼の目は、たちまち氷のように冷ややかな色に変わった。「ひょっとしてあの愚か者がきみに指一本でも触れたのなら——」

「おかしなことを言わないで！」思ったより鋭い調子で飛びだした自分の声に驚いて、テオドラは口をつぐみ、気を落ち着けた。コナーの物言いからすると、彼はすでに駆け落ちの件を知っているに違いない。少なくとも、下手な隠し立てはしなくてすむということだ。「わたしたち、事故に遭ったの……馬車の車輪が壊れて、わたしは外に投げだされたわ」

コナーが怖い目つきになった。「なんてことだ。怪我は？」

テオドラは膝の傷と足首の痛みを思った。「ないわ」

嘘を見抜いたかのように、コナーは目を細めた。「ずぶ濡れだな。乾いた服はないのか？」

「トランクも一緒に溝に放りだされたの。ドレスは洗って乾かしてもらっているけれど、着られるようになるにはまだ何時間かかるでしょうね」

「なんてことだ！　きみが大怪我をしなかったのは不幸中の幸いだが」コナーの視線に体じゅうを撫でられたかのように感じ、テオドラはその親密さに思わず身震いせずにいられなかった。コナーが表情を和らげた。「かわいそうに、すっかり冷えきって」そう言いながら部屋を横切ってきて、自分の外套を脱いでふわりとテオドラの肩にかけた。たちまち彼女はウールの暖かさと、くらくらするサンダルウッドのコロンの香りに包まれた。

テオドラは外套を押しやろうとした。「いいの、わたしは別に――」

「しいっ」コナーは外套をかけ直した。「いいから着ているんだ。震えてるじゃないか」その震えは寒さのせいではなかったが、テオドラには言い返す気力がなかった。外套を体に引き寄せると、すぐに暖かさが増した。長い外套はコナーのふくらはぎ丈だったけれども、テオドラが着ると裾を引きずった。

暖かな重みに気持ちがなだめられ、いらだちがほぐれると、朝からストレスがたまる一方だった数々の出来事がどっとよみがえってきた。テオドラはわっと泣きだしてコナーの首にしがみつきたい衝動を必死で抑えなければならなかった。

興味津々で見つめているメイドのほうを向いて、何度か強く唾をのみこむと、なんとか震えが目立たないようになった声で言った。「お茶を淹れてきてもらえるかしら」

メイドはコナーから視線をそらすのに苦労していたが、彼のほうは明らかにそうした注目を集めることに慣れた様子だった。メイドはため息をつき、お辞儀をした。「かしこまりました。今朝、焼いたレモンケーキもございます。お連れの郷士さまの分もお持ちしますか？」

テオドラが一人ではないと聞いて驚いたかどうか確認すべく、メイドはコナーを盗み見た。

コナーはかすかに顔をしかめた。

テオドラは神経質に唇をなめた。なぜコナーは怒っているのだろう？　彼女が誰と駆け落ちしようと、コナーには関係ないはずだ。テオドラはメイドに言った。「彼は壊れた馬車を見に行ったわ。そんなにすぐには戻らないでしょう」

少女はテオドラの冷静な返事に失望を隠せなかったが、再びお辞儀をすると、今一度あこがれの目でコナーを見つめてから部屋を出ていった。

かわいそうな子だとテオドラは思った。コナーがおとぎ話の世界の王子さまに見えているのだろうけれど、実際は全然そんな人ではない。

コナーが天気のように変わりやすい淡い青の目でテオドラの全身にすばやく視線を走らせ、顔に一瞬だけ長くとどめた。コナーは何も言わずに指で彼女の顎をつまみ、顔を横に向けさせた。舌打ちしてポケットからハンカチを取りだすと、優しく傷に押しあてた。「まったく。テア、なんてことをしでかしてくれたんだ」

彼は独りごとのように言った。愛称で呼ばれて、テオドラは胸が震えた。この一日で味わった苦痛、ロマンティックなものになるだろうとひそかに期待していた駆け落ちへの失望、忠告に耳を貸さない婚約者へのいらだちが、痛みと一緒になって襲いかかってきた。

コナーに抱きつきたかったが、そんなまねをするほど愚かではない。ここにいる理由を思いださなければ。新たなスタートを切り、無駄な感情は捨てて未来に進もうとしているのだ。

テオドラは姿勢を正し、無理やり笑みを浮かべた。「わたしなら大丈夫よ、ご覧のとおり。ただ濡れて凍えているだけ。でも、暖炉の火でずいぶん温まってきたわ」

コナーは外套の前を合わせたあいだからのぞく、ドレスのスカートについたしみをじっくり眺めた。その目が心配で曇った。「どこも怪我はしてないと言ったじゃないか」

テオドラは肩をすくめようとしたが、左の脇腹が痛くてそれもできなかった。「すり傷がいくつかと、足首を痛めただけよ。温かいお風呂につかってぐっすり眠れば、もとどおり元気になるわ」

「痛みで歩けなくなるかもしれないぞ」コナーは苦々しげな顔になった。「愚かな男のお粗末な御し方のせいできみが大怪我でもしていたら、わたしがそいつを殺してやるところだ」

「どうして彼が御していたとわかるの？」

コナーが表情を和らげた。「何年もきみが馬車を操るのを見てきたんだぞ。不慣れなわけでもないのに、きみなら片方の車輪だけで角を曲がるようなことはしない」

「本人には言わなかったけれど、彼、悲しいくらい御すのが下手だったわ」

「きみの腕前は見事なものだ」

コナーの視線にはありありと称賛の念が表れていた。テオドラは心が温かくなり、知らないうちに微笑んでいた。「転げ落ちてあざだらけになったことよりも、馬車に揺られたせいで気分が悪くなったことのほうがひどかったわ。それで、ウイスキーに救いを求めたというわけ」

た。

「ああ、そうだな。それか。教えてやろう。だが、まずは椅子に戻るんだ。そのほうが暖炉に近くて早く温まる」コナーはテオドラの肘を片方の手で支え、彼女を椅子まで連れていった。

「なりかけていたところよ」テオドラは興味津々で尋ねた。「あなたはどうしてここに?」

「救いになったかい?」

いつまで立っているのかと、足首はすでに抗議の声をあげている。テオドラはため息をついて椅子に座り、からのグラスを拾ってテーブルに置いた。

コナーは自分の椅子をテオドラの横に引っ張ってきた。「ブーツを脱いで、足首を見せてくれ」

「そんな必要はないわ、ランスが……フォックス郷士がお医者さまを呼びにやろうと言ってくれたけれど、わたしはそんな必要はないと思ったの」

コナーはかがみこみ、スカートの裾を持ちあげると片方の手でテオドラのふくらはぎを包み、自分の膝の上に彼女の足をのせた。

彼のすばやい動きに、テオドラは息をのむのがやっとだった。「コナー! 言ったでしょう、わたしは別に――」

「聞いたよ」コナーはしっかりとふくらはぎをつかみ、テオドラが身動きするのを許さなかった。その指は強いものの、優しくもあった。「足首を動かすぞ。痛かったら言ってくれ」

ゆっくりと、とてもゆっくりと、コナーは彼女の足首をぐるりとまわした。

「大丈夫よ。ちょっとだけ……痛っ！」

コナーが動きを止めた。「くじいただけのようだ。だが、持ちあげておいたほうがいいな」

足のせ台を引き寄せ、テオドラの足をのせた。「ほら、これでいい。動かすなよ」

彼の手が離れると、足首はたちまち冷たくなった。テオドラは外套の前をかき合わせた。

「どうして知っているの、わたしが……」駆け落ちしたと。その言葉が、二日前のトーストのかけらのように喉に詰まった。

コナーのきれいな淡い青の目がテオドラの顔の上にとどまった。「今日、きみの家に行ったんだ。きみの家族が書き置きを読んだところだった」

「家族？　兄もいたの？」コナーがうなずくと、テオドラは顔をしかめた。「両親は金曜日までエディンバラにいるはずだった。予定より早く戻ったんだわ」彼女は唇を噛んだ。「あまり怒っていないといいけれど。それでわたしを追うようにとあなたをよこしたのね」

「誰もわたしをよこしてなどいない。自分で来たんだ」

コナーの厳しい視線に耐えかねて、テオドラは鋭く言い放った。「わざわざ来なくてもよかったのに。いいお相手なんだから。彼は親切で善良で、それに――」

「きみはその男を愛しているのか？」コナーが唐突に尋ねた。

テオドラは目をしばたたいた。「それは――」

「きみは、その男を、愛して、いるのか？」テオドラの顔を見つめるコナーの熱い視線に、彼女は息をするのも難しかった。

友人としての心配と愛情を誤解してはならない。これまで何度も繰り返してきたことだ。

「愛は関係ないわ」

コナーが表情を和らげた。椅子にもたれ、指を合わせて尖塔の形にして顎を支えた。「つまり、便宜上の結婚というわけだな」

「それ以外にどんな可能性があるの？」テオドラは不機嫌に尋ねた。「兄やわたしの両親と話したなら、聞いたはずよ。わたしと彼は知り合ってまだ間もないと」

「ああ。なぜこんなことを？　愛が関係ないのなら、きみは何を手に入れようとした？」

「変化を求めているの。これは可能なかぎり最良の変化に思えたわ」テオドラが求めていたのは単なる変化以上のものだ。しかし、コナーに真実を打ち明けるわけにはいかない。彼女は自分自身の家を求めていた。大使の娘として言葉一つにも気を使う束縛された生活から自由になりたかった。だがそれ以上に、コナーの愛を勝ち取りたいという願いにがんじがらめになっている自分から自由になりたかったのだ。

そのどれも、コナーに打ち明けるわけにはいかない。テオドラは代わりに肩をすくめた。

「わたしは冒険を求めていたの」

「冒険？　きみは今までだってずっと旅をしてきたじゃないか」

「それは望んでもいない務めとしてよ。わたしは新しいドレスに袖を通すように、家から家を転々としてきたわ。わたしが欲しいのは……」テオドラは膝の上できつく握りしめた自分の両手を見おろした。指が痛かった。彼女はゆっくり力を抜きながら言った。「わたしは自分自身の人生が、自分自身の冒険が欲しいの」

「きみは家族と旅続きの生活に飽きたんだな。それは理解できる。同じ顔にいつも囲まれているのは死ぬほど退屈だ」

テオドラは心が沈んだ。コナーがそんな空虚なたわごとを口にするのを聞いても驚きはしなかったが、ランスを選んだのは正しい決断だったと改めて確信した。「わたしとあなたとでは冒険に対する考えが違うようね」

「そうかもしれないな」コナーがテオドラの顔を一瞥した。彼が急に立ちあがったので、テオドラは驚いて見あげた。「ウイスキーが必要だ」コナーはサイドボードまで行って自分のグラスにたっぷりとウイスキーを注ぎ、デカンタを持って戻るとテオドラのグラスを満たした。「まだ顔が青いな。無理もないが。きみは旅をするといつも気分が悪くなる。きみの恋人はそれを知らないのか？」

恋人。彼女はランスをそんなふうに思ったことがなく、妙に落ち着かない気持ちになった。

「今はもう気づいているわ」

コナーはいたずらっぽく笑った。こちらもつられて笑みを返したくなる、あの笑顔だ。

「きみが婚約者に隠し事をしていないなら何よりだ」

テオドラは口元までグラスを持っていく途中で思わず手を止めた。「隠し事？」

「きみは相手に気を使いすぎて、自分の思ってることを口にしない傾向がある。わたしにはもちろん、ほかの誰にもだ」コナーはデカンタをテーブルに置くと、驚いているテオドラをよそに椅子にゆったりもたれかかった。「目を見れば、いつだってきみの考えていることはわかる」

今までずっと、テオドラは自分の本心をうまく隠しおおせていると思っていた。ああ、何がばれていたのだろう？　尋ねたい気もしたが、聞きたくない答えが返ってくるだろうとも思った。それに、コナーが彼女の表情から何を察したつもりになっているにせよ、それはどうでもいいことだ。気もそぞろになり、テオドラはウイスキーをあおった。

コナーがグラス越しにテオドラを見つめた。「きみが駆け落ちしたと知って、ショックだったよ。きみらしくないと思ってね」

テオドラは何が彼女らしくて何が彼女らしくないのか、ろくに知りもしないくせにと言いたい衝動をこらえた。「彼は親切な紳士よ。育ちもいいし、気前もいいわ。わたしはもう、次の赴任先のための準備をしたり、退屈な役目におさまったりしていることを楽しんでいるふりをしながら、残りの人生を過ごしたいとは思えないの。運命が許してくれるのなら家族を持ちたいし……」

陰がコナーの顔をよぎった。あまりに暗い表情で痛みがあらわになっていたので、テオドラは驚いて目をしばたたいた。なぜそんな顔をするのだろう？　運命だとか家族だとか言ったせい？　彼女は息を詰め、身を乗りだしてコナーの手を握った。

「いったい何があったの？」

コナーはこの一カ月半、姉のアンナがもういないという事実に慣れようと必死だった。姉が亡くなって初めて、コナーは自分がいかに姉の存在を当然のように思い、これからもずっといてくれるものとあてにしていたかを知った。テアが心から心配してくれているのがわかって、彼は思いがけず胸を打たれ、自制を保っていた細い糸が切れた。

喉が締めつけられ、声が出なかった。ああ、どうしてテアにはわかったのだろう? デリックや彼女の両親と一緒にいても、彼らは何も気づかなかったのに。

感情が押し寄せて息もできなくなり、コナーはウイスキーをあおって熱い液体を喉の奥に無理やり流しこんだ。沈黙ののち、かすれる声で言った。「姉が」

「アンナが……まさか!」テアの目に涙があふれ、コナーの手に重ねた彼女の手に力がこもった。「嘘でしょう、コナー。そんな」

コナーはうなずき、爆発しそうになる感情を懸命に抑えた。

「ああ、残念だわ。どうして……いつ?」

「六週間前だ」それと二日と三時間前……。彼は奥歯を噛みしめて涙をこらえた。

テアが静かにため息をついた。「アンナは身ごもっていた。それが……それでなの?」

コナーは力なくうなずいた。視線をテアの手に包まれた自分の手に落とす。心の痛みから気をそらそうと、彼女の手を見つめた。思いがけないほど美しい手――指は長くて細く、芸術家のようだ。どういうわけか、今までそのことに気づかなかった。

「ああ、コナー、わたしにできることがあればいいのに。あなたにはいちばんつらいことだったでしょうね」

コナーは親指をテアの柔らかな肌にすべらせながら、姉にはもう二度と会えないことを淡々と口にできるようになるのはいつだろうと思った。まだ、できない。彼の魂は喪失感を受け入れることを頑強に拒んでいた。その事実に向き合おうとするたび、思いが千々に乱れて感情がぼろぼろになった。

「赤ちゃんは？」テアが静かに尋ねた。

「かわいい男の子だ。元気だよ」しかし、姉は息子が育っていくさまを見ることはない。

コナーはまたウイスキーをあおり、絶対に泣くまいと決意した。テアの前では決して。

人はみな、テアの兄のデリックがコナーの親友だと思っているだろう。ある時点まではそれが真実だった。だがデリックが結婚してしまうと、コナーは自分がデリックよりもテアを求めていたのだと気づいた。テアは惚れ惚れするほど冷静で機知に富み、常に誠実だった。少なくとも、コナーに対しては。彼はほかの誰よりもテアの意見を重視していた。

コナーの知るすべての女性のなかで、最も話しやすいのがテアだ。さまざまな意味で、彼女はコナーが信頼するただ一人の女性だ。

だから自分は今ここにいるのだと、コナーは自分に思いださせた。

これ以上同情されるのはたまらない気がして、酒のお代わりを注ぐのにかこつけて、テアの手の下から自分の手をそっと引き抜いた。

テアはすべて承知しているかのように、手を膝に戻した。「あなたがお姉さんのことをどんなに愛していたかは知っているわ。何かわたしにできることはある？」

コナーは小さなテーブルにデカンタを置き、テアをまっすぐ見た。「できることがあれば、わたしを助けてくれるというのか？」

「もちろんよ」テアが澄んだ目でコナーを見た。物問いたげではあるが、ひるんではいない。「ありがとう。というのも、きみの助けが必要なんだ。だからここへ来た」

テアが眉を上げた。「そうなの？　それは……赤ちゃんのことではないわよね？　それに関しては、わたしに何かできるかわからないし。でも、必要なら言うまでもなく――」

「違う。姉の夫は乳母を何人も雇ってる。それとは別の話だ。そもそもきみの家に行った理由だよ」コナーは顎をさすった。どこから話せばいいのだろう？「ちょっと複雑な話なんだ。まず説明しなければならないいきさつがある」

テアは自分のグラスを両手で包み、コナーの顔を見つめた。彼女の目の奥で、かすかな不安が頭をもたげている。「そうなの？」

「わたしが子どもの頃に両親を亡くしたことはきみも知ってるはずだ。だが、ダグラス家の財産について話したことはなかったと思う」

「財産？」

「北にかなり広い土地を持ってるんだ。千エーカー以上はある。それに金と銀もかなりの量だ。われわれ兄弟が自分の責任というものを理解するまで、それらは姉が管理していた。姉はその財産をさらに増やした。そういう才覚があるんだ」コナーは口をつぐんだ。「才覚があった、だな。どうもそのことをすぐ忘れてしまう」

テアの茶色の目が曇った。「そういうことには時間がかかるものよ」

コナーは首筋をさすった。どうも喉が詰まって困る。「姉は財産の管理をしながら、われわれ兄弟にそれを受け継ぐ用意ができるのを待ち続けた」

テアが眉をひそめる。「誰も受け継ごうとしなかったみたいな言い方ね」

「ああ」コナーは信じられないと言いたげなテアの視線が気に入らなかった。

「いったいどうして？」

「それなしでも十分やっていけるからだ。それに姉は財産の話になると、やけに細かいことにこだわるようになってね。姉は、相続財産を受け取るためには、われわれが自分の価値を証明し、家庭に身を落ち着けなければならないと言いだした。兄弟の誰もそんなことは望んでなかった。それで……」コナーは肩をすくめた。

「愚か者よ、あなたたちは！」

コナーは片方の眉を上げた。テアがそんなきつい言い方をするとは意外だった。

テアはひるまなかった。「デクランは馬とレースに夢中で、それでは領地を切り盛りするのに安定した基盤は築けないわ。ジャックはといえば、みんなは理由もなく彼を〝ブラック・ジャック〟と呼んでいるわけじゃない。あなた以上にたちの悪い海賊よ」

「わたしは私掠船の船長だ。海賊じゃない。接収の許可状は持ってる。それがわたしの仕事なんだ。弁解するようなことは何もない」

「アンナはそうは思っていなかったわ。でなければ、相続財産を受け継がせるのに条件なんてつけなかったでしょう」

「きみはわたしが相続財産を受け継ぐべきだと思っているんだな」

「もちろんよ。なぜ今までそうしなかったのかわからない」

「いいだろう。それこそが、わたしが今日ここに来た理由だ」コナーは酒を飲み干した。なぜか、話を続けるのがためらわれた。ばかばかしい。テアなら自分を助けてくれるはずだとわかっているのに。さっきもそう言ってくれたじゃないか。「姉の遺言によれば、わたしも含め、兄弟はみな結婚しなければならない。それもすぐにだ。さもないとダグラス家の財産は、宿敵のキャンベル家に渡ることになる」

「どうしてアンナはそんなことを？」

「われわれのことをよく知っていたからだ。姉が領地を慈善団体に譲ると言ったなら、われわれは喜んで手放しただろう。誰もそんな重荷は背負いたくないからな。だが、キャンベル家だと？　そんなことは許しておけない」

「なるほどね」テアはコナーの顔を見つめたままだった。「それで……あなたは結婚しなければならないというわけ。あなたたち兄弟全員が」

「猶予は数カ月しかない。それに、相手はそれなりのレディでなければならない」コナーは両肘を膝について身を乗りだした。「テア、それがわたしがここに来た理由だ。遺言を聞かされるなり、わたしはきみのことを考えた」

「わたしのことを」テアは抑揚のない口調で言った。自分でそう口にしても信じられないというように。

「もちろん、きみだ」コナーはじれったくなった。「きみはわたしをよく知ってる。分別もある。われわれはきっとうまくやっていける。互いに何を期待すべきかわかっていて、くだらない芝居じみた状況を繰り広げることもない。それは結婚するのに妥当な根拠となる」

「だめよ、そんな……」テアは言葉を切り、大きく息を吸うとグラスをテーブルに置いた。それから落ち着いた声でゆっくりと言った。「コナー、こんなときに求婚するなんてどうかしているわ。わたしは別の男性と駆け落ちしているのよ」

コナーは笑みを消した。テアにそう言われると、本当に情けない気がした。「きみの決断が悪いと言ってるわけじゃない。相手は郷士にしてはまともな男なんだろう。だが、わたしはそれよりもっといい人生を申しでている。今のきみのいる状況から一段階、上の人生を」

テアが意味を量りかねるという顔でコナーを見つめた。

コナーはいらだちまじりのため息をつき、テアの膝に置かれた手を取って指にキスをした。「どうかイエスと言ってくれ。そして祝杯を挙げようじゃないか――」

「いいえ」テアは手を引き抜いて立ちあがり、コナーの外套を肩から外して椅子の上に置いた。湿ってくしゃくしゃにもつれた髪に縁取られた顔のなかで、彼女の目がコナーをにらみつけていた。

コナーも立ちあがった。「待ってくれ、結論を急ぎすぎた。わかってる。説明させてほしい」

「もうこれ以上何も聞きたくない」

「しかし――」

「もう、何も、聞きたくないわ」テアは背を向け、立ち去ろうとした。

コナーはテアの手首をつかんで振り向かせた。濡れたスカートが脚にからまり、彼女は倒れかけた。

コナーはテアを抱きとめた。胸と胸がぶつかる。テアがコナーを見あげた。目は大きく見開かれ、口も驚きのあまり開いている。

そうするのが最も自然に思えたので、それになんとしてもテアを引きとめたかったので、コナーは彼女にキスをした。

それは優しいキスだった。目の前にいるからしただけの、これまで百人の女性と交わしてきたのと同じキスのはずだった。だが唇と唇が触れた瞬間、情熱の炎が燃えあがり、全身が目覚め、驚愕のなかで感覚が暴れまわった。

テアもそれを感じたに違いない。コナーの腕のなかで体をこわばらせ、まるで不意に高いところから落ちる恐怖を感じたかのように、両手で彼の襟元をつかんだ。

その情熱に、コナーはいっそう燃えあがった。だが、彼はゆっくり動いた。テアにほとんど経験がないことは明らかだ。いかにもぎこちなく、不安げで、唇は引き結ばれ、目はきつく閉じられている。コナーは優しくキスをした。唇をなぞり、そっとついばんで、彼女が欲望に息をのむとたちまち口を奪い、キスを深めた。テアは身をこわばらせていたが、コナーはそのまま続けた。背中を撫でてやり、彼女をさらに近くへ引き寄せた。

テアはしだいに力を抜いてキスを受け入れた。舌を彼の舌で転がされ、悦びにうめいた。コナーは情熱を解き放ち、彼女の口を奪い、舌をもてあそび、耳のなかで自分の心臓が轟音をたてるのを聞いた。

腕のなかのテアはとても温かく、とても柔らかかった。まるであつらえたように彼の体にぴったりくる。ああ、なぜ今まで一度も彼女にキスしなかったのだろう？　両手を背中から下へすべらせていき、テアをさらに引き寄せて――。

テアが顔をそむけ、キスが途切れた。「だめよ」甘い息がコナーの頬をかすめる。

コナーは思わずうめきそうになり、額をテアのこめかみに押しあてて呼吸を整えようとした。欲望のあまり、全身がこわばっていた。

「いけないわ」テアが体を引いた。

コナーが彼女を離すのには、大変な意志の力が必要だった。「テア？」

「だめよ」テアは背を向け、足を引きずりながらドアに向かった。

コナーは一歩、テアのほうへ足を踏みだした。「待ってくれ！」

テアは止まったが、振り向きはしなかった。

陶然とするキスで頭はまだくらくらしていたものの、コナーはなんとか口を開いた。「すまない。キスするべきではなかった。何も考えていなかったんだ。だが……。わたしはきみに問いかけた。きみは答えなかった。わたしは結婚を申しこんだんだぞ」

テアは身を硬くして、両手を体の脇で握りしめた。一瞬の間を置いて、向き直った顔は赤く染まり、口はきつく引き結ばれていた。「だめよ」

「ちゃんと考えてみてくれ！　わたしたちはお互いにとって完璧だ……思っていた以上にそうなんだ。あのキスの情熱から判断すると」

「完璧だなんてとんでもないわ。それに、たとえそうだとしても……」テアの目に新たな炎が燃えあがった。「わたしはあなたとは結婚しないわ、コナー・ダグラス。たとえあなたが地上に残る最後の男性になったとしても」

そう言い捨てると、テアは再び背を向け、足を引きずりながら応接間をあとにした。

5

育ちのいい女性が知っていてはいけないような悪態を並べ立てながら、テオドラは足を引きずって階段を上がり、自分の客室に向かった。部屋のなかで、からっぽのトランクが干してあった。涙で視界がぼやけ、テオドラは勢いよくドアを閉めると、色あせたブロケード織りのカバーがかけられた椅子を目指して歩いていった。

「愚か者！」鏡の前を通り過ぎながら、彼女は自分にぴしゃりと言った。「コナーにはそれだけ言ってやればよかったのよ！　わたしったら何を考えていたの？」震える指で唇を撫でた。あのキスのせいで、まだ腫れている気がする。なぜ、ああ、どうしてコナーにキスを許してしまったの？　もっと悪いことに、なぜキスを返してしまったの？

二度とあんなことはさせない。二度と。テオドラは一瞬たりともコナーと二人きりにはならないと誓った。テオドラが思ってもいなかった方法で、コナーは彼女の自制を突き崩しにかかる。

コナー・ダグラスとはもう終わったのだ。

終、わ、っ、た。

テオドラは乱暴に椅子に座った。片方の足はブーツを履いているが、もう片方は濡れたストッキングに包まれているだけだ。ああ、ブーツを片方、応接間に置いてきてしまった。どういうわけか、ブーツを履いていない足を見たとたん、目に涙があふれた。

今日一日で起きたことのすべてが悲惨だった。次から次へと深い失望に襲われた。駆け落ちを決行したものの、情けないことになっている。それにあの軽率なキスをしてしまった今、テオドラは思いきって冒険に出たものの、それが正しかったのかどうか疑念を持つようになっていた。今朝の時点では、結婚は未来を確実なものにしてくれる実際的な方法に思えた。しかしあのキスのあと、ランスに対して疑問を抱いている自分に気づいた。二人でいるあいだずっと――求愛してきたときも、駆け落ちの計画を立てていたときも、ここまで旅をしてくるあいださえも――彼は一度としてテオドラにキスをしようとしなかった。それはランスの礼儀正しさによるものだと考えていたが、コナーの情熱的なキスを思いだすと、ランスが同じようにキスしてくれないのはなぜだろうと悩んだ。ランスはキスをしたくないのだろうか？　二人のあいだに情熱は存在しないのだろうか？

ランスとの結婚が便宜上のものにすぎないとしても、自分が情熱を求めていないわけではない。テオドラは二人がより親しくなれば、情熱は自然に育まれるのだろうと思っていた。だがどんなに努力してみても、ランスのことを考えるときには、コナーとのあいだに瞬間的にわき立ったあの情熱を想像することができなかった。

テオドラは指先で唇を撫で、まだ熱くうずいていることに驚いた。自分は求めている――。

いいえ、そのことを考えてはだめ。コナーとは合わない。今日の彼の行動がそれを証明している。相続財産を受け取るためだけに結婚を申しこんでくるなんて、どうしたらそんな残酷なことができるのだろう？　アンナはきっと……。

アンナの死の知らせを聞いて感じたショックが不意によみがえり、テオドラはむせび泣きをこらえた。最初に出会ったときから、テオドラとアンナは互いを好きになった。会えるのはアンナがたまたまコナーに同行してきたときだけで、それも彼女が結婚してからは少なくなった。それでなかなか親密な仲にはなれなかったが、テオドラはいつも願っていた。もし自分とコナーが結婚したら……。

またそんな愚かなことを！　コナーとの結婚はあり得ない。たとえ結婚したとしても、それは双方にとって悲惨なことになる。テオドラは指を熱いまぶたに押しあてた。コナーは、いつも同じ顔ぶれに囲まれているのは〝退屈〟だから、彼女が自分の家族と暮らすことをやめて人生を変える決断をしたと思いこんでいる。くだらないことを言わないで。なぜ、ああ、どうして彼は彼女が駆け落ちしている最中にのこのこ現れたのだろう？　コナーが来たからといって、ランスと一緒に未来を見つけるという決意をぐらつかせたりしない。

テオドラはコナーに対して腹を立てていたが、コナーよりもっと腹が立つのは自分自身に対してだった。彼にキスをされて、反応したのは体だけではなかった。心は目もくらむ悦びに舞いあがり、希望が命を吹き返した。コナーが自分を求めている。何度も見てきた白昼夢が現実になったかのようだった。コナーが馬で追いかけてきて、テオドラの前に身を投げだして結婚してくれと懇願し、彼女を抱きあげてさらっていく。

もちろん夢のなかでは、コナーがそうする動機は愛だ。あんな身勝手な動機と、あんなどうでもいい求婚があっていいわけがない！　自分にはもっと価値があるはずだ。

だが、コナーがそう思っていないのは明らかだ。テオドラはまたしても何かを失ってしまったように思え、泣きだしたい気持ちに襲われて目頭が熱くなった。

はなをすすり、顎を上げた。コナー・ダグラスのために泣くのはもうたくさんだ。しかし、彼が現れたおかげで一つはっきりしたことがある。テオドラがランスとの計画を成功させたければ、自分の心をしっかり守らなければならない。自分にはできるはずだと、彼女は決意を新たにした。コナーさえいなくなれば、それはもっと簡単になるだろう。

唯一残念なのは、彼がアンナの死を乗り越えようとするのを近くで支えてあげられないことだ。姉の話をしていないときでさえコナーが悲しんでいるのを感じて、テオドラは心が痛んだ。アンナもあんな彼は見たくはないはず。ああ、アンナ！

とうとう涙がこぼれでて、視界がぼやけた。もはや耐えられなくなり、テオドラは両手で顔を覆って泣いた。起こってしまったこと、絶たれた未来、母親を亡くした赤ちゃん、コナーの目の奥に宿る悲しみを思って泣いた。

ようやく涙が止まると、はなをすすり、目をこすった。ため息をついて立ちあがり、窓辺にある洗面台で顔を洗う。ぱたぱた顔を叩いて水気を取ると、ついでに髪を櫛で梳かした。

髪を結いあげたとき、宿の玄関のドアが開く音がして、テオドラは窓の下をのぞいた。コナーが馬番の少年に身振りを交えて指示しているのが見えた。何やら熱心に話しかけ、少年が道の先を指差した。

少年がうなずくと、コナーは少年の手にコインを一枚のせた。少年は見るからに喜んでコインをポケットにしまい、帽子をかぶり直してから道を駆けだした。

何を言いつけたのだろう？　テオドラは見えなくなるまで少年の後ろ姿を目で追った。それから彼女が視線を戻すと、コナーは思案に暮れながら宿に入ろうとしているところだった。コナーの姿が消え、ドアを開け閉めする音しか聞こえなくなったが、テオドラの心の目にはコナーの姿がはっきりと見えていた。廊下を歩いていき、応接間に入っていく。入口は彼の広い肩でいっぱいになっている。淡い青の目は思いに沈んでいるせいで暗い色になって……。

テオドラは目を閉じて額を窓につけた。なめらかなガラスが火照る肌を冷やしてくれた。なぜ、ああ、なぜコナーはこんなにもわたしを魅了するの？

彼女は代わりにランスのことを考えようとした。ランスがいつもどれほど礼儀正しいか、彼がどれほど熱心に結婚を望んでいるか、彼が姉妹たちや母親とどれほど仲がいいか。集中するのに時間がかかったが、コナーに対する混乱した感情が少しずつほぐれていった。完全に消えはしないが、そんなことはどうでもいいというふりができるくらいには薄れた。

窓に背を向けようとしたとき、荷馬車の音が注意を引いた。ランスが戻ってきたのだ。彼の後ろの荷台で、馬番の少年二人が壊れた馬車の車輪を抱えている。荷馬車が止まり、飛び降りたランスは少年たちに話しかけた。一人が御者台にのぼり、荷馬車を馬小屋へと導いていった。宿の主人が外に出てきて、ランスの身振りからすると必要な修理について話しているようだ。それからランスは宿に入っていった。

つい今しがた、コナーが入っていったドアを通って。テオドラは心臓が喉元までせりあがった。ランスは彼女を探しに応接間に行って、彼女の代わりにコナーに出くわしてしまう！

彼女は唇を噛んだ。コナーはきっと自分がここにいる理由は言わないはずだ……。それとも、言うだろうか？　テオドラは指でこめかみを押した。コナーが奇妙で思いがけない行動を取るのに理由はいらない。彼は人を驚かせて楽しむ人だ。二度とコナーとは口をききたくない。テオドラは顔をしかめた。そういうわけにはいかないようだ。うぬぼれたスコットランド人の海賊をののしりながら、彼女は足を引きずり、いまいましい無法者と今一度対決すべくドアに向かった。

コナーはマントルピースに片方の腕をつき、ぱちぱちとはぜる火を見つめ、次の一手を考えた。行き先もわからないまま任務に臨むのには慣れておらず、自分が壊れた舵で船を操っているという感覚がぬぐえなかった。テアに、下りてきて釈明を聞いてくれるまで出ていくつもりはないと伝えるべきだろうか？　それとも郷士が戻るのを待って、結婚をやめろとそいつに直接言うべきか？　コナーに唯一わかっているのは、彼の目の黒いうちはテアに駆け落ちなどさせるつもりはないことだ。テアの家族のためにではなく、彼女自身のために。

もしかしたら、コナー自身のためでもあるかもしれない。彼は口をこすり、思いがけなく燃えあがった二人の情熱を思いだした。テアは予想していた以上に彼の妻にふさわしい。そう考えると、テアのにべもない拒絶がなおさら残念に思えた。

　なんというまいましい混乱状態だろう。それはコナーが自分で作りだしたものだ。あと数日早く求婚しに行っていれば、無謀な駆け落ちを阻止できただろうに。

　彼は顎をこわばらせた。過去は変えられないが、未来は確実に変えられる。そもそもテアがなぜこんな彼女らしくもない道を突き進む気になったのか、わかりさえすれば。テアは本当は何を求めているのだろう？　人生を変えたいというようなことを言っていたが、それはどんなふうに？

　コナーは眉をひそめ、炎から舞いあがって落ちた燃えさしを暖炉のなかへ蹴り戻した。テアは夢見がちな女性ではないし、身分が下でろくに知りもしない男との結婚を焦るほど、家のなかに居場所がないわけでもないはずだ。理由がなんであれ、彼女は打ち明けてはくれないに違いない。実際、部屋を出ていったときの表情からすると、もう二度と彼とは口をきかないという勢いだった。

　コナーはマントルピースに肘をつき、手の上に顎をのせた。退屈だったことは理由の一つに違いない。退屈によって生まれる空虚さなら理解できた。あまり長く海から離れていると、居場所を失って漂流しているように思える。今も、船の甲板の揺れが懐かしくてしかたがない。古臭い宿のよどんだ空気よりも、新鮮な海風を感じたかった。気の毒なことに、テアの人生はずっと凪の状態だ。もちろん常に旅はしていたが、彼女が言ったとおり、自分で行き先を選んだわけではない。父親の赴任先に連れていかれて、母親の目の届くところに縛りつけられていたのだ。

もしかしたら、結婚することで得られる自由を求めたとか、そんな単純なことが動機だったのかもしれない。とはいえ今度は農場に縛りつけられるはめになりそうな、社交界にコネがあって妻の望む自由を与えられるわけでもない男を、なぜテアが受け入れたのかという説明にはならないが。それは牢獄から別の牢獄に移るだけの話だ。そんなことがわからないほどテアは頭が悪くはないだろう。

コナーは眉をひそめた。だとしたら、ほかに理由があるはずだ。それはなんだ？「まったく、女性ってやつは！」彼はうなった。「北東の風の進路を読むほうが、女性の考えを推し量るよりもはるかに簡単だ。女性の思考はここから次の地点へと決してまっすぐには進まないし、あまりにいろいろな考えが前後して、上下して、ぐるぐるまわる。男はお手上げだ」

コナーにわかっているのは、自分の申し出が失敗に終わったことだけだ。ひょっとしたら、言い方がまずかったのかもしれない。だが、ほかにどう言えばよかったんだ？テアに嘘をつくつもりはなかった。たとえそのほうが自分のためになるとしても、彼女には真実を話さなければならない。それにテアは結婚が心の問題ではないとわかっているし、コナーが愛を信じているふりをしたところで、一瞬で彼の本心を見抜いただろう。

そうではない。コナーはビジネスの提案をしに来たのだ。双方が利益を得られるビジネス。その利益について説明する機会を与えてくれさえすれば、テアはきっと提案を受け入れるはずだ。

もしかすると敗因は言い方ではなく、タイミングだったのかもしれない。彼女は疲れていた。みじめな駆け落ちに傷つき、怪我をして、溝に落ちて泥だらけで凍えていたのだ。

きっとそうだ。コナーは安堵のため息をついた。そんなときに無遠慮に求婚するなんて愚かな話だ。テアがこの旅から立ち直るのを待つべきだった。さらに悪いことに彼女に姉の死を知らせたことで、状況はもっと複雑になってしまった。

そのことを考えると胸が締めつけられた。苦痛を振り払おうと、コナーは大きく息を吸った。あんな悲しい知らせを聞いてしまったら、どんな形であろうと求婚に耳を傾ける気分にはなれないに違いない。まったく、大失敗だ。

テアにはいつもの落ち着きを取り戻す時間を与えなければならない。そのあいだは近くにとどまって時機を待ち、再び提案してみよう。今度はもっと考え抜いたやり方で。

さて、駆け落ち中の二人にどんな理由でくっついていればいい？　馬車の車輪が壊れたとなれば、彼らはしばらく、おそらく数日はこの宿にとどまることになる。それをうまく利用するしかない。

コナーはみすぼらしい応接間を見まわして首を横に振った。テアにはもっとふさわしい場所があるはずだ。こんな宿しかなかったとしても、自分なら彼女をびしょ濡れで、あざだらけで、気分も悪いまま放っておいて、馬車の様子を見に行ったりはしない。そのための使用人はいくらでもいるのだ。怪我の手当てもされずにテアが放ったらかしにされていいわけがない。

自分ならテアのそばに残っただろう。医師を呼んで傷の手当てをさせ、彼女が温まるように気を配り、熱い紅茶とまともな食事を用意させる。そして宿の主人の妻に頼んで、少なくともテアのドレスの一枚はすぐに洗って乾かして着替えられるようにしたはずだ。あの郷士はずいぶんと多くの機会を逃したものだ。コナーが追いついた時点で、テアがあんなにいらだっていたのは無理もない。

そこにコナーの希望がある。とはいえ、最初からあきらめるつもりなどないが。彼は〝決して後れを取ってはならない《ジャメ・アリエール》〟を家訓とするダグラス家の男なのだ。テアが考えもなしに悲惨な運命に向かって突っ走っていくのを見過ごしては男がすたる。

荷馬車が宿の前庭に音高く入ってきて、コナーは窓の外を見た。数秒後、宿の主人が急ぎ足で廊下を通り過ぎながら上階にいる使用人を呼び、料理人に食事を用意させるように言って、郷士さまのお帰りだと告げるのが聞こえた。

コナーがクラヴァットを直していると、誰かがあわてて階段を下りてくる音が聞こえた。なんてことだ、テア、あいつの出迎えか？　その足音に、コナーは注意を引かれた。テアはまだ足を引きずっているが、気になるのはそれだけではない……。片方しかブーツを履いていないのか？　驚いてあたりを見まわすと、椅子のそばにテアのブーツが見え、彼は思わず微笑んだ。

足を引きずり、ブーツを片方しか履いていなくても、大あわてでやってくる。それほどまでに、婚約者と彼を二人きりにはさせたくないのか。彼女は何をそんなに恐れている？

入口にテアが現れた。

コナーはお辞儀をし、彼女がどうにか髪を整えたことに気づいた。もっとも、それで顎の傷が余計に目立っていたが。「戻ってきてくれて嬉しいよ。わたしは――」

「さっき起きたことを話し合うつもりはないわ」テアは冷ややかに告げたが、彼女の頬は赤くなっていた。「あれは間違いだった。もうその話はしないから」

「何もなかったふりはできない。わたしは今もきみと結婚したいと思ってるし――」

「やめて！　そんなふうに続けるのなら、わたしは今すぐここを出ていくわ」顔を上げ、肩をそびやかしたテアは、嵐を前にしたフリゲート艦のように勇ましく見えたが、きつい目つきとは裏腹に、表情にはもろさものぞいていた。さらに悪いことに、明かりの下では目がかすかに充血しているのも隠せなかった。彼女は泣いていたのだ。

コナーは悲しみに襲われ、大胆さは影を潜めた。「結構だ。きみの好きにすればいい。あのことについては何も言わないよ……とりあえず今日のところは」

「永遠によ」

「つまり、わたしに求婚されたことを郷士に知られたくないんだな」彼は眉を上げた。「それで足を引きずってまでも急いで階段を下りてきた」

テアの頬がいちだんと赤くなった。「あんなくだらないことを彼に言う必要はないわ」

「おやおや、それで足首の痛みも押して歩いてきたわけか」コナーは顔をしかめた。「きみに不快な思いはさせたくはない。今日はもう十分につらい思いをしただろうから、それ以上苦痛の種を増やしたくはないんだ」

テアの瞳が翳り、表情からいくらか険しさが消えた。「ありがとう。今日はとにかく……」目に涙が浮かび、彼女は首を横に振った。「さっきは取り乱してごめんなさい。あなたに驚かされた、それだけのことよ。それにアンナはいつも……」唇が震えた。

コナーはテアのそばに行って抱きしめたい思いを必死にこらえた。テアと同様に彼の心も痛んだが、今、自分が触れてしまったら、彼女は泣き崩れるだろう。そして――もっと悪いことに――彼自身も感情の抑えがきかず、泣きだしてしまうかもしれない。「あんなことを言うべきはではなかった。考えなしだったよ。わたしにとって、この数週間はとても長かったんだ。言い訳にしかならないけれどね」もっとうまく言えたらいいのにと思ったが、あの子犬のような目で見られたら勝ち目はない。とりわけその目に悲しみがあふれているときには。「わたしは――」

こつこつとブーツの足音が廊下を進んでくるのが聞こえて、テアはドアにすばやく向き直り、ドレスを手で撫でつけた。

コナーは傲然とドアを見据えた。でっぷり太った郷士に思い知らせてやる。ただし静かに、テアを怒らせることなく。足音がドアに近づいてきて、郷士が現れた。一歩前に出ようとしたコナーは、ライバルの姿を目にしてその場に凍りついた。

彼は相手を見た。もう一度、まじまじと見た。

思い描いていたのは四十がらみの髪の薄い、ずんぐりとした体格で歯並びの悪い男だった。

しかし、これは……。

なんてことだ、まるでギリシア神話に出てくるアドニスのような美青年じゃないか。

身長は一八八センチのコナーより三センチ以上も高かった。体格はがっしりしていて、腕は力強く、腿は木の幹のようだ。この男なら素手で船のマストも真っ二つに折れるだろう。

さらに、ハンサムで歯は真っ白、目もくらむような笑みを浮かべ、焦げ茶色の髪は豊かだ。まったくテアはいったいどこでこんな男を見つけたんだ？　駆け落ちを決めたのも無理はない。この郷士は美男子の典型だ。

コナーはテアがこちらを見ていることに気づいた。かすかに笑みを浮かべ、コナーの驚きようを楽しんでいる。コナーはすぐさま表情を引きしめ、ほどほどの興味を示すにとどめた。これ以上、魂の奥までのぞきこませてなるものか。自分はただ、意外に手ごわい敵かもしれないと知ってショックを受けただけだ。

テアが彼を拒否した理由はこれなのか？　まさかテアが……恋しているなどということはあり得るだろうか？　彼女は否定していたが……本当は？

コナーは少々元気を失い、婚約者を出迎えたテアの表情をひそかに観察した。

コナーが安心したのは、彼女があからさまに甘い表情を見せたり、濃いまつげに縁取られた目をうるませたり、澄んだ声に喜びをにじませたりといったことがなかったせいだ。コナーが最初に見せた驚きぶりをまだ面白がっているような顔で、テアは婚約者を迎えた。その様子には旧知の友人、あるいはペットの犬に誰もが示すような好意しか見て取れなかった。

いい兆候だ。コナーは注意をライバルに向けた。

テアは郷士にべた惚れではないのかもしれないが、郷士の彼女への入れこみようはすぐに明らかになった。目はテアの顔に釘づけで、テアの口から出るすべての言葉に聞き入っている。コナーは濃い霧のなかで船を操らなければならないようないらだちを感じた。ありがたいことに、テアは男の情熱に釣り合うものを見せてはおらず、おかげでコナーは笑顔で一歩足を踏みだせた。「フォックス郷士！　やっと会えたな」

部屋に入ってからずっとテアだけを見つめていた男は、しぶしぶコナーを振り向いた。ほかの者がそこにいることに今さらながら驚いたようだ。「あ、ええ、そうですね。それで、あなたは……？」

コナーはテアに向かって片方の眉を上げてみせた。

テアは明らかに気乗りしない様子で紹介した。「フォックス郷士、こちらはミスター・コナー・ダグラス、わたしの兄の友人よ」コナーのほうを向いた。「そしてこちらがフォックス郷士、わたしの友人よ」

彼女が言葉を強調したことは否定のしようもなく、さすがに郷士も気づいたようだった。最初は驚きに、続いて幸福感に、彼は顔を赤く染めた。

コナーは面白くなかった。笑みを顔に張りつけたまま、片方の手を差しだした。「よろしく」

フォックスがコナーの手を握った。「こちらこそ、ミスター・ダグラス。お噂はかねがねうかがっています」

「本当に？」コナーは微笑んだまま、手に力をこめた。

「もちろんですよ」男はまるで意に介さず、自分も力を入れて握り返してきた。

コナーは普通の男なら抗議の声をあげるところまで力を強めた。

大男は身をすくめることすらせず、強い握手を返してきた。

痛みがコナーの手を駆け抜けるのをよそに、フォックスは親しげに言った。「テオドラの兄上の友人なら、ぼくにとっても友人です」

コナーは歯ぎしりした。なんてことだ。指が折れる！　彼はしかたなく力を抜いた。

フォックスは自分が挑まれていたことにはまるで気づいていない様子でコナーの手を離し、コナーが思わずよろめくほどの強さで肩を叩いた。「本当に嬉しい驚きですよ！　昔からあなたを知ってたような気がする。テオドラがあなたのことをよく話すんです」

テアは目をしばたたいた。「わたしが？」

それが何かを示していると言えそうだ。コナーは笑みを浮かべたまま、片方の手を後ろにまわして指を曲げ伸ばしした。あの男の手はハムをつるすフックほど大きい。生物学的な強さを競っても、負けるのがおちだ。

幸い、強さを計る方法は一つではない。彼はテアに向き直って愛想よく微笑んだ。「わたしのことを話していても不思議はないな。何しろ彼女とはとても、とても、とても長いつき合いだからね」

テアは渋い顔をした。「そうなの」感情を交えずに言った。

「それに、誰よりもお互いのことをよく知ってる。わたしたちは親しいんだ。とても」

テアが警告するように目を細めてコナーを見た。

「まるで兄と妹なんですね！」フォックスは礼儀正しく言った。しかしその笑顔のまばゆさはいくらか影を潜めていた。

「いや、違うな」コナーが言うと同時に、テアは言った。「まさにそうよ」彼女はいらだたしそうに息を吐いた。「冗談はやめて、コナー！　あなたはわたしの知るかぎり、いちばん厄介で腹の立つ人よ」

ああ、このほうがずっとわたしの知っているテアらしい。コナーは呆然としたフォックスの表情を見て笑った。彼女は内気な乙女のふりをしてきたらしい。思ったとおりだ。この男はテアのことなど何もわかっていない。コナーは両腕を大きく広げた。「ああ、どうやらばれてしまったらしい。人をいらだたせるのはわたしの特技なんだ。わたしのきょうだいにきけば、きっと保証してくれる」

「わたしの兄もね」テアはつけ加え、勝ち誇ったように目をきらめかせた。「兄はあなたのことを〝とんでもない大迷惑〟と呼んでいるわ」

「ああ、まあな。きみのことを〝さらにとんでもない大迷惑〟と呼んでいることは言わずにおくが」

テアが不意にこみあげた笑いを押し殺したのがわかった。その冗談はコナーの狙いどおりに彼女の態度を和らげる効果があった。テアの怒りは長続きしたためしがなく、彼女はすぐに笑顔に戻る。それもコナーがテアについて好もしく思う点の一つだ。

それでもテアがいつものように反応してくれたことに、彼は奇妙なくらいほっとしていた。彼女がコナーに怒りをぶつけることはめったになく、彼は自分がそのことをどれほど気に病んでいたかを改めて思い知った。

「わたしたち、座ったほうがいいんじゃない？」テアがそう言って、足を引きずりながら暖炉のそばの椅子へと向かった。「わたしの足首が座れと要求しているわ」

フォックスがたちまちに心配そうな顔になり、悔恨の表情を浮かべた。「かわいそうに。足首の調子はどうだい？　だから医者を呼ぼうと言ったのに」

「大丈夫よ、くじいただけだもの」テオドラは椅子に座り、コナーがここにいるせいで事態は思ったより複雑になっていることをはっきりと理解した。たとえコナーがここまでテオドラを追ってきた理由を黙っていたとしても、彼女には今やランスに隠しておかなければならない秘密ができてしまった。まるで濡れたシーツが二人のあいだにぶらさがっているかに思えた。

先手を打って、すべてを話してしまうべきだろうか？　いいえ、そんなことをすれば、葛藤している気持ちまでうっかり打ち明けてしまうかもしれない。真実は隠しておいたほうがいい。しかしテオドラはランスといるのが、前のように心地よく感じられなくなっているのが悔しかった。コナーが今すぐ出ていってくれればいいのに。彼がいるとすべてが台なしだ。

「みんなで座って話すとしよう」コナーはランスを追い抜いてもう一つの椅子を確保し、気の毒なランスは座る場所がなくなった。テオドラがコナーをにらみつけたが、コナーは心配そうな口調で言った。「きみが座れてよかった。足首を痛めたというのに、そんなにいつまでも立っているもんじゃない」

ランスのすまなそうな視線を感じ、テオドラは言った。「いいの、朝までにはきっとよくなるわ」ランスは彼女を痛めつけようとしたわけではない。ランスが愚かなのはただ単にこれまで適切な指導を受けなかったせいで、それは彼の育ちを考えると特に驚くことではない。ランスの父親はずっと病気がちで、四年前に亡くなった。意志の強い母親と五人の姉妹に囲まれて、ランスは家族に愛される存在となり、独立して家庭を持ってしかるべき年齢になっても自立しろと急かされることなく育った。ランスはあるときこう白状したほどだ。一度、教区牧師の娘に求愛しようと考えたこともあったが、姉妹たちは（もちろん熱心にではないが）応援してくれたものの、母親はその気の毒な女性が近くにいるといつでもぷりぷり怒っていたと。それを乗り越えられるほど二人の関係は進展しなかった。

テオドラはその話を警告と受けとめ、ランスの母親からどんな手で邪魔されても覚悟はできていると請け合った。母親が息子を失うことを恐れているのは理解できたし、その恐れを静めるためならどんなことでもするつもりだった。

それはランスがなぜこんなに長く独身でいたかの説明にもなっていた。彼は母親に対して責任を感じていたのだ。テオドラはそんなランスを立派だと思った。本当に、彼はテオドラがこれまで出会った誰よりも心優しい人だ。

ランスは首を横に振った。「やっぱり医者に診てもらったほうがいいんじゃないかな」

コナーは今から演じようとしている悪役には不釣り合いな明るい声で言った。「いやいや、ご心配なく。折れてはいない。この手で調べたから知っている」

テオドラは身をこわばらせた。

ランスが笑みを消した。「あなたが彼女の足首を――」

「ランス、椅子を取ってきて」テオドラはあわてて言い、笑みを浮かべてその唐突さを和らげた。「あなたを見あげていると首がおかしくなりそうよ。あんまり背が高いんだもの。談話室にはもっと椅子があるはずだわ」

ランスは一瞬ためらったが、テオドラの促す視線に顔を赤らめてうなずいた。「そうだね、ちょっと行ってくる」

ランスがドアから出ていくなり、テオドラはコナーに向き直って小声で言った。「あなたの魂胆はお見通しよ。その手にはのりませんからね！」

6

「魂胆なんてとんでもない」コナーは無邪気に言った。「わたしはこの場を楽しく過ごそうとしているだけだ」

「これが楽しく過ごしているっていうの？」

コナーの口元がゆがみ、淡い青の目が愉快そうにきらめいた。「この状況にしてはな。少なくとも、思っていた以上に楽しい」

「わたしはとても楽しいとは言えないわ。まず、あなたは気の毒なランスの手を握りつぶそうとしたでしょう。ええ、そうよ、あなたが何をしているか見えていたんですからね。それから、わたしの足首を調べたと言うなんて。まるでそれが自然なことみたいに」

「わたしには自然に思えた」

いまいましいことに、テオドラにも自然に思えた。この一日で百回目になる悪態をつきたい衝動をテオドラはどうにか抑えこんだ。「ランスにショックを与えようとするのはやめて」

コナーは彼女の言葉について考えこんでいるように見えた。本当は何を考えているのかわからないが。「ちょっとやりすぎたか」椅子に背を預け、テオドラを上から下まで眺め渡した。「なんとも見目麗しい二人だ。見た目はお似合いだよ、帆をいっぱいに張ったガリオン船みたいに。だが、いいか、それ以外の点では、あの男はきみにふさわしくない。そう断言してやる」

テオドラはコナーの見た目に関する意見につい喜んでしまった胸の震えを抑えて、冷ややかに言い放った。「あの人のことを何も知らないくせに。さっき会ったばかりじゃないの」

「きみが自分のことを知ってる以上に、わたしはきみをよく知っている。きみにはウイットに富んだ会話ができる男が必要なんだ。でないときみがあいつを鼻の差でリードしてしまって、二人とも幸せではいられなくなる」

「わたしに何が必要かなんてあなたの知ったことではないし、わたしは〝鼻の差でリード〟なんてしない。そういう女じゃないわ」

コナーが眉を上げたが、それには返答しなかった。

「それに、ランスは――」

「ランス。さっき、きこうと思ってたんだ」コナーは顔をしかめた。「いったいどういうわけでそんな名前をつけたんだ？」

「いい名前よ」テオドラはコナーをにらみつけた。「警告しておくわ。事を起こさないで。何かを気に入らないときはいつでも、あなたはそういう不愉快な態度を取るわよね、ほかの誰も知らないことを自分は知っているという顔で冷笑して。そんなふうにわたしたちをばかにしないで！」

コナーは笑みを引っこめて前かがみになり、膝をテオドラの膝につけた。「テア、きみをばかにしたことなど一度もない。一度もだ。地球上のどの女性よりもきみを尊敬している」

コナーの声に、テオドラは心が震え、寒い冬の日に入る温かな風呂のように幸せを感じた。

「いつだってわたしをからかっているじゃないの」

「ひどくいじめたつもりはない。しかしランスは……あの男は話が別だ」コナーは肩をすくめた。「やつがからかわれて当然の男だと思えば、わたしはそうする」

テオドラは椅子のなかで身じろぎし、自分の膝をコナーの膝から離した。ちょっと触れたくらいで肌が熱くなるのはどうしたものかと考えて、先ほどのキスを思いだした。不意に、この一日の長さが耐えられないほど苦痛に思えた。彼女はため息をつき、椅子に沈みこんだ。

「コナー、お願い。もうやめて」

「それはどうかな。あいつはあまりに標的にしやすい。やつに向かって何発か威嚇射撃したいという誘惑に、わたしは抵抗できないかもしれない」コナーは肩をすくめた。「向こうがわたしを邪魔だと思うなら、自分でそう言えばいい。子どもじゃないんだ」

コナーが話しながら指を曲げ伸ばししているのを見て、テオドラはにんまりした。「ランスはあなたの手を握り返したのね？」

コナーは手を止め、テオドラに鋭い目つきをくれた。「それほどでもない」

「あなたの手なんて握りつぶしてやればよかったのに。でも、ランスはあまりに紳士なのよ」

「そうか？　きみはやつの人のよさに目がくらんでるみたいだな」コナーは椅子にもたれ、肘掛けに両肘をついて指で尖塔の形を作ると、その上に顎をのせた。「善良なる郷士は自分の婚約者がすけすけの寝間着しか着ていない姿をわたしに見られたと知ったら、なんと言うだろうな？」

「ちょっと！」テオドラは顔が火照った。「すけすけじゃなかったわ。変なことを言わないで！」

コナーがため息をついた。「そのとおり。厚い生地で、船の帆にできるくらいたっぷりひだもあった。正直なところ、あれよりも薄着でベッドに入る修道女さえ何人も見たことがある」

どうやって薄着の修道女を見たというのだろう？　いいえ、きいちゃだめ。そんなことは知りたくもない。「あのことについては何も言わないって誓ったはずでしょう」たしかに今までずっと、コナーは何年も前のあの晩のことを口にしなかった。雷に怯えてテオドラがカンバーバッチ・ハウスの自室から飛びでて、両親の部屋に向かって廊下を走ったあの夜のことは。

嵐が家を揺らし、窓は今にも壊れそうな音をたてていた。十七歳の彼女は恐怖にすくむあまり、コナーが廊下にいるのが見えなかった。彼に衝突するそのときまで。

コナーは、たまたま泊まることになって、いつも用意が整っている客用寝室に向かっているところだった。夜も遅い時間だったので火がともされたランプは一つもなく、廊下は暗かった。そこに、テオドラが飛びだしてきたのだ。コナーは一瞬の躊躇もせず彼女をきつく抱きしめた。

いつまでそこに立っていたのかテオドラにはわからなかった。頬はコナーの広い胸に押しつけられ、髪に彼のささやきを感じていた。コナーは何度も、もう安全だ、嵐はすぐに去ると繰り返した。

結局、雷鳴が弱まり、家じゅうががたがた言う音もおさまるまでずっと、テオドラは彼にしがみつき、彼のコロンの誘惑的な香りを吸いこみ、彼の腕の力強さに浸り、そして――一秒ごとにどんどん深く恋に落ちていった。

嵐がゆっくり去ると、二人のまわりはまるで嵐が残していった電気がたまっているかのように空気が濃くなった。テオドラはコナーが近くにいることを改めて意識しはじめた。背中をゆっくり撫でる彼の両手のぬくもり。彼女が頬を押しあてているシルクのベストから立ちのぼるコロンの香り。頭がくらくらするほどの近さを感じながら、テオドラは暖かな毛布に包まれるように幸福感に包まれていた。

時間が経つにつれ、彼女の呼吸はさらに不規則になっていった。足は重くなり、肌はちくちくし、耳のなかに鼓動が轟いた。テオドラはコナーも同じように感じているのだろうと思った。というのも、彼の呼吸も荒くなっていたからだ。一瞬、テオドラはこめかみをコナーの唇で撫でられたように感じてびくっとした。

つま先立ちになって顔をコナーの顔に近づけ、キスをしたい――そんな大胆な考えが頭に浮かび、彼女は震えた。しかし勇気をかき集めようとしているあいだに、コナーは両腕を落として一歩下がり、テオドラは突然一人ぼっちにされて寒さを感じた。

さらに悪いことに、欲望にまみれた目でコナーを見つめている彼女に、彼は子どもに対してするように顎の下をぽんぽんと叩いて冷ややかに言った。「自分のベッドにお帰り、お嬢さん。ひどい顔をしてるぞ」

その言葉で、テオドラの魂はぺしゃんこになった。自分のことを求めてなどいない男性にしがみついていただけでなく、あわてていたせいでローブも羽織っていない寝間着姿で、髪もほどけてもつれているという自分のひどいありさまを意識せずにいられなかった。

恥ずかしさのあまり取り乱し、十七歳の傷心の少女らしくパニックに襲われて、テオドラは悪夢を見たからとかなんとかつぶやきながら、急いで自室に戻った。そしてテーブルから花瓶が落ちるほどの勢いで、後ろ手にドアを閉めた。

恥ずかしさと渇望を感じながらベッドに倒れこみ、暴走する妄想のなかに響き渡るコナーの冷ややかな声を聞いていると、何度も死にそうな思いになり、その夜はまんじりともできなかった。

翌朝、テオドラは眠い目をこすり、なぜあんな愚かなまねをしてしまったのだろうと思った。そして階下に行ってみると事態はさらに悪くなっていた。朝食室にコナーが一人でいたのだ。

彼はテオドラを見ても嬉しそうではなく、彼女はいっそう不安になった。面目を保とうと、テオドラは昨晩のことは誰にも言わないでほしいとぎこちなく要求した。テオドラがあれはなんの意味もないことで忘れたくてしかたがないのだと言うと、コナーはもちろん意味などないし、自分はすでに忘れてしまったから人に言うのも無理だと答えて彼女を失望させた。

コナーが退屈しているのがかすかに感じられて、テオドラはさらに打ちのめされて部屋に帰った。泣きだしたい気分にならずにあの瞬間のことを考えられるようになったのは、何週間も経ってからだ。

そんな昔の記憶を振り払いながら、テオドラは言った。「あの晩のことであなたが記憶していることがあるというのが驚きだわ。わたしはほとんど忘れてしまったもの」

コナーが眉を上げた。「かわいい女の子が腕のなかに飛びこんできて、助けてくれと懇願したのを忘れるだって？　そんなことはあり得ない」

テオドラは頬がこれ以上ないくらい熱くなった。あの遠い昔の出来事がコナーの記憶にまだ残っていることに勝利を感じ、震えそうになるのを必死でこらえた。「懇願なんてしなかったわ。ただ、あの夜のことは全部忘れてほしいと言っただけ。あなたはそうすると約束してくれたはずよ」

「ああ」重々しい口調とは裏腹に、コナーの目はきらきら輝いていた。「まあ、わたしは若くて世間知らずのお嬢さんがきまりの悪い思いをしないですむよう守ると言っただけだが」

テオドラはコナーの表情を探った。「わたしを守ろうとしてくれたの？」

コナーが肩をすくめた。「きみは明らかに気もそぞろになってたからな。あのときはきみの気持ちを楽にしてあげるのがいちばんだろうと思った」

それはご親切に。額面どおりに受け取れたらの話だけれど。「だったら、今もあなたはあのことは口にしないと信じていいのね？」

「残念ながら、その答えはノーだな。きみはもう女の子じゃない。それにこれは特別な状況だ」

「ええ、そうね。あなたは誰かと結婚しなきゃならないんだもの。本当のところ、相手は誰でもよくて、〝いまいましいキャンベル家〟から相続財産を守ることができればそれでいいんでしょう。そういう〝特別な状況〟よね」テオドラは苦々しげに言った。

コナーの瞳が翳り、朗らかさが顔から消えた。「これは自分だけのためではない。きみのためでもあるんだ」

テオドラは短い笑い声を放った。「なぜあなたとの結婚がわたしのためになるというの?」

「きみの利益になることはいろいろある。わかるだろう」コナーは視線でテオドラを愛撫し、彼女の息を止めた。「だがそれ以上に、きみが人生最大の過ちを犯すことから守れるんだ」

その言葉が心に重くのしかかり、テオドラはまるで不意に首にかけられた縄を引っ張られたかのように喉が締めつけられた。そして悟った。そう、まさにそれを恐れていたのだ。人生最大の過ち。結婚したら、毎朝目覚めるたびに、もっとほかの人生を手に入れたかったと思うようになるのではないかという恐怖。ほかの誰かならよかったのにと……。

テオドラの視線がコナーの視線とぶつかり、その恐ろしい一瞬のあいだに彼女はすべてを打ち明けたくなった。コナーをどれほど愛しているか、それを彼がいかに気づいていないか、テオドラが今どんなに自分の道を見つけたいと思っているか。コナーに守られて生きていくのではなく、自分自身の人生を生きたかった。

ありとあらゆる思いがもつれ、口から出たのは短い問いかけだった。「あなたは気になるの？」

「きみが間違った相手と結婚したら？　もちろんだ。きみの兄さんはわたしの親友だぞ」

「兄の話なんてしていないわ。それに今はあなたの相続財産のことも関係ない」テオドラは身を乗りだした。どんなに不愉快な答えが返ってきたとしても、真実を聞く覚悟はできている。「なぜわたしが人生最大の過ちを犯すかどうかをあなたが気にするの？」

コナーはばつが悪そうな顔をした。「そういう心配をせずにいられるのは、よほど無情なやつだ。特に、それが気にかけている人のこととなれば」

「つまり、あなたはわたしのことを気にかけている」

「当然だ。遠い昔からずっとよく知ってるんだからな」

尋ねてはだめ。コナーは彼女が耳にしたくないことを言うだろう。しかし気づいたときには、次の問いが口からこぼれていた。「どんなふうに気になるの？」

コナーは椅子のなかで居心地悪そうに身じろぎした。口にする前から自分の答えをテオドラが気に入らないであろうことがわかっていて、どうにも落ち着かない様子だ。「どんなふうにも何もない。好きか、そうでないかのどちらかだ。もちろん、わたしは好きだが」

テオドラはもう自分を止められなかった。「どれくらい好きなの？」

「おいおい、テア、何を言わせたいんだ？　きみのことは遠くから見守って、これなら大丈夫だと思っていたい。だが、いつだって頼ってくれてかまわないんだよ。わかってるだろうが」それではまだ足りないというテオドラの心を読んだように、コナーは硬い声でつけ加えた。「きみはわたしにとって最も近しい、最良の友人だ。これで十分だろう」

十分じゃない。テオドラはどん底まで失望していた。まるでコナーに心臓を踏みつけられた気分だ。彼に拒絶されたという苦い味をのみこみ、なんとか感情を表に出さないようにして言った。「わたしにとっても、あなたは最も近しい友人よ」

でも、もうただの友人でいるだけでは満足できない。

そのときランスの足音が廊下に響き、テオドラはほっとした。彼は大きな椅子を持って現れた。

宝物を見つけた子どものように嬉しそうな顔をして、ランスはテオドラの横に椅子を置いた。「長いことかかってしまってすまなかった。談話室にある椅子はスツールばかりでね。宿の主人が自分の寝室からこの椅子を持っていっていいと言ってくれたんだ」ランスが座ると、大きな椅子はぎしぎし鳴った。「これで全員がくつろげる」

「そうだな」コナーはまるで全員を心地よくさせるのは自分の責任だと言いたげだ。

ランスが両手を膝に置いて微笑んだ。「それで、ミスター・ダグラス――」

「どうかコナーと呼んでくれ、テアがそう呼んでいるように」

「テア?」ランスが問いかけるようにテオドラを見る。

「テオドラというのは大仰な名前だからな。彼女はこんなに小さいのに」コナーが言った。

ランスは今、初めて知り合ったかのようにテオドラを見た。「たしかに」

「わたしの身長は女性の平均より高いわよ」友人たちもみな、テオドラより数センチは低い。「小さいと言われるのは心外だわ」

ランスがくすくす笑ってテオドラの手を軽く叩いた。「男から見ればという話だよ。ぼくたちからすれば、きみはとても華奢だ」

テオドラが言い返そうと口を開けた瞬間、コナーの嬉しそうな表情が見えた。ランスと言い合いをしても、コナーを喜ばせるだけだ。

彼女は反論をのみこんだ。「そうでしょうね」この件はあとでけりをつけてやる。

自分が剣呑な瞬間をかろうじて逃れたとも露知らず、ランスは楽しげに言った。「ぼくもきみをテアと呼ぶことにするよ」

「だめよ、テアなんてペットの名前みたいだわ」テオドラはコナーを横目でにらみつけた。「前にもそう言ったのに、聞く耳を持たない人っているのよね」

「聞く耳は持った」コナーが抗議した。「同意しなかっただけだ。それに、呼ばれても返事をしなければいいだけの話だろう」彼の目が邪悪なきらめきを発した。「だが、きみはいつも返事をする」

そのとおりだ。いまいましいことに、何年も呼ばれているあいだにテオドラはその呼び名に慣れてしまった。今やそれがあたり前になっている。彼女は鼻を鳴らした。

ランスがくすくす笑う。「妹たちにあだ名をつけたんだ。いちばん上の妹がティーポット。やっと歩けるようになった幼い頃からお茶を飲むのが大好きだったからだ。いちばん下の妹はアヒルちゃん。アヒルの子を一匹、自分のペットにして、寝るときも部屋から出さずに育てていた。何年も、妹のベッドの足元には巣があったんだ」彼は礼儀正しくコナーを振り返った。「ミスター・ダグラスもごきょうだいがいますよね。たしか姉上が一人と――」

テオドラはコナーの顔が凍りつくのを目にした。「コナーは今は家族の話はしたくないと思うわ。ああ、だめよ。アンナ！　彼女はランスのほうに向いて言った。「コナーは今は家族の話はしたくないと思うわ。しばらく離れて暮らしていたし。きっと、ほかにもっと話題があるはずよ、たとえば……たとえば天気の話とか――」

「テア」

テオドラはコナーと視線を合わせた。彼の淡い青の目には温かな感謝の念があふれていた。

「大丈夫だ。わたしもそろそろ慣れなければならない」

しかしその目には悲しみもたしかに見えて、テオドラの目に思わず涙が浮かんだ。

ランスは明らかに混乱した様子で二人を交互に見た。「すみません。まずいことを言ったみたいですね」

「いいんだ」コナーは言った。「最近、姉は……」言葉が止まった。口は開いているのに、そこから先が出てこなかった。一瞬ののち、彼は咳払いをして言った。「姉は亡くなった」

「そんな！」ランスが心から申し訳なさそうに顔をくしゃくしゃにした。「本当にすみません。許してください。こんな個人的なことを話題にするなんて、考えなしでした」

コナーはウイスキーを一口飲んだ。テオドラは彼がグラスをきつく握りしめていることに気づいた。コナーは酒を飲み下し、なんとか笑みを浮かべた。「気にしないでくれ。そのことを声に出して言うことに慣れなければならないんだ。ところで、きみには船乗りに仕立ててインドに船を出せるほど姉妹がいるようだな。教えてくれ、きみの家はいつも大変な騒ぎなんじゃないか?」

「ときどきは」ランスが認めた。「特に夕食のときはそうですね」

「なるほど、それで説明がつく。きみはそういう家につきものの女性のおしゃべりから逃げだしたわけか」

「おっと! 外れですね」ランスはテオドラの手を取った。「この冒険に出た理由はたくさんありますが、そのどれも逃げだすことには関係ありません」彼女の手を持ちあげ、指に口づけた。「逃げだすのではなく、テオドラを追い求めてるんです」

テオドラは顔が赤くなった。「ランス、そんなことはしないで」彼女は手を引き抜いた。

ランスはすぐに申し訳なさそうな顔になった。「ミスター・ダグラスの前だというのに、はしたなかったかな」彼は視線をコナーに戻し、テオドラはその隙に落ち着きを取り戻した。

「それで、ミスター・ダグラス……コナー……あなたはどうしてここへ? ぼくたちと行き会ったのは単なる偶然じゃないでしょう」

コナーが目を伏せ、ちらりとテオドラを見た。テオドラは思わず息を詰めた。お願い、あなたのばかみたいな求婚のことは言わないで。お願いだから。

それは状況を気まずくするだけだ。ランスには決してテオドラとコナーの関係が理解できないだろう。彼女自身も理解しているかどうか心もとなかった。

コナーは肩をすくめた。「本当に偶然なんだ。馬で走っていたら、どうしようもなく喉が渇いてね。この応接間に入ってきて、テアが座ってるところを目にしたときのわたしの驚きを想像してみてほしい」

ランスがくすくす笑った。「彼女の両親か兄上から追っ手としてよこされたんじゃなくてよかったですよ。あなたと決闘しなければならないなんて、ごめんですからね」

コナーの笑みが凍りつき、目の奥に鋭い光が宿った。「ほう？」

廊下でかちゃかちゃ音がして、メイドがやっと紅茶とケーキを運んできた。テオドラは紅茶のトレイを見てこんなに嬉しかったのは生まれて初めてだと思った。

メイドはトレイを置いたものの紅茶を注ごうとはせず、ただコナーをうっとりと見つめている。とうとうテオドラはぴしゃりと言った。「もういいわ、あとはわたしがするから」

メイドは苦労してコナーから視線を引きはがした。「申し訳ありません、淹れます。ただちょっと――」

「いいえ、結構よ」テオドラはポットを持ちあげた。「あなたは行っていいわ」

メイドは最後にちらりとコナーを見ると、しぶしぶお辞儀をして部屋を出ていった。

テオドラは三つのカップを見た。「お茶が欲しい人？」

コナーはウイスキーグラスを掲げた。「わたしはいらない」

「ぼくは少しいただこう」ランスが言った。

テオドラは自分の分を注ぐ前に、ランスに紅茶のカップを手渡した。ベルガモットとシナモンの香りの湯気が立ちのぼる。

ランスは紅茶を一口すすって手を止めた。「夕食をもう一人分用意するように、あのメイドに言っておけばよかったな」

テオドラは紅茶にむせそうになった。「コナーは夕食にまで残らないわ！　彼は……彼は用事があって長居できないのよ」厳しい視線でコナーを突き刺した。「そうでしょう？」

「たしかに用事はある」コナーはすぐにつけ加えた。「だが幸い、そう急ぎでもない。喜んで夕食をご一緒しよう」

テオドラはティーカップ越しに彼をにらみつけた。

焼き焦げそうな視線にも気づかない様子で、コナーは両腕を伸ばし、大いにくつろいでいる様子だ。「それに夕食のあともここに泊まって――」

テオドラはカップをソーサーに乱暴に置いた。紅茶のしぶきが飛び散る。「いいえ、無理よ」

コナーが愉快そうに眉を上げ、ランスは驚いた顔でテオドラを見た。

テオドラは必死に食い下がった。「もしかして忘れたの？　あなたには大事な用事があるでしょう。あなたとお別れするのは寂しいけれど、心配しないで。あなたが夕食を持っていけるように手配するわ」コナーにまた余計なことを言わせないよう、微笑みを顔に張りつけてランスのほうを向いた。「馬車の車輪はどうなったの？　あなたが戻ってきたのは思っていたより早かったけれど」

「ああ、そうだね。それはもうがんばって早く帰ってきたんだよ。きみを一人で残しておきたくなかったから」

「テアは一人ではなかったけれどね」コナーが指摘する。

ランスの笑みがかすかに翳った。「そのようですね。でも、ぼくはそうとは知らなかった」

気まずい一瞬の沈黙ののち、テオドラを振り向いた。「車輪については万事順調というわけじゃない。修理はできるけど、最も近い修理工がいるのはシェフィールドだ」

「シェフィールド？　なんてこと、三日はかかるわ。もっと近くに誰かいるはずよ！」

「残念ながら、いないんだ。旅を再開するには一週間かそれ以上かかるだろう」

「そんな！」これでは永遠に結婚できない！　テオドラは退屈な過去が自分をつかまえに来て、追いつかれてしまったように思えた。「きっともっと近くに一人くらい修理工がいるわよ」

「それはないと思う。シェフィールドに一人いるのが幸運なくらいだ。このあたりには大きな町がないからね」ランスは彼女を励ますように微笑んだ。「いいかい、テオドラ、一週間なんてすぐだ。少なくともこの快適な宿にいられるわけで、道で立ち往生しているわけじゃない」

テオドラは応接間を見まわした。カーテンはすりきれ、椅子にはクッションも置かれていない。ベッドの状態も推して知るべしだ。自分の部屋のベッドをもっとよく調べておけばよかったと思ったが、さっきはそれどころではなかった。

テオドラはがっかりしていたが、コナーの熱い視線を意識して、無理やり失望を抑えこんだ。「あなたの言うとおりよ。ここなら大丈夫ね」彼女は気持ちを立て直した。「大丈夫どころか、ずいぶん居心地よく過ごせそうだわ」

コナーは部屋を見渡し、テオドラが気にしたのと同じ箇所で目を留めた。「ずいぶんと素朴な宿だ。まあ、そのほうがロマンティックな気分が盛りあがることはあるだろうが」

「そのとおり！」ランスが顔を輝かせた。「それなりの魅力がありますよ」

テオドラは自分でも思いがけないほど熱心に言った。「ある意味、これぞ冒険ね」

ランスは誇らしげに微笑んだ。「よくぞ言ってくれた！」

コナーが眉を上げた。テオドラは彼の視線を避け、自分のカップに紅茶を注ぐことに専念した。「空いた時間に服を直せるわ。持ってきたものは全部濡れてしまったから」

ランスが顔をしかめる。「姉のアラベラがここにいて手伝ってくれたらよかったのに。姉は服を直すのが本当にうまいんだ」

〝姉〟という言葉に、テオドラはついコナーの顔を見た。彼はうつろな目でウイスキーを見つめている。

テオドラはまた喉が締めつけられた。そして、コナーがグラスを脇に置いて急に立ちあがったことに驚いた。「すまないが、ちょっと馬の様子を見てこないと」

ランスが信じられないという顔でコナーを見た。「今ですか？」

「ああ。知らない人々に囲まれて神経質になると、粗相をすることが多いんだ」

ランスもカップを置いて立ちあがろうとしたが、コナーは片方の手を上げた。

「かまわないでくれ。そう長くはかからない。わたしの馬車が到着して使用人たちが来れば、もっと簡単に……」コナーは眉根を寄せ、考えこむように顎をさすった。

ランスは礼儀正しく尋ねた。「どうかしましたか?」

「今、思いついたんだ。この宿もロマンティックだが、車輪を直すあいだ、二人とも喜んでここに滞在したいと思ってるわけでないのはわかっている。もしよかったらきみたちはわたしの馬車を使って、グレトナ・グリーンまで旅を続けるというのはどうだろう? わたしを追ってまさにこの道を進んできているはずなんだ。明日には到着すると思う」

「あなたがそれに乗っていくつもりだったんでしょう?」ランスが尋ねた。

「ああ、いや。わたしは馬車に閉じこめられるのが嫌いなんだ。わたしには馬があるし、さっきも言ったように、特に急いでいるわけでもない」コナーがそれで決まりだとばかりにうなずいた。「きみたちはわたしの馬車で旅を続ければいい」

テオドラが「だめよ!」と言うのと、ランスが「もちろん!」と叫ぶのとは同時だった。

彼女は顔を赤くして婚約者をにらみつけた。

ランスは混乱しているようだった。「テオドラ、なぜこんないい話を断ろうとするのかわからない。きみだって車輪が直るまでここで待ちたいわけじゃないだろう?」

「そんなことをコナーにお願いするなんて、いけないわ」

「いや、いいんだ。わたしに馬車を使う予定はないし、二人に使ってもらったほうがいい。あとで返してもらえればかまわないよ。きみたちが無事に結婚できたあとで」

ランスはこれ以上ないくらい嬉しそうだ。「そう、大事なのはそこですよ。でも、本当にいいんですか？」

「ああ、もちろん。というより」コナーの視線がテオドラに飛んだ。「わたしがきみたちに使ってほしいんだ」

ランスは立ちあがって両手でコナーの手をつかみ、心をこめたように強く握った。「ありがとうございます！　なんて寛大なんだ。なぜテオドラがいつもあなたの話をするのか、今ならよくわかります」

「たいしたことじゃない。さあ、ちょっと失礼して、宿の主人に部屋を用意してもらってこよう」

テオドラは心を落ち着かせるために紅茶を一口すすったところだったが、コナーの言葉を聞いて顔を上げた。ここに泊まるつもりなのだろうか？　なぜ？

まるでテオドラの問いが聞こえたかのように、コナーが言った。「天気は下り坂だし、わたしは雨のなかを馬で走るのが嫌いなんだ。こういう天気の変わり目に熱を出したことがあって、それ以来、避けるようにしている」

テオドラは歯ぎしりした。どういうつもり？　ここは小さな宿で、部屋数も少ない。廊下は狭く、壁は薄い。コナーが眠っているところからほんの数メートルしか離れていない場所で夜を過ごすなどというのは、彼女がいちばん避けたいことだった。

だが、コナーの策略が気になっていらだつ一方で、彼がそんなに近くにいると思うと胸がざわつき、先ほどのキスが脳裏によみがえって口がからからに乾いた。

婚約者が近くにいても体が何も反応しないのは、どこかおかしいのだろうか。コナーのことはこんなにも意識してしまうのに。いいえ、それは完璧に理解できることだとテオドラは自分に言い聞かせた。コナーは臆面もなくこの近さを利用しようとするだろうが、ランスは決してそんなことはしない。そう、これもまたコナーが結婚に向かない種類の男性だという理由の一つだ。

まるでコナーと共謀するかのように風が吹いて、窓をがたがたいわせた。それを聞いてランスが言った。「風が強まってる。ミスター・ダグラス、今日は旅を続けないのが正解ですよ」

「わたしの天気予報はあたるんだ」ドアへと歩いていったコナーは、テオドラの心の平安を乱したことを喜んでいるようだった。「ちょっと失礼して、きみたちに二人きりの時間を進呈しよう。わたしは宿の主人と部屋の話をしてくる」

「でも——」テオドラは言いかけた。

「わたしがいいと言ってるんだ」コナーは会釈して晴れやかな笑みをテオドラに向け、朗らかな海の歌を口笛で吹きながらドアの向こうへと姿を消した。

テオドラは目を細めた。彼女とランスが罠にはめられたという感覚がぬぐいきれなかった。

あまりに複雑で、自分にはよく見えていない罠に。まったく、コナー、何をするつもり？

何を企んでいるの？　何を手に入れようとしているの？

それがなんなのか、きっと突きとめてみせる。そのときにはただではおかない！

7

面白いことに、コナーが口からでまかせで予言した雨は夕食のあいだに本格的に降りはじめた。コナーは泊まることにしてよかったと何度か言い、ランスはそのたびに明るく同意してテアに顔をしかめさせた。

コナーが予想したとおり、夕食はぎこちないものとなった。テアは寡黙で、その婚約者はふさぎこんだ彼女を会話に引き入れようと農作物の輪作の計画を詳細に説明したが、コナーには苦痛なほど退屈な話題に思えた。ガーデニングが好きなはずのテアさえも熱意を見せられずにいるようだった。夕食が終わると、彼女は今日一日いろいろあって疲れているからと唐突に立ちあがり、足を引きずって部屋を出ていった。

テアのその行動はコナーよりもランスのほうがずっと気にしていて、善良なる郷士は彼女に代わって弁明した。テアにはいらだつだけの理由があるとコナーは思った。もっともコナーは彼女を怒らせてでも、言うべきことは言うつもりだったが。

コナーはランスと二人きりになるのもいやではなかった。暖かな暖炉の火と上等なウイスキーの瓶があって、二時間も楽しく語り合えば、敵の弱点を探るには十分だ。

というわけで翌朝コナーが起きたときには頭がぼんやりしていたが、郷士の信頼を勝ち取るのみならず、今後のテアとランスの不仲の種をいくつか植えつけることができたので大満足だった。階下に行くと、誰もいない応接間に朝食が用意されていたが、重い頭には戸外のさわやかな風のほうが効く気がして、コナーは散歩に出ることにした。雨あがりの空気はひんやりしていて、木々の葉や玉石はきれいに洗われ、道には新しい水たまりができていた。陽光が降り注ぎ、空は真っ青だ。姉を亡くして以来、こんなにも心の平安を感じたのは初めてだった。心がゆっくりと癒やされていく。テアを追いかけるのは必要に迫られてというよりも、気晴らしとして楽しめるものとなっていた。

コナーは顔を太陽に向けて宿の壁にもたれ、次の手を考えた。彼がよく知っているものは二つある。私掠船と女性。このゲームに勝ってテアを妻にするには、彼女自身が婚約を解消する決断を下さなければならない。それはつまり、コナーを夫にするほうがずっといい選択だとテアを納得させなければならないわけで、かなり苦労しそうに思えた。

昨晩の夕食でいくつかの手がかりがつかめた。ランスはあからさまにテアに求愛していて、彼女は明らかに不快そうだったが、郷士は気づいていない様子だった。テアは公衆の目にさらされるのには慣れていない。しかし、ランスはそこをよく理解していないようだ。その注意力の欠如は二人の違いを強調することがあり、目のつけどころだとコナーは思った。あいにく、郷士がテアを簡単にあきらめるとは思えなかった。

表面的には、ランスはわかりやすくてまっすぐな男に見えた。幸せなら笑顔になり、悲しければ顔を曇らす。どこにもあいまいな陰はなく、隠された企みもなく、これまでのところ、コナーの存在を脅かすような試みはいっさい見られない。

コナーはポケットから葉巻を一本取りだして、つまんだ指先のあいだで転がした。かぐわしい香りに精神が高ぶった。今回の任務は予想していたよりはるかに困難だ。というより、テアははるかに難しい相手だ。気難しくて、頑固で、そして……。失望させられたということではない。テアはいつものテアらしくいようとしているのだ。意志の強い、自分が正しいと思っていることを譲らない、いつもの彼女らしく。そういうところがコナーは好きだった。つまりテアは、彼が愚かにも考えていたようには従順ではないということだ。彼女を妻にした場合、少々期待外れに終わることもあり得るのだろうか？

コナーが何カ月も海に出ているあいだ、あるいはロンドン社交界で彼一人で活動するとき、テアはおとなしく待ってはいないだろう。実際、兄弟同士で見栄を張り合う必要もない今となっては、コナーは認めざるを得なかった。テアは過剰にセンチメンタルな女性でもないが、誇りのない女性でもないということを。彼女はそれ相応の敬意を要求するだろう。

彼は自分が無頓着に結婚を申しこんだときにテアの目に走った光を思いだした。考えが甘かったと痛感させられたが、求婚を思いとどまりはしなかった。それどころか、もっと心を惹かれ、挑戦を受けて立とうという気になった。テアにはすっかり驚かされ、まるで初めて出会ったような気にさせられた。それも当然かもしれない。今までは、自宅で両親か兄が一緒にいるときの彼女しか知らなかったのだ。だが、ここではテアは一人きり。その違いにコナーは惹きつけられていた。新しいテア——もしかしたらそちらのほうが本来の姿なのかもしれない——は簡単に負かすことができる相手ではない。コナーの計画は修正が必要になってくるだろう。

彼は一人笑い、葉巻に火をつけた。テアとやり合うのは海上での戦いと同じように楽しい。自分はおとなしくて一人でいることに満足するような妻を求めていると思っていたが、彼女の気迫を称賛していることは認めなければならない。テアは自分の考えを堂々と口にする。そうやって挑まれるのも意外に楽しいものだと、コナーは思うようになっていた。コナーが海に出ているあいだダンスキー・ハウスを切り盛りしてもらうのだから、彼の妻は自立心のある人物でなければならない。それは同時に、コナーが当初考えていたよりももっと頻繁にわが家に帰ってくるよう要求されることを意味しているのかもしれないが。

わが家。早くから自分の家を失った者にとっては実感のわかない言葉だ。姉のアンナがいくら努力しても、両親が生きていた頃のような〝家庭〟を作ることはできなかった。テアにとって〝家庭〟とはなんだろう？　彼女は物事を取り仕切るのがとりわけうまい。テアが数かぎりないほど経験してきた引っ越しにおいて全体を見事に指揮するのをコナーは見てきた。次の赴任先について調べ、必要とあらば新たに家を借り、どの家具を持っていくかを決め、必要な品の運送を手配し、家族が心地よく移動できるよう確認し、使用人を雇う――膨大なリストをこなしていく手腕は本当に感服ものだ。テアはこれを一年ごとに、あるいはもっと頻繁に、父親が新たな任務を受けるたびにこなしてきた。

ダンスキー・ハウスにいるテアを想像すると、思い浮かぶのはいいことばかりだ。

船が港に戻ったとき、手入れが行き届いて順調に切り盛りされているわが家に帰れるのは素晴らしい。自分が暖炉の前に座り、夕食の用意がまもなく整うのを待ちながら、かたわらにいるテアにウイスキーを注いでもらっている姿が目に見えるようだ……。コナーは鼻を鳴らした。テアにウイスキーを注いでもらっている？　こちらが彼女のグラスに注いでいるというほうが断然あり得る。まあ、それはそれで面白いが。

テアに求愛するのは正しい決断だと、コナーは確信していた。ほかの選択肢としては、今すぐここを発って条件に見合う別の女性を見つけるしかないが、それは想像もできない。結婚市場には、金さえあればほかのことには目をつぶる女性は山ほどいる。だが誰もそんなに興味深くなく、そんなに快適に過ごせるわけでもなく、そんなに愉快でもなく……つまりあらゆる点で、テアに比べればほかの女性と結婚するのは楽しいとは思えない。

コナーはテアの部屋の窓を見あげた。レースのカーテンはまだ閉まったままだ。彼女のベッドで目覚めるのはどんな感じだろう。寝転がってテアをそばに引き寄せて……首筋にキスをして、彼女の体を温めて目覚めさせてやる……。

体の中心がうずき、コナーはにやりとした。テアとの結婚で得られる利点は最初に思っていた以上にいろいろある。だからこそ、自分の馬車を貸すと申しでたのだ。

郷士との結婚をあきらめさせ、自分とのほうがいい夫婦になれるとテアを説得するには時間がかかるだろう。そのためには、いいかげんに計画された彼らの駆け落ちを長引かせなければならない。テアが善良なる郷士と一緒に過ごす時間は長ければ長いほどいい。そのあいだにコナーは二人の相性の悪さを指摘する方法を見つけ、関係をこじれさせるのだ。

ここが海なら、すぐさま郷士の船に火をつけて沈めてやるところだ。それができないのは残念だが、コナーはこの駆け落ちした二人に追い風が吹いていないことを確信していた。自分の望みどおりに物事が進めば、不運な郷士はコナーが積みあげた岩に衝突して沈没するだろう。

馬車を貸すと申しでたときにテアの目に浮かんだ疑念を思いだし、コナーは微笑んだ。ああ、きみはわたしのことがよくわかっている。疑念の浅瀬をうまく舵取りして乗りきり、非常警報を鳴らせないようにすることが肝心だ。コナーは自分ならうまくやれると確信していた――何しろ、素晴らしいキスという嬉しい褒美が待っているのだから。

ランスの声が宿のどこかから聞こえた。挨拶しているようだ。テアももう起きているのか？　コナーは葉巻を下に落としてかかとで踏みつぶし、姿を見られないようにして応接間の窓に近づいた。ガラスの向こうでランスがなだめるように言っているのが聞こえた。「テオドラ、お願いだから考え直してくれ！」

ほら、見込みがありそうだぞ！

「いいえ、わたしに相談もなくあなたが決めてしまったなんて、信じられないわ」

おやおや、喧嘩だ！　コナーは壁にもたれて腕組みし、にやりとせずにいられなかった。

「テオドラ、わかってほしい。ゆうべ遅くに思いついて、反対されるなんて思いもしなかったから、朝いちばんに手配したんだよ。きみが起きる前に。きみもじっくり考えれば、ぼくのしたことが二人にとって最良だとわかってくれるはずだ」

「そうは思えないわ」テアの声は怒りに震えている。今朝の彼女は絶好調だ——もっとも、毎朝こうなのだが。テアの家族はみな、朝の紅茶とトーストをいただく前のテアに穏やかな〝素敵な朝〟は訪れていないことを知っている。

ランスは自分がまっすぐ嵐に向かっていることも知らず、なおも突き進んだ。「怒っているんだね。わかるよ。でも、きみはまだちゃんと考えられていないんだ」

コナーは顔をしかめた。まったく、きみは海の神ネプチューンを三つ又の槍でつついているぞ。勇敢にもほどがある。

明らかにテアがそう言いたげな表情をしたのだろう。ランスは息もつかせず、懇願する声で続けた。「こういったロマンティックな冒険においても、ぼくたちはたしなみを忘れてはならない。きみにはつき添い《シャペロン》の女性が必要だ」

コナーは笑いを押し殺した。それは昨夜コナーが、酔っ払ってふらふらになったランスにしたいくつもの提案のうちの一つだった。テアが何日も独身の男と二人きりで旅をすることが世間にどう見られるかをほんの二言三言告げればよかった。そしてコナーはすぐに、自分はテアのことをよく知っているから、そんなげすな憶測はしないがと続けたのだった。

「やめて、ランス、わたしはもう二十七歳よ！　シャペロンなんて十八歳のとき以来、つけたことがないわ。自分の評判には気をつけているから大丈夫。宿の主人の妻にわたしの部屋に小さな寝台を入れてもらって、そこでメイドを寝かせたし。そのことは言ったと思うけれど」

「ああ、でも——」

「でも、じゃないわ！　わたし、一睡もできなかったんだから。メイドときたら一晩じゅうのこぎりで丸太を挽いているのかというくらい大きないびきをかいていたわ。それ以上のことはあなたにも、ほかの誰にも、してもらわなくて結構よ」

おやおや、ランス、舳先に弾を食らったな。わたしがきみなら、ここは撤退だ。

しかし、ランスはテアの攻撃は不意打ちだったと言わんばかりに頑固に言い募った。「もしこの旅が長引いて結婚が遅れるとしたら、きみの評判を守るためにも、臨時の部屋付きのメイド以上の存在が必要だ」

「ランス、わたしたちは駆け落ちしているのよ。礼儀作法なんてかなぐり捨てるのが駆け落ちというものでしょう。そのためにこの冒険に出たんだから！」

「なんてことだ、違うよ！」気の毒な男はこれ以上怯えた声は出せまいというくらいおののいていた。「テオドラ、もしぼくの行動に不適切なものを少しでも感じたなら、ちゃんとそう言ってほしい。ぼくはただちにその不適切さを正すつもりだ！」

「ねえ、ランス、わたしは……」テアが言葉を途中でのみこんで、大きく息を吸った。「最初に駆け落ちの話をしたとき、あなたはそれは素晴らしい飛躍だと言ったわ。たしなみという息が詰まるような縛りを飛び越えないで、いったい何を飛び越えるというの？」

「これは結婚に向けての飛躍だよ、もちろん」

「まあ」

コナーはテアの声に落胆を聞き取り、希望を感じた。女性ならみなそうであるように、彼女も一かけらのロマンスを求めていたのだ。もっとも、コナーも郷士同様、ロマンスのことなど考えてもいなかったが。彼は顔をしかめた。今後はもっと気をつけるようにしよう。

「テオドラ、ぼくは無礼者になるつもりはないし、きみの評判を危険にさらすつもりもない。絶対に」

長い沈黙があり、それから大きなため息が聞こえた。「あなたはとても立派だわ。だけど、先にわたしに尋ねてほしかった。侍女を雇うというならともかく、本当にシャペロンが必要だとは思えないの」

「すまない。この駆け落ちはぼくが予期していたよりはるかに複雑になってしまった。きみが家に帰してくれと要求してこないのが不思議なくらいだよ」

コナーはいっそう窓に近づいて壁にもたれた。希望の光が明るさを増している。

テアが笑い声をあげ、コナーをがっかりさせた。「ああ、ランス、そんなにすねないで」

「すねてなんていないよ！　失望してるだけだ。でも、誰がぼくを責められる？　ぼくはきみが怒るのは見たくないんだ」

「優しい人ね」テアの声が少し穏やかで温かい調子になった。「ひどい剣幕で怒ってしまってごめんなさい。わたし、朝は調子がよくないの」

「それを聞いて驚いたよ。そのドレスを着たきみはとても美しいのに」

コナーは目をぐるりとまわした。まったく、テアはそんな見え透いたお世辞には引っかからない――。

「まあ、本当に優しいのね、あなたって」

待ってくれ、テア。コナーはもう面白がってはいられなくなっていた。

「本当だよ」ランスがなおも言った。「きみは素敵な女性だ、テオドラ。一目見たときからずっとそう思っていた」

この男はたいしたものだ。褒め言葉がどんどんわきでてくる。

テアはため息をついた。「もっと早く言ってもらえたらよかったのにと思うわ」

「今度はきっとそうするよ。約束だ。ぼくたちのことをあきらめないでくれ」

「もちろん、あきらめてなんかいないわ」

「じゃあ、まだ結婚したいと思ってくれてるのかい?」

「わたしは軽々しく約束したりしない。わたしが何かをすると言ったら、絶対にそうするのよ」

「テオドラ、きみはなんてかわいいんだ!」

沈黙が続いた。一瞬、コナーは二人が抱き合っているのだろうかと思った。そのイメージが溶岩のように燃えあがり、彼は猛烈なしかめっ面をして二人のもとへ行こうとした。あとで、そこに割って入ったことの説明がつく理屈を考えなければならない。とにかく、抱き合っている二人を止めなければ! しかしそのとき耳に聞こえてきたのは、テアの冷ややかな笑い声だった。彼女は冷静に言った。「わたしはかわいくなんてないわ。実際的なだけよ」

「だったら、シャペロンが必要なことはわかってくれるね。それがたしなみというものだ」

ランスはためらったが、より遠慮がちに言った。「それに、もしいつなんどきでもきみが心変わりをして、ぼくたちの結婚を前に進めたくないと思ったら、このまま家に帰ってもきみの名前には傷がつかない。シャペロンをつけるのはそのためなんだよ。ミスター・ダグラスに提案されたからというだけじゃなくて。それでぼくはちゃんとしたシャペロンを見つけることが——」

「ちょっと待って。コナーがあなたにシャペロンをつけるよう吹きこんだの？」

コナーは顔をしかめた。ランスは酔っ払っていて誰が何を言ったかなど正確には覚えていないだろうと思っていた。この男は案外、酒に強いらしい。

「違う！　全然違うよ。シャペロンをつけるというのは完全にぼくが考えたことだ」

「でも、コナーがあなたにそう思わせるようなことを言ったんでしょう。彼はなんて言ったの？」

「なんでもないんだ。ゆうべ話をしていて、どういう流れだったか思いだせないけど、ミスター・ダグラスが、この宿にほとんど客がいなくてよかったと言ったんだよ。きみがぼくと二人きりで旅してるのを見て、あれこれ憶測する人も少ないだろうからって」

「あのばか！」

「テオドラ！」ランスは、たとえテアが自分の兄をナイフで刺し殺し、その経験にぞくぞくしたと告げたとしてもこんなにショックを受けはしなかっただろうというような声を出した。

「ごめんなさい。でもコナーが裏で糸を引いていることくらい、わたしも気づくべきだったわ」

まったくだとコナーは決めつけた。テアが間違った相手との駆け落ちに突き進むあいだ、自分が何もせずぼんやり座っているとでも思っていたのか？

「テオドラ、きみは誤解してる。ミスター・ダグラスは裏で糸を引いてなどいない。実際、彼はシャペロンを雇えなんて言わなかった。ぼくが考えたことなんだ」

テアがレディらしからぬ態度で鼻を鳴らし、コナーは笑いを噛み殺した。ランスのショックを受けた顔が目に見えるようだ。ああ、その顔を直接見たかった。

身動きして、肘が鎧戸にあたった。コナーはその場に凍りついた。二人に聞こえただろうか？　そんなはずはない。小さな音だったし――。

「ランス、あなたの言うとおりだわ。わたしにはシャペロンが必要ね」

コナーは眉をひそめた。

「テオドラ！」ランスは大喜びだ。「じゃあ、いいんだね？」

「ええ。あなたがそこまで考えてくれていたなんて嬉しいわ。どんな人かしら。実を言うとわたし、彼女に会うのが楽しみなのよ」

くそっ。コナーは顔をしかめた。これは彼の期待していた筋書きではない。

「きっとミス・シモンズを気に入るよ」ランスがしゃべっている。「今朝、きみが下りてくる前に、ぼくは彼女のもとを訪ねたんだ。ミス・シモンズも喜んでいたと思う。地元の教区牧師のいちばん下の妹で、つい最近まで家庭教師をしていたのが、教え子がロンドンの社交界に出ることになってお役ごめんになったそうだよ。ミス・シモンズは押しつけがましくないし、親切だし、人の役に立ちたいと強く思っている人なんだ。彼女にはとても感銘を受けたよ」

「素晴らしいわ。コナーの助言に感謝しなければならないわね。もっとも、彼がそんな協力的になるということは相当酔っ払っていたんでしょうけど。コナーはよくそうなるのよ」

なんだと？

一瞬躊躇して、ランスは慎重に言った。「ミスター・ダグラスは酔っているようには見えなかった」

「部屋にウイスキーはあったの？」

「二人ともグラス一杯かそこらは飲んだけど、彼はひどく酔っ払ってはいなかったよ」

「コナーは酔っ払っているのを隠すのが上手なのよ」テアは言った。「彼が高所恐怖症だって知っていた？」

コナーは身をこわばらせた。もっと若い頃はそうだったかもしれないが、今は違う。何も考えずに船のマストにだってのぼれるくらいだ。

「イチゴを食べると恐ろしい発疹が出るの。それに、ネズミに弱いのよ。見ると毎回、小さな女の子みたいに悲鳴をあげるわ」

なるほど。コナーは苦笑した。つまり彼女は彼がここにいると知っていて、婚約者を操ろうとした罰にくだらないことを吹きこもうというのだろう。上等だ。

テアの攻撃はまだ終わらなかった。「コナーはシルクのベストしか着ないの。海に出てもよ。それに、ミス・コンプトンのいやらしい小説を全部読んでいるわ。実際『悪の公爵』のヒロインが死んだときには、彼ったら泣いたのよ」

コナーの顔から笑みが失せた。そこまで言うのはやりすぎだ。なぜならそれは真実だから。テアしか知らない、彼の恥ずかしい瞬間。もっとも、当時のコナーはかなり若かったが。

馬車のがたごという音が近づいてきて、コナーの注意は宿のなかの二人から離れた。彼は石壁を押して離れ、ゆっくりと窓の前を通って門のほうへ向かった。そうしながらちらりと応接間をのぞくと、予想どおりランスは背中を向けていたが、テアは窓のほうを見ていた。

コナーは思わず足を止め、フランスの宮廷でも場違いではないかといううやうやしさでわざとらしくお辞儀をせずにはいられなかった。

テアは目を細め、非難の色を浮かべた。明らかにわざとコナーから顔をそむけ、コナーのさらなる性格上の欠陥を次から次へとランスに吹きこんだ。

コナーはにやりとし、馬車が着くと同時に門のところへ行った。水たまりを通ってしぶきをはねあげながら、馬車は道から宿の前庭へと乗り入れた。

手綱を取っているのはマクリーシュで、両脇にスペンサーとファーガソンがいる。三人はコナーを見て顔を輝かせた。

馬車が止まると、ファーガソンとスペンサーはひょいと飛び降り、馬番の少年を呼んだ。

スペンサーがにやりとした。「着きましたよ、船長！　風のごとく元気いっぱいで、あなたの結婚式を見たくてうずうずしてますよ」コナーの向こうにある宿を見た。「ミス・カンバーバッチ＝スノウはどちらに？　家に帰る準備はできてるんですか？」

「残念ながら、そう簡単にはいかない」コナーは太陽をちらりと見た。「遅かったな。もう一時間早く着くと思ったが」

「船から連絡が来たんです。昨日われわれが出発したあと、レディ・ウィンステッドが船長の船から出ていくのを拒んだそうで。相当な騒ぎを巻き起こしてくれましたよ」

「彼女はまだいるのか？」

「いやいや、まさか」スペンサーは熱心に言った。「でも、手に負えない騒ぎだったみたいです」

ふさふさした茶色の巻き毛にたっぷり髭を生やした大きな熊のようなマクリーシュが厳粛な面持ちでうなずいた。「レディ・ウィンステッドは船に火をつけると脅してきました」

「それはもう見苦しいことになったそうで。彼女は、船長がもっといい相手を見つけたから、自分を家に送り返そうとしてるんだと決めつけましてね」

ファーガソンがうなずく。「聞いた話では、三歳児が癇癪を爆発させたような暴れっぷりだったそうですよ」

「そんな事態に対処しなければならなかった連中には申し訳ないな」コナーはほんの少し驚いていた。二人の密通を終わりにしても、シャーロットなら気にしないだろうと思っていた。

何しろ彼女は結婚していて、スキャンダルは厳禁だ。噂になれば、コナーよりもはるかに傷つくのだから。

ファーガソンがにやりとした。「マクドゥーガルはレディ・ウィンステッドをマストに縛りつけて、夫を呼びにやるぞと脅したらしいです」

「それで彼女もあきらめたんですよ」スペンサーが朗らかにつけ加えた。

「そうか」コナーはあんな女性と無駄な時間を過ごすのではなかったと思った。「ゆうべ、おまえたちがまともなベッドで眠れたならいいが」

「ファーガソンはあれを〝宿〟とは認めませんでしたけどね。ただ、暖かくて乾いてはいましたよ。それ以上は望めませんでしたが」

「あれで乾いていただと？」一等航海士はむっとした。

「そういう場所もあっただろう。雨が降るまでは」スペンサーが言い、コナーに向かって片方の眉を上げた。「船長が昨日、伝令をよこして、次に知らせがあるまで待てと教えてくれてよかったですよ。伝令と出会ったときには、われわれはすぐにもここに向かう勢いでしたから」

「それが心配だったんだ。待っていてくれてよかった」

「なぜ待つ必要があったんです？　捜してたレディが見つからなかったんですか？」

「いや、テアはここにいる。ただし、恋人も一緒だ」

「恋人？」ファーガソンは興味津々と言った。「そんな邪魔者、船長から彼女に言って排除すればすむ話でしょう？」

「それは無理だ。最初に思い描いていたよりも、ちょっと手間がかかりそうなんだよ」

マクリーシュは広い胸の前で腕組みして黙って会話を聞いていたが、こちらも興味津々と尋ねた。「どうするんです、船長？　スペンサーはわれわれには大事な任務があると言ってましたが」

「そうだ、わたしには計画がある。だが、今は我慢だ。馬車と馬たちを馬小屋へ運んでやれ」

マクリーシュが驚いた顔になった。「今すぐ出発しないんですか？」

「ああ。その前に馬を休ませてやらないとな」

「でも、数キロしか走ってませんし、馬車はほとんどからっぽだったから、馬はまだまだ元気で——」

「マクリーシュ！」スペンサーが鋭く言った。「船長にはお考えがあるんだ」

「ああ、われわれの旅にはまだ続きがある」コナーは同意した。「その先に待っている収穫はでかい」もしかしたら、彼が最初に思っていたよりも大きいかもしれない。

コナーには部下たちの助けが必要だった。彼らが事情を知れば知るだけ、その力をあてにできる。貴族の多くは、もっと気取っていて主人以上に階級を意識している使用人たちに囲まれている。そういった使用人たちは、社会が暗黙のうちに定めた一線を越えてまで主人に近づこうとはしない。だが船での生活はもっと平等で、おかげでコナーは海でも陸でも信頼のおける部下たちに助けられていた。特に今、宝物が目の前にあるというときには、彼らの助けが必要だ。「これは心してかからなければならない冒険なんだ、みんな。成し遂げるには全員の力が必要だ」

「任せてください、船長」ファーガソンが宣誓するように厳粛に言った。

「了解」マクリーシュが同意した。

「よし！」コナーは部下たちに合図して呼び寄せた。「知ってのとおり、わたしは昨日、テアに妻になってくれるよう頼むつもりだった。しかしテアの家に着いてみると、彼女は誤ってフォックスという男と駆け落ちしたあとだった」

「待ってください、船長！」ファーガソンが顎をかいた。「誤って駆け落ちした？　どうしたらそんなことが起こるんです？」

「そこは重要じゃない。重要なのは、その相手と会ってみると、彼女に釣り合う男ではないとわかったことだ。その郷士ではなくわたしと結婚するほうが、テアのためにも、わたしのためにもなる」

「まったく、郷士とは」ファーガソンはその言葉を、腐った木でも口にしてしまったような顔で吐き捨てた。「船長がいるってのに、身分の低い郷士なんかと誰が結婚するっていうんです？」

「そのことは説明したんですか？」スペンサーが鼻をこすった。「そいつより船長のほうが身分が高いことを、彼女は理解してないのかもしれませんよ」

「おれなら、船長が受け継ぐことになる相続財産のことも言いますよ」マクリーシュがつけ加えた。「何しろ女は金に目がないから」

「テアにはテアの資産があって、わたしの金になど関心はない。わたしが船長だろうが給仕係だろうが、彼女にとってはどうでもいいんだ」

「ちょっといいですか」マクリーシュは顔を赤くし、おずおずと言った。「言いにくいんですが、船長、お嬢さんが別の男と結婚するつもりでいるなら、もしかしたら船長が別の女性を見つけたほうがいいんじゃないですか？」

スペンサーが息をのむ。「マクリーシュ、おまえ、船長に戦わずしてあきらめろってのか？

「船長の栄誉が傷ついてもいいのか！」ファーガソンが猛烈な口調でつけ加えた。

スペンサーが言い添えた。「船長とお嬢さんは長年の友人なんだ。驚異的に相性がいいんだよ」

「彼女は幸せだ、船長に選んでもらえたんだからな」ファーガソンも同意した。

マクリーシュはテニスの試合の観客のように二人の顔を交互に見ていたが、今度は混乱した顔でコナーを見た。「でも……別の男と駆け落ちをしてるんですよね」

「ああ」コナーは短く言った。

「それは彼女が〝結婚可能〟の範疇から消えて、〝もっと早く申しこんでいれば可能だったのに〟の範疇に移ったことにはならないんですか？」

「わたしがテアの将来などどうでもいいと思っていれば、そうなるだろうな」コナーはそっけなく言った。「相手を見るかぎり、あの二人は一カ月ともたない」

ファーガソンが身を乗りだす。そよ風が彼の髪をふわりと持ちあげた。「その郷士というのは鼻持ちならない野郎なんですか？」

「わたしならそうは言わないな」コナーは白状した。

「じゃあ、頭がどうかした愚か者とか？」スペンサーが言った。

「そういうわけでもない」

「扱いにくくて、やたらと怒鳴るとか？」マクリーシュが言う。

「それとも年寄りでよぼよぼなんですか？」ファーガソンが言った。

「違う、違う、どれもこれも違う。気持ちよく話ができるし、やつは若い」

マクリーシュが濃い眉を下げた。「悪い性癖がある？　ギャンブル？　あるいは女関係？」

「いいや、至って真面目だ。全部ひっくるめて、十分にいい男と言える」

全員がコナーをまじまじと見た。

コナーは厳格な声で言った。「しかし、テアにとっては間違った男だ」

マクリーシュ以外は納得したようだった。マクリーシュがおそるおそる尋ねた。「お嬢さんにはそのことは言ったんですか？」

「ああ」コナーは重々しく言った。「あの男ではなくてわたしと結婚してくれと言った。だが、失敗だった。タイミングも悪くて、テアはわたしの言葉に耳を貸す気分ではなかった」

「わかりますよ」ファーガソンは同意した。「別の男と駆け落ちしてる最中なんですから」

「そんなことにわたしの邪魔はさせない」コナーは断固として言った。「わたしはテアに求愛しているんじゃない。テアを救おうとしているんだ」

スペンサーが目を丸くした。一瞬の間を置いて、熱のこもった口調で言った。「なんと、そんなロマンティックな言葉は今まで聞いたことがない！」

「ああ」ファーガソンも同意した。「ヒーローが婚礼の席に馬で駆けつけるあの有名な詩みたいだ。馬上からヒロインをさらって去り、いつまでも幸せに暮らしましたってやつ」

まさにそれだ。コナーは決意した。「わたしには間違いを正してレディを勝ち取る計画がある。だが、まずは少し落ち着かなければならない。というわけで、錨を下ろせ、水夫ども。馬車と馬たちをあっちで休ませろ。出発は明日まで延期する」

「そのあとは？」スペンサーが尋ねた。

「そのあとは様子見だ。マクリーシュ、ここからグレトナ・グリーンまでどれくらいかかる？」

「それなりの速さで、でも快適な乗り心地でとなると、夜は泊まるとして、少なくとも一度は馬を交換して……」マクリーシュは遠くを見た。「二日、あるいは三日ってところですかね」

「そこを一週間に延ばしたい。ゆっくり走らせてもらうことになるな。馬車が重いし、馬はときどき休ませなければならないとかなんとか言って」

ファーガソンが両手をこすり合わせた。「偽の旗を掲げるってことですね？」

「ああ。テアが郷士とともに過ごす時間が長くなればなるほど、彼女は相手が自分の思っていたような模範的な夫にはならないと気づくだろう。おまえたちは馬を馬小屋に連れていきながら、遠くから駆けてきたので馬たちを休ませなければならないと、誰彼となく聞かせてまわれ。われわれの話により真実みを持たせるために」

「了解、船長」スペンサーは言った。「ほかに何か？」

「馬小屋の用が終わったら、宿にいるわたしのところまで来てくれ。おまえにはもう一つ頼みがある」

スペンサーは好奇心もあらわに同意した。すぐに男たちは馬車を引いて馬小屋のほうに消えた。

コナーは笑みを浮かべ、状況をうまく立て直しつつあることに満足して宿へと帰っていった。

8

テオドラはドレスを持ちあげてばさばさ振った。青のモスリンの旅行用ドレスで、淡い緑の縁飾りが施され、二列の繊細なひだ飾りが裾についたお気に入りの一枚だ。というか、以前は気に入っていたものだった。

宿に数人しかいないメイドの一人がそのドレスを洗って、乾かそうと厨房の暖炉の前に広げておいたらしい。湿った灰がついて臭いを放っているところをみると、暖炉からはずいぶん煙が出ていたようだ。さらに悪いことに、メイドはきれいに洗ったと言ったが、まだ大きな泥のしみが残っていて、裾のひだ飾りは取れかけて、だらしなくぶらさがっていた。

「だめになってしまったわ」テオドラは煙の臭いのするドレスから自分の着ているものへ視線を移した。昨日着ていたのと同じものだ。ぞっとするほどしわくちゃで、泥のしみもついている。「少なくとも今、着ているものは、灰入れの底のような臭いはしないわね」ため息をついて、新鮮な空気が煙臭さを消してくれないかとドレスを窓辺へ持っていった。足取りは慎重だったが、歩いても足首はもうほとんど痛まなくなっているのが救いだった。少なくともその点だけは前よりましになった。

テオドラはレースのカーテンを開けて窓のかんぬきを外し、窓枠越しにドレスを広げ、重い白目製のろうそく立てを重しにして押さえた。新鮮なそよ風にドレスと髪がはためき、テオドラは下の庭に目をやった。ほんの数十分前に、コナーの馬車が到着したところだった。きらりと輝いて堂々とした馬車は本当に美しく、同じく美しい四頭の葦毛の馬たちにつながれていた。駆け落ちするならああいう馬車であるべきだ。

それにしても、なぜコナーは自分の馬車を二人に貸すと言いだしたのだろう？「罠よ。きっとそう」テオドラはつぶやいた。「でも、それで彼になんの得があるの？」

どんな企みがあるにせよ、成功はしない。彼女が成功させない。ランスはこれまで出会ったなかで最も親切で、最も優しい人だ。淡い青の目をしたほとんど海賊みたいな男が、女はみな自分のものだと思っているような、頭がくらくらするキスをしてくる男が、束になってもかなわないほど。

テオドラはまぶたを閉じて思いにふけった。そもそものせいで、自分はこんなごたごたに巻きこまれたのだ。コナーは厚かましくて失礼な男だ。ランスとの会話を盗み聞きしたりして！　コナーが音をたてなければ、テオドラは気づかなかっただろう。見つかったと知ったコナーの優雅なお辞儀ときらめく笑顔は、彼女の怒りを静める役には立たなかった。彼女がランスに吹きこんだばかげた話が全部、コナーの耳にも届いているといいけれど。コナーが恥ずかしい思いをするのは当然の報いだ。それに――。

ドアに小さなノックの音がした。ああ、やっと紅茶が来た！「入って！」

ドアが開き、誰かが咳払いをした。その音からすると男性だ。

テオドラは振り返った。

気まずそうな表情の男性が入口に立っていて、彼女はそれがコナーの従僕だと思いだした。

「あら！　あなたはスペンサーだったわね？」

スペンサーはまるでテオドラに最高級の褒め言葉をもらったかのように顔を輝かせた。

「はい、お嬢さん。船長の使いで来ました。わたしが役に立てるのではと船長はお考えです」

「まあ、コナーが？　本当に？」

テオドラはぞんざいな言い方をしたつもりはなかったが、その鋭い口調にスペンサーは顔を赤く染め、あとずさりした。「ええと、都合が悪ければ、またあとで来ても――」

「いいえ、いいの！　ごめんなさいね。ちょっと気分がすぐれなくて。助けを申しでてくれるなんて親切ね。あなたに何ができるのか、わたしにはわからないけれど」

「船長が言うには、服が汚れてしまったそうですね」スペンサーが開いた窓のところではためいているドレスへと視線を移した。「ドレスをもとどおりにできるかもしれません」

「あなたが？」テオドラは希望を隠せなかった。

「そりゃあもう、わたしは甲板長助手ですから」スペンサーは明らかに自分の身分に誇りを持っているらしく、背筋を伸ばした。「船の道具の世話を一手に引き受けてます。そのなかには帆もありますから、針仕事は得意なんです。陸にいるときは、船長の服も手がけてます」

「まあ、ではコナーのぱりっとしたクラヴァットやシルクのベストはあなたの仕事のおかげなのね」

スペンサーがにっこりする。「はい。船長のリネンも、素敵な膝丈《ブリーチズ》ズボンやキルトも、わたしが扱ってます。ブーツも磨きますし、何もかも修繕が行き届いてアイロンがかかっているように目を配ります。船長はおしゃれな方ですから」

「することが多くて大変ね。ほかにもいろいろ仕事があるでしょうに」

「いいえ、お気になさらず。何しろ船長ですから。船長が立派に見えると、われわれもみな、ちゃんとして見えるというものです。それで、船長はわたしをここへ遣わしたんだと思います。身なりがきちんとしていることの価値をよくご存じなんですよ」

そこは彼女と同じだ。「警告しておくけれど、わたしのドレスをきれいにするのは大変よ。もしもとどおりにならなくても、しかたがないと思っているわ」

スペンサーが真面目な顔つきになった。「しかたがないというのは、決して快適なことじゃありません。そうでしょう、お嬢さん？」

「そのとおりね」テオドラは同意した。「悲しいことに、最近のわたしはさまざまなことを〝しかたがない〟ですませてきた気がするわ」

「任せてくだされば、もう大丈夫です」スペンサーは窓辺ではためいているドレスにうなずいてみせた。「やってもいいですか？」

テオドラはためらった。スペンサーの協力は死ぬほど嬉しいが、それを受け入れるとさらにコナーに借りを作るはめになってしまう。

そよ風が吹いてドレスから煙たい臭いが立ちのぼり、テオドラは決心した。窓辺へ歩いていって汚れた布地をまとめ、スペンサーに手渡す。「ええ、お願いするわ。メイドは洗ったと言い張っているけれど、泥のしみもついているし、裾のひだ飾りは取れているし、それに……。まあ、自分で見てみて。ほかのドレスはまだ厨房にあって、たぶん煙がもうもうと出ている暖炉の前に広げてあるんじゃないかしら」

スペンサーはそのドレスが蜘蛛の糸で織られた薄い布でできているかのように、注意深く自分の腕にかけた。「ご安心を、お嬢さん。手を尽くします」

「ありがとう。もっと時間があればよかったけれど、馬車が到着したということは、わたしたちはすぐに出発することになるわね」

スペンサーの表情がわずかに凍りついた。

「出発しないの？」

スペンサーはためらい、慎重に言葉を発した。「出発する前に馬たちを休ませなければならないので、おそらくわれわれの出発は明日になると思います。でも、よかったですよ。ドレスの手入れをする時間ができたわけですから」渡されたドレスを片方の手で撫で、専門家らしい目でそれを見た。「二時間か三時間あれば直せると思います」

「本当に？」

「ええ。しみを落として、洗って、もう一度すすぎます。それから、アイロンをかけて乾かします」スペンサーは取れかけているひだ飾りを調べた。「これはすぐに直せますよ。全部ひっくるめて、三時間あれば大丈夫でしょう」

「ありがとう。感謝するわ」

「どういたしまして、お嬢さん！」

スペンサーがきびすを返したとき、テオドラはあることに思いあたった。「馬を休ませて、われわれの出発は明日になると言ったわね。〝われわれ〟というのは誰のこと？」

従僕の表情がテオドラの知りたいことをすべて語っていた。つまりこれはコナーの計画なのだ。

「コナーはランスとわたしと一緒に行くつもりなのね」

スペンサーはみじめな顔であとずさりした。「わたしは知りません。船長はいつでも計画を教えてくださるわけではないので」

テオドラはスペンサーとともに廊下へ出た。「でも、明日どこにいるかはあなたも知っているわよね？」

スペンサーは息をのみ、ドレスを盾にするように体の前で抱きしめた。「言えません、お嬢さん」

「言えないの？　それとも言う気がないの？」

「言えません」スペンサーは頑固に繰り返した。「ご自分で船長と話されるべきだと思います」

もちろん、そのつもりだ。馬車を借りようが、ドレスを洗ってもらおうが、コナーにこれ以上彼女の駆け落ちを邪魔されたくはない。

しかしテオドラとコナーの戦いは、この気の毒な従僕とは無関係だ。彼女は笑みを浮かべて言った。「あなたの言うとおりね。自分で話してみる。そのあいだに、わたしのかわいそうなドレスをできるだけもとどおりにしてもらえると嬉しいわ」

「了解です」従僕はお辞儀をし、まるでライオンの爪から解放されたような顔をして急いで立ち去った。

テオドラはドアを閉め、そこにもたれた。ということは、コナーはそういうわけで自分の馬車を貸すと言いだしたのだ——彼女たちと一緒に行く口実にするために！　テオドラにはそれがどんなに気まずい事態になるか想像もできなかった。昨晩の夕食のときにコナーと対面するだけでも相当気まずかったのに。彼の熱心な視線が気になるあまり、食べ物がほとんど喉を通らなかった。まあ、ミスター・コナー・ダグラスにはこちらからもサプライズを仕掛けてやろう。彼の罠や策略はお見通しだ。もう引っかかったりはしない。唯一心配なのは、コナーはテオドラが最終的には求婚を受け入れることにまだ望みを抱いているからそんな行動に出ているのではないかということで、悲しい誤解は早く解かなければならない。コナーとの未来はない。彼がそれを受け入れるのが早ければ早いほど、全員にとって幸せな結果となる。

でも、まずは……テオドラは今着ているしわくちゃのドレスを見おろして、スペンサーが約束してくれたようにもとどおりになったドレスに着替えることを考えた。まずは風呂に入り、身なりをちゃんと整えてからコナーと対決することにしよう。不可能なことをひっくり返すには、すべての機転を働かせて臨む必要がある。コナーに自らの間違いを思い知らせてやらなければならない。

二時間半後、テオドラは旅の垢をこすり落として、自分らしさを取り戻したように感じていた。浴槽は膝と顎がくっつくほど小さかったが、湯は熱くてきれいだったし、宿の主人の妻が奇跡的にラベンダーの石鹸を提供してくれたおかげで、その香りがテオドラのぼろぼろになった魂を癒やしてくれた。

テオドラが喜んだことに、スペンサーはドレスを洗って直してアイロンをかけただけではなく、シュミーズとペチコートといちばん上等なストッキングも用意してくれた。彼の修復の腕は申し分なく、縫い目はとても細かくてほとんど見えないほどだった。テオドラはこの二日間で初めて、こざっぱりとしてきれいなドレスを身につけ、洗い立てのモスリンが肌に触れる感覚を味わった。ほぼ乾いた髪も結って、きっちりとピンで留めた。

鏡のなかの自分を見て、顎の傷を除けば、もう人生に疲れたようには見えないと思って喜んだ。あとはコナーに身のほどをわきまえさせ、自分の人生を進むようにと送りだしてやればいいだけだ。そうすれば、彼女の人生ももとどおりになる。コナーが出ていったらすぐ、ランスをせっついてこちらも出発しよう。

コナーとの対決で心拍数が上がらないように祈り、テオドラは胸を張って戦う覚悟を決めた。そしてドアを開けて廊下へ出て――彼の腕のなかへと飛びこんだ。

コナーは自分の幸運が信じられなかった。グレトナ・グリーンへの旅を長引かせる方法についてマクリーシュと話したことでまだ頭がいっぱいで、前方にまったく注意を払っていなかった。インクがあせかけた地図の細かい道を調べ、マクリーシュといろいろ話し合った末に、まっすぐ北に向かうのではなく、西に向かってジグザグに進み、海岸沿いの道を上がることに決めた。そうすれば、少なくとも一週間は旅を引き延ばせる。コナーはそれだけあれば郷士との結婚は間違いだとテアを説得できる自信があった。

彼が夕食のために着替えをしようと自室へ戻ろうとしたところに、テアがいきなりドアを開けて腕のなかに飛びこんできたのだ。

すっかりきれいになったドレスを着て髪を結いあげた彼女は、いつも以上に美しかった。コナーは深呼吸をしてテアを抱きとめ、ラベンダーの石鹸とアイロンをかけたばかりのモスリンのかぐわしい香りを吸いこんだ。

テアはコナーを見あげ、目を丸くして、唇を丸く開けた。

なんてことだ、彼女はおいしそうな唇をしている。ふっくらしてきれいなピンク色だ。コナーはキスをしたいという欲望を必死に抑えた。いったいどうして今までずっと、テアの魅力に抵抗できたのだろう？　彼女のことがまるで見えていなかったらしい。

二人の視線がぶつかった。テアが唇を開き、コナーは気づくと、頭をかがめてその唇を味わおうとしていた。その柔らかさをむさぼろうと――。

テアが息をのんでコナーから離れ、背中を壁に押しつけた。廊下がもっと広ければ、それは大きな防御になったかもしれない。だがコナーが背後の戸枠にてのひらを押しつけて前かがみになるだけで、二人の距離は再び縮まった。彼は微笑んだ。体がうずいている。テアの体もうずいているだろうか。「抱き合いたいなら、そう言ってくれればいいのに」

テアは剣呑な目つきになり、コナーに触れられたところが燃えだしたかのように腕をこすった。「抱き合いたいなんて思っていないわ。でも……ちょうどいいわ。話があるの」

「聞こうじゃないか」コナーはさらに重心を前にずらした。膝はテアの膝からほんの数センチしか離れていない。

彼女は横に少しずれてコナーを避けた。頬をピンクに染め、一息に言う。「あなたが一人でいるところに出くわしてよかったわ、ランスにはこのことは知られたくないから」

コナーも一人でいるところにテアが出てきてくれてよかったと思った。そう、とても。テアは深呼吸をし、それが胸をプリーツ仕立てのドレスの前面に押しつけるという幸運な効果をもたらした。

コナーは前々からテアのことは魅力的だと思っていたが、キスをしたことで彼女が非常に官能的だということも知って驚いていた。新鮮な目でテアを見てみると、その体は豊かなカーブを描き、肩には魅惑のくぼみがあって、もっと探検してほしいと言っているかのようだ。胸は男の手で包むのに完璧な大きさだ。早くそうしたくて、てのひらがうずうずする。

「どこから始めればいいのか……」テアは緊張しているかのように唇を湿らせた。

とたんにコナーの視線はふっくらとしたテアの口に釘づけになった。その口が味わってほしいと懇願している。彼はそうするために前かがみになりたい自分を抑えるのに苦労した。

今はそのときではない。コナーは後悔の念とともに自分に思いださせた。今はテアの疑念をふくらませるのではなく、打ち消す努力をしなければならない。大いにがっかりしつつも手を体の脇に落とし、テアに空間を明け渡した。「言ってくれ。何が言いたくてきみは寝室を飛びだして、わたしを見つけようと思ったんだ？」

テアが顎をこわばらせた。彼女は突然、コナーがよく知る彼女に見えた。「あなたがなぜわたしたちに馬車を貸すと言いだしたのか、わかっているわ。それを口実にして、わたしたちの旅に加わろうというんでしょう」

「きみたちの旅に加わるだって？　そんなことは考えたこともない。だが、ついてきてほしいというなら、奇妙な話ではあるが、そうしてもいい――」

「やめて！　もちろん一緒に来てほしいなんて思っていないわ！」

コナーはにやにやしそうになるのをこらえた。「しかし、きみは――」

「そんなつもりはないわ。あなただってわかっているでしょう」

「結構。わたしはきみたちとは一緒に旅をしないでおこう。そもそもそんなつもりはなかった。これで満足かい？」

「いいえ」テアが目を細めた。「もう一つあるわ。これははっきりさせておかないと。あなたが何をし、何を言い、どんな策略を練ったとしても、わたしはランスと結婚するわ。もし何か予測不能なことが起こったとしても、絶対にあなたとは結婚しない。相続財産をキャンベル家に渡したくないのなら、あなたは何か別の方法を見つけたほうがいいわよ」

コナーは眉を上げた。「おやおや、それはちょっと手厳しいな」

「正直に言っているの」

コナーを追い払うために言うべきことを言ったのだろうが、テアの目は彼の口を見つめていた。まるでコナーとのキスを思いだしているかのように。ああ、テア、わたしも忘れられない。「いいだろう。そういうことなら、わたしは策略を練る必要がないわけだ、きみの言葉を借りれば」

「そのとおりよ。ランスとわたしは朝いちばんでここを発つ。あなたは一緒じゃない」

「わかった。でも、わたしはこのみじめな宿にとどまるつもりはない。きみもそこまで冷酷ではないだろう。あの浴槽を見たか？　子犬用の風呂だ。ときには鶏も入るのかもしれない」

テアが唇を震わせた。コナーはうまく笑わせたと思ったが、彼女は笑いをこらえて厳しい口調で言った。「冗談でごまかさないで。あなたがここにとどまる必要はないことはわかっているはずよ。わたしはあなたがどこへ行こうとかまわない。わたしたちについてこないかぎりは」

コナーはため息をついた。「わかった。わたしはわたしの道を行く。だが一つ言っておくと、わたしが馬でついていくほうが安全だぞ。追いはぎが出るかもしれない」

「いいえ、結構よ。あなたの助けはなくても大丈夫」テアは目を細めてコナーの胸を突いた。

「認めなさい。馬車を貸すと言ったのは、わたしたちを操るためね」

コナーはテオドラの手をつかみ、指にキスをした。彼の目が温かな光を放った。「そんなことを認める気はない」彼女の手をひっくり返し、てのひらにもキスをした。「しかし、否定もしない」

テオドラは手を引き抜いた。コナーに触れられた肌はじんと熱くなり、心臓が激しく打っている。「何も言わなくていいわ。あなたが何をしようとしたかは知っているんだから。ランスはあなたが馬車を使わせてくれたことに恩義を感じるでしょう。そこへあなたが一緒に行こうと申しでれば、彼は断れないと思ったはず」

コナーは両手を上げた。「すっかりお見通しだな。だが、わたしは約束を守る男だ。明日の朝、きみたちは二人で旅に出るといい」

テオドラは疑わしげにコナーを見た。「気の毒なランスが一緒にどうですかと誘うよう仕向けることもしないわね？」

「ああ、しない」

「そう」コナーがあっさり降伏したので、テオドラは拍子抜けした。「よかった。それなら……あなたのご協力に感謝するわ。ありがとう」

「どういたしまして」コナーの強い視線がテオドラの顔を撫で、口元で止まった。「そうなると、わたしは重大な任務を抱えることになる」

「任務？」

「わたしは魔法が解ける時間までに妻となるレディを見つけなければならない。さもないと、ダグラス家の財産がキャンベル家のものになってしまう」

テオドラは目をしばたたいた。「ほかにアンナの遺言の条件を満たす方法はないの？」

「義理の兄はそこは譲らなかった。われわれが遺言に従うか、相続財産がよその家に行くかのどちらかだ。そしてわたしはきみと結婚しないとすれば、別の女性を探さなければならない」

テオドラはそれについて考えたことはなかった。ここは何か慰めになるようなこと、たとえば――あなたならきっと素敵な奥さんが見つかるわよとか、幸運を祈るわとか言って、安全な部屋に戻るべきだろう。しかし、どういうわけか別の言葉が口からこぼれでた。「誰か思いあたる人はいるの？」

「まだだ。考えないと」コナーは重いため息をついた。「きみがわたしをだめにしていないことを祈るのみだ。これからは常にほかの女性をきみと比べることになるだろう。そして誰もがきっと何か足りない」テオドラの頭の近くの壁に片方の手をついて前かがみになると、彼女の耳にささやいた。「特にキスはそうだ。どんな夢で見るキスよりも素晴らしい」

ああ、コナーはいい香りがする。サンダルウッドと若い松の香り。いけないと思いながらも、テオドラはつい大きく息を吸いこんだ。

「きみみたいな人を見つけるのは至難の業だ」コナーの息がテオドラの頬をかすめる。「とはいえ、家庭に身を落ち着けなければならないなら、そうするしかないな」

家庭に身を落ち着ける――そんな言葉は聞きたくない。テオドラは目を閉じて、心の奥でうごめく不安を抑えこもうとした。気をつけて。心が揺らいではだめ。

両手を背中の後ろにまわして握りしめた。なるべく冷ややかに聞こえるように言う。「結婚して身を落ち着けるのがいいことだなんて、想像もできないわ。受け入れがたい相手と一緒になるかもしれないのよ」

コナーの淡い青の目がテオドラの顔の上を這いまわった。「きみはもう身を落ち着けたじゃないか。なぜわたしもそうしてはいけない？」

よくもまあそんなことを言えるものだ！　なぜって、ランスは……コナーではないから。その言葉がテオドラの頭のなかで凍りついた。なんてこと。わたしはランスと身を落ち着けてしまったの？

「そんなに動揺しないでくれ。わたしはわたしで誰か見つける。私掠船の船長との結婚を歓迎する女性は山ほどいるだろう。船長がいい家名と莫大な財産を持っていさえすれば」

そのとおり――コナーとの結婚話に喜んで飛びつく良家の子女は、テオドラの頭にすぐに思い浮かんだだけでも四人はいる。何年も前からコナーに誘いをかけていた女性ばかりだ。彼がそれに気づいているかどうかは疑わしいが。

そのうち二人は浮気性で、永遠の愛を誓っても、コナーが海に出たとたんに気持ちがぐらつくだろう。残りの二人は青白い顔をしたインテリで、結婚式が終わる前に彼のほうが愛想を尽かすのは目に見えている。

誰と結婚してもコナーの未来が幸せだとは思えない。

そして、テオドラは彼の幸せを願っていた。なんといっても、コナーは遠い昔からの友人なのだから。「きっと誰か思い描いている人がいるんでしょう?」

コナーは肩をすくめた。「どうでもいい。きみでなければ、妻は妻だ」

テオドラはそれ以上何も言えなかった。コナーはおとなしい女性や底の浅い愚かな女性に満足するような人ではない。コナーには人生の皮肉について語って彼を笑わせるような、彼の愚かしいところをちゃんと指摘できるような相手が必要なのだ。海を旅して逃げてばかりいるのではなく、人生にはもっと大切なことがあると示してあげられるような人が。

そんな人がいれば、コナーはどこまでも、永遠に、その人に恋をするだろう。

そして彼女のことなど忘れてしまう。テオドラは胸が締めつけられ、不快な塊をのみ下した。真実を見つめるのはいいことだ。コナーが自分に恋をすることは決してない。これまでだって彼にはたっぷり機会があったのに、何も起こらなかったのだから。テオドラは硬い声で言った。「きっとふさわしい女性が見つかるわ。ただ……判断は軽々しくしないでね」

「ああ、テア、それはなんとも……」コナーはかすかにまつげを伏せ、前かがみになって顔をテオドラの顔の高さに下げた。彼女はぎょっとして、またキスをされるものと思い、ショックの嵐が全身を駆け抜けるのを感じた。コナーに触れられたくて体がうずいた。

しかし彼は唇を通り過ぎ、耳元に口を寄せてささやいた。「スワー・ファダ・ボン・アイス・ポサ・ダム・ブン・アン・ドレシュ」

テオドラは横を向いてコナーの目を見た。唇と唇がとても、とても近くにある。「どういう意味?」かすれた声で彼女はきいた。

コナーの目が翳り、視線がテオドラの口元へ落ちた。「意味は〝求愛は遠くで、結婚は隣で〟だ」

「わからないわ」

コナーが体を離した。真面目な顔になっている。「妻の選択については、自分で自分を恥ずかしく思うようなことはしないから安心してくれ。結婚相手が誰になろうとも、それは休暇にきみの家族の家で会っても困らないような人だろう」

テオドラはコナーをまじまじと見た。「あなたは……奥さんをわたしたちの家に連れてくるの？」

「きみたちの家にじゃない。きみのご両親の家だ。わたしはその伝統を破るつもりはないし、きみのご両親はきみの兄さんと同様、今もわたしの大切な友人だからな」

テオドラは落胆した。当然、コナーは妻をカンバーバッチ・ハウスに連れてくるだろう。あるいはテオドラの父が赴任したどこかの大使館に。コナーとはこの十三年間、二度の例外を除いて、九月末の聖ミカエル祭にはいつも食事をともにしてきたのだ。

彼女はコナーが食堂のテーブルについている場面を想像しようとした。コナーはもう何度も来ている場所だが、今度は妻を連れてきて、愛情をこめて彼女を見つめるのだ。

テオドラはその考えにまったく慰めを見いだせなかった。あえて自分がコナーと結婚するリスクを冒そうとは思わないが、彼がほかの誰かのものになるのも見たくない。そんな恐ろしい真実を悟っただけだ。

コナーに見つめられていることに気づいて、鼓動が奇妙に跳ねた。テオドラは階段に向かって足を踏みだした。「もう行かないと。ランスが待っているわ」

「テア、わたしは――」

「いいの。わたしは……わたしたちはもう十分に話したわ」テオドラはうつむいて階段へと急いだが、心は後ろへ引かれるばかりだった。

9

翌朝、ランスは馬車のドアを開け、テオドラに内部を見せた。

ふかふかの詰め物がされた座席、厚い毛布、輝く真新しい足温器を見て、彼女は幸せそうにため息をついた。なかに手を伸ばし、柔らかなベルベット地を撫でる。「こんなに贅沢な馬車は見たことがないわ」

ランスが悲しげに言った。「ぼくの前の力作よりもずっといい」

「本当にそうね」テオドラはランスの寂しそうな目を見て、急いでつけ加えた。「あの馬車にもそれなりの魅力がなかったわけじゃないのよ。あれはもっと歴史があったわ」

ランスがくすっと笑った。「きみは優しいね。でも、座席は座り心地が悪かった。馬の毛が詰まっていたのは間違いない。時間を経てぺちゃんこになって、岩の上に座るほうがましだったな」

「そこまでひどくはなかったわ」

彼は痛ましげにテオドラを見た。「いいや、きみもよく知っているはずだ」

テオドラは笑って後ろに下がり、ランスがドアを閉めるのを見守って手袋をはめた。「昨日のうちに出発できたらよかったのに」

ランスがうなずく。「ぼくもそう思う。だが、この立派な馬たちを酷使して疲れさせるのは忍びない。贅沢にはしばしばそれだけの責任がついてくるものだ」

「少なくとも、今日は出かけられるのよね」そしてコナーを置き去りにしてやる。昨晩、数時間をともに過ごし、コナーが友情を育んでランスを魅了するのを見届けたあと——といってもコナーにそんなつもりはないだろうとテオドラは確信していたが——彼を置き去りにする覚悟はできたとばかり思っていた。ところが今、そうすることに不安を覚えていた。

そんなふうに思うのはやめなさい！　コナーの思うつぼよ。テオドラは顎を上げ、顔に笑みを張りつけて尋ねた。「いつ出発するの？」

「すぐにミス・シモンズを迎えに行ってくる。彼女を連れてきたら、使用人たちに荷物を積んでもらって出発だ」

テオドラはシャペロンなど必要ないのにと思いながらうなずいた。しかし、どうしようもない。ランスが決めたことだ。そもそもはコナーの提案だったとしても、もしかしたらランスの言うことは核心を突いているのかもしれない。これはもはや一夜の駆け落ちではなく、数日間にわたる旅なのだ。

宿の玄関のドアが開き、コナーが外に出てきた。風が彼の髪をくすぐった。コナーはいまいましいほど気まずさを感じさせるあの目でテオドラを上から下まで見て、熱い視線を彼女の髪、口、それから胸元のレースに注いだ。テオドラは本能的に外套の前を合わせ、首元のボタンを留めた。

コナーがなおもゆっくりとテオドラをなめまわすように見たので、彼女はうなじの毛が逆立った。テオドラは唇を噛み、そんなふうに見ないでくれたらいいのにと思うしかなかった。しかし、欲望を隠すなどという考えは彼には備わっていない。その大胆さは海で長く過ごし、社交界とかかわらず、自分の望むところに風の向くまま進んできたせいで育まれたのだろうか。

「馬車も何もかも、あなたは比べものになりませんね」ランスはまだ馬車を見つめたままうなずいて、称賛の意を示した。

「そうだろう」コナーは決して視線をテオドラから離さず、その目を愉快そうにきらめかせた。

テオドラはコナーに向かって眉をひそめた。「あなたの馬車は比べものにならないわ」ランスが驚いて笑い声をあげた。「テオドラ、それは今ぼくが言ったよ」

「そのとおりだ」コナーはにやりとしてランスに向き直った。「きみたちが旅を続けるのには十分だと思ってくれると信じている」

「これ以上に装備の整った馬車は想像もできない。今すぐなかで昼寝したいくらいですよ」

「ご自由に。海で過ごすことに慣れている身には、陸路の旅は必要以上につらいものに思えてね。それで、乗り物にはちょっと贅沢に金を使ってる。あの馬車の本当に素晴らしいところは、ばねなんだ」

「乗ってみるのが楽しみですよ。シャペロンを迎えに行って、戻ったらご報告します」

「ぜひ意見を聞かせてくれ」コナーは視線をテオドラに戻して笑みを浮かべた。「きみも喜んでいるだろう。また十五歳の少女の気分を味わえるんだからな。シャペロンにつき添われて、鷹の目で貞操を守られるというわけだ」

本当のことを言えば、コナーの熱い視線によってすでに、テオドラは自信のない小娘の気分にさせられていた。彼女はコナーの言葉を無視して、穏やかに言った。「馬車を貸してくれてありがとう。今すぐにでも出発できればよかったけれど」

「そんなにも早く結婚したいということかな？」

「そのとおり！」ランスがテオドラの片方の手を取って指に熱いキスをした。「できるものなら空を飛んでいきたいくらいだよ」

コナーの笑みが消えた。彼はまつげを伏せて表情を隠した。「きみは勇敢だな」

勇敢ですって？　彼女と恋に落ちるのに勇敢さが必要だと言いたいのだろうか？　テオドラは賛成しかねるとばかりに鼻を鳴らし、ランスの手から自分の手を引き抜いた。

コナーがテオドラと目を合わせる。「テア、準備はできたのかい？」

準備――単純だけれど、さまざまなことを意味している。その言葉を聞いて、テオドラは頭上に壁が崩れ落ちてきた気がした。準備はできているのだろうか？　彼女は思わずランスを見た。ランスは鷹揚に微笑み、テオドラの心中に荒れ狂う嵐になど気づいてもいない。これ以上に優しい夫は望めない……しかし、それで十分なのだろうか？

テオドラの思いに気づかないランスはともかく、コナーが怪訝な顔で彼女を見た。「テア？」

彼女は気を取り直した。「もちろん準備万端よ。スペンサーが今朝、わたしの最後のドレスにアイロンをかけてくれたの。彼は奇跡を起こしてくれたわ」

「スペンサー？」ランスが尋ねた。

「わたしの従僕で、甲板長助手だ」コナーが言った。「昨日、テアの服を直す手伝いをするよう言いつけた」

ランスが驚きに目を丸くする。

「スペンサーは驚異的な才能の持ち主なの」テオドラはランスに請け合った。「わたしのドレスがこれほど素晴らしい状態に手入れされたことはなかったわ」

「では、そのお礼も言わなければなりませんね、ミスター・ダグラス。本当にご親切に」

コナーは肩をすくめた。「たいしたことじゃない」

しかし、ある意味ではたいしたことだ。コナーはすべてを実際的な面から評価する。心地よいか、くつろげるか、便利か。馬車のばねの質や座席はどうか、ちゃんと着られる服があるか、その服は十分乾いているか。そういったことをコナーもテオドラも重要だと考えるが、ランスは決してそんなことは考えないだろう。テオドラにもわかりかけていた。ランスはかなり裕福な暮らしをしていて、その利点を享受している。けれども人生は彼にとって都合よく進めばいいのであって、その質や心地よさはどうでもいいのだ。コナーの贅沢な馬車を走らせることは楽しんでも、旅の途中でこんな贅沢さは必要ないと決めつけることになるだろう。

ランスがテオドラに向き直った。「ミス・シモンズを迎えに行くけど、すぐに戻るから」

テオドラがうなずくと、ランスは馬車に乗りこんで天井をこつこつ叩き、御者に合図した。馬たちが動きだし、馬車はなめらかに宿の前庭を出ていった。

馬車が見えなくなるとすぐ、コナーはテオドラに向き直った。コナーの目にいたずらっぽいきらめきが宿っている。「やっと二人きりになれた」彼は前に出た。

テオドラは片方の手を掲げて制した。「そこまでよ」

コナーがにやりとした。「どうした、テア？　怖いのか？」

「あなたのことが？　いいえ、全然」いつだって怖い。テオドラが話している最中に宿の玄関のドアが開き、スペンサーが現れたので彼女はほっとした。

「まったく」コナーが毒づいた。「一瞬たりとも二人きりになれない運命なのか？」

テオドラはそんな運命であってほしくはない、二人きりになりたいと心から思った。

スペンサーがテオドラたちのもとにやってきた。「こちらでしたか、お嬢さん！　荷造りができましたよ」

「ありがとう。あなたなしでこれからどうすればいいのかわからないわ。素敵な船長さんのところからあなたを引き抜いて雇うなんてできるとは思わないけれど――」

コナーが鼻を鳴らす。「やめてくれ！　わたしの目の前で部下を盗んでいくなよ」

テオドラが眉を上げてコナーを見ると、彼はにやりとした。

「わたしが使用人を盗む以上に重い罪を犯したことがあるはずだと言いたげだな。だが、恋と戦争は手段を選ばないものだ」コナーの目の奥にはまだきらめきが残っていて、テオドラは落ち着かない気分になった。

コナーがスペンサーを振り向いたので、彼女はほっとした。

「この女性に説得されて、甲板長助手の職を捨てたりするなよ。彼女はセイレーン、男を惑わす海の精だ。うっかり彼女の話にのると後悔するはめになるぞ」

「了解、船長！」従僕がにやりとした。「それに、お嬢さん、わたしは馬車で一緒に行きますから、旅のあいだはまだあなたのお役に立てますよ」

「わたしたちと一緒に来るの？」

「はい、お嬢さん。船長はあなたたちにとってはそれがいちばんだとお考えです。使用人がついていたほうが役立つだろうと」

「そのあいだ、わたしはスペンサーなしでやっていかなければならないわけだ」コナーは打ちひしがれたようにため息をついたが、テオドラはだまされなかった。「ところでスペンサー、わたしの荷造りをする時間はあったのか？　それともわたしが自分でしなければならないのかな？」

「船長の荷物は今朝早くにまとめておきましたよ」

「素晴らしい。それなら鞭をふるうのはまたの機会に取っておこう」

スペンサーはくすくす笑った。「鞄を取ってきます」彼はお辞儀をして立ち去った。

テオドラはスペンサーが宿のなかに姿を消すまで見つめていた。「スペンサーはいい人ね」

「ああ、とても。あいつはときどき、わたしが何をしでかすかわからないと思ってるようだ」

「あなたはたしかに何をしでかすかわからない人だわ」

「きみに対してだけだよ、ラブ」

テオドラは頬が熱くなった。コナーは深い意味はない様子で〝愛《ラブ》〟という言葉を使った。分別はついているはずなのに、彼女は幸せの小さな震えが全身を駆け抜けるのを止められなかった。止められないとわかっていても、その震えが気に入らなかった。

自分の体の反応を止められなくても、二人のあいだに距離を置くことはできる。「応接間に手提げ袋《レティキュール》を置いてきたのを思いだしたわ。取ってこなくちゃ」テオドラはドアへ向かった。

悔しいことに、コナーがすばやく横についてきた。

抗議すれば弱点をさらけだす結果になるので、代わりにさりげない口調になっていることを願いながら尋ねた。「わたしたちが出発したら、あなたはどこに行くの?」

コナーがドアを開けて脇にどいた。「わたしは相続財産を勝ち取らなければならないんだ。覚えているだろう? だから、結婚しなければならない」

テオドラは廊下を進み、応接間へと歩いていった。「相手は思いついた?」

コナーは彼女についてなかに入った。「ああ」

テオドラは心臓が重くなるのを感じながら進んだ。「もう? 早いわね」

コナーが肩をすくめる。「別の女性を見つけろときみが言ったんだぞ」

たしかにそうだ。自分はただ、コナーからそんな話を聞きたくなかっただけ。一時間もすれば、コナーは誰だか知らないけれど、その女性を妻にするために出かけていく。テオドラはそんなことは知りたくなかったと思ったが、脳と頭をつなぐ神経路が切れてしまったかのように、自分でも気づかないうちに言葉が口をついて出ていた。「きっと美しい人なんでしょうね」

「もちろんだ」

「育ちもよくて？」

「当然だ。それにわたしの知るかぎり、最も知的な女性の一人だ」コナーはテアの表情がくるくる変わるのを見ながらつけ加えた。

テアは眉をひそめ、喜んではいないように見える。コナーは笑みを押し隠した。いもしない求婚する相手について述べたとき、彼はテアのことを考えていたのだ。そして彼女の目に浮かぶかすかな嫉妬を見て満足した。

もしかしたら、この線はありかもしれない。選択肢が消えて初めて、自分が持っていたかもしれないもののよさに気づくことはあるものだ。コナーがテアについて抱いている感情は本物だ。テアももう手に入らないとなれば、彼に対して同じように思ってくれるだろうか？

コナーはテアを見つめたまま暖炉へと歩いていった。「じきに、わたしたちは二人とも結婚することになるんだな」

テアは暖炉のそばのテーブルからレティキュールを取った。「わたしの知っている人？」

「ああ、よく知っている」

「名前は？」

「おっと、わたしは理由もなくレディの名前を口にするような男じゃない。もし……彼女がわたしとの結婚に同意してくれたら、きみにも紹介しよう」

テアはそう言われて喜んでいるようには見えなかった。「そうなったら素敵ね」

「ああ。きみたちが出発したらすぐに、わたしは彼女をわがものにするべく出発する」

「わたしは……あなたがよく考えて決めたことならいいけれど」

「きみが自分の結婚について考えたのと同じくらい考えた」

彼女は赤面し、そっけなく言った。「わたしたちとは状況が違うわ」

「同じだ。どちらも結婚する必要があるから決めたんだ。理由は異なるにせよ、同じように急いでいる。それに、わたしはきみに言われたとおりに動いてるだけだ。自分の原則には反しているが」

「あなたの原則では、ほかの男性と婚約している女性を誘惑してもいいことになっているのね。立派な夫になって、もっと社交界で認められる人になろうという気はこれっぽっちもないの？」

「わたしのことになると、悪い面にばかり注目するんだな」

「あなたのことはよく知っているの。あなたは自分の得にならないことは絶対にしない」

コナーの笑みが消えた。「そんな言い方をされるいわれはない」

テアの目に炎が燃えあがり、コナーは言い返されるものと思ったが、彼女は肩を落として顔をしかめた。「ごめんなさい……今朝はちょっと気が立っているの。あなたはいろいろと親切にしてくれた。馬車を貸してくれて、スペンサーに手伝わせてわたしの服を直してくれて、ほかの使用人も貸してくれた。本当に親切だわ。わたしはただ……」彼女は首を横に振った。「疑念がぬぐえずにいるの。あなたは何かをあきらめる人じゃないのに、突然性格が正反対になったみたいに思えるの」

「知ってのとおり、わたしはきみの決断に納得してない。今でもきみこそが望み得る最高の妻だと思ってる。だが、きみはノーと言った。となれば、どうすることもできないだろう？」

「そうね」

テアの茶色の瞳に自信のなさと、少しどころではない不安がのぞいた。あの愚かな郷士は気づきもしないだろうが。あの男には何も見えていない。コナーは眉をひそめ、彼女の手をつかむときつく握りしめた。「どうした？　幸せそうには見えないぞ」

テアが顔を赤らめ、手を引き抜いた。「大丈夫よ」

「嘘だ。わたしたちのあいだに隠し事などなかったはずだ。なぜ今さら隠そうとする？」

「もう昔とは違うの」

その言葉に切り裂かれ、気づけばコナーは声を荒らげていた。「そんなのはたわごとだ。何も変わっていない。それに――」

「変わったわ」テアが鋭く言った。「わかっているくせに」

彼女のきっぱりした物言いに動揺させられ、コナーはバランスを失ったように感じた。まるで嵐のなか、濡れた甲板で足を踏ん張ろうとしているかのようだ。でもテアの言ったことは真実で、コナーにはそれが間違いだとは言いきれなかった。ああ、たしかに昔とはさまざまなことが変わってしまった。これからも変わり続ける。しかし、そんなのは耐えられない。テアは目を伏せ、握りしめた自分の両手を見つめた。その表情はコナーには読み取れなかった。「残念だけど、わたしたちが秘密を打ち明け合ったのは遠い昔の話よ」

「だが、テア、わたし以外に誰に話せるというんだ？　ここにはほかに誰もいないぞ」

これにには感じるものがあったようで、テアは一瞬言葉に詰まり、コナーの顔を探るように見た。最後に、彼女は首を横に振った。「だめよ、話すのは賢明なことではないわ」

「そうかもしれない。けれど、きみが話せるのはわたししかいない」コナーは声を和らげた。

「話してごらん。どうしたんだ？」

テアは唇を噛んだ。「秘密を守ってくれる？」

「必ず守る」たとえ鞭で打たれ、縄で縛られ、命が風前のともし火になっても、決して彼女を裏切らない。その思いの強さに、コナーは自分でも驚いた。今さらそんなはずはないのに――テアが指摘したとおり、彼らはもう長いあいだ、互いを知っている。

「わたし……今回のことは……」感情がこみあげ、テアは大きく息を吸ってからささやいた。

「わたし、自分でも何をしているのかわかっていないんじゃないかしら」

コナーはテアを抱きしめたい衝動を必死でこらえた。彼女は森の小鹿のようだ。急に動いて驚かせ、逃げださせてはならない。ここは慎重に事を進めないと、この時間が――そして彼女も――消えてしまう。ひょっとすると、永遠に。

そう思うと胃がきりきり痛み、咳払いをしてから注意深く言った。「どうしてだい？」

テアはレティキュールを握りしめた。そうしないと消えてしまうと思っているかのようだ。

「この駆け落ち、ランスのこと……何もかも！　前は自分が何をしているのかわかっていると思っていたの。これが望んでいたことなんだって。でも……」

「今は確信がなくなった？」

「結婚を前にすると誰でもそんな瞬間はあると思うの。ランスは信念の固い、信頼に足る人よ。いいえ、それ以上だわ。彼はわたしを好いてくれている。少なくともそう見えるわ。スタート地点としては上々よ。でも、この旅で何もかもおかしくなったの……馬車のこと、事故、それからあなたが現れて……今では自分がここにいるべきかどうかもわからなくなっている」

コナーは希望のぬくもりを感じた。「わたしがここに来たのが事態を悪化させたと？」

「もちろんそうよ。だって……」二人の視線がからまり、言葉が舌の上で凍りついた。

「だって、どうした？」

テアが首を横に振り、濃いまつげを伏せたので、彼女の目の表情がコナーには見えなくなった。

彼女は何か隠そうとしている。「言ってくれ、テア。わたしが来たことで、事態はどう悪化した？　それはキスのせいか？」

テアは顔を赤くし、視線をレティキュールに戻すと、指で房飾りをもてあそんだ。「キスは別に……わたしはただ……あなたはもう……」彼女は首を横に振った。「なんでもないの。わたしが言ったことは忘れて」

コナーはテアに近づき、一本の指を彼女の顎の下にあてて顔を上向かせた。「言ってくれ、テア。わたしがここに来たことが、なぜ事態を悪化させたんだ?」

視線がぶつかり、何かがテアの目の奥でまたたいた。彼女はまるで……なんだろう? 「いいえ、いいの」コナーがそれを突きとめる前に、テアは小声で言い、逃げだそうとするように体をずらした。

テアをこのまま行かせるわけにはいかない。今、離してしまったら、彼女は去って、この壊れやすい時間は押し寄せる波にのまれる泡のごとく消え去ってしまうだろう。コナーは考える間もなく前にかがんで、テアの唇を奪っていた。

長く感じられた数秒間、二人とも動かなかった。テアの柔らかな唇を味わうと、コナーの体を熱が駆け抜けていった。彼は再び、今度はもっと性急なキスをして、手をテアの腰にすべらせた。

テアは一度身震いし、それからコナーに体を預けた。レティキュールがすべり落ち、彼女は片方の腕をコナーの首に巻きつけて、もう片方の手で彼の襟をつかんだ。

コナーはキスを深め、唇を何度もついばんだ。テアがうめき声とともに口を開いた。彼女の甘さがコナーの感覚をいたぶり、神経の一本一本を覚醒させた。コナーは舌をテアの口に差し入れ、彼女を味わった。新たな発見のたびに体が燃えあがる。

知り合ってからのこの長い歳月、なぜテアにキスをしようと一度も考えなかったのだろう？　何年も、何年も無駄にしてしまった。テアのキスは頭がくらくらするほど魅惑的で、今では彼女もキスを返してくれている。テアの舌がコナーの舌をもてあそび、情熱をかきたてる。コナーはただ反応するしかなかった。テアは彼の動きの一つ一つを千倍の情熱をこめて繰り返した。

手をコナーの胸に押しあてると、テアは彼の心臓が激しく轟いているのを意識せずにはいられないはずだ。コナーは自分の反応の強さに驚きながら彼女を引き寄せ、全神経をキスに集中させた。

テアのほうからも抱きついてきてくれたのには喜んだ。テアの体はコナーにぴったり寄り添い、口は貪欲に開き、舌は彼の舌を熱心に探って——。

彼女はあえいでキスを中断した。顔は火照り、唇は濡れ、息遣いは走ってきたかのように荒い。テアはあとずさりして、かぶりを振った。「だめよ！　間違っている！　もう二度とこんなことをしないと誓ったのよ。だめ、わたしにはできないわ」

「テア？」コナーは彼女を腕のなかに取り戻そうと決意して一歩踏みだした。

「動かないで」

コナーは言われたとおりにした。それは本能に逆らうことだった。「テア、頼む。これは——」

「間違いよ」テアの声は震えていた。自分の唇をさすった指も震えている。目は悲しみに打ちひしがれていた。

テアの反応に、コナーの情熱はたちまちしぼんだ。「頼む、動揺させるつもりはなかったんだ。あれはただのキスで――」

テアが身をこわばらせた。「ただのキスですって？」

「そうだ。そして、最高のキスでもあった」コナーの体はまだ燃えていた。あのキスに、テアの唇の柔らかさに、彼女の目の奥にまたたいたと思えたものに、彼の脳はとろけて――ああ、神よ、今のはいったいなんだったんだ？「きみとのキスは海と同じくらい魅惑的だ。これまでにしたどんなキスとも違う。言っておくが、わたしはかなりの経験をしてきている」

言ったそばから、コナーはその言葉を後悔した。

テアの目に不機嫌な光が宿った。「あら、そう！　あれはただのキスだったというだけでなく、今やあなたは自分がこれまで大勢の女性とキスしてきたことを自慢しているわけね」

ああ、まったく、なんてことを言ってしまったんだ。彼女のせいで頭のなかがめちゃくちゃになっている！「そういうつもりで言ったんじゃない」

「でも、真実でしょう？　あなたは何十人という女性とキスをしてきた。あるいは何百人かしら。そうよね？」

どう答えればいい？　自分が否定してもテアは信じないだろうし（それももっともだ）、認めれば道徳観の欠けた愚か者と見られる。ここは慎重に事を進めたほうがいい。彼は両腕を大きく広げた。「わたしはかなりのキスをしてきたが――」

「かなりの、ね」テアは自分に嫌気が差したようだった。「わたしったら、何を考えていたのかしら？　愚かだわ」

「きみは愚かじゃない。わかってるだろう。なあ、きみはなんでもないことで大騒ぎしてる。大事なのは、今起こったことだ。わたしときみのあいだに炎が燃えあがっているということだよ。それを認めてくれ」

テアが肩を怒らせた。「そんなのは関係ないわ。わたしは婚約しているの。結婚の約束をしたのよ。あなたにとってはなんの意味もないことでしょうけど、わたしにとっては大切だし、こんなことがまた起きるのを許すことはできない……許すつもりもないわ」

「今は結婚する確信がなくなったと認めていたじゃないか」コナーはあわてて指摘した。

テアはさらに顔を赤くした。「あんなことを認めるなんて愚かだったわ。でも、結婚する前は不安になるのが普通よね。そしてあの……あなたとのキスが証明になった。ランスはわたしにぴったりの人よ」

「何を言うんだ」コナーは片方の手で髪をかきあげた。「テア、あのキスはきみとランスについて何も証明してない。証明したのはきみとわたしのことだ。きみは認めるべきだ。する価値のあるキスだったと。正直、きみがあんなに素晴らしいとは思ってもいなかったよ。さっきのキスをするまでは……」テアの顔を見て言葉が舌の上で凍りつき、コナーは自分を蹴り飛ばしたい気分になった。まったく、あのキスのせいで頭が働かなくなっている。

テアが口を開くよりも先に、コナーは片方の手を上げた。

「言い方がまずかった。言いたかったのは、最初のキスももちろん素晴らしかったが、さっきのほどよくはなかったということだ。あのとき、きみはまだ不慣れな感じだったが、覚えが早くて……」テアの目の奥に怒りが見え、彼はひるんだ。「ああ、言えば言うほどめちゃくちゃになってしまう」力なく首を横に振った。「きみがわたしに火をつけたんだ。こんなことになるとは思ってもいなかった」

「もう口を閉じたほうがいいと思うわ」

コナーは反論できずにうなずいた。だが新たな発見に驚かされて、テアを見つめずにいられなかった。茶色の目はいつもあんなに濃いまつげに縁取られていたか？　口はあんなにも魅惑的だっただろうか？　髪はあれほどつややかだったか？　彼はピンを外して、金茶色の髪の流れに指を遊ばせてみたくてたまらなかった。

コナーを叩こうと狙っているかのようにテアの目がきらりと光ったが、彼にはテアがなんて素敵なんだろうということしか考えられなかった。「誓って言うが、まるで今、初めてきみを知ったような感じがしてる」コナーは静かに言った。

テアがいらだちもあらわに彼をにらみつけた。「あなたはわたしを知っていたわ。ただ関心がなかっただけよ。わたしはまるで……まるで家具みたいなものだった。あなたは一度もわたしのことをちゃんと見ようとはしなかったのよ。そうでしょう？」

「関心はあった」コナーはテアの迫力に少々驚きながら抗議した。

「本当に？」

こんなに信じられないという目でにらまれて、男は何をどう答えればいいのだろう？

「ああ。それにきみに必要とされてると思ったときにはいつでも、わたしはきみのそばにいた。イタリアできみの母上が病気になって、きみとデリックが母上は危ないかもしれないと思ったときも、わたしは駆けつけただろう？　ティブス軍曹が死んだときはどうだった？　デリックから話を聞いたとたん、わたしは雨のなかを三時間、きみのもとへ馬を飛ばした」

テアの顔に悲しみがよぎった。「あんなに素敵な猫はいなかったわ」

「たしかに。きみのために彼を埋葬する役目を果たせたのは光栄だった」

「庭のイチイの木の下にね」テアは悲しげな微笑みを浮かべ、表情を和らげた。「あなたは素敵な弔辞を捧げてくれたわね」

「それに値する猫だった。ずいぶんと噛まれもしたけれどね」

テアが唇を震わせる。「ティブス軍曹はあなたのことが好きになれなかったのよ」

「わたしは好きだったんだが」コナーは不本意ながら認めた。「あれほどまでに魅力的な猫には、あとにも先にもお目にかかったことがない」

彼女は何か言いかけたが、言葉に詰まって顔をそむけ、肩を落として両手で顔を覆った。

「ああ、やめて、コナー、なんのつもり？」

「きみはわかっているはずだ」

「ええ、わかっているわ。そして、それは間違っている」テアは両手を体の脇に落として、きっぱりとした態度でコナーに向き直った。「あなたはここを出ていくべきよ。さっき言っていた女性のところに行って、相続財産を手に入れるといいわ」

「そして、きみは？」

「わたしはランスと結婚するの。そうするのがわたしの定め。今はそう確信しているわ」

くそっ、どうしてこんなことになってしまったんだ？　テアは気が変わったと思っていたのに、今はあの郷士と結婚する決意をさらに固めてしまったようだ。「ランスについては疑念を持っているはずだ」

「前はそうだった。でも、もういいの。彼を傷つけるつもりはないわ」彼女は自分の体に腕をまわし、目に後悔をにじませた。「あなたがここに来なければよかったのに。あなたがいると……難しいことになるのよ」

「なぜ？」

「わからない。ただ、わたしを見つけてほしくなかった。ランスはわたしの未来なの。その事実を受け入れなければならないのよ」

「未来だと？　だったら、わたしはなんなんだ？」

「過去よ」

コナーはその言葉に、船の舳先が心臓を目がけて突っこんできたかのような勢いで襲われた。彼はテアの口を見つめた。その口は彼のキスでまだ濡れている。コナーは顎をこわばらせた。「現在だか過去だか知らないが、わたしは今ここにいるんだ。なぜわたしたちが互いにこんなにも強く惹かれているのか突きとめないのは間違ってると思う」

「ランスを傷つけたくないのよ。そんなことはできない」

くそっ、なんて頑固なんだ。このまま押しても、彼女はさらに決意を強固にするだけだろう。

コナーは歯ぎしりしながら両手を上げた。「結構！　きみがどうしてもわたしを受け入れないなら、わたしはほかの誰かのことを考えたほうがよさそうだ」

テアが疑わしげに目を細める。「本当にほかの誰かがいるの？　それとも、わたしを油断させるためにそう言っているだけ？」

「きみに負けないくらいの美人だよ」彼は首筋をこすって必死に考えた。「きみがどうしてもだめだと言うのなら、わたしは北に向かって……」くそっ、北に住んでいるのは誰だ？　北のほうで結婚適齢期の娘がいる家はというと……ああ、いた。「ウェントロウ・マナーに行く」

テアは目をしばたたいた。「ウェントロウ？　ランバート家に？」

ランバート家はカンバーバッチ＝スノウ家とは親しく、コナーはカンバーバッチ・ハウスを訪れた際に何度か一家に会ったことがあった。デリックと同い年の息子が一人と、テアよりも若い娘が四人いて、面白みはないが結構かわいい子が揃っていた。当時はくすくす笑ってばかりいる女の子たちだとしか思っていなかったが、育ちはいいし、一緒にいて不快でもない。今の状況からすれば、考え得る最善の策になる。「ああ」彼は重々しく答えた。「ランバート家だ」

「なるほどね」テアは突然の吐き気を抑えるようにみぞおちに手をあてた。「あそこの娘たちの誰に求婚するつもり?」

「誰でもいい」

テアがぽかんと口を開けてコナーを見た。「誰が好きということはないの?」

コナーは考えてみた。「いちばん背の高い娘がいいかもしれないな。彼女はほかの子たちほどおしゃべりではなかった」

「それは……まさか……コナー、そんなのは意味が通らないわ。会話をしなくてすむからという理由で妻を選ぶというの?」

「なぜいけない? きみでないなら、相手は誰でも同じだ。ただ、一日じゅうたわいもないおしゃべりを聞かされるのはたまらないから、しゃべらない女性のほうがいい」

「コナー、やめて! ランバート家の誰のこともよく知らないんでしょう?」

「きみだってろくに知らない相手と結婚しようとしてる」

テアは顔を赤らめた。「あなたがレティシアのことを知っている以上には、わたしはランスのことを知っているわ」こめかみが痛むというようにさすった。「信じられない。あなたがあのレティに求婚するだなんて」

「なぜいけない? 彼女はいつもいちゃついてきたぞ。まあ、全員がそうだったが」

「ランバート家はそれで有名なのよ」

「ということは、彼女はその手のことに熟達しているわけだな。あの家は経済的に困っているから、わたしの求婚を歓迎するだろう」それも熱烈に。だからコナーはよほどのことがなければ、ウェントロウ・マナーには立ち入らないようにしていた。

しかし、テアにはコナーが彼女以外の女性に目を向けていることさえ知らせればいい。それでテアの恐怖はいくらか薄れるはずだ。「そのレティとなら最良とまではいかなくても、そこそこまともな結婚ができるだろう。彼女はおとなしそうだったから、それも好都合だ」

テオドラはまるで誰かに腹部を殴られ、コナーのキスのせいで渦巻いていた情熱の残りがついに消えたかに感じた。「レティを選んだのには驚いたわ。妹たちほどしゃべらないかもしれないけれど、あなたは彼女の顎に毛が生えているのが許せないと言っていたじゃないの」

コナーは眉をひそめた。「顎に毛が生えている子なんていたか？　思いだせない」

「レティはそうだったわ」テオドラは断固として言った。よく知りもしない人たちについて嘘を言うなんて、もっと良心の呵責を感じてしかるべきなのにと思いながら。

コナーは肩をすくめた。「じゃあ、別の子にしよう。あのふくよかな子の名前はなんだったかな？」

「レノーラよ」

「じゃあ、彼女に求婚することにする」

「あなたは彼女を〝うるさいレノーラ〟と呼んでいたわ。わたしがそれを覚えているのは、彼女の耳に入るようなところではそれを言わないでと、あなたに頼んだことがあるからよ」

「そうだった。彼女はまるで言葉が燃えていて、それよりも先に逃げようとしているみたいな勢いでしゃべり倒していた。あれはまずい」コナーは顔をしかめて首をこすった。「まいったな。あの背の低い子ならどうだ？」

「それはリディアよ」

「じゃあ、リディアだ」コナーは笑顔になったが、目は笑っていなかった。「その名前を覚えておかなければならないな。違う名前を言ってしまったら、おしゃべり女とくっつくはめになる。あるいはもっとまずい事態になるかもしれない」彼の視線がテオドラの口元に落ちた。「リディアはどんなキスをするんだろうな。まあ、どうでもいいが。そんなにうまくなければ、わたしが教えてやればいいだけの話だ」

嫉妬がどっとわきあがって、テオドラは息もできなかった。その強烈さに驚き、彼女は自分の人生からコナーを簡単に追いだせると考えていたことを後悔した。彼がよその女性に目を向けていると知って安心すべきなのに、幸せになることを祈っていると硬い口調で言うのがやっとだった。

コナーが片方の肩をすくめてみせた。「ダグラス家の財産はキャンベル家には渡さない。それさえできれば十分満足だ」

「ええ、でも……」馬車のがたごという音が宿の前庭に響いて、テオドラは窓にちらりと目を向けた。「ランスだわ」時間切れだ。コナーが悲惨な道を進もうとしているのを引き返させる言葉をかけられたらいいのにと思ったが、何も頭に浮かばない。気分の悪くなるような確信を持って言えるのは、コナーが人生最大の過ちを犯そうとしていることだけだ。

コナーは、後悔もあらわなテオドラの表情を一瞥して言った。「では、これで終わりだな。幸運を祈るよ、テア。きみに幸あらんことを」

テオドラは言うべきことを見つけようとしたが、何も思いつかなかった。気まずい沈黙ののち、コナーは会釈をすると最後にもう一度テオドラを見て、廊下に揺るぎない足音を響かせながら外へ出ていった。

テオドラは窓辺に行き、コナーがランスとシャペロンを出迎えるのを見た。シャペロンは大きすぎる外套とボンネットに包まれた小柄な女性で、顔は見えなかった。

テオドラの頭はめまぐるしく回転し、心は沈んだ。どうしてこんなことに？　幸せになろうとして駆け落ちに胸を躍らせていたはずなのに、今考えられるのはコナーがランバート家の誰かと結婚するなどという過ちを犯そうとしていることだけだ。それと、あの誘惑的な、禁じられたキス。どうしてあのキスと同じ情熱をランスに対して感じられないのだろう？

彼とはキスしたことがないから。たぶん、そのせいだ。ランスとのあいだにどんな問題があるにせよ、すぐに突きとめなければならない。さもないと、引き返せなくなってしまう。

テオドラは重いため息をついて床に落ちていたレティキュールを拾いあげ、前庭へ向かった。

10

テオドラが馬車のところまでやってくると、ランスは顔を輝かせた。「ああ、来たね！」声を低くして言った。「ミス・シモンズはとても素敵だよ」

テオドラの新しい旅の仲間は馬車のそばに立ってコナーと話をしていて、畏怖と驚嘆の入りまじった表情を見せていた。淡い色の外套と麦わらのボンネットをつけたシャペロンは、テオドラが予想していたよりもずっと若かった。小柄で鳥のミソサザイを思わせる風貌をしており、焦げ茶色の髪がハート形の顔のまわりでカールしている。柔らかな青灰色の瞳は常に驚いたように見開かれ、まるで世界全般から絶えずつらい仕打ちを受けるのも覚悟しているように見えた。「ひどく若く見えるわね。せいぜい十八歳にしか思えないわ」

「二十三歳だよ。初めて会ったときはぼくも信じられなかったけれどね。独特の身振りのせいで若く見えるんだろう」ランスはミス・シモンズを一瞬見つめて笑顔になり、打ち明けるように言った。「彼女はぼくの姉妹たちを思い起こさせるよ。世間の風にさらされることなく暮らしてるから、ぼくの姉妹たちも実年齢より若く見えるんだ」

テオドラは辛辣に言った。「わたしと違ってね。わたしは世間の風にさらされっぱなしで育ったから、実年齢より老けて見えるんだわ」

ランスが顔を赤らめた。「いや、違うよ！　ぼくは決して――」

「いやだわ、ランスったら！」テオドラはランスのあからさまな狼狽ぶりを面白がって笑った。「からかっただけよ。まあ、わたしが年が上に見られるのはたしかだけど。父にはあちこち引っ張りまわされるし、母は病気がちでわたしが代わりを引き受けることが多かったから、早くから多くの責任を負わされていたの。でも、それも楽しんでいたのよ」

ランスが感慨深げにうなずく。「ミス・シモンズはきみとは正反対だったんだろうな。彼女のほうの用意ができる前に、社会に放りだされたという感じだ。自己紹介でぽろっと言ったことからすると、お兄さんはミス・シモンズに家に残っていてほしかったらしいけど、彼の奥さんがいやがったようだよ」

「まあ！　意地悪な奥さんが気の毒なミス・シモンズを家から追いだしたということ？」

「その義理のお姉さんはぼくがミス・シモンズを迎えに来たと知って大喜びしていたからね。なんとも気まずかったな」

「かわいそうに」自分が順風満帆に生きてこられたのは出自と機会に恵まれたからだと思うと、テオドラは自活するために職を見つけなければならなかった独身女性たちに同情を禁じ得なかった。女性が就けるまともな仕事はかぎられているし、雇い主から言い寄られずに働ける女性はもっと少ない。「シャペロンをつけられるのはわずらわしいと思っていたから、シャペロンの仕事に就けたら助かる女性がいるなんて考えたこともなかったわ。わたしって利己的ね」

「全然、利己的なんかじゃないよ。ミス・シモンズの状況を理解すれば彼女に同情するだろうって、ぼくにはわかってたし」ランスはテオドラの手を取り、手の甲に熱いキスをした。「きみはぼくが出会ったなかでもいちばん優しくて寛大な女性さ。完璧だよ。本当に完璧だ」

そんなことはない。ときどきいらいらするし、気性は激しいし――それに、婚約者ではない人にどうしようもなく惹かれてしまったりもする。テオドラは頬が熱くなり、手を引き抜いた。「美化しすぎよ。わたしをもっとよく知れば、絶対にそんなことは言わなくなるわ」

「ぼくは軽々しいお世辞は言わない。口にする言葉は本気で思っていることで、きみは本当に思いやりのある素晴らしい女性だよ。実際、きみの振る舞いは天使のようだ」

「もう、やめて、ランス！　次はわたしが飛べると信じて、背中に羽でも縫いつける気じゃないでしょうね。わたしはそんな美徳の塊じゃないわ」ランスのがっかりした顔を見て、テオドラは片方の手を彼の腕にかけながら、ランスがもっと現実を見てくれたらいいのにと思った。「ほら、ちょっとしゃべるとこうしてあなたをいやな気分にさせてしまう。あなたがわたしをここに置き去りにして逃げだしたいと思ったとしても、誰も責めたりしないわよ」

ランスが笑った。「きみは自分を過小評価しすぎているよ。でも、ぼくがそういうことを言うときみが落ち着かないのであれば、もう言わないようにする」

「よかった！　じゃあ、あなたが連れてきた女性を紹介して。誰が誰のシャペロンなのか忘れてしまうところだったわ」

ランスはくすくす笑ってテオドラの手をぽんと叩き、彼女を導いた。二人を見ると、ミス・シモンズはすばやく膝をかがめて挨拶した。

ランスは微笑んだ。「ミス・シモンズ、ミス・カンバーバッチ＝スノウを紹介するよ」

「まあ！　嬉しい！　この機会を与えてくださって、感謝してもしきれません。溝に放りだされたとうかがいましたけど、大変な目に遭われましたね」

テオドラは愉快そうにこちらを見つめているコナーの視線をとらえた。「あら、コナーから聞いたのね。今のわたしはもう完璧にもとどおりになっているから大丈夫よ」

「わたしだったら、もう二度と馬車には乗りたくないと思ったんじゃないかしら」

「そうしたらどうやって旅をするの？」

ミス・シモンズはかぶりを振った。「旅はしません。馬車が黄金でできていて、車輪がダイヤモンドでもお断りです。溝に放りこまれるなんてことがあったら、二度と馬車には足を踏み入れたくありません」

「あなたが溝に放りだされないように祈るわ。幸い、この新しい馬車は前の馬車より安全よ」

「素晴らしい乗り物だ」ランスが言った。「快適に旅ができる」彼はコナーを振り向いた。

「馬たちも見事で、こんな立派な馬車は見たことがありませんよ」

コナーが満足げに馬を見た。「馬には相当金を注ぎこんでいるが、後悔はない」

「タッターソールの馬市場で買ったんですか？　一度行ってみたいと思っているんですが、ぼくはまだロンドンにも行ったことがないんです。旅行の手引書で見るかぎりでは、あのオークション場は地上の天国に思えました」

「あそこは特別な場所だ。そう、この馬たちはタッターソールで見つけた。デヴォンシャー公爵のものだったんだ。その取り引きで、公爵は一躍イングランド一の大金持ちになった」

それをきっかけにランスは材木運搬用の馬二頭を大いに値切って買ったときのことを思いだし、その模様を再現すべく熱弁をふるいはじめた。

ランスが話しているあいだ、テオドラはしばしばこちらに視線を送ってくるコナーを意識していた。そのたびに体に震えが走り、あのときの情熱を思いだしては顔が熱くなる。本当は一人きりの場所でため息をついて思い出に浸りたいところだが、なんとかそれをほかの誰にも知られないようにした。この数日で、いろいろなことが様変わりしてしまった。それはすべてあの最初のキスから始まった。テオドラがひそかにコナーに焦がれ、彼のほうは幸いなことにまったく気づいていなかった以前とは、彼女の気持ちはまったく違っている。

今、テオドラはコナーを新たな目で見て、いっそうどうしようもなく求めていた。コナーは魅力的すぎる。あの露骨な視線は彼女を震えさせ、想像させずにはいられない――。

「テオドラ?」

テオドラは目をしばたたき、ランスが妙な顔をしてこちらを見ているのに気づいた。彼女は詫びるように微笑んだ。「ごめんなさい。ちょっとぼうっとしていたわ」

コナーが――まったく、いまいましい人だ――テオドラが何を考えていたかはわかっていると言いたげに、わざとらしい笑みを浮かべた。

「ミスター・ダグラスと馬の話をしていて、ミス・シモンズが乗馬はしないと言ったものだから、ぼくがきみにも同じことを尋ねたんだよ」

「あら、わたしは馬に乗るのは大好きよ」

「テアの乗馬の腕前は一流だ」コナーが言い添える。

ランスは言った。「たしかにきみなら乗馬もうまいだろうね。ちょっと本気でやれば、なんでも見事にこなせるんだな」

ミス・シモンズはうらやましそうな顔をした。「兄が持っているのは馬車馬が二頭だけで、どちらもあまりに足が遅いので義理の姉がいつもいらいらしています。わたしも馬に乗れたらと思うんですけど、どうしても馬は怖くて。とにかく大きいんですもの」

テオドラはちっちっと舌を鳴らした。「あなたはちょうどいい馬に出会っていないだけよ。この旅を終えてカンバーバッチ・ハウスに戻ったら、ダンプリングに乗せてあげるわ。小さくて気の優しい牝馬なの」

ランスが落ち着かない様子で笑い声をあげた。「テオドラ、ぼくたちが戻るのはカンバーバッチ・ハウスではなくて、ポストンだよ」

その言葉に、テオドラは動きを止めた。「あら……そうね。もちろんそうだわ。わたし、何を考えていたのかしら」駆け落ちすることに興奮して、そのあとのことは何一つ具体的に考えていなかった。ランスの家がこれからは彼女の家になるのだ。

あのカンバーバッチの家に戻ることはもうない——そう考えると、巨大な岩の一撃を食らったように胸がつぶれた。テオドラはカンバーバッチ・ハウスが大好きだった。

コナーが心配そうに目を細めた。「カンバーバッチにも、ときどき里帰りすればいい」彼は優しく言った。「遠いのかい？　ボストンならそれほど距離はなかったように思うが」

テオドラはほっとして答えた。「ええ、全然遠くないわ。一時間もかからないもの」そう、カンバーバッチへ遊びに行けばいい。行きたければ、いつだって行ける。けれど、これまでと同じというわけにはいかないだろう。

「もちろん、行けばいいんだよ」ランスはテオドラがそう考えていなかったことに驚いたようだった。「ぼくは四輪馬車を持ってるし、マーカムが御者をしてくれる。マーカムは速くは走らせられないし、ぼくの農場の馬たちはこの馬たちみたいに立派じゃないけど、ちゃんと移動できるよ。きみが行きたいと思ったときにいつでも行けばいい。ただ……」彼は微笑んだ。「そんなにしょっちゅう帰りたくなるようなことがないといいなと思うけど」

「もちろんよ！」テオドラは空を仰ぎ見た。「あら、北のほうに雲が出てきたわ。また雨になるかもしれないわね」

「じゃあ、すぐに出発したほうがいいな」ランスが告げた。

「ちょうどわたしのトランクが運ばれてきたわ」テオドラはミス・シモンズに向き直った。「トランクがちゃんと縛りつけておかれるように確認しましょう。また溝に放りだされて服をぼろぼろにされるのはごめんだわ」

コナーはテアがシャペロンを連れて向こうへ行くのを見つめた。二人は面白い組み合わせになりそうだ。テアは背が高く、ほっそりしていて、生まれ持った自信がにじみでている。一方ミス・シモンズは小柄なブルネットで、かわいらしいがどこか不安げな顔をしている。

これ以上に対照的な女性の二人組は想像できない。

「テオドラは女性の話し相手ができて喜んでくれるでしょう」ランスは自分がそう言えばそのとおりになるとでも言いたげな顔をしている。

「ミス・シモンズは読書はするのかな?」

「読書ですか? さあ、知りません。でも、編み物はしますよ。編み物かごが馬車のなかにありました」

「テアは編み物も刺繍もしない。ミス・シモンズはガーデニングに興味はあるのかい?」

「ぼくの知るかぎりではないですね」

「それなら、せめてミス・シモンズにすぐれたユーモアのセンスがあることを願うね。それがあれば、あの二人はうまくやっていけるだろう」

ランスは眉をひそめた。「テオドラはミス・シモンズが家で気まずい立場に置かれていたことをわかっていますから、きっとうまくやってくれますよ」

「テアはいつも他人に遠慮してしまう」コナーは思いのほか、きつい言い方をしてしまった。ランスの驚いた顔を見て、穏やかな口調でつけ加えた。「ミス・シモンズとテアに共通の話題があるといいが。でないと、狭い馬車のなかで何時間も一緒にいるのはつらいだろう」

「心配には及びませんよ」ランスはテアが立っているほうに愛情のこもった視線を向けた。

「テオドラは寛大で優しくて、女らしい美徳の手本みたいな人なんですから」

コナーは眉をひそめた。テアが素晴らしい女性であることはほかの誰よりもよく知っている。だが完璧な女性などというあり得ない像を押しつけられても、テアは窮屈なだけだろう。

「テアのことは昔から知っているし、彼女の性格上の美点はいくつでも褒めたたえることができるが、テアは手本なんかじゃない。わたしは手本であってほしいとも思わない」

ランスはテアを見つめたまま、彼女が自分の持ち物であるかのような言い方をして、コナーを心底うんざりさせた。「ぼくの婚約者は女らしさの素晴らしい典型ですよ。もっとも、そんなテオドラにも指導が必要な分野はありますけどね。それも彼女の育ち方に欠陥があったとわかれば、完璧に理解できる範囲のものです」

「欠陥だって?」

「テオドラは人生の大半を外国で暮らして、その自立心は魅力的と言える域を少々超えています。でもポストン・ハウスに身を落ち着けて、ぼくの母や姉たちの指導を受ければ、テオドラも真の可能性を花開かせることができますよ」

テアに〝指導〟が必要だなどと決めつけるこの男に怒りをぶつけたい衝動を、コナーは必死に抑えた。彼女には社交界の偏った定義による〝女らしい美徳〟をはるかに超えた多彩で活気に満ちた魅力が備わっているのだから、〝指導〟など必要ない。鋭い機転と明晰な話術も持ち合わせており、どちらも引っこめておこうとして苦労しているようだが、テアは間違いなくコナーの知るかぎりで最も親切で思いやりにあふれる女性だ。

明らかにランスの感じ方はコナーとは異なっているようだ。そう思うと、ランスと結婚するというテアの決意がなおさら危うく思えた。さらに悪いことに、その決意は刻一刻と強まっている。コナーは背筋が寒くなった。くそっ、わたしのせいで、テアは彼女のよさも理解できずに彼女を変えようとする男との結婚に突き進んでいるのか？　わたしがテアをこの田舎者の腕のなかへ追いこんでしまっているのか？

コナーは視線をテアに向けた。胸が締めつけられる。テアは美しく、魅惑的で、知的だ。それなのに愚かなランスは、ありのままの彼女の魅力を理解しようともしない。

トランクが馬車の後部にしっかりと固定され、テアとミス・シモンズが男たちのほうへ戻ってきた。

ミス・シモンズはコナーに微笑みかけた。「ミスター・ダグラス、わたしたちがあなたの馬車を使うとなると、あなたはどうなさるんです？」

「馬でウェントロウ・マナーに向かう。ここから北の方角だ」

ランスが驚いた顔をした。「北？　それなら同じ方角じゃありませんか」

「そうだな。きみたちの目的地のほうがもっと手前だが」

「そこまで一緒に旅ができたら、大歓迎――」

「だ、だめよ」

ランスとミス・シモンズはテアの迫力に仰天していた。

テアは顔を赤らめ、きっぱりとした口調で言った。「コナーにはロマンティックな使命があるんだから、わたしたちが邪魔してはいけないわ。彼はわたしたちの共通の知人である若いレディを訪ねて、結婚の申しこみをすることになっているの」

ランスが勢いこんでコナーに向き直った。「それは初耳だ！　おめでとうございます。どうか幸せになってください」

コナーは肩をすくめた。「まずは彼女にきいてみないと。まあ、断ってくるとは思えないが。一度ならず、つき合いを歓迎するそぶりを見せていたからね」

「ああ、そういう手がかりは示してほしいですよね。ぼくもテオドラが求婚をどういうふうに受けとめるのか、さっぱりわかりませんでした。好意以上のものは見せてくれたことがなかったんです」ランスはテアに晴れやかな笑顔を向けた。「幸い、テオドラはぼくのつつましやかな申し出をすぐに受けてくれたので、そう長く苦しまずにすみましたが」

テアが頬を赤くした。「ええ、そうね。あの、遅くなるから、もう出発したほうがいいんじゃないかしら」彼女はコナーが外に出てから初めて彼と向き合い、片方の手を差しだした。

コナーはその手を握った。テアの指は冷たく感じられた。「これが快適な旅になって、きみによくよく考える時間ができることを祈るよ」

「ええ。さようなら。あなたの幸運を祈っているわ」テアは急いで手を引き抜き、馬車のドアの横で待っているスペンサーのもとへ駆けていった。スペンサーがドアを開けて踏み段を引きおろすと、テアは馬車のなかへと姿を消した。

ミス・シモンズもあわてて別れの挨拶をして、あとに続いた。

ランスが帽子を傾けた。「冒険の成功をお祈りしています、ミスター・ダグラス」

「きみにも幸運を」コナーは一歩下がり、郷士が女性たちのもとに加わるのを見守った。

スペンサーがドアを閉め、訳知り顔でコナーに目配せすると、御者席に陣取っているマクリーシュの横の座席にのぼった。馬車が動きだし、宿の前庭から出ていった。

ファーガソンが馬小屋からコナーの馬を引いてきて、去っていく馬車を見つめた。「今頃はもうお嬢さんも説得されて、船長の求婚を受け入れてるだろうと思ったんですけどね」

「テアは恐ろしく頑固だ」コナーは硬い声で返し、ファーガソンから手綱を受け取った。「だが、この戦いは最後まで戦い抜いて勝ってみせる」

「その意気ですよ、船長。とことんやってください！　わたしは軽馬車をこっちにまわしてきます。そうしたら出発しましょう」

「ああ、急いでくれ。長旅が待ってる」どれくらい長くなるだろう。ランスのように頑固で退屈な男がいつまでテアの幸せの邪魔をする気なのか、コナーにはわからなかった。わかっているのは、仮にもテアと結婚するつもりでいるくせに、ランスが彼女のことをちっとも理解していないことだけだ。ただのぼせているのではなく、本当に恋に落ちているなら、愛する相手をありのまま受け入れようとするものじゃないのか？　崇拝する女性のことはなんでも知りたいと思うものだろう？

ランスは、テアが自分に相談もなくシャペロンを雇われたら侮辱されたと感じるであろうこともわからないのか？

婚約者がどういう知人と気やすく会話を楽しみ、どういう知人と対等のつき合いをしているのか、やつは知ろうともしないのか？

テアが別の男の前で顔を赤らめていることに、ランスは気づいていないのか？　テアが幸せなのか不安なのか、どんな気持ちでいるのか、ずっと観察してその表情の細かい変化までも読み取りたいとは思わないのか？

コナーは自分がそのすべてをしていることに気づいた。テアに恋しているわけでもなければ、彼女と結婚することになっているわけでもないのに。

これでは道理が通らない。あの田舎者がテアという個人に惚れているのではなく、女らしさというある種の抽象的でロマンティックな概念だけで彼女を評価している可能性はあるだろうか？　もしそうなら、あの男はとんでもない愚か者だ。テアはそんなふうに定義されて喜ぶ女性じゃない。

そんな結婚はろくなことにならない。テアの計画をコナーが心配していることは彼女も承知している。だが、テア（とテアの誇り）は喜んで駆け落ちをあきらめるところまではいっていない。彼女があの男と馬車に閉じこめられるのはいいことだ――シャペロンとのおしゃべり、悪路、その他すべてによってテアが思い知ればいい。

姉のアンナはいつも言っていた。本当に誰かをよく知りたいと思ったら、一緒に旅をするのがいちばんだと。〝欠点が浮き彫りになり、神経がすり減り、荷物がなくなったり置き去りにされたりして、雨が降ったりやんだりする……それは人間関係を本当の意味で試すことになるの〟アンナがそう言う声が聞こえた気がして、コナーは胸に懐かしさがこみあげ、思わず微笑んだ。姉の助言が聞けたらいいのにと何度思ったか。だが、それはもうかなわない。

それでも姉ならここまでのコナーの計画に、少なくともその大半に賛成してくれるだろう。テアは一人で決断をしなければならなかった。コナーにできることは、あらゆる角度からそれを検討し直す時間をテアに与えることだ。テアが承知していようといまいと、彼女が一緒にいて快適に過ごせる相手、彼女がありのままでいられる相手は一人しかいない。それはコナーだ。

コナーは最後の角に向かっていく馬車を見守り、もう馬のひづめの音が聞こえないことに気づいた。できるものなら、自分の馬に飛び乗ってすぐさま馬車を追いかけたかった。郷士の顔面にこぶしを食らわしてテアを肩に担ぎ、過剰にロマンティックな芝居の一幕のように夕日に向かって彼女と走っていきたかった。テアは彼を蹴り、叫び、千の悪態を浴びせるだろう。勝利を手にするには芝居じみた状況ではなく、辛抱が必要だ。

とうとう馬車が視界から消え、コナーの心は沈みこんだ。こんなにも孤独を感じたのは人生で初めてだった。

11

「雨はまだ降っています？」ミス・シモンズがそうきくのは少なくとも八回目だ。

テオドラはため息をつきたいのをこらえ、窓から視線を引きはがして振り返った。「ええ、まだ降っているわ」灰色の空は今の気分にぴったりだ。彼女は自分でも驚くほどふさぎこんでいた。

シャペロンが明るく微笑んだ。「雨の日は大好きです。気持ちよく過ごせますもの！」

テオドラはうつろな笑みを浮かべ、窓に向き直った。ジェーン――そう呼んでほしいとミス・シモンズは言った――はかわいらしい女性だった。編み物に取りつかれていて、毛糸から火が出そうな勢いで編み続けている。あいにくジェーンは人と一緒にいて沈黙が続くのが耐えられないらしく、しばしばたわいもないことを明るい声で一息にしゃべってはテオドラをいらだたせた。一方、ランスはそんなジェーンの少女のような声に魅了されているらしく、特に意味もない彼女の話に、鼻につくほど甘ったるい笑い声で相槌を打った。

テオドラは二度ほど、シャペロンの空虚なおしゃべりとどんどん圧迫感を増してくるランスの存在から逃れるべく、馬車のドアを蹴り開けて外に飛びだすところを想像した。そして、そんなことを考えてしまう自分の短気さにひるんだ。ジェーンはどこまでも善良で心優しく、無邪気そのものだ。ランスは――まあ、彼も相変わらずどこまでもランスらしい感じで、テオドラは彼に違う人格を望む理由が見あたらなかった。

そう、問題はテオドラ自身にある。彼女は自分でも驚くほど不機嫌で、その理由がよくわからなかった。檻に入っている気分にさせられる圧迫感のある格子のはまった窓を流れていく雨を見てはため息をつき、最後に目にしたコナーの姿を繰り返し思いだした。

彼はまるで船の甲板に足を踏ん張って、たった一人で舵を握っているかに見えた。その姿を思うたび、テオドラは胸にぽっかりと穴が開いたような感覚を覚えた。コナーにはいらいらさせられることもあったが、それでもやはり最も近しい友人だ。コナーのあんな孤独な姿を見てしまうと、元気がなくなるのも当然といえば当然だった。

とはいえ、コナーは孤独でいることがよくあった。使用人やデリックを除けば、ほとんど友人がいなかった。旅をするのも一人、陸の安全な生活より荒れた海で暮らすのを選んだときも一人、あらゆる目的を自分一人で決めてきた。孤独であることがコナーに影響しているようには見えなかった。しかしどういうわけかテオドラは、何かもっと大きなものの一部であることの幸せをコナーに教えてあげたい気になった。何かもっと長続きするものの一部になることの大切さを。テオドラは、彼の姉のアンナも同じ願いを抱いていて、それが遺言にあんな条件を付した本当の理由なのではないかと思っていた。

コナーの素顔は、世間に見せている大胆不敵な顔よりももっと傷つきやすくてもろい。よく知らない人にとっては、コナーは扱いが難しくて、非情で、口がうまくて、いつも感情を抑えているというふうに映りがちだ。だがその鎧の下にいる本当のコナーは思いやりがあって、大いに愛情を注ぐことのできる人だとテオドラは知っていたし、それは彼がきょうだいたちに示す深い愛情によっても証明されていた。

ただ、ロマンティックな愛ということになると、テオドラには謎だった。明らかに彼女はコナーに女として見られていないが、世界のどこかに彼にとってそういう相手がいるはずだ。それはいったいどういう女性なのだろう?

テオドラは空と同じくどんよりした気分で腕をさすった。馬車は穏やかに揺れ、雨は軽い音をたてて屋根を叩き、車輪は水たまりで盛大にしぶきを上げている。ジェーンが言ったことで一つだけ正しいことがあった。たしかに、雨の日も馬車のなかでは気持ちよく過ごせる。座席のクッションはふかふかで、膝の上には暖かなウールの毛布が広げられ、足元は馬車が止まるたびに炭を交換して熱が保たれる足温器で暖められていた。

本当ならもっと同行者たちと会話をはずませ、馬車が進むごとに緑が豊かになってくる美しい田舎の景色を楽しみ、ときには世界の不快なことをすべて忘れて車内の片隅でうたた寝してもよかったのだが、テオドラにはできなかった。不安で落ち着かず、何か忘れ物をしてきた感じがしていた。何か大事なものを置いてきてしまったかのようだった。

テオドラはため息をついた。少なくとも天気がどうあれ、旅を続けることはできている。もっとも、これまでに二度、最初はジェーンが乗り物酔いを訴え、次は馬を休ませなければならないからという理由で旅を中断しなければならなかったが。この前の休憩では、ランスが自分たちも紅茶を飲んで休もうと言いだし、結局テオドラたちは宿で一時間ばかり過ごした。この調子でいくと、グレトナ・グリーンに着く頃には自分は百歳になっていて、誰とも結婚したいなんて思わなくなっているのではないだろうか。

速度が落ち、テオドラが窓の外をのぞくと、馬車は二つの道が交差するところにある大きな宿に入ろうとしていた。「なぜ止まるの？」

「ここに着いたからさ」ランスはそれですべての説明になるとばかりに言った。

「ここってどこ？」

「このあたりで軽食でも出していただけると嬉しいですね」ジェーンが編み物をかごにしまった。「熱いお茶でもいただいてお腹を落ち着かせたいところだわ」

「また止まらなければならないの？」テオドラは尋ねた。

「馬たちに休養が必要なんだよ」ランスが言う。

「休憩はもう二度も取ったじゃない！」

ランスは口を引き結んだ。「ぼくはミスター・ダグラスに借りた馬たちの面倒を見ると約束したんだ。むやみやたらと急がせて、もし馬たちに何かあったら――」

スペンサーがドアを開け、踏み段を引きおろした。ランスの頑固な表情を見て、テオドラはここはひとまず彼に従っておけば、早く旅を再開できるかもしれないと悟った。いらだちまじりのため息をつきつつ馬車を降り、気は進まないながらもランスとジェーンのあとについて宿の応接間に入っていった。そこが素敵な宿であることはテオドラも認めないわけにはいかなかった。どの窓も大きくて、赤いベルベットのカーテンがかかっている。応接間が二つと広々とした談話室もあり、軽食もいろいろと用意されていた。熱い紅茶とおいしいレモンケーキも出されたが、それでもなお気分は上向きにはならなかった。

テオドラがフォークでケーキをつついていると、ランスが彼女を元気づけようとしたのか、車輪が一回転するごとに彼らはグレトナ・グリーンに近づいていると言いだした。それからどんなに〝結婚という幸福〟を待ち望み、どんなに〝幸せな家庭と健康の永遠なる約束〟を交わすのを楽しみにしているかを雄弁に語りはじめた。ロマンティックな心の持ち主のジェーンはランスの熱にあてられたようでうっとりとため息をつきながら聞いていたが、テオドラはかすかな笑みを浮かべ、そうねと言うのが精いっぱいだった。

普段なら、単調な旅路にロマンティックな彩りを添えようとしたランスの努力に感謝しただろうが、今はすべてが空虚でいらだたしく思われた。テオドラはフォークで突き崩したケーキを見つめた。なぜこんなにもいらいらするのだろう？　人生の新たな章に向かって進んでいることをなぜ幸せに思えないのだろう？　それがコナーとは無関係であることはよくわかっていた。コナーは今頃、心を浮き立たせながらウェントロウ・マナーに向かっているはずだ。

テオドラはテーブルにケーキ皿を置いた。「わたしたち、旅に戻らなきゃ」

ジェーンはためらったが、紅茶のカップを下ろした。「もちろんですとも」

ランスはケーキをいっぱいのせて口へ運びかけていたフォークを止めた。

テオドラは無理やり笑みを浮かべて立ちあがった。「おいしいお茶だったわ。でも、わたしたちは旅を続けるべきよ」

「今日はだめだ」ランスが言った。

「だめって、どうして？」

ランスはフォークを皿に置いた。「今夜はここに泊まる」

「なんですって？」テオドラは驚きを声に出さずにいられなかった。

ジェーンさえもびっくりした顔をしている。

ランスは眉をひそめた。「ここはとてもいい宿だし、料理も格別だと聞いてる。このケーキが何よりの証明だ」

「ケーキはおいしかったわ。でも、今日は半日も馬車を走らせていないじゃないの！」

「次の宿は何キロも先で、今夜そこまで行きつけるかどうかわからない。だから、ここに泊まるのがいちばんいい選択なんだよ」

「誰にそう言われたの？」

「ミスター・ダグラスの御者のマクリーシュだ」ランスは熱心に言葉を続けた。「彼は素晴らしいよ！　何もかもきっちり計画してくれているんだ。一日にどれだけの距離を進んで、どの宿に泊まるか、どこで休憩すればおいしいお茶を飲めるか調べあげて、旅程表を作っている。感心したよ」

テオドラにはわけがわからなかった。「いつその旅程表というのを見たの？」

「今朝だよ。朝食のあとに」ランスが眉間にしわを寄せた。「きみは見ていないのかい？　たしかミスター・ダグラスは、きみも賛成していると言ってたはずだけど。もしかしたら、きみもきっと賛成してくれると思うと言ったのかな。ぼくからその話を伝えるべきだったね」

テオドラの頭には恐ろしい疑念がわきあがり、問いかけに答えるどころではなかった。

不安げにテオドラとランスを交互に見ていたジェーンが、明るく言った。「ミスター・ダグラスの御者は配慮が行き届いていますね。そんな先のことまで考えてくれるなんて」

テオドラは硬い声で言った。「そう思う？」

「ええ、そうですよ！　兄も旅に出るときには旅程表を作るんです。町から町までの距離や、泊まる場所はどこにあるかといったことを書きこんで。わたしも旅をするならそういうことは知っておきたいわ。そのほうが不愉快な驚きというのがなくてすみますものね」

もちろん、テオドラも同感だった。コナーと彼の使用人を信頼できるならの話だが。たとえそれがテオドラたちの旅を自分の思いどおりにしたいというだけの理由だとしても、彼女たちの進む速度をできるだけ遅らせようとしている卑劣漢の企みを見過ごすわけにはいかない。まったく、なんて男！　テオドラはランスに向き直った。「すぐ出発しましょう。旅程表なんてどうでもいいわ。馬たちをちゃんと休ませてきたんだから、今日のうちにあと十五キロくらい馬車を引っ張ってもらっても問題ないはずよ。わたしたちだって、旅程表に書かれた宿に泊まらなければならない義理はない。ほかにも同等の満足が得られる宿はきっとあるわ」

ランスは納得していない様子だった。「極上の馬たちをそこらの馬車馬と同じだけ働かせるわけにはいかないよ。ここまで十分速い進み具合だったんだから、移動時間は短くても、想定どおりの距離はこなせてるはずだ。それに、ぼくたちは急ぐわけじゃない。今やシャペロンもいて、たしなみという面でも問題はないし」

「ランス、お願い。もっと速く進めるはずなのよ」

「そうかもしれない。でもミスター・ダグラスに馬たちを返すときは、完璧な状態であってほしいんだ」ランスは微笑んで立ちあがり、テオドラの手を握った。「テオドラ、旅を楽しもう！　こんな贅沢な馬車でグレトナ・グリーンまで旅するなんて、素敵なことだと思わないか？　まさにロマンティックな芝居を見ているようだよ！」

ここまでのところ、この旅はロマンティックというより、どたばたコメディのようだとテオドラは思ったが、懸命にも口には出さずにおいた。「旅を楽しんではいるわ」それは嘘だった。「でも、できるだけ早く終わらせて、馬車をコナーに返したいのよ」

ジェーンが理解できると言いたげにテオドラを見た。「ミスター・ダグラスの馬車を借りていることがお気に召さないんですね」

「それに彼の使用人も。コナーはたしかに親切よ。だけど……奇妙な言い方に思えるかもしれないけれど、なんだか彼の存在がわたしたちの上にのしかかっている気がするの」

「よくわかります」ジェーンは共感のため息をつき、編み物のかごを持ちあげて中身を調べはじめた。「人から恩義を受けるのが重荷になることはありますよね。貸してくれた側の意図は崇高だとしても」

テオドラは、コナーは崇高などという言葉からはほど遠いと言いたくなるのをこらえた。彼が旅を遅らせようとしているのではないかと疑っていることをみなに言うわけにはいかない。言えば、なぜあの不埒者がそんなことをしたがるのかを説明しなければならず、引いてはテオドラ自身のことを説明するはめになってしまう。

「ねえ、テオドラ」ランスはかすかに懇願するような口調になっていて、テオドラはますますいらだった。「今夜はここに泊まるしかないよ。馬たちを休ませるよう言ったから、もう綱を解かれて餌をもらって、ブラシがけをされているはずだ。再び準備をするとなると、一時間かそこらはかかるだろう。そろそろ夕方という頃になって出発したところで、まともな宿もないような場所で立ち往生するはめになるのは目に見えている」

つまり選択の余地はないということだ。いらだちをのみこみ、テオドラは両手を掲げた。

「いいわ！　今夜はここに泊まるのね。ただし、一晩だけよ」

ランスがあからさまにほっとした顔をした。「きみは寝室を見てきたらどうかな？　マクリーシュが言ってることの半分でも満たしていれば、十分満足して泊まれると思うけど」

「あら、いやだ！」ジェーンが編み物かごから視線を上げた。「編み針が一本ないわ。馬車のなかに落としてきたに違いありません」

ランスは食べかけのケーキを名残惜しそうに見た。「ぼくが馬小屋に行って捜してくるよ」

ジェーンはかごを横に置いて立ちあがった。「わたしも行きます。どこを捜したらいいか、わたしのほうがわかるかもしれませんから」

「もちろんだ」ランスが期待をこめてテオドラを見た。

テオドラは宿のなかを見たいとは露ほども思っていなかったが、することがあるのはいいことだ。「部屋を見てくるわ。でも、まずはボンネットを取ってこないと。リボンが一本、ほどけかけているの」夕食まではそれを直すことで時間がつぶせるだろう。

「戻ったらお手伝いします」ジェーンが申しでた。

「ありがとう」テオドラはランスとジェーンと一緒に玄関まで歩いていき、馬小屋に向かう二人を見送ってドアを閉めた。テオドラは粗探しをするように玄関ホールを見まわした。

彼女はマクリーシュが正しかったと認めざるを得なかった。この前の宿よりはるかに上等だ。玄関の木の床は磨きあげられ、暖かな輝きを放っている。ボンネットや手袋を置くのにちょうどいい位置に小さなテーブルがあり、壁にはフックが並んでいて、そこにテオドラの外套もかけてあった。フックの下には鉢植えのシダが置かれ、濡れた外套からしたたる水が植物をうるおす効果も見こめるようになっていた。

テオドラはテーブルからボンネットを取りあげ、取れかけのリボンを調べはじめた。この玄関ホールは暖かい。どこか近くの暖炉にちゃんと火が入れてあるのだろう。遠くで女性たちの話し声と食器がかちゃかちゃいう音がして、かすかに漂ってきたプラムプディングの匂いにお腹が鳴った。もしかしたら、ここに泊まるのは最善の選択かもしれない。こうして比較的ゆっくりした速度で進むというのも、今朝からずっと頭の上にかかっているように思える不吉な雲を振り払う時間ができてよかったのかもしれない。

自分たちの決断に少し安心してテオドラが階段を上がろうとしたとき、痩せっぽちのメイドが使用済みの皿をトレイにのせて、テオドラたちが使ったのとは別の応接間から出てきた。皿を積みすぎていて手が離せず、メイドはドアを閉めずに廊下を進んでいった。

そのドアの向こうから、口笛がかすかに聞こえてきた。

テオドラはその場に凍りつき、目を見開いた。数えきれないほど耳にしたあのメロディだ。そんな、まさか……。気づいたときには入口に立っていた。応接間のドアを押し開けて一歩なかに入り、不意に足を止めた。感覚を失った指からボンネットがすべり落ちる。「やっぱりあなたね！」

ぱちぱち音をたてる暖炉のそばに置かれた袖椅子におさまって足を足のせ台の上に伸ばし、ウイスキーのグラスを手にしているのはコナーだった。

「おや、きみか」彼は満足げな笑みを見せた。淡い青の目が愉快そうにきらめく。「きみたちが道に迷ってしまったんじゃないかと心配しはじめてたところだよ」

12

テオドラは両手をこぶしに握った。「ここで何をしているの？」

「待ってたんだ。きみたちはずいぶんと遅かったな」コナーはマントルピースの上にある小さな置き時計を顎で示した。「三十分は遅れている」

「わたしたちはここでお茶でもいただこうと……」テオドラは目を細めた。「〝遅れている〟って、どういう意味？」

「お茶でも飲もうと立ち寄ったわけか」コナーが舌を鳴らした。「いったいどういう駆け落ちなんだ。道中で見かける宿という宿に立ち寄るとは」

「あなたがかかわってこなければ、もっといい駆け落ちになったわよ！」

「馬車の窓からバラでも目に入れば、それを見物しようとまた止まるんだろう」コナーの淡い青の目はすっかり面白がっているようだ。「そうやってぐずぐずしてるのは、窮地を脱出する方法が見つかるかもしれないと望みをつないでいるからか？」

「わたしは窮地に立たされてなんかいないわ。駆け落ちしているのよ」

「シャペロンを連れて」

テオドラは両手を腰にあてた。「ランスはわたしの評判に傷をつけたくないの。いい人よ」

「やつがいい人ではないとは言ってない。きみにふさわしい男には思えないだけだ」

そう言われてテオドラは言葉に詰まった。それで何が言いたいのかとコナーに直接ききたいところだったが、彼はもう十分に自分の意見を表明している。

テオドラは鼻を鳴らした。「何がわたしにふさわしくて何がふさわしくないか、あなたにはわからないわよ」

「おやおや、わたしのテア、きみのことなら自分の心と同じくらいよくわかってる」コナーは力強い動きですばやく立ちあがった。親密さがこめられたくぐもった彼の声を聞いて、テオドラの脳裏に乱れたシーツや熱いキスが思い浮かんだ。

彼女は身震いしたくなるのをこらえた。どうしてコナーはたった二言三言で自分にこんな退廃的なことを考えさせることができるのだろうか。「残念だけど、全然わかっていないわ」声に辛辣さがにじむのを止められなかった。

「いや、わかっている。きみは気弱でおとなしい女性じゃない。活気にあふれてる。きみと同じように激しい気性の男のほうが合うんだよ」

ええ、たしかに激しい。そしてコナーを見るたび、鼓動がますます激しくなる。「わたしにとって何がいちばんかを知るのはあなたの仕事じゃないわ。そんなことを考えるのはやめてもらえたら嬉しいんだけど」

「きみが考えるようになったときにはもう手遅れかもしれないと心配してるんだ。きみみたいに短気な女性は、とてもじゃないがあの郷士の手には負えない」

「短気じゃないわ」テオドラは言ったが、コナーが声をあげて笑うのを聞いて唇を噛んだ。

「そういうきみだからわたしは好きなんだ」

テオドラが自分の感情を自在に操れるなら、コナーは彼女を好きにはならないだろう。だが、感情を律するのは思った以上に難しい。絶えずコナーにからかわれることで、それがますます難しくなっていた。

「考えてみてくれ。きみたちが急いでグレトナ・グリーンまで行かなければならないと思っていないのは明らかだ。それはなぜだと思う？」

「わたしはもっと急ごうと言ったのよ。でも、ランスはあなたから借りた馬たちに負担をかけてはいけないって。彼はマクリーシュが考えた計画に従うつもりでいるわ」そう、計画だ。テオドラは目を細めてコナーをにらみつけた。「〝遅れている〟と言ったのはそういう意味ね。計画を立てたのはあなたでしょう。そんなことじゃないかと思っていたわ」

「まあ、計画をわたしが知っていたということはあり得るな」

「知っていたのよ、絶対に」テオドラは非難をこめて言った。

コナーはグラス越しに彼女を見て、その目をきらめかせた。「それはあの郷士のためだ。今朝、朝食をとっていたらランスが言ったんだ。不案内な道だから心配だと。それであの気の毒な男を救おうと、わたしが立ちあがったというわけだ」

「ランスを救おうとしたの？　それともあなた自身を？」

「どちらでも同じだ。ランスが旅程表のことをきみに話したというのは驚きだな。いい宿を知っているというのは、やつが自分の手柄にすればいいと思っていたのに」

「ランスはそういう人ではないわ」テオドラは床に落ちていたボンネットを拾いあげ、埃を払った。「どうせあなたの使用人たちはみんな、わたしたちがグレトナ・グリーンに着くのをできるだけ遅らせるというあなたの計画に加担しているんでしょう。本当なら数週間は早く着けるんじゃないかしら」

「数週間だって？　いくらわたしでも、道を長く延ばすのは無理だ。きみたちは一週間もあれば目的地に着くだろう。わたしの旅程表があってもなくても」

「一週間！　冗談はやめて、コナー！」しかし、テオドラの内なる声がささやきかけた。〝あとたったの七日で、わたしは結婚することになる。結婚するのが数日先になるくらい、どうでもいいじゃないの……〟喉が締めつけられ、テオドラは今すぐきびすを返してあらゆるものから逃げだしたかった。この駆け落ちも、ランスもシャペロンもコナーも、何もかも放りだして。

コナーは真面目な顔でテオドラを見つめた。「ああ、テア、きみは怯えているね」

そのとおりだ。でも、コナーにそう認めることはできない。ランスと結婚するのかどうかはともかく、コナーの言いなりになるわけにはいかない。それは過ちを別の過ちで塗り替えることだ。ちょっと待って――ランスとの結婚は過ちなの？　わたしはすでにそう認識しているということ？

コナーに見つめられているのを意識して、テオドラは力強く言った。「あと一週間も馬車に閉じこめられると思うと気が滅入るというだけよ。でこぼこ道を行くのがわかっているんだもの」

「いずれ、この一週間があってよかったと思うようになる。あの男ともう一週間過ごせば、やつがきみのような女性にはふさわしくないことがわかるはずだ。問題は、きみが誇りをのみこんで、この駆け落ちを終わらせることができるかどうかだよ。それともきみは、わたしに対する腹いせだけでランスと結婚するつもりか？」

「わたしが誰を夫に選ぼうと、あなたに関係ないわ」

コナーは困ったような顔になった。「何年もきみのことを気にかけてきたんだ。今さらやめられない」

「わたしのことを？　今まではわたしのことなんてちっとも気にしなかったくせに」

「気にかけてきただろう！　きみとは友達じゃないか」

友達。嬉しいはずの言葉が、これほど苦痛をもたらすものになり得るとは思いも寄らなかった。「だからといって、わたしの人生を邪魔してもいいことにはならないわ。あなたは首を突っこみすぎたのよ」

「わたしによこしまな目的があるかのような言い方はやめてくれ。ただよかれと思ってしているのに」

「本当に？」

「そうじゃないとしても、認めるわけがないだろう」コナーが言い返した。腹が立つほど魅力的な笑みを口元に浮かべてテオドラの唇を見つめる。「きみが望むなら、わたしの〝目的〟

を証明するのにやぶさかではないが」

「いいえ、結構よ」テオドラは鼓動が速まり、わずかにあとずさりした。コナーを見つめていたが、やがてため息をついた。「このことでやり合うのはもう終わりにしましょう」

「よかった。すべきことはほかにもいろいろあるからな」コナーはテオドラのほうに一歩進みでた。

テオドラは片方の手を上げて制した。「やめて！　本当のことを言ってちょうだい。あなたはウェントロウ・マナーに行くつもりなんてないんでしょう？」

「この旅の終わりにきみがあの男と結婚するつもりなら、わたしにはほかに選択肢がない」

「だったら、なぜ今ここにいるの？」

「このあたりで最高の宿がここだからだ。それにわたしも北に向かっているんだから、一人で進むのも、きみたちと一緒に旅をするのも同じだ。未来の妻となるかわいいローラに会ったら、わたしはきっと――」

「ローラじゃないわ」

コナーが口をつぐんだ。

テオドラは目を細めた。

コナーはため息をつき、顎をさすった。「ルシール？」

テオドラは眉をひそめた。

「ライラ？」

に。

「ちょっと、もう……リディアよ、ばかね！」

コナーは肩をすくめた。「どれもこれも同じに思える」

彼がそんなことを言うのは聞きたくなかった。コナーがランバート家の姉妹の誰かに恋しているわけではないのは残念だ。もしそうなら、自分の気持ちは自然な終焉を迎えられたのに。

本当にそうだろうか？　それとも、自分以外の誰かと恋に落ちたコナーを思って苦しむことになるのだろうか？

不意にずしりと重いいやな感覚がみぞおちに広がり、彼女はいらだちを覚えた。そう、コナーの言うとおりだ。テオドラはランスと結婚するという自分の決断に疑問を感じていた。時間が経つにつれ、最初は疑念を訴える小さなささやきだった声がどんどん大きくなり、無視できなくなりつつある。

テオドラはじっとしていられなくなって、ウイスキーのデカンタが置かれたトレイのところまで歩いていった。紅茶は思ったほど体を温めてはくれなかった。

「ああ、スコッチは今の気分にぴったりだ」

コナーの声がすぐ後ろから聞こえてテオドラは飛びあがり、肌がざわつくなんとも奇妙な感覚を覚えて彼から離れた。

コナーは琥珀色の液体を注いだグラスを手渡した。「雨模様の憂鬱もこれで吹っ飛ぶ」

テオドラはグラスを受け取り、ウイスキーを一口すすった。たちまち喉と胸が温かくなった。「ああ、おいしい。スモーキーな香りね」

「そうだな」コナーもぐいとあおって、満足そうな表情になった。「そう、まさにこれが好きなんだ。シルクのようになめらかなスモーキーさで、かすかにぴりっとくる刺激もあって」

テオドラはグラスの縁に唇をつけたまま動きを止めた。コナーはウイスキーの話をしているの？　それとも何か……ほかのこと？　口のなかがからからに乾き、彼女は暖かさを求めて暖炉のほうへ歩いていった。「あなたがここまでわたしたちを追いかけてきたなんて、信じられないわ」

「きみたちを追いかけてきたわけじゃない。わたしは少なくとも一時間前からここにいたんだ。きみたちのようにふらふらせずに走ってきたからな」

「わたしはふらふらなんてしていなかったわ」

コナーの目はテオドラがフランスの山腹で一度見たことのある花の色になった。氷のように冷たいとも、燃えるように熱いとも取れる、美しい淡い青だ。今、その目は燃えていた。ウイスキーのせいだろうかと彼女は思った。

「結婚が怖いか？」

唐突な質問に、テオドラは驚いた。答える前に一瞬考えなければならなかった。「怖くはないわ。あなたと違って、わたしは結婚して同じ責任を背負う誰かと家庭を作ることは大歓迎よ。あなたはそれが面倒だと思っているんでしょうけど」自分がなぜ最後にそんな一言をつけ足したのかわからなかった。機会を待っていたかのように、勝手に口をついて出た。

「わたしだって家庭は持ちたい」コナーがそう言ったので、テオドラは驚いた。「最終的には」

テオドラは眉を上げた。「それで、その〝最終的〟な魔法の瞬間はいつ訪れるの？　あなたは世界じゅうのどこよりも海にいる時間が長いじゃないの」

コナーは自分のグラスを見おろし、ウイスキーをぐるりとまわした。「その理由がわかるか？」

言われてみれば、テオドラは理由を知らなかった。「教えて」

「両親が死んだとき、わたしたちはレノックスラヴ・ハウスで暮らしていた」

「今、ジャックが住んでいるところね」

「そうだ。兄があの家にいることはめったにないが」

「あなたたちの誰も、一カ所にずっととどまるのが好きではないみたいね」

「みな同じ経験をしたからな。両親が突然この世を去り、暮らしはがらりと変わった。変わりすぎたと言ってもいいほどだ。姉は十八歳になったばかりで、われわれ兄弟の親になった。それもたった一人で」

「どんなに大変だったか、想像もつかないわ」

コナーはウイスキーを飲み、かすれた声で言った。「姉はレノックスラヴにとどまろうと決めた。家庭教師も使用人も同じ顔ぶれで、以前と何もかも同じように暮らしていこうと」

テオドラはコナーの目の奥に影を見て取り、静かに言った。「でも、もう同じではなかった」

「ああ。われわれ兄弟はそれを理解するには若すぎて、腹を立てた。自分たちから両親を奪った運命に腹を立て、去っていった両親に腹を立て、前と同じではなくなった自分たちの生活に腹を立て、それをもとどおりにしてくれない姉に腹を立てた」コナーは顔をしかめた。声に後悔の念がにじんでいる。「われわれは姉を困らせ、好き放題するようになった。姉が厳しく文句を言うようになると、われわれは両親だけでなく姉までも失った気にさせられた」

「みんなが傷ついていたのね」

「悲しみでぼろぼろになっていた。家は思いだすだけでもつらい記憶に満ちた牢獄のようだった。姉はいつだって文句ばかりで、われわれ兄弟はどうしたらいいかわからなくて……」コナーはため息をついた。「あれはつらい時期だった」

「アンナはあなたたちみんなを愛していたわ」

「われわれも姉を愛していた。しかし、姉がなぜ怒っているのか理解できなかったんだ。その怒りがとにかく……大きすぎて」

「アンナはみんなが無事に暮らせるようにしようとしていたのよ」

「ああ、必死に。でもわたしには、あるいはジャックとデクランにもそれがわからなかった。そしてそれなりの年になると一人ずつ家を出ていき、二度と戻らなかった。姉がどれほど傷ついたか、今ならわかる。だが当時は、これでやっと新しい人生を始められる、姉の怒りを買うことなく、失ったものの思い出に押しつぶされることなく生きていけると、それしか考えられなかった」コナーは長く深いため息をついた。「とんでもない愚か者だったよ」

その悔恨のあまりの深さに、テオドラはコナーから目をそらさずにいられなかった。グラスに視線を落とし、炎の光を受けて琥珀色に光るウイスキーを見つめた。コナーとはこれまでさまざまな話をしてきたが、彼が人生で最悪な時期について自ら語ったのは初めてだ。テオドラは喉のつかえを取ろうとウイスキーをすすった。「きっと、全員がそれぞれ自分にできる最善のことをしたんだと思うわ。状況が悪かったのよ。それは正しようがなかった」

コナーがウイスキーを飲み干し、テオドラの目を見つめた。「そうかもしれない。だが、なぜわたしが海にいるほうが落ち着けるかはわかってもらえるだろう。波間から昔の思い出が襲ってくることはないからだ。そこにあるのは現在と未来だけ。常に前に進んでいるんだからな。船は後ろに進むことはできない」片方の頬をゆがめてにやりとした。「少なくとも、故意にそうするのでなければ」

「それで若い頃に家を飛びだして、それから走りっぱなしというわけね。今では家といえば、あなたにとっては想像し得るなかでも最悪な場所となった」

「おっと、そこまでは言っていない。ただ海に呼ばれ、わたしは応えた、それだけだ。航海にはなんと表現していいかわからないけれど、輝かしいものがあるんだよ、テア。こちらを自由にしてくれるというか……」コナーは困惑した顔で首を横に振った。「うまく言えないが」

「あなたは陸では満足できない」

「そうかもしれない」コナーは正直に言った。「想像できないんだ。もっとも、母港を持つ利点はいくつかある。姉の死で、とりわけその事実が浮き彫りにされることになった」

「母港と家は違うわ」

「ああ」

テオドラもウイスキーを飲み干し、からのグラスを突きだした。

コナーはデカンタを取ってくると、自分にはなみなみと、テオドラには少しだけ酒を注いだ。

テオドラは抗議しようかと思ったが、コナーと二人きりでいるときに酔っ払ってはいけないと考え直した。ちびちびとなめるようにウイスキーを飲むと、胸にひりひりと熱が広がった。「わたしたちはさまざまな面で正反対ね。あなたは家が家だと感じられなくなって、海に出ていった。一方わたしは、両親が仕事であちこちを転々としていたから、家ができたと思っても、それを本当の家だと思えるほど長くそこにとどまれなかった」

「きみはいつだって旅を楽しんでいたじゃないか」

「旅じゃなく、ただの移動よ。父の任務次第で、ときにはたった五、六カ月でまた次の地へ移ることもあった。いつも素敵なホテルやアパートメントに泊まっていたけれど、そこは決して家にはならなかった。わたしたちはいつでもよその誰かの家具や、よその誰かのベッドを使って、よその誰かの庭やカーテンを見て暮らしていたの」

「それがどんなに混乱させられることか、考えもしなかったよ。きみはいつも楽しんでいるように見えていたから」

「それがわたしたちのすべきことだった」テオドラは小さく笑い声をあげた。「転々と移り住みながら、常に持っていた一枚の写真があるの。なんの写真だかわかる？」

コナーは首を横に振り、熱心にテオドラを見つめた。

「カンバーバッチ・ハウスよ」

「なるほど。自分の家を持っていったわけか」

「そうしようとしたわ」ホームシックのつらさを思いだし、テオドラはため息をついた。

「一カ月以上あの家にいられるときはいつでも、ガーデニングの計画を立てたものよ。それが春だったりしたら、家じゅうの使用人を駆りだして種や苗を植えたわ」

「それについては、デリックがいつも文句たらたらだった。おかげでクラヴァットに糊をきかせるやり方を自分で覚えなければならなかったと」コナーはにやりとした。

テオドラは特に感銘も受けず、鼻を鳴らした。「よく言うわ。兄がアイロンをかけなければならなかったことなんて一度もないわよ」

「デリックはいつだって必要以上に大げさに文句を言うんだ」コナーはウイスキーをあおり、グラスの縁越しにテオドラを見つめた。「きみは毎年ガーデニングの計画を立てると言っていたな。何年間か家にいなかったときもそうしていたのかい？」

「ええ。家にいないときは……まあ、たいていそうだったけれど、庭師に手紙を送って指示していたわ」テオドラは自分の庭作りの計画を思い返した。どれも疑問の余地がないほど注意深く計画されたものだ。「十七歳のときから毎年、庭に新しいものを加えていったの」

「新しい花を？」

テオドラはくすくす笑った。「そんなありふれたものだけではないわ。新しい花壇はもちろんだけど、新しい小道、人造の廃墟《フォリー》、噴水に至るまで」ウイスキーを飲み干し、グラスをマントルピースの上に置いた。「花が咲き誇る時期に、わたしが庭を眺められたことが何度あったと思う？」

コナーが首を横に振った。今この瞬間、まるで世界に自分たち二人だけしか存在していないかのように、彼は熱い目でテオドラを見つめている。

「わたしがカンバーバッチ・ハウスで花が咲いているのを見たのは二回。たったの二回よ、コナー。そのうち一度は母が病気になって、空気のじめじめしたヴェネツィアにはいられないからと家に戻ったときだったわ」

コナーは考えこむようにうなずいた。「それで早く身を固めたいと思ったわけか」

「それ以上よ」テオドラは顎を上げた。「わたしは自分の家が欲しいの。家族が。子どもたちがいて、犬は二匹、猫も一匹いて……すべてが欲しいのよ。夜は同じベッドで寝て、明日になったら荷造りを始めないとなんて考えずにすむ生活。安らぎ。なじみがあるという感覚。毎日同じことを繰り返す幸せ。何よりも、そういった同じものを求めてくれる夫が欲しいの」

「なるほど」顎をさすったコナーは痛ましげにも、いらだっているようにも見えた。「わたしたちは正反対なところがあるようだ」

「正反対なところだらけよ。あなたが嫌うすべてのものをわたしは求めている」

コナーが眉根を寄せた。「そうだろうか？　もしきみが平凡で変化のない生活を求めているなら、なぜこんなのんびりとした駆け落ちなんかしようと思ったんだ？」

テオドラは両手を上げた。「どうしてまたそこに戻るの？　わたしはランスにもっと速く行こうと言ったわよ」

「落ち着け。きみが本当にそうしたければ、旅程表のことなど忘れてグレトナ・グリーンまで全速力で走るよう、あの男を説得したはずだ。ランスがきみの望みをかなえるためならなんでもすることは、きみも当然承知している。だが、きみはそうしなかった。認めろよ」

ぼんやりとした不安に、テオドラは口をつぐんだ。自分は本気で旅を急がせる努力をしただろうか？　一人で勝手に怒っていただけではないのか？　コナーの言うことが正しいのだろうか？　こののんびりとした旅を自分も喜んでいたのか？　テオドラは顔をしかめた。

「なんて人。わたしを混乱させようとするのはやめて」

「混乱する必要はない。きみがあの野暮な男に関して自分に嘘をついているだけだ。きみは身を固めたい、家と家族を手に入れたいと願っているのかもしれないが、それはやつとじゃない」

コナーは正しい。しかしテオドラが身を固めたいと思った相手はたった今、自分が決してそうしない理由を彼女に打ち明けたばかりだ。テオドラは心臓をきつく縛りあげられたように感じ、目に涙があふれた。それを隠すために、グラスをつかんでデカンタのところに行き、また少し酒を注いだ。喉を湿らせて声が出せるようになると、冷静な口調で言った。「わたしは心を決めたのよ」

「ほう?」

「ランスとの結婚がすべてを解決してくれるわ」ほぼすべてを。

コナーが顔をしかめる。「そうか! じゃあ、あの野暮な男と結婚するがいい。わたしは言うべきことはすべて言った。今後はきみも耳を貸す気はないだろうからな」

コナーはゆっくりと窓辺に歩いていった。あとにコロンの残り香が漂い、テオドラは思わず大きく息を吸いこんだ。

彼女はロンドンの独身貴族のほとんどとダンスをしたことがあり、さまざまな種類のコロンの香りをかいだことがあった。だが、コナーほどうっとりさせる香りを身につけた男性は一人もいなかった。この香りはコナーにぴったりだ。スパイシーで、じらすような香り。かぐと口のなかがからからに乾き、真面目な考えなど吹き飛んでしまう。テオドラはコナーから目を離せないまま、ウイスキーの最後の一口を飲み、グラスをサイドテーブルに置いた。

窓辺まで追いかけていってキスをしたら、彼はどうするだろう? この前のキスが彼女を激しく揺るがしたように、今度のキスはコナーを揺るがすだろうか?

彼はテオドラの試みを歓迎するだけでなく、喜んでもっと先へ進めようとするのではないか。そう考えるとテオドラは息もできなくなり、コナーの口元から目をそらすことができなかった。震えが何度も全身を駆け抜ける。

一歩……手を伸ばしてコナーに触れる。

二歩……彼の腕のなかにすっぽりとおさまる。

三歩……あの魅惑的な口を奪い、コナーがしてくれたように気を失いそうになるキスをする。

でも、そんなことをすれば、今よりもみじめになるだけだ。コナーは彼女に合う相手ではない。今も、これから先も。

コナーが振り向き、テオドラは驚いた。二人の視線がからみ合う。

一瞬、時が止まった。コナーのグラスが床に落ち、彼はテオドラに向かって大股で歩いてきて距離を縮めた。コナーはテオドラのほうに手を伸ばし、動きを止めた。ブーツとブーツの先が触れ合い、テオドラの胸は彼の胸からほんの数センチのところにある。

コナーがテオドラの顎の下に指を差し入れ、顔を自分のほうに傾けさせた。コナーの淡い青の瞳が温かくきらめいて——。

稲妻が光り、続いて低く長い雷鳴が轟いた。空からいっきに大きな雨粒が落ちてきて、屋根や窓に激しく叩きつける。

コナーは悪態をついた。今にもテアを腕のなかにさらって、彼女が明らかに求めているキスをするところだったのに。そのとき、宿の玄関のドアが大きな音をたてて開き、廊下にランスの声が響いた。

テアはきびすを返してドアへ向かった。赤く染まった顔がなんとも愛らしい。

あと一秒あればテアを抱きしめて、自分と結婚するよう説得できたのに。あと一秒あれば！　コナーはこぶしを握りしめ、からっぽの腕のなかを見つめた。

テアは廊下に出た。「まあ、なんてこと！　二人ともずぶ濡れじゃないの！　こっちにいらっしゃい。暖炉があるわ」テアが部屋に戻ってくると、続いてランスが現れた。外套から水をしたたらせながら、ランスはこちらもずぶ濡れのジェーンを支えて部屋にいざなった。

小柄な女性はランスの腕にしがみついた。髪はぺしゃんこになって頭に張りつき、濡れたドレスが足元にからみついて、彼女は氷水に落ちたかのようにがたがた震えていた。

「ジェーン、かわいそうに！」テアは年若い女性の細い肩に腕をまわした。「ブランマンジェみたいにぷるぷる震えているじゃないの」

不安げな顔をしたランスは目に入った水滴をぬぐった。「稲妻に怯えてるんだ」

「わ、わた、わたし、こ、こ、こんなに雷にびっくりするなんて」ジェーンは哀れな様子で言った。唇が真っ青になっている。

「わたしも驚いたわ、大きな音だったもの」テアがジェーンの両手を自分の手ではさんですった。「まあ、すっかり冷えきって！　ランス、ジェーンのトランクはどこ？　乾いた服に着替えさせてあげないと」

「ぼくたちが馬小屋にいるときに、スペンサーが馬車の後ろから荷物をほどいていた」ランスの視線が、床に落としたグラスを拾おうとしているコナーの姿をとらえた。ランスは驚きをあらわにした。「ミスター・ダグラス？　いったいどこから現れたんですか？」

「たまたまだ。どちらも北に向かっているし、ここはこのあたりでもいちばんの宿だし。というわけで……」コナーはグラスをテーブルに置いた。「また会ったな」

稲妻が光り、雷鳴が炸裂した。ジェーンが悲鳴をあげ、ランスの関心は彼女のもとに戻った。「ジェーンはまだ震えている」

「こっちにいらっしゃい」テアが暖炉のそばの椅子にジェーンを座らせた。

コナーは言った。「部屋から外套を持ってこよう。それを彼女にかけるといい」

「わたしの外套を取ってくるほうが早いわ」テアが言った。「玄関ホールにつるしてあるの。乾いた服を持ってきてもらうまで、それで包んであげましょう」

コナーはドアに向かおうとしたが、ランスのほうがすばやかった。「ぼくが取ってくる」

ランスは大股で出ていき、ウールの外套を手に戻ってきた。

テアが震えているジェーンの体を外套で包んだ。「ほら、これでいいわ。ちょっと暖炉の火をかきまわすわね――」

また雷が轟いて窓をがたがた揺らし、稲妻が激しく光った。ジェーンは金切り声をあげてテアにしがみついた。

テアはジェーンの肩を抱きしめた。「ここは安全よ」また雷が落ちたが、今度は前ほど大きくはなかった。「この嵐はいきなり来たわね！　あなたたちが外にいるあいだに、雷が鳴りそうな気配はあった？　それとも急に鳴って驚かされたの？」

「急に鳴ったんです！」

「それならなおさら怖かったでしょう。わたしも昔は稲妻に怯えたものよ」

ジェーンがテアの顔を見た。「今は大丈夫なんですか？」

「昔ほどではなくなったわ。今でもあまり大きな雷だとびっくりしてしまうけれど。一度、スペインに住んでいたとき、猛烈な嵐が町を襲ったことがあってね。床が震えるくらい大きな雷が、大聖堂の尖塔に二度も落ちたのよ」

「まあ、そんな！」

「やっと嵐が過ぎ去って、わたしはきっと何もかも倒れているだろうと思って外を見たのに、全部ちゃんと立っていた。洗われてぴかぴかになって。スペインってそんな感じだったわ。いつも予想を裏切られるの。あなたは行ったことがある？」

「いいえ。行ってみたいとはずっと思っているんですけど」

「いつか行くべきよ。本当に素敵なところだから」テアは低くなだめるような調子でスペインの思い出話を聞かせはじめた。

コナーはその様子を眺めながら、嵐からジェーンの気をそらすテアの手腕を心のなかで称賛していた。テアは熱い風呂を用意してもらえるといいけれどと言ったり、午後に食べたレモンケーキがおいしかったと思いだしてみたり、いろいろとたわいもない話を続けている。

ジェーンの震えはしだいにおさまり、ランスはそのあいだ、近くをうろうろしながら心配そうに見守っていた。

コナーは暖炉に薪をくべ、いまいましい嵐さえ来なければテアとキスをしていたはずだし、ランスとジェーンが駆け戻ってくることもなかったのにと考えた。ため息をついて身勝手な考えを脇に追いやると、紐を引いて呼び鈴を鳴らした。

小柄で痩せっぽちのメイドが現れ、膝を折って会釈した。「ご用でしょうか?」

「ミス・シモンズの寝室の準備はできているか? 雨に降られて濡れたから、暖炉に火を入れて、部屋とベッドを暖めておいてほしいんだが」

「はい、旦那さま。部屋の準備はできてますし、暖炉に火も入れてあります」

「よし。レディたちが熱いお茶を飲めるよう、ポットを用意してくれ。それに風呂も」

「かしこまりました。夕食用に火を焚いているので、すぐに用意できると思います」

「ありがとう。用件は以上だ」

メイドは小走りで去っていった。コナーが振り返ると、テアの微笑みが待っていた。感謝と称賛の入りまじる、素敵な微笑みだった。

コナーの胸に思いがけない感情が押し寄せた。幸福感? 人の役に立てた喜び? それがなんなのかよくわからなかったが、自分の反応の強さに驚かずにはいられなかった。

ランスは両手をこすり合わせ、自分も役に立ちたくてしかたがない様子だった。「ジェーンに乾いた服を持ってこないと。このままだと、マラリア熱にかかってしまう」

テアが目を丸くした。「マラリア熱? おかしなことを言わないで! 震えはもうおさまっているわ。暖炉の火は暖かいし、わたしの外套はこんなに厚いんだから」

「マラリア熱にかかったらどうなるか知らないだろう? 肺が弱かったら大変だ。いちばん下の妹のルーシーは肺が弱くてね。体が濡れるというのは危険な感染症につながるんだ」

コナーはテアがなだめるような口調で言う前に、落胆もあらわにランスをにらんだのに気がついた。「ジェーンにはそんな感染症の危険はないわ。ちょっと雨に降られただけよ」

髪が後ろに撫でつけられ、濃いまつげに縁取られた大きな目を見開いたジェーンは、まるで子猫のようだった。「郷士さまの言うとおりです。わたしは肺が弱いんです。風邪からもっとひどい病気にかかってしまうかもしれません」

ランスが励ますように言う。「からし軟膏を塗ったほうがいいよ。臭いはひどいけど、病気を食いとめる驚異的な効果があるんだ」

ジェーンには希望の光が見えたようだった。「作ることができると思います？」

「ぼくがなんとかする」ランスは言った。「いちばんよく効く配合を知ってるんだ」

コナーが最も面白く感じたのは、ランスとジェーンの肩からもう一つ頭が生えでもしたかのように、二人を交互に見比べるテアの様子だった。「ねえ、ジェーン、本当にからし軟膏なんて必要ないわよ。熱いお風呂につかれば気分がずっとよくなるわ」

「まあ、そうとはかぎりません。わたし、ちょっと鼻風邪が流行るとすぐにうつるたちなんです。義理の姉がわたしを追いだしたがったのはそれもあったんだと思います。わたしがいろいろな感染症を家に持ちこんで、甥の健康を脅かすと思ったんでしょう」

足音が近づいてきて、全員がドアのほうを見ると、スペンサーが使い古された小さなトランクを手に現れた。

「ジェーン、着替えが来たわ」テアはトランクの到着を誰よりも喜んだ。「スペンサー、それをジェーンの部屋に運んでちょうだい。どの部屋かはメイドにきいて」

「わかりました、お嬢さん」スペンサーはすぐに姿を消した。

「わたしったら、ご迷惑をおかけして」ジェーンは見るからに打ちひしがれていた。「着替えて髪を乾かしたらもう大丈夫となればいいんですけど、いつもそんなふうにいかないんです。ちょっと濡れただけでくしゃみが出はじめて、耳が痛くなって、炒めたタマネギを頭に張りつけて眠るしか治す方法はないところまでいってしまうんです」

テアが目をしばたたいた。「今、炒めたタマネギって言った？」

ランスは心底驚いた顔でテアを見た。「その治療法を聞いたことはあるだろう？」

「ないわ。一度も」

「誰だって知ってるよ。耳が痛いときには炒めたタマネギが効くって」ジェーンが感謝の目つきでランスを見ると、彼は優しい口調でつけ加えた。「いちばん下の妹が同じ問題を抱えてるんだよ。空気がちょっとでも湿っていると具合が悪くなって、耳が痛くなることもよくある。炒めたタマネギを耳に張りつけておくと、効果抜群なんだ」

「古い治療法で、よく効くんです」ジェーンが同意した。「自分で実践して効果を知るまでは信じていませんでしたけど」テアをうらやましそうな目で見た。「あなたはきっとめったに病気にならないんでしょうね」

そのとおりだとコナーは思った。テアが病気になった回数を思いだしてみると、片方の手で数えられるほどしかない。彼女は驚異的に強い女性だ。体も、精神も。テアなら海に連れていっても大丈夫だ。もっとも、彼女が自分の家を持つことにこだわり、もう旅などしたくないと思っているのでなければだが。そう考えるとどういうわけか、コナーは憂鬱な気分になった。テアを海に連れていくというのはこれまで考えたこともなかったが、こうして一緒に旅をしてみると、やすやすと頭に思い描くことができた。

「わたしは悲しいくらい丈夫なのよ」テアがジェーンに言った。「父が言うには、家族の誰よりもわたしが健康なのはしょっちゅう馬に乗っていたからだろうって。それも、どんな天気でもおかまいなしに乗っていたから」

「今、初めてきみの父上と意見が合ったよ」コナーは言った。

「記念すべき日ね」テアはユーモアのまじった目つきでコナーを見ると立ちあがり、ジェーンが立つのを手伝った。「寝室は暖まっているはずだから、濡れた服は脱いでしまいましょう。コナーが言いつけてくれたお風呂の用意がすぐに整うといいけれど」

「ありがたいです」ジェーンは外套の前をかき合わせた。「厨房にタマネギがあるかどうか、確認していただけますか？　念のために。前もって言っておかないと、スープに入れてしまったとか、役に立たない用途に使われてしまうかもしれません」

「もちろんよ。メイドにきいておくわ」テアはジェーンの肩に腕をまわした。

テアがドアのところに着くと、コナーは言った。「夕食の注文はわたしがしておこう」

テアは微笑んだ。「ありがとう」その目のぬくもりに、コナーは妙に胸が締めつけられた。

彼は荒れ狂う海で船の舵を取り、血みどろの戦いをくぐり抜け、壮絶な戦闘の末にあまたの敵船を捕獲してきた。その見返りに賞金や黄金、少しばかりの名声も手に入れた。しかし今のテアの温かな目つきは、それらすべてと引き換えにしてもいいと思わせるものだった。

まったく、わたしの身にいったい何が起こっているんだ？　コナーは首をさすり、テアの視線の威力に驚きつつ、ランスを眺めた。ランスはテアとジェーンを追いかけて、酢に浸したハンカチは咳を鎮めるのに効くとか、毛布を多めにかけると汗が出ていいとか、温めたミルクに鎮咳薬《アヘンチンキ》を入れるとよく眠れるとかいった助言をし続けている。

いらだたしげに引き結ばれたテアの口元に気づいて、コナーは一瞬、満足感に浸った。いいぞ、この男にいらだっている。結婚したら、ランスはもっときみを怒らせるぞ。

ランスはドアのところでうろうろして、女性たちが階段を上がって姿を消すまで見守った。それからため息をつき、戸枠にもたれた。「ジェーンがよくなるといいんですが」

「まだ病気になってもいないだろう」コナーは皮肉な口調で指摘した。「風呂につかって、温かいものを食べればよくなる」

ランスは眉をひそめた。「生まれつき肺が弱い人には冷えが大敵だということを、あなたは理解してないんですよ」

それはそうかもしれない。「それでも、テアはよくやってくれたよ。彼女がどういう人かはきみも知っているだろう。いったんこうと決めたら、何ものにも邪魔はさせない。弱い肺にもだ。テアは自然の驚異そのものだな」

ランスが身をこわばらせた。「失礼ですが、テオドラは素晴らしい女性ですよ」

「今のは最高の褒め言葉のつもりで言ったんだが」

「批判しているように聞こえました。女性は〝自然の驚異〟などではありません」

「きみの人生に登場する女性たちはそうかもしれないが、わたしの人生にかかわってくる女性たちはみな、そんなに弱くはなかった」

「男よりは弱いものとして作られているんですよ。船に乗るような女性がどうなのかは知りませんが、テオドラについてはぼくが断言します。彼女はまず何よりもレディであって、あんなふうに描写してほしいとは思ってないはずです」

コナーは一瞬、自分の耳が信じられなかったが、あらんかぎりの自制心をかき集め、それは口にせずにおいた。心を落ち着かせて簡潔に、どう描写してほしいかはテアのみぞ知るだと言うにとどめた。

ランスは硬い表情でうなずいたが、しばし間を置いてからため息をついた。「過保護に思われたとしたら、すみません。婚約したのは初めてでよくわからなくて……どうすればいいのか……いや、テオドラがどう思うかじゃなくて……」彼はコナーが面白がって見ているのに気づいて、急に黙りこんだ。突然風がやみ、帆が垂れたかのようだった。「彼女はときどき怒りっぽくなるんです」

おやおや。これは聞き逃せないぞ。「誰だって怒りっぽくなることはある」

「そうですよね。テオドラはときどき、あまり共感してくれなくなるんです。機嫌が悪くなることもしょっちゅうだし。まあ、それはこの駆け落ちが彼女の繊細な感受性にかけているストレスを考えれば、無理もないとは思いますけど」

繊細な感受性？　この男は自分の婚約者と一度も本気で議論をしたことがないのか？

ランスが片方の手を振った。「でも、そのために夫がいるんです。女性は感情的になりがちだし、恐怖をなだめてやって、人生の厳しさから守ってやるのがぼくたち男なんですよ」

コナーはくすくす笑った。「なあ、きみ、いつかきっときみが悲しい驚きを感じることになるんじゃないかと心配だよ。テアは誰かに守ってもらうことなど望んでいない。わたしのちょっとした忠告すらほとんど聞く耳を持たないんだから」

ランスは笑みを絶やさなかった。「テオドラとぼくに関しては、話はまた別ですよ。だって、結婚するんですから」

「まあ、そうだな」コナーはその言葉が喉を焦がすように思えた。痛みを洗い流してくれるウイスキーがあったらいいのに。

「ミスター・ダグラス、こんなことを言って申し訳ないんですけど、やっぱりなんだか奇妙に思えるんですよ。あなたがぼくたちと同じ宿に立ち寄ったというのが」

「単なる偶然だ」コナーは間髪を容れず嘘をついた。

「そうかもしれませんが……」ランスは目を細めた。「ぼくたちのあとをつけたんですか？」

「わたしのほうが先にここにいたんだぞ」コナーは指摘した。「ということは、本当の質問はこうなる。きみたちがわたしのあとをつけたんじゃないのか？」

ランスは顔を赤くした。「まさか！　あなたがここにいるなんて知りませんでしたよ」

「そうか。それなら、さっき言ったとおりで合っているな。単なる偶然だ」

ランスはうなずき、それからこの会話が自分の望んだ結果につながらなかったことに気づいて眉をひそめた。

コナーはため息をついた。この男は論拠に欠ける。活発な女性が生涯の伴侶とする男にとって、それは大きな弱点だ。ああ、テア、きみはいつになったらこの男が自分にはふさわしくないことに気づくんだ？

その考えに続いて浮かんだのは、もっと寒けを起こさせるような考えだった。もう手遅れというときになってもまだ気づかなかったら、どうする？

ランスがこれまでに言ったばかげたことを全部テアにぶちまけたいというのが、コナーが最初に感じた衝動だった。だが、それは間違いだとすぐに悟った。今のテアに何を言っても通じない。コナーに何を言われようと、彼女は疑惑の目で見るだろう。

テアがランスの愚かしさを自分の目で見て、自分の耳で聞くようにしなければ。コナーはこの一週間でなんとかしなければならないと考え、渋面を引っこめた。一週間あれば大丈夫だ。本当は二週間、いや、三週間に延ばしたいところだが、あまり工作しすぎると、コナーに対するいらだちでテアの理性が吹き飛んでしまうかもしれない。

せいぜい三日、もしかしたら四日、この旅を長引かせるのが精いっぱいだ。テアに婚約者の本性を知らしめるためには、今からありとあらゆる機会を使ってこの男の欠点を巧妙に強調してみせなければならない。

しかし、そうなると別の問題も浮上してくる。コナーの結婚までに残された猶予はもう残り少ない。この旅を続けてテアが人生最大の過ちを犯すのを阻止しつつ、自分の花嫁を確保するという、二つの使命を同時にこなすのは無理がある。

正直なところ、すでに気の滅入る結論に到達しつつあった。コナーが結婚したいと思えるレディはただ一人、テアしかいない。コナーはテアが言っていた結婚したい理由を考えてみた。責任を負うことへの願望、同じことを繰り返す毎日、温かな家庭、そういったものの価値をわかってくれる伴侶。コナーはそのどれも欲しいとは思わなかった。彼は海での生活をやめさせようとするのではなく、それを続ける自由を与えてくれる結婚を求めていた。

二人の未来に対する展望はあまりにかけ離れていて、両者をつなぐ橋は見あたらない。

つまりはそういうことだ。テアは決して彼のものにはならない。永遠に。それはぎょっとさせられる、落ちこまずにはいられない考えだった。

そして、相続財産も手に入らない。なるようになれ。相続財産はいまいましいキャンベル家にくれてやる。奇妙なことに、コナーは相続財産よりもテアが自分のものにならないことのほうが残念だった。ああ、姉さん。こんなことになっていると知ったら、姉さんは驚いただろうな。そうじゃないか？

「ミスター・ダグラス？」

コナーはいつのまにか物思いにふけっていたようだった。ランスが心配そうにのぞきこんでいる。「思い悩んでいるみたいですね。あなたもやっぱりジェーンのことが心配なんですか?」

コナーはなんとか笑みを浮かべた。「いや、彼女はきっとテアがちゃんと看病してくれているだろう。わたしはただ、自分が考えていたことの重みを感じていたんだ。何しろ今日は長い一日だったから。そうだろう?」

「たしかに」ランスは濡れて顔に張りつく髪をかきあげた。「ぼくも風呂に入ったほうがよさそうだ。駆け落ちの当人の具合が悪くなっては困りますからね。なんだか寒けがしてきたし」

「スコッチを一杯飲めば大丈夫だ」

ランスは顔を輝かせた。「それがいちばんかもしれませんね」

コナーは自分のグラスを取ってサイドボードまで持っていった。そのグラスと新しいグラスにウイスキーを注ぎ、暖炉の前に戻って一つをランスに手渡した。敵についての情報はいくらあっても困らない。「メルドラムだ。ここにあるなかではいちばん上等なスコッチだよ」

グラスを掲げ、琥珀色の液体を眺めた。「乾杯」

「乾杯」ランスはおそるおそる一口飲んだ。「ああ、とてもおいしいな」

「そうだな」コナーは椅子に腰かけ、うなずいて向かいの椅子を示した。「かけたまえ。急いでいるわけではないんだろう? きみの風呂の用意ができるにはまだ時間がかかる。今、厨房ではミス・シモンズの風呂の湯をわかすのに大わらわだろうからな」

「そうですね」ランスは椅子に座り、初めて見るかのように部屋を見まわした。「マクリーシュの言ったとおりだ。ここは素晴らしい宿です」

「最高級だ。それで、きみの農場の話を聞かせてくれ」

13

午後六時十五分になると、テオドラはジェーンとともに食堂へ向かった。湯につかって乾いたドレスに着替え、テオドラの上質なショールを肩に巻いたジェーンは本来の調子を取り戻し、息もつかずにしゃべり続けている。

「魚料理があるといいんですけど」階段まで来ると、ジェーンが言った。「魚は消化にいいですし、わたしは風邪を引くと、いつも胃の調子が悪くなるんです」

「耳が痛くなるだけではないの?」

「ええ、そうなんですよ」ジェーンが強くうなずいた。「肺が弱い人は、いろいろな症状が出やすいんです。満月の日はなおさら」

テオドラは、満月は一週間も先だと指摘するのはやめておいた。歯の根が合わないほどの震えがおさまって以来、ジェーンは怪しげな治療法について延々と話し続けていた。「空気が湿っているせいじゃないかしら」テオドラは言った。「一日じゅう、川沿いを進んできたから」

「海にも近かったはずです」階段を下りきると、ジェーンが言った。「午後のあいだずっと、潮の香りがしていましたから」

テオドラも階下に下り立った。「残念ながら、あなたの勘違いよ。北へ向かう道は内陸に向かっているの」

「そうなんですか？　わたしの気のせいだったんですね。それにしても……」ジェーンはおずおずとテオドラの様子をうかがい、やけにさりげない調子で言った。「ミスター・ダグラスは本当に優しい方ですね。暖炉の火を勧めてくださっただけでなく、熱いお風呂にも入れるように手配してくださって」

「ええ、そうね」テオドラは自分のレースのショールを直した。

「それにハンサムだわ、とっても」

ジェーンの口調が気になり、テオドラは思わず鋭い視線を向けた。「まあ、たしかにハンサムかもしれないわね」

「かもしれないですって？　いいえ、間違いなくハンサムですよ。あんなにハンサムな男性にお目にかかったのは初めてです！」

テオドラはジェーンを見つめた。

「それに、あの瞳！」ジェーンがため息をつく。

ああ、まただ。コナーに夢中にならなかった女性がこれまでに一人でもいただろうか？

「いざというとき、頼りになる人なのよ」

「ええ、それはもちろんです。でも、わたしが震えるたびに、じっとこちらを見つめていたわ。そう思いませんか？」

「いいえ」テオドラは顔をしかめた。思いのほかとげとげしい声が出た。

ジェーンが落胆した表情を見せた。「優しくて魅力的な方だと思ったものですから」

「そうね。けれど、コナーは人に指図するのが得意なのよ。得意すぎるくらいに」

とはいえテオドラは、ジェーンの言い分にも一理あると認めざるを得なかった。コナーがジェーンをいたわって風呂を用意するよう指示を出し、手を貸してくれたことに心から感謝していた。ランスはぼうっと突っ立っているだけだったからなおさらだ。コナーはためらうことなく、取るべき最善の行動を決め、うまく取り計らってくれた。

「彼は船長なの。だからしょっちゅう、あんなふうに偉そうな態度を取るのよ」

「だからあんなに頼もしく思えたんですね」

テオドラは不機嫌な顔でジェーンを見た。「ええ、そういうところが癪に障るの。私掠船の船長だから、自分の思いどおりに事を運ぶのに慣れっこになっているのよ」

ジェーンが目を丸くした。「私掠船？　それって海賊みたいなものですよね？」

「そうとも言えるわね」テオドラはにこりともせずに言った。食堂まで来るとドアを開け、なかに入るようジェーンに身振りで示した。

宿の主人の妻とメイドがちょうどテーブルに料理を並べ終えたところだったらしく、膝を曲げてお辞儀をしてから立ち去った。

暖炉の前に立っている二人の男性は、夕食のために着替えていた。コナーは地味な服装をしているにもかかわらず、濃いチョコレート色の髪と淡い青の目、きりりとした表情をしているせいで、いかにも颯爽として見える。彼と視線が合った瞬間、テオドラは胸が激しく高鳴った。

コナーにあからさまにじろじろ眺めまわされ、思わず身を隠したくなった。ただ見つめられるだけで、どうしていつもはしたないことを想像してしまうのだろう？

コナーが会釈した。「やあ、ようこそ」スコットランド訛りの低い声を聞いたとたん、テオドラは身震いした。「二人とも、静かな海に映る月のように美しい」

ジェーンが顔を赤らめ、何やらもごもごとつぶやきだした。テオドラはなぜか無性にいらだった。

ランスが前に進みでた。「少し早めの夕食になるけど、二人とも食べられるかい？　五、六人分はありそうなんだ」

「ええ、楽しみだわ」テオドラは答えた。コナー以外に注意を向けるものができてほっとした。

ジェーンがランスに微笑みかける。「遅くなってすみません。テオドラがわたしのドレスに合うショールを探してくれていたんです。とっても親切にしていただいて。彼女ほど優しい人はほかにいません」

ランスが称賛のまなざしを向けてくる。「テオドラは天使のような女性だと思わないか？」

ジェーンが大きくうなずくと、巻き毛がふわりと揺れた。「ええ、本当に」

コナーが愉快そうに口元をゆがめたので、テオドラは冷ややかな声で言った。「たいしたことじゃないわ」テーブルに目をやった。「急にお腹がすいてきたわね。この匂いはローストビーフかしら?」

ランスが顔を輝かせる。「この宿には、腕のいい料理人がいるようなんだ。牛肉に魚に牡蠣、鴨肉、カブ、ペストリーが二種類と、それから煮込み《ラグー》も……こっちへ来て、自分の目で確かめてみるといい」

まもなく全員が席につくと、ランスが慣れた手つきで料理を取り分けた。窓の外に夕闇が迫っている。室内は居心地がよく、ランプとろうそくの放つ金色の光が、テーブルに並べられたグラスや陶器をきらきら輝かせている。

四人は会話をしながら食事をした。ジェーンのとめどないおしゃべりが気まずい雰囲気を和らげてくれた。ジェーンが少し黙ると、ランスが牡蠣の味を褒めちぎった。コナーは椅子の背にもたれ、なぜか真面目な表情でテオドラの顔を見つめている。

いつになく深刻そうな様子で、口数も少ない。テオドラはどうしても気になり、彼にちらりと目をくれた。テオドラがどうしたのかとみなの前で尋ねていいものかどうか迷っていると、ジェーンがスプーンを手に取ってプラムプディングをすくい、コナーに物問いたげな視線を投げた。「ミスター・ダグラス、一つうかがってもよろしいですか?」

プディングを断り、ウイスキーのお代わりを頼んでいたコナーが、探るような目つきでジェーンを見た。「ああ、わたしのことはコナーと呼んでくれ」

「いいえ、そういうわけにはいきません」

「別にかまわないよ」コナーがグラスを傾けながらジェーンに微笑みかけた。「ぜひそう呼んでくれ」

テオドラは目をぐるりとまわしそうになるのをこらえた。

ジェーンが頬を上気させた。天にものぼる心地になっているようだ。「ではお言葉に甘えて、そうさせていただきます」

「ああ。それできさたいことというのは？」コナーが優しく促す。

「ええと、そうでした！　さっき食堂に入ってくるときにテオドラが話してくれたんです。あなたは私掠船の船長だと」

「テアが？」テアの顔を再び見つめると、手で触れたわけでもないのに彼女が頬をピンク色に染めたので、コナーは気をよくした。テアの頬の繊細な色合いを惚れ惚れと眺めたあと、しかたなくジェーンに注意を戻す。「ああ、たしかにわたしは私掠船の船長だが」

ジェーンが身を乗りだした拍子に、片方の肩からショールがすべり落ちた。「私掠というのは、具体的にはどういうものなんですか？」

これまでにも同じ質問を何度も受けてきたし、その話題をきっかけにして女性を口説くこともめずらしくなかった。しかし今夜はほかのことに気を取られていたので、コナーは簡潔に答えた。「わが国の商船が襲撃されないように、敵国の船を待ち伏せて襲うんだ」

ジェーンが感銘を受けたらしく、口を丸く開けた。テアが片方の眉を上げる。辛辣な意見を口にするのを必死にこらえているのだ。二人は以心伝心で互いのことがわかった。だからテアと一緒にいると、いつも心が安らぐ。いや、以前は心が安らいだ。それが今は妙に落ち着かない。心が通じ合っていた頃が懐かしかった。この気持ちは後悔なのだろうか……コナーはかすかに顔をゆがめた。まったく、何を感傷的になっているんだ。

「わたしは子どもの頃、海賊に夢中だったんです」ジェーンがはしゃいだ口調で打ち明けた。「実は今もそうで、機会があるたび、海賊に関する本を読んでいるくらいです」

ランスがジェーンに優しく微笑みかける。「ミスター・ダグラスは海賊ではないよ。私掠船の船長はまったくの別物だ」

「ええ、もちろんわかっています」ジェーンが心外だと言いたげな表情を浮かべる。「でも、海賊みたいに船を捕獲するわけですよね？ それに船で生活するなんて、とってもロマンティックだわ。船乗りの仲間たちと一緒に、風と波にのって遠くの国をあちこち旅してまわるんですから」

プラムプディングをつつきまわしていたテアが渋面を作った。「船で生活するなんて悲惨だと思うわ。あんなに狭苦しい場所なんだから、一人になれる機会もないはずよ」

ジェーンが目をしばたたいた。「まあ、それは考えてもみませんでした」

「それにいやな臭いがするんじゃないかしら。船では真水が貴重だから、あんまり体を洗えないだろうし」

ジェーンの顔から歓喜の表情が消える。「それもそうですね」

「それでも暑さと寒さと嵐に耐えながら、広大な海を渡っていかなければならないのよ」

ジェーンの顔が少し青ざめた。「嵐のことを忘れていました。嵐だけはごめんです」

「海ではなおさらね」テアが容赦なく言った。

「テア、もういいだろう！」コナーは笑いながら抗議した。「次は、週に一度はペストが発生するとでも言うつもりだろう。そこまではひどくはないぞ」

テアが引きつった笑みを浮かべた。「ペストじゃなくて、コレラの話をしようと思っていたのよ」

コナーは笑い声をあげ、ジェーンに向かって言った。「テアの話は聞き流しておけばいい。たしかに困難がないわけではないが、船の生活はとても面白いんだ。それに、敵の船を待ち伏せしているあいだに陸に近づくこともあるから、体を洗うための水には事欠かないし、食料もふんだんにある。大型の貨物船などはもっと過酷な状況に直面するだろうけれどね」

「でも、嵐が……」ジェーンが身を震わせた。

「嵐はそれほど心配ない。優秀な船長は天候を予測できるから、嵐が来そうなときは安全な港に停泊する」

「あなたも天候を予測できるんですか？」

「まあね」コナーはテアにまた目をやり、表情豊かな顔にろうそくの光が揺らめく様子に見入った。プラムプディングに視線を落としているせいで、長いまつげが頬に三日月形の影を作っている。「自然は女性と同じように気まぐれだが、不吉な兆候を察知できれば危険は回避できるんだ」おやおや、目の前の雲行きがますます怪しくなってきたぞ。

「戦闘になることもよくあるんですか？」ジェーンが尋ねる。

コナーは肩をすくめた。「まあ、ときには」

テアが上品とは言えない音をたてて鼻を鳴らし、自分の皿から顔を上げた。「本当は、もっと戦いたくてうずうずしているのよ」

コナーは目配せした。「ときには喧嘩をしたくなることもある。誰だってそうだろう?」

テアがジェーンに向かって言った。「わたしの兄に言わせれば、コナーが陸にとどまって家族に対する務めを果たそうとしないのは、海での戦いにうつつを抜かしているからだそうよ」

ランスがコナーに心配そうな視線を投げてきた。「たしかに家族がいる人にとっては、私掠船の船長は必ずしも安全な職業とは言えないですからね」

「わたしにはきょうだいがいるが、ほかの二人も自立した生活を送っている。テアが何を言おうとしているのかよくわからないな」コナーは椅子を後ろに揺り動かし、腕組みをした。

「わたしがどんな務めを怠っていると言いたいんだ?」

テアの顔が翳り、彼女は肩をすくめた。「誰もが家名を守る責任を負っているわ。でも、あなたはまだ身を固めていないじゃないの」

一瞬、財産を受け継ぐことは断念するつもりだと告げようかと思った。しかしそのことを打ち明ければ、テアたちと一緒に北へ向かう理由がなくなってしまう。コナーは肩をすくめて言った。「だからこうして、妻にする女性を探しに向かっているんじゃないか」

「あなたのお姉さんの遺言によってそうせざるを得なくなっただけで、あなた自身が務めを果たそうと思っているわけじゃないでしょう？」

ランスがジェーンに補足の説明をした。「ミスター・ダグラスは相続財産を受け取るために結婚せざるを得なくなったらしいんだ」

「まあ！」ジェーンがさらに興味をそそられた様子でコナーを見る。「本当ですか？」

「ああ。結婚しなければ一族の財産は宿敵に譲渡するというのが姉の遺言の条件でね」

「そんな！　それでどうなさるおつもりなんですか？」

「コナーはほとんど顔も知らない女性と結婚するつもりなのよ」テアが怖い顔でにらみつけてきた。

ジェーンがうなずく。「あなたのように危険な職業に就いている男性とは、誰も結婚したがらないんでしょうね」

コナーは眉根を寄せた。「わたしが望めば、今日にでも結婚できるはずだ。結婚しようと思っているのは、以前に会ったことのある女性だからね」

「それじゃあ、その女性のことはご存じなんですね。これまでに何回お会いになったんですか？」

「二、三回。いや、もっと多いかもしれない。記憶があいまいで、細かいことまで覚えていないんだ」

テアが眉を上げた。「あいまいですって？　彼女の名前すら――」

「しかし、そのために婚約期間があるんだろう？」コナーはあわててさえぎった。「互いのことをよく知って、この相手で間違いないとの確信を得るために」

「そうかもしれませんけど……」ジェーンが納得のいかない顔で言った。「その女性のことをよくご存じないのであれば、結婚の申しこみを断られる可能性もあるんじゃないですか？」

「わたしもずっとそのことをコナーに言っているのよ」テアがぶつぶつ言った。

「当然の疑問です」ジェーンがうなずいた。「こういう結婚は何かと大変なはずですもの。ミスター・ダグラスは危険な仕事をしていて、ほとんど家に帰ってこないわけですから」

「そのとおりよ」テアが相槌を打った。

コナーは顔をしかめた。「たしかに、わたしがしょっちゅう家を空けることは不安材料になるかもしれない。だが、出会ってからたった数週間で結婚を決めてしまう男女もいるくらいだ。聞いたところによれば、その数週間のうちに互いの家を訪ねて話したのはせいぜい数回程度で——」

「ランスとわたしのことを言っているのなら」テアが冷ややかな声で言った。「わたしたちは、二カ月以上いろいろと話し合ったわ」

「いや……」ランスが顎をさする。「話し合った期間は全部合わせても三週間くらいじゃないかな」

テアは驚きの表情を浮かべた。「もっと長いはずよ。二人で会って話すようになったのが九月で、今は十一月の上旬だもの」

「初めて二人で話したのは、九月の最後の週だ。そのあとぼくは十月の二週目までずっと家に戻ってただろう。妹が病気になって、母だけに看病を任せるわけにはいかなかったし、農場からも目を離せなかったからね」

「そうだったわね」

「もちろん、そのあとの二週間はできるかぎりきみのもとを訪ねた。羊の毛を刈る時期になって、また家に帰らなければならなくなったんだが」

「でも、手紙のやり取りはしていたわ」テアがきっぱりと言った。

「ああ、そうとも。長い手紙をね。だけどそんなこんなで、直接会って話をしたのは三週間ほどだったはずだよ」

テアがばつが悪そうに目をしばたたいた。コナーは〝それ見たことか!〟と叫びたい気持ちをこらえた。

「まあ、求婚期間がずいぶん短かったんですね」ジェーンが言うと、テアは彼女をちらりと見て顔を赤らめた。ジェーンはあわてて言い添えた。「だけど、相思相愛だとすぐにわかる場合もあるでしょう?」

「そうとも」ランスがテアに微笑みかけ、両手で彼女の手を取った。「愛は予測できないものだからね」

テアが目を見開いた。瞳にはなんとも気まずそうな表情が浮かんでいる。もしかすると、この郷士が〝愛〟という言葉を使うのはこれが初めてなのだろうか。理由がどうあれ、テアの弱点を見つけたことに満足し、コナーは落ち着いた調子で言った。「いくら真実の愛でも、たったの三週間ではそんなに深まらないだろうな」

「深まることだってあるはずです！」ジェーンが断固とした口調で言った。

「小説や芝居のなかでならね。だが、現実の世界では？　そんなことはあり得ない」テアがランスの手を振りほどき、コナーをにらみつけた。「ほかの人はどうだかわからないけれど、わたしは自分の婚約に満足しているわ」

「もちろんです！」ジェーンが驚愕の表情を浮かべる。そう思わない人物がいるはずなどないと思っているらしい。「お二人はとってもお似合いですわ。誰が見てもそう思うに決まっています」

「ありがとう、ジェーン」ランスが真面目な口調で言った。「きみは本当に優しい人だね」

ジェーンが顔を赤らめた。「旦那さま、わたしはただ――」

「どうかランスと呼んでくれ。ここではみんな友人同士なんだから」

ジェーンがいっそう顔を赤らめ、気恥ずかしげな視線をランスに投げた。「ええ、そうですね。それにしても、興味深いお名前です。こんなことをお尋ねしていいのかわかりませんが……〝ランス〟というのは〝ランスロット〟の愛称ですか？」

ランスがしかめっ面をした。「ああ、そうだ。母は何事においても厳しい人なんだが、意外にもロマンティストでね（ランスロットは『アーサー王物語』に登場する伝説の人物で、円卓の騎士の一員）」

「わたしの母も厳しい人だったそうですけど、それほどロマンティストではなかったと思います」

「そういえば、ランス、きみは母上と一緒に暮らしているとゆうべ話していたな」コナーは言った。「きみとテアが結婚したら、母上は家を出て別々に暮らすことになるのかな」

「家を出る？　まさか。母が望むかぎりはずっと一緒に暮らすつもりですよ」

テアが眉根を寄せた。「そうなの？」

「当然じゃないか。四年前に父が亡くなって、母はいまだに心を乱してる。ぼくを頼りにしてるんだよ。母はぼくなしではやっていけやしない」

「それじゃあ、お母さまも一緒に暮らすことになるのね」テアがうつろな声で言った。「この先もずっと」

ランスはきょとんとした。「きみもそのことは心得ていると思ってたよ」

「村にもう一軒家を所有していると聞いていたから、てっきり結婚後は、お母さまはその家に移られるものと思っていたの」

ランスがこらえきれないように笑った。「その家は教区牧師に貸してるんだ。二十年以上も住んでいる家から追いだすわけにはいかないよ。それに、母はぼくたちの助けを必要とするはずだ。姉妹たちのことで」

テアがぎこちない笑みを浮かべた。「そうよね。お母さまと暮らすということは、お姉さまたちや妹さんたちも一緒ということよね」

「妹たちもいい年だから、きみもかなり忙しくなるぞ。家事と農場の仕事の合間に、社交界デビューのときのつき添い役をしてもらうことになるだろうからね」

「そう」スプーンを握るテアのこぶしがみるみる白くなっていく。

自分たちが荒れ狂う海を進んでいることにはまったく気づいた様子もなく、ジェーンがランスに尊敬のまなざしを向けた。「なんてお優しいんでしょう。お母さまとごきょうだいを大切にされているなんて」

「あたり前のことだろう？」ランスが驚いた顔つきになった。

「なんて親孝行なんだ！」コナーは愉快な気分になり、大声で言った。「まさにランスロットという名にふさわしい。正真正銘の英雄だよ！」

ランスは赤面したが、まんざらでもなさそうだ。「それはさすがに褒めすぎですよ。ランスロットは代々受け継いできたミドルネームなんですから」

「たしか、昨日の夜もそんなことを言っていたな」コナーはテアをちらりと見た。

「ぼくは四代目なんです」ランスが告げた。「正式な名前は長ったらしいんですよ。何しろ、アーチボルド・モンタギュー・ランスロット・フォックスですからね」

コナーは必死に笑いを噛み殺した。

ランスもくすくす笑いをもらした。「そうなんです。仰々しいでしょう」

「素敵です」ジェーンが両手を握りしめた。「小説に出てくるような名前だわ」

テアがまたコナーをにらみつけてきた。黙っていてと警告するような目つきで。

コナーには言いたいことが山ほどあったが、さすがにテアの視線を無視することはできず、しぶしぶながら自分の意見をのみこんだ。

ランスが打ち消すように片方の手を振った。「ばかげた名前だよ。母に何度文句を言ったか。はっきり言って、文字を書けるようになってからはずっと、この名前がいやでたまらなかった」

「アルファベットを全部使っていそうですものね！」ジェーンが声を張りあげた。

その言葉を聞いて、ランスが噴きだした。「まさにそういう気分だよ。これでぼくが〝ランス〟の名前で通している理由がわかっただろう」

「わたしはランスロットという名前が好きよ」テアが言った。「とてもロマンティックだもの」

ランスが顔を輝かせる。「そう思ってくれるかい？」

「ええ」テアがきっぱりと言ったのは、的外れな主張はやめてもらいたいとコナーに念を押しているに違いない。「というよりも、あなたの名前のすべてが好きよ」

ランスは心底ほっとしたようだった。「名前を口にするのをためらうのは、いつも笑われるからなんだ」

「しかし、家名は守らなければならないだろう」コナーは椅子にもたれかかった。「ランスロットがミドルネームなら、きみに息子が生まれたら、その子が受け継ぐことになるんだな」

テアがランスにすばやく視線を向ける。

ランスがうなずいた。「もちろんです」

「もちろん？」テアがうつろな表情で繰り返した。

ランスは真顔になった。「長男にほかの名前をつけたりしたら、母がひどく傷つくよ」

「そう」テアはプディングにスプーンを突き刺した。「当然のことだけど、わたしたちはお母さまの望みどおりにしなければならないのよね」

「そうしなければ、母を悲しませることになるからね。母はとてつもなく心優しくて涙もろい人なんだ。いちばん上の姉のサリーがよく言っているよ。家族全員が母の涙に合わせてダンスをしているようなものだって」

「そんな……」テアが言いかけた言葉をのみこみ、少し考えてから言った。「なかなか個性的な言い方があるものね」

「ああ。だから家風に従って、母が息子の名前をつけてもかまわないかい？」ランスの顔が明るくなった。「でも、心配しなくて大丈夫だよ！　ほかの子どもたちについては五人でも六人でも、きみの好きなように名前をつければいいから」

テアがスプーンですくったプディングをテーブルに落としそうになった。「五人でも？」

「あるいは六人でも」コナーはつけ加えた。

テアがコナーに刺すようなまなざしを送ってきた。

ランスはテアの表情にまったく気づいた様子もなく、思いやりのある口調で言った。「最低でも六人は子どもが欲しいんだ。農場には人手が多いに越したことはないからね。だからテオドラ、きみが望むなら、きみの父上や兄上の名前をつけたってかまわないよ。それに娘が生まれたら――」

「ランス！」テアが今にも癇癪玉を破裂させそうな勢いでぴしゃりと言い放った。

ランスが目をしばたたく。「なんだい？」

「その話は別の機会にしましょう」

ランスがほかの人たちに目をやり、顔を赤らめた。

「そうだな、これは失礼。とにかく二人の未来が楽しみで」

「無理もない」コナーは身を乗りだし、ランスの背中をぽんと叩いた。「何しろ、輝かしい未来が待ち受けているんだ。きみと美しい妻と六人の子どもたち、そのうえ姉上たちや妹君たちに母上まで。ずいぶんにぎやかな家になりそうだな」

「広い家なんです。寝室が七つもありますから」

「七つ？　でも、そんなに大勢の人がいたら……」ランスの期待のこもったまなざしを受け、テアが話の途中で口を閉じる。一瞬の気まずい沈黙のあと、彼女は言った。「その件もあとで話し合いましょう」

「ああ、いいとも。早くきみを母に紹介したくてたまらないよ。きみは母のことが好きになるはずだし、きっと母もきみを気に入るはずだ」

「そうだった」コナーは言った。「きみたちの結婚のことで、母上は自分だけがつまはじきにされてると思っていらっしゃるんだったな。気の毒に……ゆうべ、きみは母上のことをどんなふうに言い表してたかな？　たしか〝青筋を立てている〟と言っていたと思うが」

テアがランスに視線を向けた。「お母さまはわたしを喜んで家族に迎え入れてくれるはずだと言っていたじゃない」

「最終的には」ランスがこわばった声で言う。「そうなるはずさ」

わたしは母のことをよく覚えていないんです。わたしが六歳のときに亡くなったので」ジェーンが顔を曇らせた。テアが目を閉じ、こめかみを指で揉んだ。

「喪失感は決して消えることがないからね」コナーはうなずいた。「それにしてもランス、きみの母上はかなり意志の強い女性のようだな」

「母は素晴らしい人ですよ。心配性ではありますが、女性というのはえてしてそういうものですし、何かにつけてぼくたちの人生に積極的にかかわってくれるんです」ランスがにこやかな笑みを浮かべた。

「母が生きていたら、知恵を借りられたかもしれないとよく思うんです」ジェーンが羨望のため息をもらした。「なんて優しいお母さまなんでしょう」

「そういう点において、母はいっさい遠慮をしない人なんだ」それからランスは母親に対する賛辞の言葉を夢中になってまくし立てた。なかには彼とその姉妹たちの私生活に首を突っこみすぎではないかと思える行為も数多くあり、しまいには温厚なジェーンでさえ、何度か顔をしかめたほどだった。

テオドラは恐怖がふくれあがるのを感じ、逃げだしたい衝動を必死にこらえた。

ランスは優しい男性だ。純粋な心の持ち主で、母親と姉妹たちを愛している。でもそういう性質は、夫に求める条件としてそれほど重要だろうか？

ランスの話を聞いているうちに、彼を黙らせたいと思っていることにテオドラは気づいた。一日でも十日でもかまわないから、ランスから離れたいという感情が日増しに強くなっている。さらに厄介なのは、ランスに対して愛情を感じていないことだった……まったくといっていいほど。

そうしているあいだもコナーに見つめられ、胸が高鳴り、肌が火照りだしていた。彼に触れたい。彼に触れてもらいたくてたまらない。

そんなふうに思うのは間違っている。胸が高鳴り、喉がからからになり、てのひらがじっとり汗ばむほど興奮を覚える相手は、ランスでなければならないのだから。きっと、ランスとはまだ一度もキスをしたことがないからだ。なぜ彼はキスをしてこないのだろう？

ランスは平凡すぎて、面白みに欠けるだろうか？　だけど、ランスは穏やかで実際的な人だ。テオドラは信頼できる相手と心地よい家庭を築きたいと思っていた。互いを尊敬し、同じ目的に向かって進んでいくなかで、ゆっくりと愛情が育まれるだろうと信じていた。その考えは甘かったのだろうか。

庭のバラを育てるように、愛情も育てていくものだという考えは間違いだったのだろうか。自分が愛のない結婚をするのだと思うと、寂しさをひしひしと感じた。

けれども、まだ一つだけすべきことがある。ランスとキスをしてみなければならない。ひょっとしたら互いに情熱をかきたてられて、この結婚は間違いではないと確信できるかもしれない。

ジェーンが農場について質問すると、ランスは陽気に答えた。目鼻立ちの整った顔、焦げ茶色の髪、たくましい顎。そう――キスをしてみれば、間違っていないことがはっきりするはずだ。

テオドラがそう考えながらもコナーに注意を向けた瞬間、二人の視線が合った。彼女は喉が詰まり、肌がぞくぞくした。体に腕をまわされたときのことを思いだし、思わず息遣いが荒くなる。コナーに抱き寄せられ、唇が近づいてきて――。

だめよ！　そんなことを考えてはだめ。そんな気分になってはいけない。

テオドラは動揺し、あわててコナーから視線をそらして、うずく体をランスのほうに向けた。きっと、明日からは状況が変わるはずだ。でも今夜は燃えるような目でコナーに見つめられ、どうすることもできない。

ランスが言葉を切った瞬間、テオドラは立ちあがった。

すぐさまランスも立ちあがった。コナーも立ちあがり、ジェーンが椅子から立つのに手を貸したが、そわそわした様子でテオドラの動きを目で追っている。

「申し訳ないけれど、もう失礼させてもらうわ」テオドラは言った。「へとへとなの。ジェーン、あなたも部屋に戻って休んだほうがいいわ」とにかく一人になって考える時間が欲しかった。

無作法とも言えるほどそそくさと退室の挨拶をすませると、テオドラはジェーンを連れて食堂を出た。気遣わしげな表情を浮かべたランスと、感情をくすぶらせている様子のコナーと、まだ答えの出ていない数々の疑問をあとに残して。

14

その晩、テオドラは夢を見た。巨大な家に閉じこめられていて、部屋のドアを開けるたびに上半身裸のコナーが姿を現し、もう誘惑には抗えないだろうと言いたげににやりとするのだ。心をかき乱す夢から覚め、再びまどろんでいると、今度はランスと一緒に食堂のテーブルについている夢を見た。どこまでも果てしなく続くテーブルの前に、まったく同じ服装をした騒がしい子どもたちが座っていて、出された料理をどんどん平らげていく。やがて皿がからっぽになると、子どもたちはさらに甲高い声でわめきはじめた。その声にあわてふためいて目を覚ますと、階段を駆け足でのぼり下りしたときのように息がぜいぜい切れていた。

それからほとんど眠れずにいたため、カーテンの隙間から太陽の光が見えたときには嬉しくなった。テオドラはほかの宿泊客を起こさないように静かに着替えをすませ、階下に行った。

朝食室をちらりとのぞくと、ランスが一人でいるのが見えたのでほっとした。廊下で足を止め、入念に選んだ旅行用の緑色のシルクのドレスのしわを伸ばし、熱く火照る頬に冷たい手をあてる。自分から誰かにキスを求めたことなどこれまで一度もなかったので、どこから始めたらいいのかもわからなかった。テオドラは自分に言い聞かせた。臆病風に吹かれている場合ではない。どうしてもしなければならないのだ。

最後にもう一度大きく深呼吸をすると、ぎこちない笑みを浮かべて朝食室に足を踏み入れた。

ランスはテーブルについていたが、新聞を読んでいるせいで顔は見えなかった。彼の前には飲みかけの紅茶の入ったカップが置かれている。青い上着に淡い黄褐色のブリーチズを合わせ、ぴかぴかに磨きあげられたブーツを履いている。見るからにハンサムで善良な地方の郷士といった風貌だ。

テオドラはテーブルに近づいた。どうやらランスは彼女が部屋に入ってきたことに気づいていないらしい。テオドラは微笑むと、身を乗りだして彼が読んでいる新聞を軽く叩いた。

ランスが新聞を下ろし、顔を輝かせた。「テオドラ！」新聞を置いて立ちあがり、飛びあがらんばかりに喜んでいる。「やあ、おはよう！」

幸先は上々だ。テオドラは胸のなかでつぶやいた。「おはよう」いやな夢の後味がまだ尾を引いていたが、それを懸命に頭から追いだした。こちらからキスをしたら、ランスも返してくれるだろうか？

確かめる方法は一つしかない。テオドラは進みでた。スカートがふわりと揺れ、ランスの脚をかすめる。二人のつま先が軽く触れ合った。

ランスが目を見開く。「テ、テオドラ？」

テオドラは彼の腕に手を置いた。がっしりしているけれど、コナーほどごつごつしていない――だめ、今はランスのことだけを考えなければ。テオドラは覚悟を決め、彼の腕に手をすべらせた。

「テオドラ!」ランスが喉の詰まったような声を出した。「ぼくは……これは……いったい——」

次の瞬間、朝食室のドアが開き、蓋のついた皿を持ったメイドが姿を現した。

ランスが両手を体の脇に下ろし、はじかれたように後ろに下がった。「ああ! それは卵料理だね!」朝食が運ばれてきて、これほどほっとした声を出した人はほかにいないだろう。

思わぬ邪魔が入り、テオドラは悪態をつきそうになった。

「ええ、卵料理をお持ちしました。しかも、できたてほやほやですよ」前の晩とは違うメイドだった。ぽっちゃりしていて、黄色っぽい金色の巻き毛に覆われたふくよかな顔にはそばかすが散っている。テオドラの姿に気づいたメイドがぎこちなく膝を曲げてお辞儀をした拍子に、手に持っている皿が大きく傾いた。「おはようございます、お嬢さま!」

「おはよう」テオドラが席につくと、ランスも腰を下ろした。

メイドが膝を伸ばし、皿をテーブルに置いた。「さあ、どうぞ。産みたての卵ですよ。今朝、メンドリのお腹の下からかっぱらってきたんです」

「卵は新鮮なものにかぎるからね」ランスが礼儀正しく言った。

「ええ。といっても、メンドリは喜んで手放してはくれませんでしたけどね。あたしの手が冷たかったせいかもしれません。あたしだって、お尻の下にひんやりした手を入れられたら、けたたましく鳴いて騒ぐに決まってますから」

テオドラは必死に笑いをこらえたが、ランスはまたしても喉の詰まったような声を出した。メイドが皿の蓋を持ちあげた。「熱々でおいしいですよ！　こんな状態になったら、メンドリはもうこの上に座りたいとは思わないでしょうね。お尻をやけどしちゃいますから」

テオドラは咳払いをして、また笑いを噛み殺した。

ランスも面白がっているだろうと思いながら目をやると、彼は困惑した表情でメイドを見つめていた。

テオドラはもう一度咳払いをした。「ありがとう」

「あら、お礼なんていいんですよ」メイドはにこやかな笑みを浮かべたものの、立ち去ろうとはしなかった。

前の夜のメイドとは違い、このメイドはあまり訓練を受けていないらしい。ランスがすがるような視線を投げてくる。「すまないが、食べる前にこの新聞を読み終えてしまいたいんだ」そう言うと、扱いにくいメイドをテオドラに任せて新聞の陰に隠れてしまった。

「卵はすぐに召しあがったほうがいいですよ」メイドが皿を前にすべらせた。「冷えた卵料理ほどまずいものはありませんからね。そりゃあ、ぎとぎとした生焼けの豚の頭なんかに比べればましでしょうけど――」

「ちょっと待って」あまりに親しげに話しかけられ、テオドラはあわてて言った。「わたしたちは前にどこかで顔を合わせていたかしら？」

「いいえ、会ったことはありません。いつもはポリー・ショールズが、この宿の主人の奥さんのミセス・ランドリーの手伝いをしてますから。でもゆうべ、ポリーが足首を痛めたらしくて、下手したら骨折したかもしれないって。それで今朝、あたしの母さんが……母さんはこの宿で洗濯係をしてるんですけど、〝アリス、あんたが手伝いに行かなくちゃならなくなった〟って。それであたしがここにいるというわけなんです。母さんは普段は、あたしや妹たちには仕事を手伝わせようとしないんですよ。おまえたちはどじだからだめだって。本当にそのとおりなのでぐうの音も出ませんけど、まあ、今回は緊急事態ですからね」

「そう。ポリーが怪我したこと、気の毒だったわね」

「気の毒なもんですか。ポリーはあたしにそっけない態度を取るんですよ。トリヴェットっていう男が、あの子よりもあたしのほうがかわいいって言いはじめてからずっとです」アリスが自慢げに鼻を鳴らした。「ポリーはそれが気に食わないんです」

ランスがいらだたしげに大きな音をたてて新聞をめくったが、テオドラは見て見ぬふりをした。「そうなの？」

「ええ。だから、ポリーが怪我をしたことを気の毒だとは別に思いません。どうせちょっと足をくじいたとかそんな程度なんですから。トムっていう肉屋の息子といちゃいちゃするために仕事をさぼりたかっただけなんです」

テオドラは興味を引かれて尋ねた。「でもポリーは、トリヴェットという男の人のことが好きなんでしょう？」

「あたしに言わせれば、あの子は誰だっていいんです」アリスがレースの襟を引っ張った。

「こうしてあたしが代わりにメイドを務めたときにかぎっていつも以上に忙しかったと知ったら、ポリーはヤギを絞め殺したくなるほどいらいらするでしょうね。何しろ、旦那さまとお嬢さまと、お嬢さまのシャペロンのほかに、天からの授かりものかと思うほどハンサムなもう一人の旦那さまのお世話までさせてもらえるわけですから」

〝ヤギを絞め殺したくなるほどいらいらする〟なんて言い方があるのね。覚えておかなければ。テオドラは笑いのにじむ声で言った。「あなたにひどい扱いをしたことを、ポリーは心の底から後悔するでしょうね。卵料理を運んでくれてご苦労だったわね。あなたの言うとおり、冷めないうちにいただくことにするわ」

「ええ、お嬢さま。何かご用があれば、呼び鈴を鳴らしてください」メイドは膝を曲げてお辞儀をし、ようやく立ち去った。

ドアが閉まったとたん、ランスが新聞を置いた。「やれやれ。なんなんだ、あれは？」

テオドラは噴きだした。「アリスよ」

ランスが新聞を折りたたんでテーブルに置き、興味津々と卵料理の皿を眺めた。「ずいぶんおしゃべりな娘だな」

「そうね。ねえ、ランス、ちょっと……話せる？」

ランスは不安の色を見せつつも、ちらりと笑みを浮かべた。「もちろんさ。なんだい？」

「あの……」テオドラは必死に言葉を探しながら、急に乾いてきた唇を湿らせた。「やっと二人きりになれて嬉しいわ」

ランスが顔を赤らめ、少しだけ開いているドアにすばやく目を走らせた。「ああ、そうだな。この数日間は、二人きりで過ごす時間があまりなかったからね。きみとゆっくり会話ができなくて寂しかったよ」

テオドラが望んでいるのは会話ではない。コナーならこんな野暮なことは言わないだろうと一瞬思ったが、今こそ彼への未練を断ちきるべきときだと思い直した。

テオドラはテーブルから立ちあがった。「ええと……あなたも立ってもらえる?」

ランスはさらに顔を赤らめたが、少しためらってから立ちあがった。「テオドラ、いったい何を——」

テオドラはつま先立ちになると、彼の唇に自分の唇を押しつけた。

ランスがぴたりと動きを止め、目を大きく見開いた。テオドラはすぐさま唇を離した。恥ずかしさに体がかっと熱くなり、思わずあとずさりする。「ごめんなさい! わたしったら……何を考えていたのかしら」向きを変えてその場を離れようとしたとき、彼に腕をつかまれた。

「違うんだ!」

テオドラはランスの顔を見あげたが、自分でも何を期待しているのかわからなかった。

ランスがテオドラの両手を取って胸にあて、彼女を引き寄せた。

「勘違いしないでほしいんだ。なんていうか……」彼は息を吸いこみ、声を震わせて笑った。

「びっくりしたんだよ」

テオドラは唇を噛んだ。「こんなことをすべきじゃなかったわ。わたしはただ……」

コナーのキスによってかきたてられた情熱の炎をどうにかして消し去りたかった。けれどもランスと唇を合わせても、何も感じなかった。まったく何も。

ランスとは情熱的な結婚生活は送れないだろう。今、そのことがはっきりした。でも、別にかまわない。情熱がなくても、結婚生活が長続きしている夫婦はたくさんいる。同じものに興味を持ったり、気楽に会話を楽しんだり、平穏できちんとした暮らしを満喫したりすることのほうが大切だ。いたずらっぽい笑みを向けられただけで膝の力が抜けてしまったり、相手の言動によって感情が激しく浮き沈みしたりするような男性を追い求めるなんて、無謀にもほどがある。

常識的に考えればすぐにわかることだ。しかし悲しいことに、心は正反対の答えを出していた。コナーと一緒なら、とてつもなく情熱的で、このうえなく幸福な人生を送れるだろう……少なくとも、彼が家にいるのに飽き飽きしてまた航海に出発し、テオドラのことなどきれいさっぱり忘れてしまうまでは。

もしかしたら、どちらの男性も自分にはそぐわないのかもしれない。そう思うと、気分が沈んだ。

顔を真っ赤にしたランスが微笑みながら、手を優しく握ってきた。「ぼくが満足のいくような反応をしなかったのがいけなかったんだね？　いや、答えなくていい」彼は呼吸を整えた。「たぶん……もう一度試してみるべきだと思うんだ。今度はぼくから――」

「ランス、やっぱりあなたとは結婚できないわ」テオドラは思わず口走っていた。つまらない考えにとらわれ、恐ろしい夢にうなされ、頭が疲れているせいだ。自分が口にした言葉に愕然とし、彼女は目をしばたたいた。

「そうか」ランスは呆然としている。

それだけ――〝そうか〟だけだった。

テオドラは唇を湿らせた。できればランスを傷つけたくなかった。「お願いよ。本当に申し訳ないけれど――」

「よかった」

テオドラは彼を見つめた。

ランスがテーブルに戻り、椅子に力なく座りこんだ。「ぼくは……まさかこんな……テオドラ、ありがとう」

言うべき言葉が見つからなかった。「嬉しそうね」

「ああ、とんでもなく嬉しいよ！」ランスは頬を上気させた。「いや、そうじゃない。きみに不満があるわけじゃないんだ、テオドラ。きみは美人だし、しっかり者で――」

「でも、わたしたちはどうもしっくりいかないわね」

「ああ、まったくと言っていいほど」

驚いた顔を見合わせた直後、二人は同時に大声で笑いだした。心からほっとしたせいで、テオドラは頭がくらくらした。

彼女は椅子にぐったりともたれ、息をはずませた。「ああ、ランス！　本当は、駆け落ちしてすぐに二人の関係に疑問を持ったの。でも、なんて言えばいいのかわからなくて」

「ぼくもそうだった。だけど、男のほうから駆け落ちをやめようなんて言うわけにはいかないし」

「わかるわ。社交界はそういうしきたりにはひどくうるさいから。さぞみじめな気分だったでしょうね。この駆け落ちは間違いだったと、あなたはいつから気づいていたの？」

「実を言うと、駆け落ちする前の晩には薄々感じていたんだが、それが確信に変わったのは、いざ出発してから、きみが手綱をよこせと言い続けたからなんだ」

「手綱さばきには自信があるのよ」

「そして、ぼくは自信がない」ランスが白状した。「だが、ぼくの手綱さばきはそんなにひどくないというふりをしてもらいたかったんだ」

「そうだったの。わたしはお芝居が下手なのよ」

「いや、ぼくがつまらない見栄を張ったんだ」ランスは笑い声をあげた。「ばかみたいだってことはわかってるよ」

テオドラは肩をすくめた。「人は誰しも期待を抱くものだもの」

「そうかもしれないな。駆け落ちをしてから、全然眠れなかったんだ。どうしても気になって……」ランスがテオドラを見ながら、控えめな口調で切りだした。「正直に言うと、母のことも気がかりでね」

「無理もないわ。自分の意見をはっきりとおっしゃるお母さまのようだから」

「そうなんだ。だから、母はきみの負けん気の強いところを快く思わないかもしれない。いや、もちろん、ぼくはきみのそういう性格を気に入ってるよ。でも母は……」そう言って、両腕を広げる。「母はそういう人なんだ」

「実は、わたしもその点が少し気になっていたの。それに妹さんたちのことも……社交界へのデビューをわたしに手伝わせるつもりだったなんて聞いていなかったものだから」

「前もって話しておくべきだったよ」

「それから、あなたが六人もの子どもを望んでいることも――」

「もっと多くてもいいと思ってる」

テオドラは身震いした。「わたしは一人か二人で十分なの。それに、男の子が生まれたら、お母さまが名前をつけるつもりだってことも知らなかったし、みんなで一つ屋根の下に暮らすことも……」テオドラは降参のしるしに両手を上げた。「こんなにたくさんあるわ！　そういうことを何一つ話し合わずに、わたしたちは駆け落ちをしてしまったのね。いったい何を考えていたのかしら？」

ランスが愉快そうに喉を鳴らして笑い、椅子の背にもたれた。いかにも若者らしく、屈託なく笑う彼を見るのは初めてだ。「どうやら何も考えていなかったみたいだな。ぼくたちはちょうどいいときに出会っただけだったのかもしれない。ぼくは妻にする女性を探していた。去年から、そろそろ結婚しろと母にしつこく言われていたからね」

「でも、今までお母さまのお眼鏡にかなった女性は一人もいなかったんでしょう？」

「今まではね。けれどそのおかげで、ぼく自身も家庭を持って子どもをもうけたいと望んでることに気づいたんだ。そしてきみに出会った。きみは美しくて、洗練されていて……」ランスは微笑んだ。「一緒になるべき女性だと思ったんだ」

「あなたやお母さまにとって、わたしのどういうところが好ましくないの？」

「農場で生活するには、きみは芯が強すぎる」ランスが言いよどんだ。「どうか悪く思わないでほしい。きみのことは心から尊敬しているし、本当に素晴らしい女性だと思ってるんだから。それに母も悪気があるわけじゃないんだ。ただ、父が亡くなってから別人のようになってしまって――」

「わかっているから、もう言わなくていいわ。お母さまを大切にするのは立派なことよ。とはいえ、あなたが結婚を決めたのはお母さまのためだけだったの？」

「いや、ほかにも理由がある」

「なんなの？」

ランスは唇を噛み、口早に言った。「新婚旅行だ」

「し……新婚旅行？」

「ぼくは一度も大旅行《グランドツアー》をしたことがなかった。父の具合が悪かったせいで、ずっと家にいなければならなかったからね。しかし去年、旅行をするなら今しかないと思って、計画を立てはじめた。そうしたら母が急に、結婚相手を探せと言いだしたんだ」

「まあ！　それじゃあ、お母さまはあなたを家につなぎとめておくために、結婚させようと考えたということ？」

「ばかげた考えだとわかっていたが、長い新婚旅行を計画すれば、どちらも実現できると思ったんだ」ランスは居心地のいい朝食室を見まわし、残念そうにため息をついた。「正直に打ち明けると、ぼくはこの旅行を楽しんでいた。それにそういう点においても、きみは完璧な相手と思ったんだ。旅に慣れているから」

テオドラは笑みを浮かべた。「慣れすぎているのよ。わたしのほうは、あなたのようにずっと故郷で暮らす生活にあこがれていたわ。旅ばかりの人生にうんざりしていたから」

「皮肉な話だな」互いの愚かさにあきれたようにランスが首を横に振り、やがて単刀直入に言った。「それで、これからどうする？」

これからどうすればいいのだろう？「それぞれの家に帰って、事情を説明しなければならないでしょうね」

「ああ」ランスが肩を落とした。「やっぱりそうすべきだよな」そう言って、ぼんやりと新聞の角を折りはじめた。「せめてスコットランドまで着きたかった。昔からずっと行ってみたいと思っていたんだ。でも……」ため息をついた。「それもかなわないわけか」

「そうなるわね」

「美しい場所だと聞いていたから残念だよ。白状すると、駆け落ち自体はそれほど乗り気じゃなかったんだ。グレトナ・グリーンへ行こうと持ちかけたのは、せっかくの婚約期間を母に邪魔されたくなかったからだ……おそらく母は邪魔しただろうからね」

「駆け落ちってロマンティックなものだと思っていたのに……実際は違うのね」

「ぼくたちは二人とも常識人なんだよ。ロマンティックな恋愛には向かないのかもしれないな」

ランスはそうかもしれないが、自分にはまったくあてはまらないとテオドラは思った。なぜなら、激しい恋に落ちることができるからだ。人生は思いどおりにならないから厄介だ。これが婦人雑誌に載っている手芸の型紙なら、手順ごとに丁寧な説明が書かれていて、単純明快な完成図が添えられている。けれども現実の世界では、説明書きも完成図もなく、場合によっては糊もはさみも持たずに、闇夜のなかを進んでいかなければならない。

テオドラはため息をついた。「家に帰って、やっぱり気が変わったと家族に打ち明けるのは気が進まないわね」それにコナーのこともある……ああ、彼になんと言えばいいのだろう？　コナーは大喜びして、さらに熱心に求婚してくるに違いない。どうやって抵抗すればいいのだろうか？

「ぼくもだよ」ランスがうなずいた。「いずれは家に戻らなければならないが、冒険がもう終わってしまうなんて」彼も残念そうにため息をついた。「楽しいことには必ず終わりが来るというわけだな」ポケットに手を入れて手帳を取りだすと、悲しげな微笑みを浮かべた。

「笑わないと約束してくれるなら、いいものを見せてあげるよ」

テオドラは笑みを浮かべた。「約束するわ」

ランスが手帳の最初のページを開き、テオドラに手渡した。「出発前に、グレトナ・グリーン付近の名所をすべて書きだしておいたんだ。結婚式がすんだら、二人でゆっくり見てまわりたいと思ってね」

テオドラは手帳に目を走らせた。「カーライル城、大聖堂……」

「どちらも美しい建造物だ。絵で見たことがある」

「ワーズワース・ハウスの庭園……この場所は聞いたことがあるわ」

「バラで有名なんだ。ほかにも二人で楽しめそうな場所が五カ所ほどある」ランスが悲しげに笑った。「ばかみたいだろう？」

「そんなことはないわ。わたしも楽しめたと思うもの」

「本当にそう思うかい？」

「もちろんよ。だって……」手帳を眺めているうちに、だんだんその思いが強くなってきた。

「ねえ、ランス、とにかく行ってみるっていうのはどうかしら？」

「なんだって？」

「あなたは名所を見物したくて、わたしも一緒に行ってもかまわないと思っている。シャペロンも同行していることだし、二人とも家に帰るのは気が進まないわけでしょう？　事情を説明したら、家族とコナーに何を言われるかわかったものじゃないわ」

「そうだった。彼は家族みたいな友人だったね」

含みのある口調が気にかかり、テオドラはランスをにらんだ。「本当に単なる家族みたいな友人なのよ」

「なるほど。しかし、ミスター・ダグラスだって結婚する必要があるんだろう。今すぐにでも。ましてや、彼はきみのことをよく知ってるわけだし……」ランスが両腕を大きく広げた。

「ぼくもそこまで愚か者じゃないぞ、テオドラ。それくらい見ていればわかる」

「それじゃあ、わたしの顔が赤くなっているのもわかるのね」

「いや、そんなに照れなくてもいいじゃないか」ランスが優しい目つきでちゃかした。「ミスター・ダグラスがきみとの結婚を望んだからといって、彼を責めるつもりはないよ。むしろ、ぼくは責任を感じているんだから」

「責任を感じる必要なんてないのよ。あなたは立派な人だわ。それに引き換え、コナーは胸くそが悪くなるほど――」ランスが驚愕の表情を浮かべたので、テオドラはあわてて言った。

「とにかくあなたさえよければ、わたしたちが婚約を解消したことをコナーに知られないようにしたいの」

「彼と結婚するつもりはないってことかい？」

「ええ」

「はっきりとそう伝えれば、ミスター・ダグラスはきみのもとを去るんじゃないか？」

「ランス、コナーはグレトナ・グリーンまでわたしたちにつきまとうつもりなのよ。頑固で手に負えない人なの。スコットランドに着いて、いよいよわたしたちが結婚すると思えば、さすがにもう手の打ちようがないと悟ってそっとしておいてくれると思うの。そうなったら、ゆっくり観光ができるわ。家に帰って自分たちがしたことの報いを受けるのは、それからでも遅くはないんじゃないかしら」

テオドラが手帳を返すと、ランスはポケットにしまった。「いい考えだな。きみの言うとおり、ジェーンがいてくれれば節度も守られるわけだ。それに、彼女も観光を楽しめるかもしれない」

「きっと楽しめるわ。ジェーンは今まで刺激的な生活を送ってきたとは言えないようだから」

ランスが椅子の背にもたれ、膝に置いた両手を見つめた。やがて意を決したようにテーブルを叩き、立ちあがった。「よし、決まりだ！」

テオドラも立ちあがった。安堵のあまり、頭がくらくらする。「こんなことなら、何日か前に打ち明けておけばよかったわ！」

ランスが笑い声をあげ、きょうだい同士のようにテオドラを軽く抱きしめた。「ぼくもだよ。だけど、これで楽しい旅に――」

「何をしている！」剣が空気を切り裂くように、その言葉が室内に響き渡った。

盗みを働いているところを目撃されたかのような顔をして、ランスがはじかれたようにテオドラの肩から手を離して体を引いた。「ミスター・ダグラス！　びっくりするじゃないですか！」

「そのようだな」コナーの口調は氷のように冷ややかだった。

「ぼくたちは朝食をとっていたんですよ。ご一緒にいかがですか？」ランスはばつが悪そうに顔を赤らめ、再び席についた。

テオドラは気分が沈み、コナーと視線を合わせることができなかった。「素晴らしい朝ね」

「そうか？」コナーがつっけんどんに答える。

テオドラが思いきって目をやると、彼の目は怒りに燃えていた。

ランスとほとんど同じ服装をしているにもかかわらず、コナーのほうが男らしく魅惑的で、危険な雰囲気を漂わせていた。青い上着を通してでも、腕と肩の隆々とした筋肉がうかがえる。細身のブリーチズが腿にぴったり張りついているのを見て、テオドラは膝から力が抜けそうになった。

彼女がコナーの官能的な口元に視線を向けると、それはいらだたしげに引き結ばれていた。

テオドラは心を落ち着けてから口を開いた。「ちょうど朝食が運ばれてきたところだったの」彼女も席につき、すっかり忘れ去られていた卵料理を自分の皿に取り分けた。「この宿の料理人は本当に腕がいいのね」ランスに向かってぎこちない笑みを浮かべた。「覚えておきましょうよ。またこのあたりを訪れたときのために」

ランスがうなずく。「ああ、そうだな。ミスター・ダグラス、このハムは格別においしいですよ」力強く勧めておきながら、ランスがまた新聞を広げて顔を隠してしまったので、テオドラはがっかりした。

コナーは新聞を引きちぎってランスの鼻っ面に一発お見舞いしてやりたい衝動を必死に抑えた。テアを腕に抱いているところを目撃されたというのに、この田舎者は――そしてテアも——あくまで何事もなかったかのように振る舞うつもりか？　あんなものを見せつけられたあとで、いったいどうすればいい？

　息もできないほど胸が締めつけられ、頭ががんがんした。何も起きなかったように涼しい顔をされたら、コナーとしてはどうすることもできない。何しろ二人は婚約していて、抱擁を交わすくらいはあたり前のことだからだ。

　それでも目の前が真っ赤に染まるほどの激しい怒りはいっこうにおさまらず、ランスの首を絞めてやりたい気分だったし、テアがそばにいるだけで欲望が高ぶり、体が熱くなった。冷静になるためにはこの場を離れるべきだとわかっていたが、彼らをまた二人きりにするくらいなら死んだほうがましだった。絶対に二人きりにするわけにはいかない。

　コナーは不機嫌な顔のまま、テアの向かいの席に座った。

　テアはこちらに目もくれず、自分の皿に山のように料理を盛りつけている。タイムと卵とベーコンの香りをかいだとたん、コナーの腹の虫まで怒りのうなり声をあげはじめた。テアが取り分け用のスプーンを大皿に戻し、自分のカップに紅茶を注いだ。クリーム色の肌と金茶色の髪に朝日が差し、金色とキャラメル色の光の縞模様を描きだしている。テアが長いまつげを伏せ、紅茶に角砂糖を入れた。

　一見したところ、キスをされたばかりの女性には見えなかった。コナーが唇を奪ったとき、彼女は息をはずませ、興奮で頬を上気させて、甘いため息をこぼした。ところがランスの腕に抱かれていたというのに、テアはまったく息を切らしていない。顔を赤らめ、紅茶を見つめているだけだ。いかにも居心地悪そうに。

コナーは怒りがいくらかおさまり、椅子の背にもたれた。もしかしたら、最悪の事態には陥っていないのかもしれない。

彼はテアから目が離せなかった。それにしてもきれいだ。身のこなしが優雅で、ごくありふれた動作をしているだけなのに――紅茶をかき混ぜて一口飲み、息を吹いて冷ましているだけだ――なぜかそそられる。ふと気づくと、コナーはテアが一糸まとわぬ姿でベッドに横たわっている姿を思い浮かべていた。髪はまとめられたままだ。彼女が唇をすぼめて息を吹きかけているのは、紅茶ではなくコナーの――。

「まったく、摂政皇太子（のちのジョージ四世）はとんでもない恥さらしだな！」ランスが新聞の向こうから、いらだちのにじむ声で言った。

テアがはっとしたようにカップから顔を上げたとたん、コナーと視線が合った。

その瞬間、二人のまわりの世界がしんと静まり返り、消え去ってしまったかに感じられた。

テアがとろんとした茶色の目でこちらを見つめ、紅茶に濡れた唇から息をこぼした。

ああ、あのふっくらした唇にキスをしたい。コナーはいっきに欲望が高まり、テーブルの天板に届きそうなほど下半身が猛るのを感じた。

テアも興奮を覚えているのがわかった。それなのに、彼女はこんな青二才とキスをしたのか。

いや、本当にキスをしていたのか？　目撃したのは、二人が軽い抱擁を交わしているところだけだ。よくよく考えてみると、唇は重ねていないのかもしれない。今のところはまだ。

コナーは眉をひそめた。テアがティーカップに視線を戻した瞬間、物欲しげな表情が顔をよぎった。

そうか、自分のせいだ。ランスとの結婚に疑問を抱くように仕向けたせいで、テアは自らの気持ちを確かめるためにランスの腕に飛びこんだのだ。

コナーは自分を蹴り飛ばしたい気分だった。結婚を思いとどまらせるつもりだったのに、なんて愚かなまねをしてしまったのだろう。彼は顔を曇らせた。「シャペロンはどこだ？」

ランスが新聞に目を落とした。「まだ寝ているんだと思います。冷たい雨に濡れたのが体に障ったでしょうから、よく眠ったほうがいいんです。熱病にかかってもおかしく――」

「お話し中に失礼します！」ドアのところから聞こえた声に全員が顔を向けると、黄色っぽい髪のぽっちゃりしたメイドが膝を曲げてお辞儀をした。

「ああ、アリス」テアが安堵の表情を浮かべた。「コナーも同席することになったの。卵料理をもう少し持ってきてもらえるかしら」

メイドがコナーに向かって笑みを浮かべると、歯が一本欠けているのが見えた。「おはようございます、旦那さま」

コナーはそっけなくうなずいた。

愛想よく応じたわけでもないのに、メイドがにやにやした。

「アリス？」テアが優しく問いかけた。「卵料理は？」

「え？　ああ、そうでした。でも、あたしは別の理由でうかがったんです。ゆうべの夕食にお出ししたカブについて、郷士さまから質問を受けたとミセス・ランドリーが言ってるんです」アリスが不審そうな目つきでランスを見た。「それはただの土砂降り《デルージュズ》だってあたしは言ったんですけど、ミセス・ランドリーが間違いないと言い張るものですから」

「たしかに、それは勘違い《デルージョンズ》だと思うよ」ランスが言った。

「やっぱりそうですよね！　ミセス・ランドリーにそう伝えてきます」アリスが向きを変え、すたすたと部屋を出ていこうとした。

「いや、ちょっと待ってくれ！」ランスが新聞を脇に置いて立ちあがった。「そういえば、ミセス・ランドリーにきいたんだった。カブを提供している農夫がまた訪ねてきたら、知らせてくれるという話になったんだ」

「まあ、そんな話になっていたとは。旦那さまはそんなにカブがお好きなんですか？」

「ぼくも農場を営んでいるんだ。見事なカブだったから、いくつか買って帰りたいと思ってね」

「あら！　そういうことなら、ちょうど今来てるんです。ここに連れてきますよ」

「そうか。だったら、ぼくが厨房に行って話をすることにしよう。彼のブーツは泥だらけだろうからね。カブ以外のものも持ってきているのかな？」

「今日はジャガイモを届けに来たんです」

「よし、それも見せてもらおう」ランスがテアに向かってお辞儀をした。「すまないが、ちょっと行ってきてもいいかい？　いいカブが手に入るかもしれない。ぼくの……ぼくたちの農場のために」

「もちろんよ」テアが言った。

ランスが部屋を出ていくのを、コナーは満足した気持ちで見送った。

ランスの足音が遠ざかって消えると、テアはテーブルにナプキンを置いて立ちあがった。

「わたしも失礼するわ」

「なぜだ？」コナーは卵料理を自分の皿に取り分けると、フォークを手に持った。「急いで別のキスの相手を探すつもりか？」

「婚約者とキスをしたからって、あなたにとやかく言われる筋合いはないわ」

いや、言わせてもらう。苦々しい思いがこみあげ、コナーはつい厳しい口調になった。

「もっと用心したほうがいいと言ってるんだ」

「おかしなことを言わないで。ランスは節度を守れる人よ」

「節度を守れる男などいない……ただの一人もな」自分でさえ守れそうにないのに。いや、自分はなおさらだ。

テアが眉を上げ、信じられないといった様子でため息をついた。「まさか男性と二人きりになるのは危険だと、あなたから注意されるとは思わなかったわ！」

テアの言うとおりだ。「たしかに奇妙かもしれないが、わたしはきみを心配して……」溶岩のように不安があふれでてきて、コナーは言葉をのみこんだ。

「ランスのことは何も心配いらないわ。彼は紳士だもの」

なぜかテアは……がっかりしたような口振りだ。

満足のいかないキスだったのか？　コナーは少し元気がわいてきた。もっとも、初めてのキスがぎこちないのはよくあることだ。しかし、その次からは……。コナーは眉をひそめた。次のキスはなんとかして未然に食いとめなければ。「シャペロンを同席させるべきだろう」

コナーはぶっきらぼうに言った。「きみが朝食の席で無理やり抱きしめられてるのにぐっすり眠りこんでいるなんて、ミス・シモンズはなんのためにいるんだ？」

「いいかげんにして。あれはただの……ああもう、あなたに説明する義務はないわ、コナー・ダグラス」テアは怒りに目を燃えあがらせ、向きを変えてドアへと向かった。

コナーは大きな音をたててフォークを皿の上に置いた。テアがさらに足を速める。絶対に逃がすものか！　彼はすばやく立ちあがってあとを追い、テアがドアの取っ手を握ったところでつかまえた。

彼女の頭の真上に手をつき、ドアが開かないようにする。「まだ話は終わってない」

テアがコナーに向き直った。「話すことは何もないわ」

茶色の瞳のなかの金色の模様が見えるほど、彼女の顔が間近にあった。

「テア、わたしはきみを心配して――」

「わたしは子どもじゃないわ」

「だが――」

「やめて、もうたくさん」

コナーは口を開こうとした。

「やめてったら！」

くそっ、自分は言っていることとやっていることが矛盾している——テアがあいつの腕のなかに飛びこんだのは、挑発が裏目に出たからなのに。コナーは歯ぎしりしたあと、どうにか呼吸を整えた。

テアが腕組みした。「きみを怒らせるつもりはなかった」

コナーは顔をしかめた。「だったら、そこをどいて。ジェーンの様子を見に行きたいの」

コナーは顔をしかめた。テアを引きとめておく理由はないが、どうしても行かせたくなかった。

彼女が両手を腰にあてる。「どいてってば！」

「さっき抱き合っていたことについて説明するまではだめだ」

「あなたに関係ないでしょう」

「きみに関することはすべて、わたしにも関係がある」

テアが目を細めた。「いいえ、わたしに関することはすべて、ランスに関係があるのよ。ランスがわたしの婚約者なんだから……あなたじゃなく。だから、質問に答えるつもりはないわ。これはほかの誰でもなく、わたし自身の問題よ」

「そんなことは……わたしは……だったら、きみを毛布にでもくるんで連れ帰るまでだ。愚かなまねをしないようにな」

「家には帰らないわ。わたしは自分の人生を前向きに生きようとしているの。だから邪魔しないで」

コナーは一歩も引くつもりはなかった。

テアも頑として譲るつもりはないらしい。怒りの表情もあらわに前に進みでると、互いの胸が触れそうなほど距離を詰めてきた。「そこをどいてちょうだい、さあ」

コナーも怒りに任せてテアの体に腕をまわして引き寄せ、彼女の抗議の声をキスで封じた。痛みと怒りと渇望のこもったキスだった。テアは別の男を選んだ。それなのに、どうしても彼女が欲しくてたまらない。

一瞬、テアが動きを止めた。コナーがさらに荒々しく唇を奪うと、彼女は急に体の力を抜いた。コナーは頭がくらくらするほどの興奮を覚えた。

テアが彼の首に両腕をまわしながら抱きついてきて、甘いため息をこぼし、唇を開いた。

二人は体をぴったりと密着させ、息がまじり合う濃厚なキスをした。コナーはテアの香水の香りに五感が満たされる感覚に酔いしれた。まわりの世界が消え去り、怒りは激しい情熱に焼き尽くされた。コナーがテアの背中に手をすべらせ、形のいいヒップを手で包みこんだ瞬間、体のうずきが抑えがたいまでに高まった。

テアがコナーの上着の襟をつかんでさらに引き寄せ、舌を差し入れてきた。コナーは激しい欲望の波に溺れてしまいそうだった。

ああ、テアが欲しい。自分のものにしたくてたまらない。テアでなければだめだ。コナーがテアの足が床から浮くほど彼女を強く抱きしめると、テアは身を震わせ、彼の首に腕を巻きつけてきた。豊かな胸のふくらみを胸元に押しつけられて、コナーの欲望はいっそう荒々しく高ぶり――。

そのとき、階段のほうから足音と女性のものらしきくしゃみが聞こえた。

ジェーンだ。

テアがキスをやめ、突然眠りから覚めたように目をしばたたいた。テアもコナーと同じように荒い息遣いをしている。二人の視線が合った。

欲望と後悔の浮かんだテアの目に一瞬、深い悲しみがよぎった。

その感情の激しさに圧倒され、欲望の炎に水を浴びせられたように、コナーはわれに返った。

テアを悲しませるつもりはなかった。これっぽっちも。

コナーは胸が痛み、自分の額を彼女の額にあてた。「テア、わたしたちは――」

テアがコナーの体を押し戻した。目に涙が光っている。「こんなはずじゃなかったのに。またこんなことを……だめよ」声はかすれているものの、きっぱりした口調だった。

「わたしたちは特別な関係なんだ」コナーは言い返した。

「特別？　特別ってどんな？」テアが燃えるような目で見つめてくる。

コナーは髪をかきあげた。情熱的なキスのせいで、まだ頭がぼうっとしている。「互いに……魅力を感じている」

「魅力を感じている」テアが傷ついたような沈んだ声で言った。「それだけなのね」

くそっ、何がなんだかさっぱりわからない。とはいえ、テアに情熱をかきたてられることだけはたしかだ。「まったく、どうしてもっと早く気づかなかったんだ。きみの存在に。なぜかはわからないが、この情熱をうっかり見過ごしていた。きみはずっとそばにいたのに、今まで気づかなかったんだ」

「なぜなの？　あなたはどうしたいの？」

コナーは顎をさすった。唇にはまだキスのぬくもりが残っている。必死に考えをめぐらせようとしたが、テアの唇に目が釘づけになり、何も考えられない。「自分でもわからない」

テアが悲しそうに笑った。「それなら、キスなんかしなければよかった。悪いけど、もう失礼するわ。ジェーンの様子を見てきたいから」

「テア、ちょっと待ってくれ」彼女に歩み寄ろうとしたが、手遅れだった。

テアはドアを勢いよく開け、スカートの裾を翻して部屋を出ていった。

腕のなかはからっぽなのに、体はまだ熱く火照っている。

まったく、わたしとしたことが！　テアの冷ややかな表情を思いだし、コナーは顔をしかめた。せっかくかすかな希望を見いだしたのに、かえって事態を複雑にしてしまった。キスをするべきではなかった。しかし彼女と二人きりになると、つい抱き寄せてしまう。そんなことをすれば、余計に避けられるだけだとわかっているのに。

なんてことだ。あろうことかハリケーンの目に向かって船を進めてしまった。すぐさま針路を変えなければ、取り返しのつかないことになる。

さて、どうしたものだろう？　テアにランスが自分にそぐわない相手だと気づかせるためには、もっと一緒に時間を過ごさせる必要がある。だが、二度とあの男をテアと二人きりにするわけにはいかない。困ったことに、ジェーンはシャペロンとして頼りにならない。自分のことだけで手いっぱいの様子だ。

廊下に出ると、ジェーンの話し声が聞こえた。ときおりいらだたしげに鼻を鳴らしながら、テアに愚痴をこぼしているらしい。自分がいかに寝苦しい夜を過ごしたのかといったことを。

今はそんなくだらないことにかまっている余裕はない。コナーは自分自身に悪態をつくと、朝食室をあとにして使用人用のドアに向かった。

15

コナーはぶつぶつ独りごとを言いながら薄暗い廊下を進み、厨房に足を踏み入れた。

宿の主人の妻がコナーの姿に気づいてはっと息をのみ、例の黄色っぽい髪のメイドが、腹をすかせたオオカミが薄切りのベーコンを見るような目つきでこちらを見てきた。

「おやまあ！」ミセス・ランドリーが膝を曲げてお辞儀をした。「もしかして、部屋をお間違えですか？」

「いや、馬小屋へ行くのに、ここを通ったほうが近道だと思ってね」

「ええ、そのとおりですよ」メイドがうなずき、リンゴのように真っ赤に頬を染め、妙な具合にまつげをしばたたいた。

目にごみでも入ったのだろうかとコナーは思ったが、無礼になると思ってあえて何も言わなかった。

ミセス・ランドリーが大きな木のドアを指差した。「そのドアを抜けて、庭の小道を進んでいくと左手に見えますよ」

「よろしければ、あたしがご案内しますよ」メイドが申しでて、意味ありげにスカートのしわを伸ばした。

「アリス！」ミセス・ランドリーが顔を紅潮させてたしなめた。

「なんですか？　あたしはこちらの旦那さまに親切にしてさしあげるだけですよ。かまいませんよね、旦那さま？」

この娘は気の毒になるほどまつげを震わせている。何かの発作でも起こしかけているのだろうか？「ありがとう。だが、自分で見つけられるから大丈夫だ」コナーはドアのほうに大股で歩いていった。

庭に出たとたん、乾いた葉の匂いと水気を含んだ冬の空気に迎えられた。小道に敷きつめられた砂利をブーツで踏みしめながら進む。角を曲がると、建物の裏手に続く道を歩いているランスの姿が見えた。質素な身なりをした農夫と何やら熱心に話しこんでいる。

二人ともコナーの存在に気づいていないようだ。コナーは小道の先にある馬小屋に向かった。なかに入ると、ファーガソンとスペンサーが引き革の鎖を磨きながら、天候を予想し合っていた。

「船長！」スペンサーが近くに置いてあるバケツにぼろ布を放りこみ、ブリーチズで両手を拭いた。「ずいぶん早起きですね」

「ああ」コナーは答えた。

ファーガソンとスペンサーは目を見交わした。やがてファーガソンが引き革をフックにかけ、用心深い声で言った。「朝食は召しあがりましたか？　厨房まで一っ走りして、何かもらってきましょうか？」

「食べる気がしないんだ。今はいい」コナーは顔をしかめた。「テアを救うというわれわれの計画は暗礁に乗りあげたようだ。今朝、あの郷士が彼女に破廉恥な行いをしようとしているところを目撃した」

「あの田舎者めが！」ファーガソンがこぶしを突きあげた。「レディに対する接し方を教えてやらなきゃなりませんね」

「ミス・カンバーバッチ＝スノウはさぞ腹を立てたでしょう」スペンサーが言った。

コナーはまた顔をしかめた。そういえば、あの男の腕に抱かれているとき、テアの顔には微笑みが浮かんでいた。

さらに長い沈黙が流れた。

スペンサーがこぶしを下ろした。「破廉恥なことをされそうになったのに……腹を立てなかったんですか？」

「ああ、そうだ。いまいましいことにな」コナーは吐き捨てるように言った。「そこが問題なんだ」髪をかきあげながら、わらが敷きつめられた床の上をそわそわと歩きまわった。「どうやらわたしは思い違いをしていたらしい。一緒にいる時間が長くなれば、あの郷士は自分には合わないとテアが気づくと思っていたんだが、なぜかそうならない」コナーは険しい表情のまま向きを変え、馬小屋のなかを引き返しはじめた。「さすがのわたしも一筋縄ではいかないようだ」

「これだから女性は厄介なんだ！」ファーガソンがため息をついた。「発達中のハリケーンみたいなものですよ。予測がつかないうえに、襲われたら手を焼かされます」

「ああ」コナーはむっつりと答えた。

スペンサーが口を開いた。「どうなさるおつもりですか、船長？　お嬢さんがあの郷士に好意を持ってるのなら、もう手の施しようがないんじゃないですか？」

「あれは好意なんかじゃない」コナーはぴしゃりと言った。「たしかに憎からず思っているかもしれないが、愛情を感じているわけではない。テアはあいつのことをもっとよく知るべきなんだ。ただし、キスだけは絶対にだめだ。もっとちゃんとしたシャペロンをつける必要があるな」

「ミス・シモンズのことを悪く言うつもりはありませんが……」ファーガソンが言った。「シャペロンを務めるには少々若すぎますからね」

「彼女も精いっぱい努力しているのだろうが、シャペロンとしては半人前だ」コナーは同意した。「すぐに具合が悪くなったり、朝食に遅れたりするようでは、シャペロンとは呼べない」

スペンサーが顎をさする。「ミス・カンバーバッチ＝スノウは気の毒ですね。せめて侍女がついていれば」

ファーガソンが鼻を鳴らした。「侍女に何ができるっていうんだ？」

「こう考えてみたらどうでしょう。ミス・シモンズが半人前のシャペロンだとすれば、侍女に残りの半分の役目を果たしてもらうんです」

コナーもしばし考慮してみた。「悪くない考えだな」お目付役が二人いれば、テアをランスに近づけないようにしておけるかもしれない。しかしそれで自分は、高まる一方のテアへの欲望を抑えられるだろうか？　いや、なんとしてでも抑えなければ。「ファーガソン、旅程表を持ってきてくれ。さらに迂回してから北へ向かおうと思う。あと二、三日は稼げるだろう」

「なるほど！　小錨の索をたぐって船を移動させるわけですね、船長？　そいつはいい考えだ。すぐに地図を取ってきます」ファーガソンがいそいそと馬小屋を出て馬車に向かい、すぐに小さな革袋を持って戻ってきた。

「よし」コナーは革袋を脇に抱えこんだ。「馬車と馬の支度をしておいてくれ。くしゃみの止まらないミス・シモンズと侍女と一緒に馬車に押しこまれたら、あいつもこれ以上はテアを誘惑できないだろう。さて、侍女はどうやって探すかな……」コナーは目をしばたたいた。

「そうか、いいことを思いついたぞ。恩にきる、みんな。本当に助かった」

コナーがあれこれ考えながら庭の小道を引き返していると、ランスが宿に戻っていくのが見えたので足を止めた。ひょっとしたらこれは……うまいやり方かもしれない。

コナーは早足で歩きだし、大声で呼びかけた。「ランス！　それで、見事なカブの育て方について何かわかったのか？」

16

テオドラは最後のトランクが馬車に運びこまれる様子を眺めていた。まだ午前九時だが、出発の準備はすでに整っている。

「お待たせしてすみません」ジェーンが宿から出てきた。手には編み物の入ったかごとハンカチを持っている。「ちょっと探しものをしていたので――」ジェーンがハンカチを口にあててくしゃみをした。

「くしゃみに効く薬があればいいんだけど」気の毒なジェーンは顔が赤く火照り、目もうるんでいる。「出発する前にお医者さまに診てもらったほうがよくないかしら」

「いいえ、本当に大丈夫ですから」ジェーンが外套の前をかき合わせ、馬のそばでランスと話しているコナーに視線を向けた。「ミスター・ダグラスも一緒に馬車に乗っていかれるんですか?」

ジェーンの口調には期待がこもっていたが、テオドラは気にしないようにした。「いいえ」そんなまねをさせるものですか。「コナーは自分の馬に乗っていくから、顔を合わせるのは次の宿になるわね」

ジェーンがコナーを見つめたまま、心ここにあらずといった様子でハンカチを口にあて、またくしゃみをした。「残念ですね。ご一緒できたら、とっても楽しかったでしょうに」

テオドラにしてみれば、コナーの存在は悩みの種でしかなかった。彼さえいなければ、もっと気楽な旅になるはずなのに。それどころか、こんなに複雑な人生にはならなかっただろう。今はとにかく、複雑でない人生を送りたかった。

必死にコナーを見ないようにしたが、どうしても目を向けずにはいられなかった。青い上着と淡い黄褐色のブリーチズを、今日はめずらしくきちんと身につけている。それでもどことなく放蕩者らしい雰囲気を漂わせていて、口元には魅惑的な笑みを浮かべている。幅広の革のベルトには拳銃が何挺か差してあり、コナーが腕を上げるたびに、握りの部分に施された凝った銀の彫刻がのぞいた。

見ようによってはごく普通の男性に見えるかもしれない。結婚相手にふさわしい男性と言えるほど。しかしテオドラは、コナーが腕を上げるたびに、押しも押されもせぬ私掠船の船長なのだということを思い知らされた。まわりの物や人を置いてきぼりにしてでも航海に出たいと願う人なのだ。

「立派な馬ですね」ジェーンが赤くなった鼻をハンカチで押さえた。「でも、ずいぶん威勢のいいこと！　あんなに跳びはねて……ミスター・ダグラスはどうやってあの馬にまたがるんでしょうか」

「彼は乗馬の腕が素晴らしいのよ」テオドラはしぶしぶながら認めた。コナーは馬に乗っていくのだと思うとうらやましかった。予想以上に暖かい気候のなか、なだらかに起伏している緑の丘陵地帯を馬で走りたい誘惑に駆られた。自分のお気に入りの牝馬を連れてくればよかった。

ジェーンがコナーを見つめたまま、編み物の入ったかごにハンカチをしまいこんだ。「男性用の襟巻きを編んでみようかしら。たしか淡い青の毛糸が残っていたはずだわ」

淡い青。コナーの瞳と同じ色だ。テオドラはわけもなく辛辣な言葉を口にしたくなったが、どうにかこらえた。「さあ、先に馬車に乗っていましょう。そうすれば、彼らも出発する気になるだろうから」

「あれまあ、これに乗るんですか?」

テオドラは声のしたほうに振り向いた。

宿の戸口にメイドのアリスが立っていた。ぼさぼさの頭にくたびれたボンネットをかぶり、丈夫で長持ちしそうな生地の外套を羽織っている。手には、帽子箱の形をした傷だらけの旅行鞄を持っていた。「まるでおとぎ話に出てくるような馬車ですね!」

テオドラは目をしばたたいた。「ごめんなさい、今なんて……」テオドラがそう話しかけたものの、アリスはすでにすたすたと脇を通り過ぎ、開け放した馬車のドアからなかをのぞきこんでいた。

アリスは旅行鞄を地面に置くと、手を伸ばしてベルベット張りの座席にこぶしを押しあてた。「わあ、座り心地がよさそう。太っちょの天使が雲の上に座ると、こんな感じなんでしょうね」

テオドラがジェーンを見ると、彼女もあっけに取られている。テオドラはどうにか気を取り直し、作り笑いを浮かべた。「アリス、何か手違いがあったのかもしれないけど、あなたはわたしたちとは一緒に行かないのよ」

アリスはまだ座席を押し続けている。「あら。だけど、一緒に行くようにって」

テオドラは目を細めた。「誰にそう言われたの？」コナー・ダグラス、もしかすると、またよからぬことを企んで――。

「郷士さまに一緒に来てほしいと言われたんです」

テオドラははっとした。「ランスに？」

「ええ、そうです。お嬢さまに侍女がいないのはかわいそうだからって」

「侍女ですって？　そんなことを頼んだ覚えは――」

「内緒にしておいて、お嬢さまを喜ばせたいとおっしゃってました。ともかく侍女が必要だそうです」

コナーの名前は出てこなかったが、テオドラは思わず彼に鋭い視線を投げた。コナーはなおもランスと笑いながら話を続けている。アリスの言葉どおり、実際にランスが思いついたことなのかもしれない。「本当にランスに言われたのね？」

「ええ、どこでもお供しますよ。一度でいいから、ランノンに行ってみたいと思ってたんです」

「わたしたちはロンドンへは行かないわ」テオドラはきっぱりと言った。

一瞬、アリスの顔に落胆の色が浮かんだが、彼女はあっというまに立ち直った。「まあ、そうなんですか。でも、どこだってかまいません。ここに比べればましに決まってますから」アリスは旅行鞄を持ちあげると、テオドラとジェーンに笑いかけた。「それで、もうすぐ出発するんですか？」

「いいえ」テオドラはにこりともせずに言った。「ちょっと待っていて。ランスと話をする必要があるの」スカートを持ちあげ、宿の前庭を足早に歩いていった。

コナーがいるほうへ向かおうとしたとき、視線が合い、彼の口元にかすかな笑みが浮かんでいるのに気づいた。コナーが肘でつついて合図すると、こちらに背中を向けていたランスが振り返った。

テオドラの表情を見たとたん、ランスの顔から笑みが消えたが、テオドラが彼のもとに着いたときには笑顔を取り戻していた。「やあ、テオドラ！　そこにいたのかい？　そろそろ出発したほうが――」

「あなたがあの子をわたしの侍女に雇ったの？」

ランスの笑顔が少し曇った。「アリスのことかい？　ああ、そうだ。きみを喜ばせようと思って内緒にしておいたんだよ」

「侍女なんか必要ないわ。スペンサーがいてくれるもの」

「それはわかってるが、いつまでも彼が同行してくれるわけじゃないだろう」ランスはいったん言葉を切り、意味ありげな表情を浮かべた。

「そうね」ランスの言うとおりだ。グレトナ・グリーンに到着してコナーと彼の使用人たちを厄介払いしたら、身のまわりの世話をしてくれる人がいなくなってしまう。「アリスは侍女の仕事がどういうものかわかっているの？」

「おいおいわかっていくさ。それに、ほんの数日間だけのことだろう。家に帰ったら、きみの気に入った人を雇えばいいんだから」ランスが微笑み、テオドラの手を取って指先にキスをした。「せめてきみにちゃんと使用人をつけてあげたかったんだ。何かと複雑な旅になってしまったからね」

ランスの身振りが心なしか芝居がかっているのは、コナーに見せつけるためなのだろう。ええ、そう、二人で見せつけてやろう。コナーの視線をひしひしと感じながら、テオドラはランスに微笑みかけた。「相変わらず気配りが行き届いているのね」

「そうなれるように努力しているだけさ。だけど、きみが彼女を同行させたくないというなら――」

「いいえ、そんなことはないわ。あなたの言うとおりね。スペンサーはいつまでもわたしたちに同行してくれるわけじゃないんだもの」テオドラはわざと優しい口調で言い、コナーをちらりと見やった。愉快なことに、コナーの顔に険しい表情がよぎった。テオドラは必死に笑いをこらえた。思惑どおりに事が運ばなくておあいにくさま。

それにしてもコナーはどういうつもりで、アリスを侍女に雇うようランスをそそのかしたのだろう？　アリスに侍女の仕事をこなせる技量があるとは思えない。彼女にできることといえば、せいぜい馬車の座席をもう一つ埋めるくらいだ――ああ、なるほど。ジェーンが体調を崩してシャペロンの役目を十分に果たせなくなったから、お目付役をもう一人つけたというわけか。

テオドラがちらりと振り返ると、アリスは今度はうっとりした表情を浮かべ、子犬を撫でるように馬車の窓ガラスに触れていた。

何はともあれ、アリスはこの旅行を楽しめるだろう。テオドラがアリスの存在にいらだつことがあるとしても、ただそれだけのことだ。テオドラはランスの腕に自分の腕をからめ、いかにも恋に夢中なっている表情で微笑みかけた。「ねえ、そろそろ出発しましょうよ」

「そうだな」ランスが帽子を軽く上げ、コナーに挨拶した。「乗馬を楽しんでください」

「ああ、ありがとう」コナーがむすっとした表情で自分の馬のほうを向き、颯爽と鞍にまたがった。一瞬、コナーが厄介な相手ではなく、小説のヒーローのように見えた。

馬がひづめを踏み鳴らし、たてがみを揺らす。早く走りだしたくてうずうずしているのだ。

コナーが帽子を軽く持ちあげ、テオドラに挨拶した。「では、夕食の席で会おう」まだどことなく不機嫌な顔をしたまま、コナーはかかとで馬の脇腹に軽く触れ、馬を駆け足で走らせた。テオドラは遠ざかっていく彼の背中を、穴が開くほどにらみつけた。

17

一日じゅう続いている頭痛がおさまることを願って、テオドラはひんやりした馬車の窓ガラスに額を押しあてた。向かいの席では、アリスが北へ行ったら見てみたいものを一人で楽しそうにしゃべり続けている——ほかの宿、湖、軍人（どうやら軍人に強いあこがれを抱いているらしい）、大きな豚（地元の村で見かける小振りの豚ではなく、巨大な豚だそうだ）、洗練されたレディ、そしてなぜか熊。ランスは作物の輪作に関する本の陰に隠れてしまい、ジェーンはくしゃみと編み物と居眠りを繰り返している。

以前は豪華で広く感じられた馬車が、今は窮屈で息が詰まりそうだ。ジェーンの編み物のかごと、アリスの帽子箱の形をした大きな旅行鞄と、ランスの本が入った肩掛け鞄と、テオドラのレティキュールと、三つの足温器とたくさんの毛布に囲まれ、そばの壁にもたれかかるのが精いっぱいだ。そのうえ、でこぼこ道を通るたびに誰かと膝がぶつかるという状態だった。

テオドラはこめかみを指で揉みながら、ドアを押し開け、馬車から飛び降りて自由になれたらどんなにいいだろうと思った。

ジェーンがまたくしゃみをした。今度はそのあとに長い咳も続いた。

アリスが舌打ちをした。「まあ！　肺にもぐりこんだ悪魔がくたばったみたいな咳ですね！」

ジェーンが顔を赤らめ、みじめな顔をした。「ごめんなさい」

「アリス！」ランスがたしなめるように言った。「ジェーンはそんなはしたない振る舞いはしていないぞ！」

ジェーンが弱々しい笑みを浮かべた。「わたしなら大丈夫です。ひどい咳が出ていますけど、気分はそこまで悪くありませんから」

そんなはずはないとテオドラは思ったが、結局何も言わないことにして窓の外を眺めた。外はしだいに暗くなり、どんよりと雲が垂れこめていた。そぼ降る雨が馬車の屋根を打ち、雨のしずくが窓ガラスに縞模様を描いている。それから数分経つと、しゃべるのに疲れたらしいアリスが居眠りを始めた。首を後ろにそらし、大口を開けていびきをかきながら。

目をうるませたジェーンがハンカチをポケットにしまい、かごから毛糸を引っ張りだした。

「うっとうしい午後ですね。わたしは……」ジェーンの視線がテオドラの背後に向けられた。

ジェーンが目をしばたたく。さらにもう一度。そして、ぽかんと口を開けた。

テオドラが振り返って窓の外を見ると、コナーが馬を走らせていた。テオドラは目をそらした。見ちゃだめよ。絶対に見ちゃだめ――。

けれども、誘惑に打ち勝てなかった。窓の外に目を向けただけならまだしも、まじまじと見つめてしまった。コナーの肩はうっすらと雨に濡れて光っていた。帽子のつばにたまった雨粒が広い肩にしたたり落ちている。ハンサムな顔も濡れていて、髪が首に張りつき、やけに魅力的に見えた。

テオドラは顔をしかめた。女性が雨に降られると濡れネズミになったようにしか見えないのに、男性の場合はいつにもまして魅力的でたくましく見えるのはなぜだろう？　そんなのは不公平だ。コナーが帽子を引きさげると、雨のしずくが外套に垂れ落ちた。あぶみにかけているブーツも濡れてきらきら光っている。テオドラの視線を感じたのか、コナーが首をめぐらした。二人の視線がぶつかる。

つかのま、息をのんで見つめ合った。最後にキスをしたときの感触がよみがえり、テオドラは唇が燃えるように熱くなった。

一度は夢中になった男性と一緒に旅をするのはただでさえ厄介だ。それが、こんなふうにロマンティックに馬を走らせるところを見せられたら困ってしまう。しかも、雨に濡れた服が体にぴったりと張りついて、淡い青の目には温かみが――あれは欲望だろうか？

ほかのものだとは考えられない。女性に対して、コナーが欲望以外の感情を抱くはずがない。

それでもテオドラは胸が激しく高鳴り、いつのまにか窓ガラスのほうに身を乗りだしていた。コナーが目を細めて魅惑的に微笑んだ。豊かな焦げ茶色のまつげの下の、淡い青の目に魅了され、テオドラは視線をそらせなくなった。そのときコナーの目に激しい情熱が宿ったのに気づき、すべてをなかったことにできたらいいのにと思った。

コナーが歯を見せてにっこりし、目配せした。テオドラは心臓から足の裏まで震えが走り、窓から体を引きはがした。ありったけの自制心を働かせ、必死に窓の外に視線を戻さないようにする。しばらくしてテオドラが横目でちらりとうかがうと、コナーの姿はすでに消えていた。

彼女は窓に顔を寄せ、前方に目をやった。コナーは速歩で馬を走らせていた。彼の後ろ姿がどんどん遠ざかっていく。

その光景を見たとたん、忘れかけていた記憶がふとよみがえった。テオドラが十六歳のときだ。ある日乗馬に出かけたら、馬の蹄鉄が外れてしまい、馬を引いて家に帰ることにした。ところが突然の暴風雨に見舞われ、カンバーバッチ・ハウス近くの湖の向こうにある人造《フォ》の廃墟《リー》でやむなく雨宿りした。そこはロマンティックな夏のピクニックを楽しむために設計された場所で、廃墟となったギリシア神殿には、倒壊したように見せかけた円柱や、ツタに覆われた彫像や高い塔があった。

遅くなっても娘が帰宅しないことを心配した両親は捜索隊を出すことにし、休暇で帰省していた兄のデリックに会いに来ていたコナーも捜索に加わることになった。

そして、フォリーの塔のなかを捜すことを思いついたのもコナーだった。

当時のテオドラはすでにコナーに恋心らしきものを抱いていた。だから今日のように、馬にまたがったコナーが雨に濡れながら駆け寄ってくる姿を見た瞬間、雨に濡れて光る外套が甲冑に、どこにでもいそうな去勢馬が戦いに向かう騎士を乗せた立派な馬に見えた。

コナーはテオドラがロマンティックな空想をしていることなど知るよしもないから、いつものごとく妹のように扱った——さては夕食に出される予定のパースニップ（セリ科の根菜）から逃げようとしていたんだろうとからかい、馬に乗せて連れ帰ってほしければ一シリングよこせと言って笑ったのだ。

しかしテオドラのほうは、青春時代の夢と欲望のすべてをコナーに注ぎこんでいた。だから馬にまたがったコナーの前に座らされ、彼の外套にくるまり、抱きかかえられるようにして家まで連れ帰ってもらったことは、空想が現実になったように思える輝かしいひとときだった。

その晩、夕食の用意ができるのを待つあいだ、テオドラは自分の部屋のなかを行ったり来たりしながら、コナーのたくましい腕の感触や、自分の姿を見つけた瞬間に彼の顔に浮かんだ温かな笑みを何度も思い返した。コナーの最愛の女性になった気分だった。彼がみなの前でそう宣言するところや、ほかのありとあらゆることを頭に思い描いた。そして実際に起きた出来事にその妄想を加えていった――馬番の手を借りて馬から下りたあと、コナーがいつまでもずっとテオドラを見つめていたとか、二人きりの時間を引き延ばそうとするように彼がやけにゆっくり馬を歩かせていたとか、コナーがテオドラを見つけられたことを猛烈に喜んでいたといった具合に。

夕食の準備ができると、テオドラは息をはずませながら階下に行った。事態が一変したのだと思うと、コナーとまた顔を合わせるのが待ち遠しくてならなかった。ところが、コナーはまるで子どもをあやすようにテオドラの顎の下をつまんだだけだった。それから、からかうような口調で言った。「これから乗馬に出かけるときは傘を持っていくんだぞ！」コナーはひどく面白い冗談でも言ったかのように大声で笑うと、デリックに呼ばれてその場を離れた。そのあとはテオドラに話しかけようともしなかった。

テオドラは深く傷つき、食事のあいだずっと涙をこらえていた。心を真っ二つに引き裂かれた気がした。夕食がすむと、彼女はすぐさま寝室に引きこもった。熱い涙が頬を伝った。

テオドラはすっかり打ちのめされていた。部屋のなかを歩きまわりながら泣きじゃくり、子どもじみた夢を見た自らの愚かさを呪った。

今こそ、あのときの教訓を思いださなければ。テオドラは自分の幸せについて真剣に考えた――やはり、本物の幸せが欲しい。毎晩、同じベッドにもぐりこみ、楽しいときも苦しいときも、二人の関係がぎくしゃくしているときでさえも、ずっと一緒にいられるような幸せが。その願いをかなえてくれる男性がどこかにいるはずだという思いをどうしても捨てきれなかった。心から尊敬できて、自分が相手を愛するのと同じくらい、自分のことを深く愛してくれる男性がきっとどこかにいるはずだ。

馬に乗るコナーの姿が見えなくなると、心にぽっかり穴が開いた気持ちになり、テオドラは座席にもたれかかった。

それにしても、なぜコナーはつきまとうのだろう。もちろん答えはわかっていたが、心のどこかが興奮に打ち震え、別のどこかが恐怖に震えていた。

ジェーンが舌打ちをした。「かなり冷えこんでいますし、あんなふうにずっと外にいたら濡れてしまいます。一緒に馬車に乗るようにお誘いすればよかったですね」

テオドラは答える代わりに、言葉にならない声を発した。

「こんな雨のなかにいたら、風邪を引いてしまうんじゃないでしょうか」ジェーンが気を揉んだ。「おかわいそうに、今頃はびしょ濡れになっているんじゃないかしら」

きっと大丈夫よ。コナーのことだから、予定を変更して手前にある別の宿に泊まることにするはずだわ。

ジェーンがため息をついた。「ミスター・ダグラスがご病気にならなければいいですけど――」

「彼は大丈夫よ！」テオドラはこらえかねて言った。

ジェーンが目を見開き、ランスが本から顔を上げ、二人は驚きの目で同時にテオドラを見た。

テオドラは顔が火照るのを感じながら、むきになって言った。「コナーはどんな天候の日でも屋外にいる人だもの……外にいるのが大好きなのよ。ほら、船で嵐に直面したときの話をしていたでしょう？」

「そのとおりだよ」ランスが考えこむように言った。「私掠船の船長は屈強でなければ務まらないし、とかく無節操なやからが多いというからね。まあ、ミスター・ダグラスにかぎっては、後者はあてはまらないだろうが」

要するに、ランスはコナーのことをほとんど何も知らないわけだ。とはいえ、テオドラはきわどい話をあえて口にするつもりはなかった。

ランスとジェーンが、四六時中、屋外で過ごすとどんな悪い影響があるかを論じはじめたが、話題はやがて彼ら自身と家族がこれまでどんな病気にかかったかということに移った。テオドラは退屈し、座席の背にもたれた。アリスはいびきをかきながら、何やら寝言を並べ立てている。アリスが鋭いナイフが欲しいとかなんとかつぶやいた瞬間、ランスが動揺した様子で急いで体を引き、両脚を引っこめた。

しばらくすると、馬車が速度を落とした。宿の前庭に入ったのだとわかり、テオドラはほっとした。「さあ、着いたわ」雨の伝う窓越しに外をのぞいてみる。宿は二階建ての大きな建物で、正面の石壁をピンク色のツルバラが這いのぼっている。屋根は金色の草ぶきだ。周囲には青々とした野原や木立が広がっていた。

農業地帯の真ん中にこんなに大きな建物があるなんて奇妙だと思ったが、おそらくこの時期になると往来が多くなる北の街道に近いからだろう。

ジェーンも編み物をかごのなかに片づけ、窓の外に目を向けた。「まるでおとぎ話に出てきそうな宿ですね！」

「道を荷馬車にふさがれていることを別にすればな」ランスが言った。

「まあ」ジェーンが言った。「車輪がぬかるみにはまっているようですね」

ランスが外套の前をかき合わせた。「ぼくが様子を見てくるから、きみたちはここで待っててくれ」ドアを開け、雨のなかに飛びだしていった。

テオドラは眉をひそめた。「わざわざ荷馬車をどけてもらわなくても、宿はすぐそこよ。

ランスやほかの人たちがずぶ濡れになる必要はないわ。わたしたちも外へ出て、宿に駆けこみましょう」

アリスが目をこすりながらあくびをした。「濡れてしまいますよ」

「急げばほんの一瞬よ」

ジェーンは決心がつかないようだった。「なんだか危険そうなぬかるみですね。車輪がどれくらい深くはまっているのか、確かめてからのほうがいいんじゃないでしょうか」

「そうですよ！」アリスが大声をあげた。「あたしたちまですっぽりはまりこんでしまったら――」

「そんなことにはならないわ」テオドラはジェーンが枕にしていた外套を広げて羽織った。

ランスが宿の軒下に立ち、スペンサーと見覚えのある黒の外套を着た人物に話しかけているのがかろうじて判別できた。広い肩幅にさえぎられて、宿のドアが見えない。やはりコナーは先に到着していたのだ。まったく、癪に障る人。

テオドラは声を出して悪態をつきそうになるのをこらえた。「ちょっと様子を見てくるわ」

「まあ、どうしても行かれるんですか」アリスがあっけらかんとした口調で言った。「あたしたちはここで待たせていただきます」

ジェーンが眉をひそめる。「ここで待っていたほうが――」

テオドラが馬車のドアを開けて飛び降りたとたん、泥がブーツにはねかかった。予想以上に雨が強かったが、テオドラはドアを閉めると宿の軒下を目指して駆けだした。みるみるうちに外套の下の肩までびしょ濡れになり、フードをかぶっているのにボンネットにも雨がしみこんできた。

テオドラは首をすくめながら、スカートを持ちあげて走った。何歩も進まないうちに、目の前に深そうな水たまりが現れた。このまま走り抜ければ、間違いなくブーツのなかに水が入ってしまう。

ああもう！

どうにか避けて通れないかとあたりを見まわしたが、水たまりはどこまでも続いていた。雨は小やみなく降り続け、今では雨のしずくが首や肩から背中へと伝っている。

右側に、水たまりの幅が少し狭くなっているところがあった。テオドラは歯を食いしばり、泥水をはねあげながら駆け寄ると、雨が激しく顔に叩きつけるのを感じながら思いきって跳んだ。無事に水たまりを越え、ほっと胸を撫でおろす。

そう思った直後、片方の足が泥のなかにはまった。

すぐさま引き抜こうと反対側の足に全体重をかけたとたん、そちらの足もぬかるみに沈みこんでしまい、冷たい泥水がブーツのなかに入ってきた。

「もう！」最初にはまったほうの足はどうにか引き抜いたが、もう一方は足首までつかっていて、引き抜くことができない。すでに全身ずぶ濡れだった。解決策は一つしかない。

テオドラは身をかがめると、うまく動かない指でブーツの濡れた紐を探りはじめた。やっとの思いで紐を緩めると、上体を起こして深呼吸をし、ブーツを脱いだ足で踏みだそうとした。そのとき、深みのある声がした。「まったく、本当に意地っ張りだな！」

　次の瞬間、テオドラはコナーの腕に抱きあげられ、ブーツをぬかるみのなかに残したまま、その場から運び去られた。

18

「ちょっと、何をしているの！」

コナーは自分の腕のなかで憤慨している女性を見おろした。「意地っ張りなきみの尻をぬかるみから引っこ抜いてやったんじゃないか」

「あなたの助けなんかいらないわ！」

「へえ、そうか。わたしがいなかったら、きみは今頃、ぬかるみに顔から突っこんでるはずだが」

雨が顔にあたるのもかまわず、テアがにらみつけてくる。「下ろして！　わたしは一人で大丈夫よ」

「今、ここで下ろしてほしいのか？　水たまりの真ん中で？　そんな無作法なまねはできないな」コナーはいたずらっぽい目をした。「わたしがきみの立場だったら、下ろしてもらう前に対価を払うところだ」二人は宿の軒下までたどりついた。ありがたいことに、スペンサーとランスはまだ戻ってきていなかった。彼らはシャベルと、干し草を覆っている防水布を探しに馬小屋へ行っている。コナーは身をかがめ、テアのこめかみに唇を寄せた。「甘い対価を」

少しのあいだ沈黙が流れた。「どんな対価なの？」

「キスだよ」コナーは雨の匂いのするテアの肌に向かってささやいた。軽くかすめただけなのに、唇がうずいた。

テアが視線を合わせたまま唇を噛んだ瞬間、コナーは言いようのない興奮を覚えた。

「そんなことを口にしないで。誰かに聞かれたらどうするの？」

「聞こえやしない。みんな、馬小屋か馬車のなかにいるんだ」

これほどキスをされたがっているように見える女性がほかにいるだろうか。濡れた髪が頬に張りつき、からかわれたせいで肌がピンク色に染まっている。湿った唇がかすかに開かれ
――この唇をむさぼりたくてたまらない。

コナーはしぶしぶながらテアを地面に下ろして立たせた。二人とも服が濡れているが、体が密着している部分だけは温かく感じた。テアが体を離そうとしないことに、コナーは気をよくした。

コナーはすばやく振り返った。ランスはまだ戻ってきそうにない――。

テアがため息をつき、あとずさりした。「馬車に残っている二人を迎えに行かないと。ジェーンの風邪がひどくなっているみたいなの」

「ランスが雨よけになりそうな防水布を探しに行ってる。ランスが戻ってきたら、ぬかるみを避けながら、庭の端を通って二人をここまで連れてきてくれるだろう。きみも馬車で待っていれば、ブーツを脱ぎ捨てる必要はなかったんだ」

テアがまた喧嘩を始めるつもりかと言いたげな一瞥を投げてくる。彼女が顎の下の紐をほ

どいてボンネットを外すと、濡れた巻き毛が美しい目に垂れかかった。

まるで雨に打たれた花のようだ。

テアが泥だらけのストッキングしか履いていない足に視線を落とした。「ブーツが台なしだわ」悲しげに言う。

「雨がやんだら、スペンサーにブーツを取りに行かせて、きれいに洗うよう言っておこう。新品同様になるはずだ」そうなればいいが。

「アリスが……わたしの侍女がきれいにしてくれるわ」

「おそらく彼女は、革の洗い方を知らないだろう」

「きっと知らないことだらけよ」テアが人差し指でコナーの胸を小突いた。「アリスが一緒に来ることになったのは、あなたの差し金でしょう。ランスを言いくるめたのね……わたしには侍女が必要だって。侍女の一人もつけてやらないと、わたしがひどい扱いを受けていると感じるだろうって」

コナーはテアの唇に見とれた。彼女は怒ると下唇を突きだす癖がある。妙にそそられることの唇にキスをして、テアを笑顔に変えたい。

彼女が返事を待っているのに気づき、コナーは答えた。「まあ、それに近いことは言ったかもしれない」

「あなたの仕業に決まっているわ。わたしをランスと二人きりにさせないつもりなのね」

「そうじゃない」

「違うの？　だったら、なぜこんなまねをしたの？」

「もういいだろう、テア。悪いことは言わない。とにかく受け入れるんだ」

「黙ってあなたの言いなりになれということ？」テアが顎を上げた。目に怒りの炎が燃えあがっている。「ごめんだわ。理由を教えてくれないと——」

「ああもう！」コナーはこらえきれずに感情をあらわにした。「わからないのか？　あの郷士のことだけじゃない。わたしが自分に自信を持てないからだ！」

その言葉が、船の手すりから垂れさがったつららのように硬くて冷たい光を放った。

テアが驚いた様子で目を見開き、コナーを見た。「あなたが？」

くそっ、なぜこんなことを口走ったんだ？「ああ、わたしがだ」コナーは吐き捨てるように言った。「二人きりになるたびに、どうしてもきみの唇を奪ってしまう。あの小うるさい娘たちや、わたしの部下の目があるほうが望ましいんだ。さもないと今、この瞬間もきみを抱きしめてしまいそうだ。今度はキスだけではすまなくなる」

テアの唇が開かれ、瞳がきらりと光った。恐怖で？　それとも欲望だろうか？　コナーには知るすべがなかった。

テアがごくりと唾をのんだ。「それって……そんなのは……だめよ」

テアの声にためらいがにじんでいるのに気づき、コナーは体じゅうの血が荒れ狂った。思わず低いうめき声を発しそうになるのを必死にこらえる。ああ、彼女が欲しくてたまらない。体のうずきは抑えがたいまでになっている。「テア、きみといると、キス以上のことを求めたくなる。すべてが欲しくなるんだ」

その言葉の意味を理解したらしく、テアが頬をバラ色に染めた。しかも、渇望の色も見て取れた。〝キス以上のこと〟とはどこまでなのだろうと考えているかのように。

コナーは下腹部が硬く張りつめるのを感じ、意志の力を総動員した。そうしないとテアを宿に連れこんで、また荒々しく唇を奪ってしまいそうだ。それどころか、みだらな妄想どおりにテアの体に触れ、彼女がコナーの名前を叫ぶほど激しく――。

「それじゃあ、そうならないためにアリスを雇ったというわけね」

コナーは大きく息を吸いこみ、ようやく話ができるようになると、かすれる声で答えた。

「ああ。シャペロンと侍女がいれば、きみの貞操を守ることができる」

そのときランスとスペンサーが馬車に近づいていくのが見え、コナーは心底ほっとした。

「ミス・シモンズはもうじき馬車から出られる」

テアが表情を隠すようにまつげを伏せてから、馬車のほうに顔を向けた。邪魔が入ってがっかりしているのだろうか。それとも喜んでいるのだろうか。

スペンサーが馬車のドアを開けた。大きな防水布を抱えたランスが馬車のなかに身を乗りだす。開いたドアから、ジェーンの焦げ茶色の髪が見えた。ランスがしきりに呼びかけているのに、ジェーンは頬を赤く染め、首を横に振り続けている。

ランスがなだめすかしても、ジェーンはまだ首を横に振っている。いらだちを感じたらしいランスはとうとう馬車に乗りこみ、ジェーンに防水布をかぶせて抱きあげた。

そしてぬかるみを避けながら庭の端を通ってコナーとテアが立っている場所まで来ると、身をよじって抵抗する重い荷物を地面に下ろした。

「ちょ、ちょっと、郷士さま……」ジェーンが防水布を頭から払いのけ、ボンネットがずり落ちそうになったままランスをにらみつけた。「こんな……わたしは一度だって……どうして――」彼女は咳きこみ、あわててハンカチを探した。

「これを使うといい」コナーは自分のハンカチを引っ張りだし、ジェーンの手に握らせた。ジェーンがハンカチで口を覆った。しばらくしてようやく咳がおさまったとき、彼女の頬は真っ赤になっていた。それでもジェーンはランスをにらみつけている。「こんなことをしてくれなんて頼んでいません！」

「きみのためにしたことだよ」ランスが申し訳なさそうに言った。

「ジェーン、さあ、なかに入って」テアが告げた。

ジェーンが傷ついた表情でランスを見つめた。「雨がやむまで待つと言ったはずです」

「寒すぎるだろう」

「でも、わたしは――」ジェーンがまた咳きこんだ。さっきよりもかなりひどい咳だ。

「なかに入りなさい」テアが命じた。

コナーも横から言った。「寝室の用意はまだできていないそうだが、暖炉のある応接間を借りておいた」

ジェーンの咳が止まった。「わたしは大丈夫ですから――」

「さあ、二人ともなかに入るんだ。雨のあたらない暖かい場所へ行ったほうがいい」ランスが言った。「さもないと、担いで連れていく」

ジェーンが目を丸くした。テアがジェーンと腕を組んだ。「行きましょう。あなたは火にあたりたくないかもしれないけれど、わたしはあたる必要があるの」

ジェーンは唇を引き結んだが、やがて口を開いた。「わかりました。でも、火にあたるのはあなただけで――」

「すみません！　ミスター・ダグラス！　あたしがまだここにいますよ！」

全員が馬車に向き直ると、開け放したままのドアからアリスが顔をのぞかせ、必死に手を振っていた。

テアはジェーンの肩にかかっている防水布を取り、コナーに手渡した。

「わたしが？」土砂降りの雨の向こうで、ふくよかなアリスが熱烈に手を振っている。「だが、わたしは――」

「そう、あなたよ」それから、テアはランスに視線を向けた。「暖炉のある場所に案内してもらえるかしら」

「いいとも」ランスがびしょ濡れになった帽子を取り、ドアを開けて押さえた。

ジェーンが先に宿のなかに入ると、テアがコナーを振り返った。笑みを浮かべ、目をいたずらっぽく輝かせて。陰鬱な午後がぐっと明るくなった感じがした。

コナーも思わず笑みを返した。とにかくテアを笑わせることができたのだ。彼女が笑顔でいるのが何よりだ。

彼は宿に入っていくテアの姿を見送った。もう少しで過ちを犯すところだった。誘惑は最後の手段として取っておかなければならない。それに――。

「あの、すみません！　あたしはどうなるんです？」アリスが上下に体を揺らすと、馬車の車体も上下に揺れた。

コナーはため息をつくと防水布を頭からかぶり、雨のなかへと引き返した。

19

テオドラは銅製の浴槽から立ちのぼる湯気に向かって吐息をついた。

アリスも無事に馬車から降り、自分の着替えをすませてから、乾いたドレスとローブを持ってテオドラの部屋にやってきた。こちらが何も指示しないうちに、アリスは紅茶と熱い風呂を手配した。彼女はかなり几帳面な性格らしく、運ばれてきた湯がぬるいと判断すると二度も汲み直しを命じ、ぼんやりしていた従僕を急き立てて石鹸とタオルを取りに行かせた。一口に言えば、アリスは意外にも落ち着いて仕事をこなしていた。

侍女として働いたことがないわりには、立派な仕事ぶりだった。手先も器用だし、ずけずけとものを言うけれど、いちおう礼儀はわきまえている。そのうえ毅然とした態度で、宿の使用人たちにてきぱきと指示を出していた――一見すると、手際よく働いていそうな使用人にまで。

テオドラはふやけた指を見つめると、ため息をついて風呂から出た。アリスが暖炉の前の椅子にかけて暖めておいてくれたタオルで体を拭く。ようやく人心地がつくと、ローブを身にまとった。

もうじき夕方で、雨は小降りになっていた。小さなドアでつながっている隣の部屋から物音がしないということは、ジェーンは眠っているのだろう。階下から、男性たちの話し声と食器の触れ合う音が聞こえてくる。

コナーは今頃、もっと使用人を増やすべきだとランスをそそのかしているに違いない。明日の朝、馬車に乗りこんでみたら、家政婦と料理人と厨房のメイドの一団で満員だったとしても不思議はなかった。

すべては彼女の貞操を守るためだった――ランスではなく、コナー自身から。コナーがそんなふうに感じていたなんて思ってもいなかった。誘惑に必死に抗おうとしていたのが自分だけではなかったと知り、テオドラは安堵せずにいられなかった。もっとも、コナーがそこまでして二人きりにならないようにしていたのだと思うと、自然のなりゆきに歯止めをかけられたようで、なんとなく肩透かしを食らった気分だ。

いいえ、今のうちに歯止めをかけてもらったほうがいい。危険だということはいやというほどわかっているのだから。

テオドラはぱちぱちと燃えている暖炉の前の椅子に腰を下ろした。シルクのローブ越しに炎の熱が伝わって暖かい。壁の時計にちらりと目をやると、夕食までまだ一時間ほどあった。

アリスがドレスにアイロンをかけ、ベッドの上に置いてくれていた。クリーム色の繊細なレースのついた淡い青の長袖のドレスはテオドラのお気に入りだった。シュミーズとペチコートを身につけてからドレスに袖を通したが、背中の紐に手が届かない。テオドラはため息をつくと、ジェーンが目を覚ましているかどうか確かめようと歩きだした。そのとき、部屋の外の廊下から足を引きずって歩く音が聞こえた。ああ、スペンサーがブーツをきれいにしてくれたのだ。親切な従僕はぬかるみからブーツを拾いあげ、汚れを落としたらテオドラの部屋まで持っていくと約束してくれていた。

テオドラは勢いよくドアを開け、床に視線を落とした。愛用のブーツはまだ濡れていたが、ブラシをかけたらしく、泥がすっかり落ちている。なぜかかたわらに別のブーツも見えた。ぴかぴかに磨きあげられた男性用のブーツのつま先がこちらを向いている。

心臓が激しく打った。テオドラは思いきって視線を上げていった――見覚えのあるがっしりした脚を包んでいるブリーチズ、たくましい胸を覆う深緑色のベスト、広い肩幅にぴったり合った青い上着、髪はまだ濡れている。

「コナー」婚約者のいる女性の部屋の前に立つような厚かましい男性が、ほかにいるわけがない。テオドラがさらに視線を上げてコナーの目をのぞきこむと、彼がよこしまな欲望をかろうじて抑えているのがわかった。テオドラはぞくぞくした。彼女自身も欲望をかきたてられ、下腹部が熱くなり、胸の先端が硬くなるのを感じた。ああ、コナーはどうしようもなく気持ちが高ぶっている。彼のそういうところが好きでたまらない。

テオドラは情熱的な男性を思い焦がれていた。欲望のおもむくままに激しく求めてきて、テオドラ自身も同じ気持ちにさせてくれる男性を。自分がそんな危険な男性を求めていることに気づいて、テオドラは動揺した。望んでいたのは温かな家庭だったはずだ。両者はまったく相容れない。

テオドラは一歩下がった。ひんやりした空気を感じ、ドレスの背中が開いたままだったことを思いだして、顔がかっと熱を帯びる。はじかれたように脇へどくと、戸枠に背中を張りつかせた。「こ、こんなところで何をしているの?」

「きみのブーツを持ってきた。部屋の前に置いておこうと思ったら、突然ドアが開いたんだ」

それにしても、なんて素敵な声だろう。深みがあって低くて、心地よいスコットランド訛りがまじっている。こんなに甘い話し方を聞いたあとで、抑揚のないイングランド訛りの人と暮らすなんて、とうてい無理だ。

コナーは返事を待っていた。「あなたが廊下にいるとは思わなかったから」テオドラは自分がくだらないことを言っているとわかっていたが、ましな言い訳を思いつかなかった。

「こっちも驚いたよ」コナーがテオドラの頭のそばの壁に手をつき、彼女の洗い立ての乱れた髪から顔、そして唇へと視線を走らせた。「スペンサーがブーツをきれいにしてくれた。あいつが自分で持ってくるつもりだったんだが、今、手が離せないんだ。厨房でランスと一緒にミルク酒を作ってる。気の毒なミス・シモンズのために」

テオドラは隣の部屋のドアに目をやった。「ジェーンはそんなに具合が悪いの?」

「彼女はその部屋にはいない。廊下の先の寝室に移ったんだ。この部屋は暖炉の煙がもうもうと立ちこめていたから、咳がひどくなるかもしれないとランスが心配して、アリスに言いつけてミス・シモンズを移動させた」

「ランスは本当に優しい人だわ」

コナーが視線を合わせてきた。一瞬のためらいをのぞかせたあと、ため息をついた。「癪に障るが、たしかにいいやつだな。そのミルク酒というのも、妹君がひどい咳をしていたときに、母上が作ってくれたものらしい。ぐっすり眠れるそうだ」

「かわいそうに。ジェーンの様子を見に行かないと」歩きだそうとしたとたん、ドレスの袖がずり落ちてきて、テオドラは背中の紐をまだ締めていなかったことを思いだした。「いやだわ」

コナーが眉を上げた。「どうした？」

「このままでは……」テオドラは口を引き結んだ。

コナーが興味津々と目を輝かせる。「このままでは？」

「いいえ、なんでもないわ。ブーツを持ってきてくれてありがとう」テオドラは顔を火照らせ、あとずさりしてドアを閉めようとした。

しかし、ドアは完全に閉まらなかった。テオドラが視線を落とすと、コナーが足を差し入れて邪魔していた。

「足をどけて」

コナーは自分のブーツを見おろした。すぐにどけるべきだった。紳士ならそうすべきだ。それなのにテアのこととなると、あたり前のことができなくなる。

ブーツを届けたのに、なぜいつまでもぐずぐずしている？　すぐに立ち去るつもりだったが、テアのしゃれたブーツを見ているうちに、先ほどの彼女の姿が思い浮かんだ。雨に濡れそぼった金茶色の髪、湿り気を帯びた長いまつげ、いらだたしげにすぼめられた唇。コナーはぼんやりと突っ立ったまま、テアのブーツを見つめた。初めて女性とキスをして陶然としているうぶな少年のように、戸惑いと興奮を覚えながら。

なんてことだ。テアにすっかり心をつかまれていることに気づき、コナーは気持ちが高ぶると同時に恐ろしさを感じた。目の前のテアは、湿った髪が肩に垂れかかり、湯につかったせいか肌に赤みが差している。そのうえドレスの肩の部分がずり落ちて——コナーはぴたりと動きを止めた。ドレスの紐を締めていないのだ。なぜ見落としていたのだろう。テアのクリーム色の素肌に触れるところが頭に浮かび、またしても欲望の炎が燃えだした。

コナーの考えを読み取ったのか、テアがはっと息をのみ、低く震える声で言った。「コナー、やめて」怯えたようにまつげを伏せた。

洗い立ての髪からラベンダーの香りがするほどテアがすぐそばにいる。髪に手を差し入れ、シルクのような感触を確かめたい。サテンを思わせる肌に指を這わせ、火照った頬を味わいながら——。

「コナー、だめよ」テアが小声で言った。哀願するような切羽詰まった口調だ。ベルベットを思わせる茶色の瞳がきらりと輝いた——涙をこらえるように。

コナーはぎくりとして体を引いた。「いや、きみが欲しくてたまらないが、傷つけるつもりはない」

「わかっているわ」テアが唇を湿らせるのを見て、コナーは思わずうめき声をもらしそうになった。

歯を食いしばり、ブーツを拾いあげた。彼女に手渡すとき、互いの指が軽く触れた。「まだ湿っているが、スペンサーの仕事ぶりは見事だ」

コナーはもう足でドアを押さえていないのに、テアは動こうとしない。彼は欲望をあらわにしたテアのまなざしに負けてしまいそうだった。彼女の髪の房を手に取り、すべすべした感触を指で楽しんだ。

「ああ、テア」コナーはささやいた。「どうすればいいんだ？　もうきみのことしか考えられない」

「そんな……いけないわ……だめよ」

コナーはうめきに似た笑い声をあげた。「ああ、いけないことだとわかってはいるが、かまうものか」

テアが目を閉じ、戸枠にこめかみを預けた。「ええ」かすれた声で言った。「わたしたちは――」

そのとき廊下の先のドアが突然開き、コナーはあわてて後ろに下がった。

毛布にくるまったジェーンが姿を見せた。目をうるませ、鼻を真っ赤にして、手にはハンカチを握りしめている。白いモスリンの昼用のドレスはしわくちゃで、髪もほつれていた。顔が青ざめていて、いつもよりさらに幼く見える。

二人の姿を認め、ジェーンが鼻をすすりながらぎこちない笑みを浮かべた。「暖炉の火が消えてしまって、ひどく寒くて」激しく咳きこみ、戸枠にぐったりともたれかかった。

テアがコナーの背後に目を凝らした。「ジェーン、わたしの部屋にいらっしゃい。暖炉の火が赤々と燃えているから暖かいわ」

ジェーンが首を横に振る。「咳のせいでお邪魔になってしまいますから」

「もう！　わたしは大丈夫」テアがブーツをかたわらに置き、ドアを開けて押さえた。「さあ、いつまでも隙間風の入る廊下にいないで、こっちへ来て」

ジェーンはためらいながらも廊下を歩いてきた。いったん立ちどまり、コナーに向かって力のない声で挨拶してから、テアの部屋へと入っていった。

テアが視線を合わせてきた。コナーは作り笑いを浮かべ、彼女の長い髪の房を引き寄せた。

「世話をしてやってくれ。彼女にはきみの助けが必要だ」

テアがうなずき、最後にもう一度だけ情熱的なまなざしを投げてから後ろに下がった。彼女の髪がコナーの手からすり抜けると同時に、静かにドアが閉まった。

その瞬間、廊下の明かりが消えたかに思えた。

いや、これでよかったのだ。コナーは厳しい表情を浮かべ、自分に言い聞かせた。そのために、テアのそばに四六時中いるシャペロンを雇ったのだから。飛び越えたくてたまらない一線を越えてはならないことを思いだすために。

もっともシャペロンが何人ついていようが、テアに婚約者が何人いようが、二人のあいだにどれだけの障害が立ちはだかっていようが、彼女に対するこの欲望が薄れることはないだろう。

しかし、そのつらい事実を受け入れて生きていかなければならない——何しろテアが求めているのは、自分とはまるで正反対の男だ。どんなに努力しても、答えが見つかるはずがない。

20

翌朝、テオドラが朝食室に行ってみると、ほかに誰もいなかった。ランスはすでに朝食をとり終え、暖炉に火を入れ直した自室に戻ったジェーンはまだ眠っていて、コナーの姿はどこにも見あたらなかった。

テオドラはがっかりしないようにしながら朝食をすませると、アリスを呼び寄せてから自分の部屋に戻り、トランクに荷物を詰めるよう指示した。アリスは〝クリスマスのガチョウのようにでしゃばりな〟馬番についてひっきりなしにしゃべり続けていたが、おおむねこの滞在を楽しんでいたし、一介の厨房のメイドよりも、侍女としての自分の地位に満足しているようだった。「なぜって、あたしが部屋に入るたびに、ほかの使用人たちがぺこぺこお辞儀をしてくるんです。すごくいい気分で、病みつきになっちゃいますよ」

その気持ちはわからなくもなかった。「今朝はジェーンと顔を合わせた？」

「まだ眠ってると思います。小一時間前に宿のメイドが様子を見に行ったときは、まだ寝ていたそうですから」

「ランスが作った例の飲み物が効いたのかもしれないわね。わたしは何が入っているかわからないから、全部飲み干さないほうがいいと忠告したの。だけどジェーンは、せっかく親切に作ってくれたのに、ランスの厚意を無下にするわけにいかないと言い張ったのよ」

「ミス・ジェーンはちょっと感傷的すぎるところがありますよね」

「そんなことはないわ。めったなことを口にしないで」ジェーンの持って生まれた美点をけなされるのは、テオドラはあまりいい気がしなかった。「彼女はわたしなんかよりずっと優しい女性よ」

「まあ、お嬢さま！　そんなことありませんよ」

テオドラは悲しげな顔をして首を横に振った。「ジェーンはいつも優しくて愛想がいいけれど、わたしはすぐにかっとなりやすいもの」

「いえいえ、それは優しさの種類が違うだけですよ。一方がミルクとトーストで、もう一方がシナモンと香辛料なんです」

テオドラは思わず笑い、外套と手袋を手に取った。「おだてても何も出ないわよ」

アリスが鼻で笑った。「お気づきじゃないみたいですね。あたしはお世辞が言えない性分なんですよ」

「覚えておくわ。ところで荷造りがすんだら、ジェーンのところに朝食を運んでもらえない？　眠っているところを邪魔したくないけれど、ランスが十時までに出発したいと言っていたの。もうすぐ九時だわ」

「旦那さまは人にあれこれ指図するのがお好きなんですね」

「ランスはかなり若いうちから家族を監督してきたの。少しくらい威張りたがるのも無理はないわ」

「だからなんですね。ミス・ジェーンは気にしてないようですけど、あたしは面白くありません。今朝だって階段で呼びとめられて、トレイをそんなに高く持ちあげなくてもうまく運べるだろうって言われたんですよ」アリスが頬をふくらませた。「旦那さまは重たいトレイを持って階段をのぼったことなんて一度もないでしょうに！　あたしがトレイを高く持ちあげてたのは、そうしないと階段をのぼるときに膝がトレイの裏にぶつかってしまうからなんです。だから実際に高く持ちあげずに運んだら、旦那さまのお茶が少しこぼれちゃったんですよ。でも、こっちは旦那さまの指示どおりにやったわけですから、しかたありませんよね。自業自得です」マントルピースの上の時計が九時を告げた。「そろそろミス・ジェーンの様子を見てきますね。ほかにご用はありませんか、お嬢さま？」

「いいえ、ないわ」

「わかりました。それじゃあ、スペンサーに荷物を取りに来てもらいます」アリスは膝を曲げてお辞儀をしてから部屋を出ていった。

テオドラは窓辺に近づくと、ベルベットのカーテンを開けた。マクリーシュが宿の前に止まっている馬車から降りてきた。ファーガソンが荷物の山のかたわらに立っている。コナーの革製の旅行鞄と灰色の小型のトランクが見えた。

あのトランクは今までどれほどの長い距離を旅して、嵐を何度乗りきってきたのだろう。

テオドラはため息をついた。この駆け落ちによって、ランスと結婚しようという衝動はおさまったけれど、コナーに惹かれる気持ちはまったく静まる気配がない。それどころか、ますます始末に負えなくなっている。以前なら、コナーがテオドラの思いに報いてくれることはなかった。ところが今は彼女の思いに応えてくれるだけでなく、コナー自身も欲望に駆られている。そのことがはっきりわかる。彼のまなざしと、あの手の感触から——。

テオドラは思わず身震いした。いいえ、コナーはただ体の関係を求めているだけだ。それ以上のことを想像してはだめ。彼は絶対に変わらないだろう。そのことはよくわかっている。コナーの感情を思いどおりに操ることなんてできるはずがない。自分の感情さえ思いどおりにならないのだから。

ふとある考えが頭に浮かび、テオドラは眉をひそめた。もしかしたら……ひょっとすると……変わらなければならないのは自分のほうかもしれない。頭を冷やして、心の声にじっくりと耳を傾けるべきだ。そのためには、コナーと二人きりにならないようにもっと警戒しなければ。

ドアがノックされた。テオドラは吐息をもらすと、スペンサーを招き入れるためにドアへと向かった。旅をしているあいだ、その件について考える時間はたっぷりある。テオドラは最終的に答えが見つかることを祈るしかなかった。

一時間半後、談話室に行ってみると、ランスとコナーが書類をのぞきこんでいた。二人の会話の内容から察するに、どうやらそれが例のいまいましい旅程表のようだ。小さな町をいくつも通り抜けることをランスが喜んでいるのがおかしくて、テオドラは咳払いをした。

「ああ、きみか！　気づかなかったよ」テオドラが手に持っているボンネットを見て、ランスが満足げにうなずいた。「準備ができたみたいだね。しかも早いな」

テオドラの姿を認めたとたん、ランスが顔を輝かせたのに対し、コナーは無表情のまま、彼女の表情を読み取ろうとするかのように顔を見つめてきた。

ランスが旅程表を折りたたんでポケットにすべりこませた。「ジェーンはどこだい？」

「少し前にアリスが朝食を運んでいったから、着替えを手伝ってもらっているんじゃないかしら。そろそろ部屋から出てくると思うわ」

その言葉どおりに、アリスがジェーンに話しかける声がした。急ぐ必要はないとか、ベッドに戻ったほうがいいとか言っているように聞こえる。

ランスが顔を曇らせた。「あの侍女はなぜベッドに戻れなんて言ってるんだ？　もうじき出発するっていうのに」

まもなくドアが開き、ジェーンがよろめきながら姿を現した。昨日にもまして青ざめた顔をしているのに、頬だけが熱のせいで赤くなっている。彼女は腕に外套をかけ、ボンネットを指からだらりと提げていた。

テオドラは前に進みでた。「まあ、顔色が悪いわ」

ジェーンがぎこちない笑みを浮かべた。「大丈夫です。ちょっと頭が痛いだけで――」そう言いかけて、ひどく咳きこんだ。

「そんなに具合が悪そうなのに、旅をするなんて無理よ」テオドラは心配になって言った。

「本当に大丈夫です。馬車のなかで眠らせてもらいますから」ジェーンの声がしだいに小さくなったかと思うと、腕にかけた外套に視線を落とし、驚きの表情を浮かべた。「これを着ればいいいんだわ」喉が痛むのか、顔をしかめて唾をのみこみ、身を震わせて両腕をさすった。「この部屋はひどく寒いですね。暖炉はないんですか？」

「暖炉の火は赤々と燃えている」コナーも前に進みでて、眉根を寄せた。「テアの言うとおりだ。ベッドに戻ったほうがいい」

「何をおっしゃるんですか。もう出発しないと」ジェーンは作り笑いを浮かべたが、体を震わせ、外套の前をかき合わせた。「お忘れかもしれませんが、とっても大事な駆け落ちの最中なんです」彼女はまた咳きこみ、戸枠にぐったりともたれかかった。

「今すぐベッドに戻るんだ」ランスがきっぱりと言った。「医者を呼びにやろう」

「とてもじゃありませんが、もう一度、階段を使えだなんて言えません」アリスが言った。「下りてくるときだって、気を失って落っこちてしまいそうだったんですから」

「それなら、ここでお医者さまを待てばいいわ」テオドラは長椅子に近づき、クッションをふくらませた。「さあ、ここに座って。そんな寒いところにいつまでも立っていないで」

ジェーンが苦渋に満ちた顔つきでテオドラを見た。「でも、わたしは……だめです……」そう言って頭に手をやり、顔をしかめた。まるで自分の発した言葉が目の前でまわりだしたかのように。「……そういうわけには……わたしは……」しきりにまばたきをしたかと思うと、一歩前に踏みだし、へなへなとくずおれそうになった。

コナーがくぐもった声をあげて歩みでてジェーンを支えようとしたが、ランスのほうが一足先に彼女を抱きあげ、長椅子まで運んでいった。

ランスがクッションの上にジェーンをそっと寝かせる。「こんなに具合が悪いとは思わなかったよ。よくなっていると言い続けてたから」

テオドラはジェーンの額に手をあてた。とんでもない熱さにはっと顔を上げ、ランスの向こう側にいるコナーを見た。

視線が合ったとたん、テオドラが何も言わなくてもコナーがドアに向かった。「宿の主人に頼んで、医者を呼んでもらおう」彼女が感謝の言葉を口にするより先に、コナーは部屋を出ていった。

ランスは心配そうな顔で長椅子のまわりをうろうろしている。「かわいそうに……」

テオドラはドアのところから様子をうかがっているアリスを見た。「冷たい水と布が必要だわ」

「かしこまりました、お嬢さま！　できるだけ冷たい水を持ってきます」アリスは決意を固めたように顎を引きしめると、勢いよく歩み去った。

テオドラはジェーンの手を自分の両手で包みこんだ。ただでさえ細い指が、触れるだけで壊れてしまいそうだ。「具合が悪いから旅はできそうにないと言ってくれたらよかったのに。足手まといにならないように必死に我慢していたのね」

「足手まといになんかなるはずがないのに」ランスが長椅子のジェーンが寝ている足側で立

ちどまった。「ぼくは何をすればいい？」

「毛布か何か、かけるものを探してきてもらえる？」

「ぼくの外套が玄関ホールにある。取ってくるよ」ランスが部屋を出ていくと同時に、コナーが戻ってきた。

コナーは険しい表情をしている。「あいにくいちばん近い医者でも、ここから四十キロ離れたところにいるらしい。しかも宿の主人によれば、昨日の雨で道が通れないそうだ」

外套を持って戻ってきたランスが小さく悪態をついたので、コナーとテオドラは驚いて彼を見た。ランスが顔を赤らめながらテオドラに外套を手渡す。「失礼。とにかく……医者を探さないと」

アリスが水の入ったボウルを持ち、腕に清潔な布をかけて戻ってきて、長椅子の近くのテーブルにボウルを置いた。

「ありがとう」テオドラはランスの外套を広げてジェーンにかけてやると、布を水に浸してから絞った。濡らした布をジェーンの額に置く。

ジェーンがまつげをしばたたき、目を開けた。「どうして……ここはどこですか？」

「宿の談話室よ」

「でも……」ジェーンが頭に手をやり、眉間にしわを寄せて目をきつく閉じた。「ああ、頭が……」

「あなたは病人なのよ」テオドラはぬるくなった布を冷たい水に浸し、再びジェーンの額に置いた。「熱があるの。お医者さまに診てもらわないと」

「いいえ。もう出発しなければ」ジェーンが起きあがろうとした。

テオドラがジェーンを長椅子に押し戻そうとしたとき、ランスが口を開いた。

「そこでじっとしているんだ」断固とした口調だ。

ジェーンが華奢な体を震わせ、激しく咳きこんだ。しばらくして咳がおさまると、ぜいぜい息を切らしながら、血の気のない顔をして長椅子に横たわった。

テオドラは心配で胸が締めつけられた。コナーに目をやり、低い声で言った。「お医者さまがいないとなると……」最後まで言う勇気はなかった。

ランスが目を閉じ、顔をそむけた。

コナーがジェーンのやつれた顔を見つめた。「医者なら心あたりがある。宿の主人が話していた医者よりもずっと近くにいるはずだ」

「どこに――」テオドラは尋ねようとした。

スペンサーが帽子を持ってドアのところに現れた。「荷物を積み終わりました、船長」

「予定を変更することになった。これからポートパトリックに向かう」コナーがスペンサーに告げた。

アリスが眉をひそめる。「ポートパトリック？　たしか海岸沿いの町ですよね？　宿の従業員がそこの出身だと言ってました」

テオドラは顔をしかめた。ポートパトリックの町を見渡せる崖の上に、コナーの屋敷があるからだ。「ここからだと遠すぎるわ。わたしたちは北へ向かっているわけだから……」コナーの顔に浮かんだ表情を見て、彼女は言葉を失った。「わたしたちは北へ向かっていたんじゃなかったの？」

コナーがきびきびした口振りでスペンサーに命じた。「われわれはダンスキー・ハウスに向かう。ミス・シモンズが病気になったんだ」

スペンサーが顔をゆがめた。「ああ、マレーですか」

コナーが渋面を作った。「彼以上の名医は、世界じゅうのどこを探してもいない」

「ええ、しかし――」

「ミス・シモンズの病状はかなり悪化しているんだ、スペンサー。今すぐ助けが必要だ」

ジェーンの青ざめた顔を見て、スペンサーがうなずいた。「それじゃあ、マレーに頼むしかありませんね」

「ファーガソンを先に馬で向かわせて、われわれがじきに到着すると伝えておいてもらおう。馬車に毛布と枕は積んであるか？」

「毛布はたくさんありますが、枕はありませんね」スペンサーが答える。

「枕なら、あたしが取ってきます」アリスが申しでた。

「よし、頼んだぞ」コナーはスペンサーに向き直った。「ぐずぐずしている時間はないとみんなに伝えてくれ」

スペンサーが真面目な顔でお辞儀をして立ち去った。急ぎ足で廊下を進んで玄関に向かう足音がしたあと、彼があれこれ指示を出す声が聞こえた。

「マレーというのは誰なんですか？」ランスが尋ねた。

「船医だ。ダンスキー・ハウスに行く途中で拾うつもりでいる」

「ダンスキー・ハウス？　それはあなたの屋敷ですよね。たしか、スコットランドの西の海岸にあるはずでは？」ランスが当惑の表情を浮かべた。

「そのとおりよ」テオドラは布をまた冷たい水に浸してから絞った。そうする代わりにコナーの首を絞めてやりたい気分だった。「あのいまいましい旅程表のせいで、わたしたちは知らないうちに道筋から外れていたのよ。西へ向かっていたんだわ」

「本街道からそんなに離れているのか？」

「最終的にはグレトナ・グリーンに到着する予定だった」コナーが答えた。「きみたちが永続的な関係を結ぶ前に、もっと長く一緒に過ごしたほうが互いのことを理解できると思ったんだ」

ランスが口を引き結ぶ。「あなたには関係ないでしょう。大きなお世話です」

コナーは顎をこわばらせた。「テアの家族はわたしにとっても家族同然で――」

「でも、実際にはあなたの家族じゃない。ぼくたち二人の旅なのに、最終的には目的地に到着する予定だったなんて、そんな勝手な言い草は――」

「やめて！」テオドラは二人をにらみつけた。「今はそんな言い争いをしている場合じゃないわ」

「あら、止めないでくださいよ、お嬢さま!」アリスが両手をこすり合わせた。「本格的な殴り合いを一度見てみたいと思ってたんですよ」

ランスが顔を赤らめた。コナーも恥じるような表情になり、身をかがめてジェーンの足元の外套をかけ直した。

ジェーンはじっと横たわっていた。目を閉じ、苦しそうに口を固く結んでいる。コナーの動きに気づき、そっと目を開けて感謝のこもった弱々しい笑みを浮かべた。

その瞬間、コナーの表情が和らいだ。テオドラは喉が締めつけられた。コナーがジェーンに優しさを示したのが意外だ。

ランスがコナーに厳しい視線を向ける。「ダンスキー・ハウスまではどれくらいかかるんですか?」

「一時間半ほどだ。屋敷から一キロ半と離れていないポートパトリックの港に〈エメラルド号〉が停泊している。マレーはそこにいる」

テオドラはコナーに無表情なまなざしを向けた。「海岸の近くまで行っていたら、あなたの悪巧みをすぐに見破れたのに」

「ああ、たぶんな。だが、今はこれでよかっただろう。すぐに助けを得られるんだから。わたしが馬車を先導するから、町に着いたらきみたちだけでダンスキー・ハウスに向かってくれ。わたしはそこから船まで行って、マレーを連れてくる」

「ぼくが船まで行きます」ランスが言った。「あなたが指示を出したほうが、使用人たちも迅速に行動できるはずだ。あなたが馬車を先導してくれたら、ぼくが馬で医者を迎えに行きます」

コナーがしぶしぶながらうなずいた。「きみにも馬が必要だな。馬小屋に立派な牝馬がいた。おそらく貸し馬だろう」

「完璧だ。いずれにせよ、馬車に乗る人を減らしたほうがいいでしょう。ジェーンが横になれる」

「お願いですから」ジェーンがかぼそい声で言った。「そんな必要は――」

「いいの」テオドラはなだめるように言った。「ランスの言うとおりよ。横になっていないと、つらい思いをするはめになるわ」テオドラがジェーンの顔にかかる髪を払いのけると、額がさらに熱くなっていた。テオドラは心配でたまらなくなり、コナーに視線を投げた。

コナーがランスのほうを向いた。「その馬を借りてくれ。五分後に出発だ」

ランスは向きを変えると、ブーツの音を響かせながら、急ぎ足で宿の主人を探しに行った。

テオドラはジェーンの手を取った。「立てそう？　もうすぐ出発しなければならないの。あなたをお医者さまのところに連れていくために」

ジェーンがうなずいて体を起こそうとしたが、顔が青ざめたかと思うと、またクッションに身を沈めた。

コナーがランスの外套ですっぽりとジェーンをくるみ直し、彼女を抱きあげた。

ジェーンが目を見開く。「や、やめてください――」

「じっとしていろ。馬車まで運んでいくだけだ」

コナーの毅然とした口調で、ジェーンは落ち着きを取り戻したようだった。ため息をつくと、コナーの肩に頭をもたせかけてそっと感謝の言葉をささやき、伏せたまつげの下から彼を見つめた。

ジェーンの顔が真っ赤になっているのは熱のせいだろうか。それとも、顔を輝かせたのだろうか。テオドラは、ジェーンの顔に一瞬、浮かんだ表情が、若い娘ならではの単なるあこがれとは違う気がした。

まさかジェーンはコナーに恋をしているのだろうか？　そう考えただけで、テオドラはみぞおちにずしりとくる重苦しさを覚えた。ジェーンのようなうぶな娘が、コナーの奔放な魅力に抵抗できるはずがない。この自分でさえ抵抗できないくらいなのだから。

コナーがジェーンを抱きかかえて部屋を出ようとしたので、テオドラは急いで彼らを追い越し、ドアを開けた。

「さすがはきみだ」テオドラの脇を通り過ぎるときに、コナーがささやいた。「いつも先を読んでいる」

「必死に努力しているのよ」テオドラの胸にばかばかしいほど喜びがこみあげた。

コナーのあとに続いて庭に出たとたん、スカートが風に揺れた。

「スペンサー！」テオドラは従僕に呼びかけた。「ジェーンのために馬車のドアを開けて！」

スペンサーが言われたとおりにすると、コナーが馬車の座席にジェーンを寝かせた。テオドラもあとから乗りこむと、ジェーンの体に毛布を何枚かかけた。

コナーが馬車から離れ、スペンサーを見た。「足温器は？」

「今、真っ赤に熱した石炭を詰めさせてるところです」

「ありがとう」テオドラは寒さをしのぐために自分の両腕をさすった。

コナーが眉根を寄せた。「おい、きみの外套はどこだ？」

「宿に置いてきてしまったわ。でも、わたしなら――」

コナーが悪態をついた。「取ってくる。ここで待っているんだ」言葉を返す間もなく、コナーが大股で歩きだした。

物欲しげにコナーを見つめていたジェーンはがっかりしたようだった。彼が自分のほうを一度も見ずに立ち去ったからだろう。

やはりジェーンはコナーという人をよくわかっていない。それとなく伝えてあげるべきなのかもしれない。コナー・ダグラスのような男性に恋をすると、どれほどむなしい気持ちになるのかを。ジェーンの具合がよくなったら忠告しておこう。

テオドラがジェーンに毛布をきちんとかけ終えたとき、外套を持ったコナーが馬車まで戻ってきた。「これを着るといい。今日は北東の風が容赦なく吹きつける。だからわたしはきみより厚着をしてるんだ」

テオドラが外套に手を伸ばした瞬間、コナーの手が軽く触れた。テオドラは体がかっと熱くなり、思わず彼の目を見つめた。

指先が触れ合ったまま、二人はしばらく外套をつかんでいた。ぎこちない沈黙が流れる。ほんの一瞬なのに、永遠であるかに感じられた。

やがてコナーが一歩退いた。

「アリスはどこかしら？」テオドラは顔が火照っていたが、どうにか冷静な口調を保った。

「もうじき外に出てくるはずだ。おい、なんだあれは……彼女はどうしたんだ？」

アリスがこちらに駆け寄ってきた。父親のお下がりとおぼしき大きな外套に身を包んで。しかし注目すべきは外套ではなく、アリスの体がふくらんでいることだった。まるで身ごもっているかのように。

「早く出発しないと」アリスがコナーを押しのけて馬車に乗りこんだ。「急ぎましょう」

テオドラはアリスの腹部を見つめた。「いったいなんなの？」

「これですか？」アリスがぴしゃりと叩くと、お腹がぺしゃんこになった。「ミスター・ダグラスが、枕が必要だとおっしゃったので……」そう言って外套のなかに手を差し入れると、枕を次から次へと取りだす。結局、全部で五つの枕がジェーンのそばの座席に置かれた。

「はい、どうぞ、お嬢さま」

「そんなにたくさんの枕をどこから持ってきたの？」テオドラは尋ねた。

「ミス・ジェーンとあたしの部屋からです」

「宿のご主人にはちゃんと断ってきた？」

「まさか！　断って持ってきたのなら、わざわざ外套の下に隠したりしませんよ」

コナーがきびきびと命じた。「もう行こう。代金はわたしがあとで払っておく」

アリスの顔から薄ら笑いが消えた。「ええっ！　どうしてですか？　宿の主人は枕がなくなったことさえ気づいてないいんですよ！　それにちゃんとした枕だったら、わたしだって一つしか持ってきませんでした。でも、こんなに薄っぺらいんですから――」

コナーが馬車のドアを閉め、マクリーシュに向かって叫んだ。

アリスが鼻を鳴らした。「まあ、失礼な」

「枕を盗むほうがよっぽど失礼よ！」テオドラはジェーンができるだけ快適に過ごせるように頭の下に枕を入れてやった。馬車が宿の前庭から走りだした。テオドラが窓の外にちらりと目をやると、馬に乗ったコナーのかたわらで、ランスも立派な馬に乗っていた。

一行はダンスキー・ハウスへ向けて出発した。

21

一時間半後、テオドラたちの乗った馬車は轟音をたてながら、ポートパトリックの玉石敷きの通りを走っていた。潮気を含む空気が、海に近いことを物語っていた。絵のように美しいこの小さな港町は、ノース海峡から吹きつける強風から守るために、五十年前は部分的に高い壁に囲まれていた。

聞くところによると、地元住民の助言も同意も得ずに造られた防波堤は崩壊寸前らしい。今のところはどうにか持ちこたえているものの、嵐が襲ってくるたびに大波が激しく打ちつけ、潮の流れが海中深くにある土台を削り取っているという。

ジェーンは寝苦しそうだったが、幸い一度も目を覚まさなかった。馬車が走りだしたとたんに口を固く引き結んだのは、馬車の揺れによって頭痛がひどくなったからだろう。テオドラはカーテンを開けた。もうじきダンスキー・ハウスに到着すると思うとほっとした。

窓の外に目をやると、海辺にずらりと建物が並んでいた——宿、酒場、白い漆喰塗りの草ぶき屋根の家も何軒か見える。波止場に船がつないであるということは、漁師が住んでいるのだろう。大洋から漂ってくるみずみずしい潮の香りに、泥炭《ピート》と浜の匂いがまじっていた。

大通りを進んでいくと港が見えてきて、そこに〈エメラルド号〉が停泊していた。コナーの私掠船は以前にも見たことがあるが、数年前の話だ。風格のある船はぴかぴかに磨きあげられ、まるで絵画のように見える。兄のデリックは何かにつけて言っていた。船をあんなにきれいに保っている者は、コナー・ダグラス以外に誰もいないと。コナーが船を心から大切にしているのが手に取るようにわかる。

テオドラが窓から顔を出すと、馬車のすぐ後ろにランスとコナーの姿が見えた。波止場に続いている通りの途中で、ランスがコナーに声をかけて馬の向きを変え、小道を通って船のほうへ向かった。テオドラは自分の席に戻った。

「お嬢さまはダンスキー・ハウスをご覧になったことはあるんですか？　すごく立派なお屋敷なんですか？」アリスが尋ねた。

「それほど立派とは言えないけれど、磨きをかければそうなるはずよ」

アリスが横から首を伸ばした。「まあ！　ミスター・ダグラスがすぐそばを走ってらっしゃいますよ！」腕がちぎれそうになるほど激しく手を振った。

なるほど、コナーが馬車と並んで走っていた。

アリスが物欲しげに彼を見つめ、窓ガラスに鼻を押しつける。「なめたくなるほどハンサムですね」

「アリス！」テオドラは頬が火照るのを感じながら、窓からアリスを引き離そうとした。

その瞬間、コナーと目が合った。彼が目配せして、帽子のつばに軽く触れた。

紳士なら、誰もがレディに対してそうするのが礼儀だ。けれども、いかにも放蕩者らしい自信たっぷりなコナーの態度に、テオドラは思わず微笑んだ。

気恥ずかしくなり、座席に戻ってジェーンの様子をうかがうと、彼女は何やらうわごとを言っている。テオドラは冷たい手をジェーンの額にあてた。ジェーンは気持ちよさそうに深い眠りに落ちた。

深いわだちの多いのぼり坂に入ったとたん、馬車が揺れだした。マクリーシュが揺れを最小限に抑えるために、慎重に馬車を走らせてくれているのがありがたかった。不快な揺れがあるたびに、気の毒なジェーンが身じろぎするからだ。

さらに三、四キロほど進むと、道が内陸に向かいはじめた。やがて馬車は速度を落とし、緩やかな弧を描く長い私道に入った。

テオドラが窓のカーテンをめくると、ダンスキー・ハウスが視界に入ってきた。マナーハウスはノース海峡を見渡せる断崖の上に立っている。見事なオークの木々が細長い草地に影を投げかけていた。砕いた砂岩が敷きつめられた私道は何世紀もの年月を経て、灰色から乳白色に変わっている。そして私道の先に、人目を引く壮大な屋敷があった。

赤い鎧戸と灰色のスレートぶきの屋根があるダンスキー・ハウスは三階建ての角張った建物で、装飾の少ない片蓋柱《ピラスター》のなかに背の高い窓と大きなオーク材のドアがおさまっていた。蔓植物が壁の一面を這いのぼり、窓のまわりを伝って屋根まで届いている。屋敷の東側には、今まで見たこともないような巨大なオークの木が立っていて、夏の暑さをしのぐ役目を果たしていた。

全体的な印象としては、古めかしくて素朴な味わいがあり、どっしりとして趣のある屋敷だ。ただし残念なことに、嵐で壊れて修理されないままになっているのか、鎧戸が三枚も斜めにぶらさがっていた。窓ガラスも二枚割れていて、窓枠がなくなっているところさえある。かつては素晴らしい庭だったと思われる低木の植えこみは伸び放題で、そこに木の大枝が何本か折れて倒れこんでいた。

「おやまあ、あたしたちは幽霊屋敷に連れてこられたんですか」アリスが大声をあげた。

「幽霊なんか出ないわ」テオドラはむきになって言った。「少し手入れが必要だけど、所有者がしょっちゅう留守にするからしかたがないのよ。それに……あら、ジェーンが目を覚ましたわ」

生気のない目をしたジェーンが上体を起こそうとした拍子に、毛布がずり落ちた。

テオドラは微笑んだ。「ちょうどコナーの屋敷に着いたところよ」

「ミスター・ダグラスの？　彼は――」気の毒なジェーンは苦しそうに咳きこんだ。

テオドラがはらはらしながら見守っていると、しばらくして咳がおさまった。「もうすぐお医者さまがいらっしゃるわ。ランスが迎えに行っているの」

ジェーンが目に涙をためて唇を震わせた。「ひどく気分が悪いんです」

子どものような哀れっぽい口調だった。テオドラはジェーンの熱い額にかかる髪を払った。

「ちゃんとしたベッドで休めばすぐによくなるわよ」

馬車がゆっくりと止まり、コナーがドアを開けた。彼は真っ先にジェーンを見た。「ミス・

シモンズ、それほどつらい旅でなければよかったんだが」

ジェーンがごくりと唾をのみ、痛みに顔をゆがめた。「ほとんど眠っていましたから」

「お茶と蜂蜜を用意させたほうがいいな」コナーがテオドラを見た。

「ええ、そうね」テオドラは言った。「アヘンチンキもあればいいけれど」

「おそらく家政婦が持っているだろう。もしなかったら、マレーが薬箱に常備しているはずだ。ミス・シモンズ、少しのあいだ、きみを抱きあげさせてもらうぞ」ジェーンが抵抗する間もなく、コナーが馬車のなかに手を伸ばし、彼女を腕に抱きあげた。

ジェーンはコナーの首に手をまわし、信頼しきった様子で彼の肩に頬を預けた。

コナーがジェーンを屋敷に運んでいくあいだに、スペンサーがアリスとテオドラのために馬車の踏み段を下ろした。

「あれまあ！」アリスが鼻を鳴らした。「旦那さまはお嬢さまを抱きあげて運んでくださらないんですか？」

「おかしなことを言わないで。自分でちゃんと歩けるわ」テオドラがスペンサーの手を借りて馬車から降りると、アリスもあとに続いた。

前方から、コナーがジェーンに向かって話す声が聞こえる。私掠船の船長としての働きで得た金銭で、このダンスキー・ハウスを手に入れたという話をしているようだ。

ジェーンは夢中になって話に聞き入っている。コナーの首にしがみつき、目を丸くして彼の顔を見つめながら。

コナーの顔に浮かんでいるのは、兄が妹に向ける表情そのものだ。あるいは親が子どもに見せる表情とも言える。もしコナーに娘がいたら、こんなふうに接するのだろうか。その様子が目に浮かぶようだ。優しくて、思いやりがあって――。

まあ、なんてこと。彼が父親になった姿を思い浮かべるなんて。夫としての務めを果たしているところさえ想像できないというのに。テオドラは眉根を寄せて考えこんだ。コナーは別に責任感に欠けるわけではない。私掠船の船長としての立場には責任を持ち、自分が率いる船団と船乗りのために骨身を削っている。彼がそれ以外の責任を果たそうとしないのは、あのいまいましい放浪癖のせいだ。

コナーが重厚なオーク材のドアに手をかけようとしたとき、ドアが開いて家政婦が姿を見せた。ミセス・マコーリーは年配の女性で、レースのモブキャップ（顎の下で結ぶ婦人用室内帽）の下からカールした白髪がのぞいている。丸顔で、顎は二重どころか何重もあり、背丈よりも横幅のほうが大きいのではないかと思うほど背が低かった。

コナーが横を通り過ぎるとき、家政婦はお辞儀をしようとしたが、主人が若いレディを抱きかかえて運んでいるのに気づき、膝を曲げかけたところで動きを止めた。「ああ！　ファーガソンが話していた、具合の悪いレディというのはそちらのお嬢さんですね」

「どこへ運べばいい？」コナーが屋敷に足を踏み入れながら尋ねた。

「とりあえず、二部屋用意できております。〈青の間〉でも〈緑の間〉でもどちらでも結構ですよ」

　コナーはその足で階段に向かった。ジェーンのスカートが彼の脚にまつわりついている。

「どっちの部屋のほうが暖かい？」

「〈緑の間〉でしょうね」

「ありがとう」コナーが曲線を描く階段を急ぎ足でのぼりはじめた。スペンサーがジェーンの小型のトランクを持って現れた。

　テオドラもアリスを連れてあとに続こうとしたとき、家政婦が声を張りあげた。「まあ、ミス・カンバーバッチ＝スノウ！　またお会いできて光栄です！」

　テオドラは外套のボタンを外し、あわててコナーをちらりと見やった。しかし、彼はすでに階段をのぼりきっていて、家政婦の言葉は耳に届かなかったようだ。テオドラは胸を撫でおろし、アリスを先に行かせてから、ミセス・マコーリーに向き直った。「こちらこそ、また会えて嬉しいわ。こんなにあいだを置かずに訪ねるつもりはなかったの。だけど、緊急事態が発生したものだから」階段から離れ、低い声でさらに言った。「差し支えなければ、何カ月か前にわたしがここを訪れたことは、ここだけの話にしてもらえないかしら？」

　ミセス・マコーリーが眉を上げる。「まあ、内緒にするおつもりなんですか？」

「そういうわけではないけれど、コナーにまだ話していないのよ。彼の留守中にわざわざ訪問したと知ったら、わたしが何かよからぬことを企んでいると勘違いするかもしれないわ」

　家政婦がくすくす笑った。「よからぬことを？　お嬢さまが？」

　テオドラは笑みを浮かべた。「ジェーンの具合が悪くなってしまったものだから、あれこれ忙しくて話す暇がなかったの。コナーに伝えたあとでなら、もちろん好きなだけ話してもらってかまわないわ。わたし以外の別の誰かから聞かされたら気まずいでしょう」

「たしかにそうですね、お嬢さま」

「ありがとう。こんなふうに急に訪ねたりして、あなたに負担をかけなければいいけれど」

「できるかぎりのことはしておきました。旦那さまがこちらに向かってらっしゃるとファーガソンから聞いてすぐに、町の娘たちを雇って部屋の準備を手伝ってもらったんです。今は西側の寝室の用意をしていますから、もうじきお使いになれますよ」

「素晴らしいわ。ジェーンがゆっくり休めるように、わたしもコナーを手伝いに行かないと」

「お茶をお持ちしましょうか？　あの若いお嬢さんには蜂蜜とウイスキーが効くかもしれませんね」

「助かるわ。それと、アヘンチンキはあるかしら」

「ええ、いくらか残っていたはずです。それから額を冷やすのに、洗面器とバラ水もお持ちしましょうね。ご用があれば、なんなりとお申しつけください」

「ありがとう」テオドラは階段をのぼっていき、踊り場で立ちどまると、家政婦を見おろして微笑んだ。「心から感謝しているわ。いきなり押しかけてこられるのがどんなに大変か、わたしにも覚えがあるもの」

ミセス・マコーリーは嬉しそうな顔をしたが、すぐに手で打ち消す仕草をした。「いえいえ、こうしたことには慣れっこですから。旦那さまが屋敷にお帰りになるときに、前もって知らせてくださることなんてありませんからね」残念そうに屋敷のなかを見まわした。「この屋敷をちゃんとあるべき状態に保つことができればいいんですけど」

「本当にそうね」テオドラは同意した。かつては素敵な屋敷だったに違いない。数カ月前に初めてこの屋敷を見て愕然とし、テオドラはようやく目が覚めた。実際、それがきっかけでこの旅を始めたくらいだった。

ところが、なぜかもとの場所に戻ってきてしまった。テオドラはため息をつくと、急ぎ足でジェーンの部屋に向かった。

22

〈緑の間〉は広々としていて、暖炉には火が入れられていたが、それでも肌寒かった。見たところ窓ガラスは一枚も割れていないし、ひどい隙間風も入ってきていないので、テオドラはほっとした。ベッドは古ぼけていて、ベルベットの天蓋もカーテンもすりきれているが、ベッドの上には十分な量の毛布が積まれていた。

ジェーンはこめかみを押さえながらマットレスの端に座り、天地をも動かせる神をあがめるような目つきでコナーを見あげていた。

「眠ったほうがいい」コナーが駄々をこねる子どもをなだめるような口調で言った。

「そういうわけにいきません。旅行用のドレスのままでは――」ジェーンはそう言ったとたん、体を震わせて激しく咳きこんだ。

コナーがハンカチを差しだすと、ジェーンは命綱のように握りしめ、哀願の目でテオドラを見た。

「寝間着が必要なのね？」テオドラはきびきびした口調で言うと、ベッドの足元に置いてあるジェーンのトランクに近づいた。「いい知らせよ、ジェーン！　ミセス・マコーリーが蜂蜜とウイスキーを用意してくれるわ。喉の痛みがすぐに和らぐはずよ」

「ウイスキーは飲めないんです」ジェーンがかすれた声で言った。「とにかく寒いんです。

もう一度、外套を着ようかしら」

コナーが眉をひそめて暖炉を見た。「船火事みたいにもうもうと煙が出ているな。風戸《ダンパー》の具合を見てこよう」

テオドラは寝間着を見つけだすと、揃いのローブと一緒にベッドに運んだ。「ウイスキーを飲めば、体が温まって肺が広がるわ」

「いつだったか、兄のウイスキーを一口だけ飲んだことがあるんです。でも、喉が焼けるようにひりひりして」ジェーンが喉に手をあてて顔をゆがめた。「そうでなくても、こんなに咳が出ているのに」

コナーがダンパーを調節してから薪をくべた。「わたしもウイスキーを飲むと、しょっちゅう同じ目に遭う。もっとも、すぐにもう一杯飲めば楽になるが」

テオドラは片方の眉を上げた。「そのあと、また一杯、さらにもう一杯という具合に――」

「なおももう一杯、そのうえもう一杯」コナーがテオドラを見てにやりとした。「きみに隠し事はできないな、テア。なんでもお見通しだ」

次の瞬間、コナーと視線が合い、テオドラは彼が何を考えているのか手に取るようにわかった。ジェーンの体調を気遣い、テオドラの察しのよさを面白がり、この旅の行程にいらだっている。それらの感情が複雑にからみ合っているのは、テオドラに欲望をかきたてられているからだ。

部屋の反対側にいてもその気配がひしひしと伝わってくる。テオドラはたちまち胸が痛いほど硬くなったのがレースのシュミーズ越しでもわかった。喉が締めつけられ、息が苦しくなる。ああ、コナーと情熱を分かち合いたくてたまらない。

どうにか気を取り直し、ジェーンに視線を戻した。「さあ、寝間着に着替えましょう。あなたには休息が必要よ」

「ほかに用がなければ、わたしは失礼する」コナーが言った。

「ありがとう」ジェーンのブーツの紐をほどきながら、テオドラは肩越しに声をかけた。「寝床用あんか《ベッドウォーマー》が必要だと、ミセス・マコーリーに伝えてもらえないかしら」

「ああ、そうだな。ほかにも必要なものがあったら、呼び鈴を鳴らしてくれ。近くにいるから」コナーは部屋を出て、ブーツの足音を響かせながら大理石の床を歩いていった。

テオドラはいつまでも彼を見つめていたい衝動を抑えこんだ。「さあ、ブーツが脱げたわ。もうじきお医者さまがいらっしゃるわよ」

「お医者さまに診ていただく必要なんかありません」ジェーンがいらだちのこもった涙声で言った。

「そうはいかないわ」テオドラはベッドの脇にブーツを置いた。「診察してもらうのが気が進まないのはわかるけれど――」

「顔も知らないお医者さまですよ」

「でも、腕はたしかよ。そうでなければ、コナーの船に乗っていないはずだもの」

ジェーンが開け放たれたドアのほうを寂しげに見つめた。「それもそうですね。ミスター・ダグラスがそのお医者さまを信用していらっしゃるのなら、わたしも信用します」

「そうよ」テオドラはそっけなく言うと、ジェーンがドレスから寝間着に着替えるのを手伝った。ジェーンが震えていたので、彼女が着替えをすませて毛布にくるまり、ベッドの端に腰を下ろしたときには二人ともほっとして、ベッドウォーマーが届くのを待った。

しばらくすると、アリスが求めていた器具を持って現れた。何やら小声で文句を言いながら暖炉の前で立ちどまると、真っ赤に焼けた石炭をトングではさみ、長い柄のついた金属製の容器に入れた。「まったく、侍女としての務めを果たさせてもらえないと悲しくなりますよ。何しろ、あたしはこのいまいましい代物をミセス・マコーリーの手からもぎ取らなきゃならなかったんですから。ミス・ジェーンのお世話をするべきなのはこのあたしで、あの青白い顔をした家政婦じゃないんです」

「アリス！」テオドラはたしなめた。

「でも、青白い顔をしてるのは本当のことです。それに、あの人は仕事を手伝わせようとしないんですよ。あたしのほうがよっぽどやり方をわかってるのに」

「ミセス・マコーリーにあれこれ指図したの？ 彼女が取り仕切っているこの屋敷で？」

アリスが鼻を鳴らした。「あたしのせいじゃありません。あの人が細長いろうそくの切り方すら知らないからですよ。あたしはいろいろと親切にしてあげただけです！」ベッドウォーマーを運んでくると、シーツのあいだにすべりこませ、ゆっくりと円を描くように動かしはじめた。

シーツはすぐに暖まった。アリスがベッドウォーマーを冷ますために炉床へ置きに行っているあいだに、テオドラはジェーンをベッドに寝かせた。シーツが暖かくなったおかげで、ジェーンは枕に頭をのせたとたんに眠りに落ちた。

アリスがジェーンのトランクの荷ほどきをして最後のドレスをつるし終えたとき、ミセス・マコーリーが姿を見せた。運んできたトレイには、デカンタと小さな壺、薬瓶、それにグラスがいくつかのっている。後ろからついてきたおどおどした目つきの若い娘は、水差しと洗面用の布を持っていた。娘は水差しに入った水を洗面台に置かれたボウルに入れると、そばに布を置いた。ボウルに水が注がれる音で、ジェーンが目を覚ました。

「お申しつけのとおり、ウイスキーと蜂蜜をお持ちしましたよ、お嬢さま。アヘンチンキもありました」ミセス・マコーリーはよたよたとベッドに近づくと、アリスに冷ややかな視線を投げてから、ジェーンの顔をのぞきこんだ。ミセス・マコーリーは表情を和らげた。「まあ、ずいぶん若いお嬢さんだこと！」

ジェーンが口を開こうとしたとたんに激しく咳きこんだ。

ミセス・マコーリーがジェーンの肩を軽く叩いた。「あらあら、お嬢さん、落ち着いてくださいな。体に障りますよ」

テオドラはグラスにウイスキーを少しだけ注ぐと、壺に入った蜂蜜を垂らし入れ、アヘンチンキも数滴入れてかき混ぜ、ベッドまで運んでいった。「さあ、まずは一口飲んで。咳がおさまるわ」

ジェーンはグラスの中身を不安げに見つめた。やがて一口飲んで顔をしかめ、喉に手をあててやっと飲み下した。

アリスがくすくす笑いをもらした。「もう少し鍛えないといけませんね。あたしならウイスキーをスプーンですくったって、もっとたくさん飲めますよ」

ミセス・マコーリーが眉をひそめた。「まあ、生意気な口をきくこと。こんなかよわいお嬢さんを〝鍛える〟だなんて」

アナグマが威嚇するときのように、アリスがシューッと息を吐きだした。「あたしは本当のことを言っただけです。そのほうがいいってことは、ミス・ジェーンだっておわかりのはずです！」

家政婦が顔を真っ赤にした。「あなたは無礼ですよ！」

「あんたのほうこそ、威張り屋のばあさんじゃないの！」

ミセス・マコーリーが両手を腰にあてた。「まあ。わたしはこの年まで生きてきて、そんなひどいことを――」

「いいかげんにしてちょうだい！　二人とも、もう出ていって」テオドラはドアを指差した。「ジェーンには安静が必要なのよ」

最後にもう一度アリスをにらみつけてから、ミセス・マコーリーはぎこちなくお辞儀をして、持ち物をまとめて部屋を出ていった。若いメイドもあわててあとを追う。

アリスがせせら笑った。「ああ、せいせいした」

「あなたも出ていって」

「でも、あたしはお手伝いを――」

「出ていきなさい！　そしてミセス・マコーリーに謝ってくるのよ。わたしたちは二、三日……いいえ、もしかするともっと長くここにお世話になるの。そのあいだじゅう、あなたたち二人に喧嘩をされていたら、たまったものじゃないわ」

アリスは鼻を鳴らしたが、やがてぶつぶつ言いはじめた。「たしかにそうかもしれません。家政婦を敵にまわしたら、ただではすみませんよね。うっかりしてると、硬いベッドをあてがわれるかも」

「たとえそうされたとしても、彼女を責められないわね。ミセス・マコーリーは手いっぱいなのよ。なんとかこの屋敷の手入れをしようと孤軍奮闘しているけれど、人手がまったく足りないの。なぜなら所有者がいつも不在で、屋敷を維持するのに十分なお金を出そうとせず、この領地を管理する気さえないからよ。ミセス・マコーリーはひどく苦しい状態に置かれているの」

アリスが口をすぼめ、あたりを見まわした。「言われてみれば、荒れ果ててますね。ここに来るまでに滞在した宿のほうがよほどきちんと手入れされていました」

「そのとおりよ。ミセス・マコーリーも最善を尽くしているけれど、できることにも限界があるというわけ」

「わかりましたよ。謝ってきます」アリスはぶすっとして言い、部屋を出ていった。

テオドラはほっとして蜂蜜入りのウイスキーのグラスを手に取り、ジェーンに微笑みかけた。「さあ、もう少し飲んで」

「お願いです。もう無理だわ」

「あと少しだけ飲んだら、二時間はそっとしておいてあげる」テオドラがじっと待っていると、ジェーンはどうにかウイスキーをほとんど飲みきり、トレイにグラスを戻した。「さあ、目を閉じて眠るのよ」

「病気なんかもういやです！」ジェーンが声を震わせた。

「わかるわ」テオドラは枕の形を整えると、ジェーンの頭の下に差し入れた。「でも、わたしを育ててくれた年配の乳母がよく言っていたわ。あなたにとって必要なのは、素通りしないものだって」

「どういう意味ですか？」

テオドラはベッドの端に腰を下ろした。「〝何事も起こるべくして起こる〟ということよ」

「なんだかずいぶん運命論的ですね」ジェーンが小声で言った。まぶたは重たげに閉じかけているのに、体のほうはもぞもぞと上掛けを蹴ったりシーツを引っ張ったりしている。

熱のせいで体じゅうが痛むのだろう。だが、じきにウイスキーとアヘンチンキの効果が現れるはずだ。「馬車でここに来るとき、ダンスキー・ハウスの様子は見えた？」

「いいえ、あまり」ジェーンがとろんとした目をちらりと室内に向けた。「ミスター・ダグラスはこのお屋敷をさぞ誇りに思っていらっしゃるんでしょうね」

「そうだといいけれど」

ジェーンがテオドラに視線を戻した。「違うんですか？　とっても素敵に見えますけど」

「そうなる可能性もあったでしょうね。でも、コナーは管理もせずに放ったらかしにしているのよ。海の男だから、身を落ち着ける気は毛頭ないみたい。だから自分の屋敷がこんな状態になるまで放置したまま、海に出てしまうの」

ジェーンが眉根を寄せてあくびを噛み殺した。「男性は家庭に対する考え方が女とはまったく違いますものね。わたしたち女にとって、家は安心してくつろげる場所ですけど、男性の場合は、所有する建物だと子どもの頃から教えられますでしょう。それどころか、おもちゃの家のように収集するものだとも。ほら、国王だってとんでもない数の屋敷を所有しているじゃありませんですか。城にマナーハウスに領地……くだらないですよね。実際に暮らせるのは、そのうちの百分の一もないでしょうに」

「コナーが所有しているのはこの家《ホーム》だけよ」

「この家《ハウス》だけですね」ジェーンが〝家庭〟ではなく〝建物〟だとそれとなく訂正し、眠そうに目をしばたたいた。

テオドラは寝室を見まわし、天井蛇腹《コーニス》の装飾を惚れ惚れと眺めた。「とても素敵な家になりそうなのに。このスコットランド様式の建物は、一七〇〇年代に建てられたものなの。あなたもここに来るときに気づいたかもしれないけれど、寄せ棟屋根で、コーニスの装飾も凝っていて……あとは、あなたがもう聞き飽きたと言えるくらい元気になってから説明してあげるわ」

ジェーンが眠たげな顔でささやいた。「もっと聞かせてください。古いお屋敷が大好きなんです」

「わたしもよ」テオドラは立ちあがると、布をすすいでから再びジェーンの額にのせた。「じっくり見たら、この屋敷が大好きになると思うわ。わたしもそうだったから」テオドラは声を和らげ、歌うような口調で続けた。「最上階の子ども部屋と使用人部屋には屋根窓があって、煙突が六つもあるのよ。だからきちんと手入れされていなくても、この屋敷は驚くほど暖かいのね」

ジェーンは目を閉じたが、眉をかすかにひそめた。

「舞踏室の天井は本当に見事よ。あの漆喰の装飾を見たら、あなたも息をのむはずだわ。花輪と小花があしらわれていて、なんとも言えない美しさなの。ただし、きれいに掃除する必要があるわね。ほら、隙間に埃がたまるとどうなるかわかるでしょう。それから舞踏室にはマントルピースが二つあって、一つは大理石で、もう一つは……」テオドラが声をだんだん小さくしていくと、ジェーンは穏やかな顔つきになり、呼吸が深くなって、やがて眠りに就いた。

かわいそうに……。テオドラはジェーンの上掛けのしわを伸ばした。足音を忍ばせて部屋を出ようと、向きを変えたところで動きを止めた。

ドアの前にコナーが立っていた。がっしりした胸の上で腕組みし、しかめっ面をしている。

テオドラは一瞬、心臓が止まったかと思った。「そんなところに立っていたなんて気づかなかったわ」

コナーはなおも彼女を見つめている。深刻な問題に頭を悩ませているような表情で。

テオドラはコナーに数歩近づいた。「どうしたの?」

「この屋敷について、なぜそんなによく知っているんだ? きみがミス・シモンズに教えた話の半分も、わたしはきみに話したことがないはずだが」

なんてこと。コナーは話を聞いていたのだ。テオドラはそわそわしながら唇を湿らせた。

「さあ、なぜかしら。きっと……何かで読んだのかもしれないわね」ジェーンが寝ながら咳をした。その音で張りつめた空気がほぐれ、テオドラはほっとした。

コナーがベッドに視線を移した。「ミス・シモンズの具合はどうだ?」

ああ、助かった。話を聞かれてしまったとはいえ、コナーはこのまま忘れてくれそうだ。

「あまりよくないわね。どんどん体が熱くなっている感じがするの。きっと熱が上がっているんだわ」

コナーはしばらくジェーンを見つめていたが、やがてやけにしんみりした口調で言った。

「彼女を見ていると、なぜか姉を思いだすんだ」

テオドラは驚いて、眠っているジェーンを振り返った。コナーの言うとおりだ——ハート形の顔、優しい表情、青白い肌。「どうして今まで気がつかなかったのかしら」

「姉はもっと意志の強そうな顔つきをしていたが、ミス・シモンズは——」

そのとき、階下からドアを開け閉めする音がしたかと思うと、話し声とともに誰かが階段をのぼってくる足音が聞こえた。

「おそらくマレーだろう。わたしが案内しよう」コナーと目が合った瞬間、彼は自分が投げかけた質問を忘れてなどいないことがわかった。「あとで話がある」コナーは向きを変え、部屋をあとにした。

23

ランスが険しい表情を浮かべ、応接間をそわそわと歩きまわっていた。何度か部屋を行ったり来たりしたあげく、急に立ちどまり、怒気を含んだ声で言った。「やっぱり、あのいまいましい医者のそばについているべきだ」

コナーは暖炉の前に両脚を伸ばして座っていた。「マレーのやることに抜かりはない。それに、彼は仕事を邪魔されるのを嫌うんだ」

「ぼくは一つ質問をしただけで、邪魔をしたわけじゃありませんよ！」

「矢継ぎ早に十以上は尋ねていたが」

ランスが顔を赤らめた。「ぼくはただ、ジェーンの病状を理解しようとしただけです。彼女の顔色があまりにも……」ランスは息を吸いこみ、また部屋のなかを歩きはじめた。「ぼくたちをあんなふうに部屋から追いだすなんて、いったい何さまのつもりだ」

「だから言っただろう。安心して大丈夫だ。マレーはその道の専門家なんだから」

「何を根拠にそんなことが言えるんですか？　質問さえ受けつけようとしないのに」

「マレーが言ってただろう。ミス・シモンズを診察したあとで、いくらでも質問に答えると。はっきり言って、きみはマレーにしゃべる機会を与えなかったじゃないか」

ランスが肩を落とす。「そうでしたか？　ぼくはとにかく心配で」

るようだな」

「なるほど」コナーは探るようにランスを見た。「きみはミス・シモンズにかなり関心があるようだな」

ランスの顔に警戒の色が浮かんだ。「彼女に対して責任があるんですよ。ぼくがジェーンを雇って旅に同行してもらうことにしたわけだし、彼女の兄上にも約束したんです。きちんと面倒を見るって」

本当にそれだけだろうかとコナーは思った。理想を言えば、ランスが別の女性に夢中になってくれれば、テアは彼と自由に結婚できる。もっとも、彼女を説得できればの話だが。ある時点までは、妨げになるのはランスの存在だけだった。しかし、今は事情が変わった。

ランスがため息をついた。「あの医者はいくらなんでも無神経すぎますよ」

「マレーは船乗りの健康を守るために雇われているからな。ああ見えて、実は親切心の塊のような男だ。それにテアがつき添っているんだ。彼女がマレーに勝手なまねをさせるわけがないだろう。その点についてはきみも信用できるはずだ。テアは簡単に圧力に屈したりはしない」思わず声に称賛の色がにじんだ。

ランスが顔を輝かせた。「たしかにそうですね。テオドラは本当に素晴らしい女性ですから」

ランスが別の女性に心を奪われたのではないかというコナーの期待は、どうやら見込み違いだったらしい。驚くにはあたらない。テアのような婚約者がいるのに、ジェーンに心を惹かれるなどということはまずあり得ないだろう。

階段を下りてくる足音が聞こえ、ランスがドアに駆け寄った。「ああ、アリスか。ちょっとこっちへ来てくれ！」

アリスが重そうなトレイを持ってこちらに近づいてきた。コナーの予想どおり、いかにも腹立たしげな表情をしている。彼女が動くたびに、トレイにぎっしりのせられたからのグラスや、大きな水差しや、ほかの陶器がかちゃかちゃと音をたてて鳴った。

トレイの端を腰にあて、アリスがランスを見た。「なんでしょう？」

「さっきまでジェーンの部屋にいたんだろう。あの医者はなんと言っていた？」

アリスが顎を引きしめた。「まだ診察は終わってません。よければ、このトレイを厨房に戻しに行きたいんですが」

「あの医者が言ったことをすべて話してからだ」

アリスが首を横に振ったとたん、トレイの上の陶器が不吉な音をたてた。

ランスの目が光った。「いいからさっさと――」

「ランス！」コナーは助け船を出した。「医者の診察が終わってから話を聞けばいいだろう。それに、そのトレイはとんでもなく重そうだ」

ランスがトレイに視線を注ぎ、すぐに後ろめたそうに目をしばたたいた。「これは失礼。もっと早く気づくべきだった……いや、言い訳の余地はないな。とにかくぼくはジェーンが心配で」

アリスは鼻を鳴らしたが、いくぶん同情のこもった声で言った。「みんなが心配してます。

大丈夫ですよ。ミス・ジェーンは信頼できる人に任せてあるんですから」

ランスが明るさを取り戻した。「それじゃあ、あの医者は安心できるようなことを何か言っていたんだね？　ジェーンの体調はこれ以上悪化しないとかなんとか」

「郷士さまが部屋を追いだされてから、お医者さまはうんともすんとも言ってません」アリスはドアに向かい、肩越しに言った。「あたしが〝信頼できる人〟と言ったのは、ミス・カンバーバッチ＝スノウのことですよ。あのお医者さまは医術に詳しいのかもしれませんが、どう考えてもうすらとんかちですよ」なんだか得体の知れない言葉を残し、アリスが姿を消した。

ランスが困惑の表情を浮かべる。「〝うすらとんかち〟だって？　どういう意味だ？」

そのとき、階段からゆっくりとした足音がして、男性がしゃがれた大声で命令を出すのが聞こえた。テアの穏やかな声が返事をしている。

「診察が終わったようだな」コナーは言った。ランスがドアに近づこうとしたので、コナーは声をかけた。「わたしだったら、やめておくな。テアが玄関まで送ろうとしているのに、今きみが出ていったら、彼女から報告を聞くのが遅れるだけだ。テアがマレーを見送るのを待ったほうがいい」

「ぼくはあの医者から直接話を聞きたいんです」

「マレーはこうと決めたら、言うことを聞かない。テアに任せておけばいいんだ。あの偏屈なじいさんの扱いは彼女のほうがうまいはずだ」

ランスはどうにも納得がいかないようだったが、その場でじっとしているうちに、玄関のドアが閉まる音が聞こえた。

テアが心配げな表情で応接間に入ってきた。顔が青ざめ、こめかみを押さえていたせいか、髪がくしゃくしゃに乱れている。「ジェーンは肺炎を起こしているらしいの」

ランスの顔から血の気が引いた。「なんだって！」

「ドクター・マレーがおっしゃるには、きちんと治療すれば治るらしいんだけど……」テアは声を詰まらせたが、しばらくして落ち着きを取り戻した。「ここ数日が山だそうよ。もし熱を下げられなかったら……」首を横に振る。

コナーはテアのそばに行って抱きしめたいという強い衝動をこらえた。気丈な者の多くがそうであるように、彼女も自分の感情と必死に闘っているときに、人から優しくされるのをよしとしないはずだ。もう少し気分が落ち着いて、慰めを得たいと思ったときに抱きしめてやればいい。それでも、上階で休んでいる病人のことで胸を痛めているテアの姿を見ると、コナーは胸が締めつけられた。

ランスが悪態をつき、身を翻してテアの前に立った。「あのマレーって男はどうしたんだ！ジェーンの病気がそんなに重いなら、なぜ帰った？　当然ここに残るべきじゃ――」

「わたしからお願いして、帰ってもらったのよ。彼がいないほうがいいと思ったから」

「病人をいらだたせるからだろう？」コナーは静かに言った。

「そのとおりよ。ミスター・マレーにそのつもりはないんだけど、あのとおりぶっきらぼうでしょう。ジェーンは今、ひどく神経質になっているの。でもどう看病すればいいか詳しく教えてもらったし、薬もきちんと処方してもらったわ。完璧主義で知識の豊富なお医者さまなのね。何か病状に変化が見られたら、また連絡することになっているの」

コナーは椅子から立ちあがった。「それで、何をすればいい？」

テアが深い感謝のまなざしでコナーを見た。「今のところ、待つよりほかにできることはあまりないの。わたしはジェーンにつき添って、ドクター・マレーの指示にきちんと従っているかどうか確かめるわ」

ミセス・マコーリーが姿を見せた。心配そうに眉間にしわを寄せている。「ミス・シモンズがお嬢さまをお呼びです、ミス・カンバーバッチ＝スノウ。いくら言い聞かせても、ベッドから起きあがろうとするんですよ」

「すぐに行ってくれ」ランスが促した。

テアはまばたき一つしなかった。「ええ。ミセス・マコーリー、トーストと薄いお茶を部屋に運んでもらえるかしら？　何か口にするよう説得してみるわ」

「かしこまりました。すぐにお持ちします」家政婦は足早に立ち去った。

テアがため息をつき、疲れた様子で首を揉んだ。「ジェーンは絶対安静だそうよ。でもはっきり言って、彼女を安静にさせるのは至難の業だわ。具合が悪いだけでなく、神経が張りつめているし、ひどい咳のせいで体じゅうが痛むらしいの。それに、ひどく怯えているわ。重病だとわかっているのね」

「代われるものなら代わってやりたいよ」ランスが熱のこもった口調で言った。

「いかにもあなたらしいわね」テアが穏やかな表情で言った。

「さっきはきつい言い方をしてすまなかった。よくやってくれてるのに」ランスがテアの手を取り、彼女の指に熱烈に唇を押しあてた。「かわいそうなジェーンの看病をしてくれてありがとう。きみは本当に優しい人だ」

コナーは歯を食いしばった。なんてことだ。今はそんな愛情表現を見たい気分ではない。いや、そんなものを見せられるのは今後いっさいごめんだ。コナーが顔をしかめて足のせ台を蹴ったとたん、二人が驚きの視線を向けた。「いちゃつくのは勝手だが、あとにしてもらえないか。看病が必要な娘が上で待っている」

テアが頬を上気させてコナーをにらみつけ、ランスに握られた手を引き抜いた。「いちゃついていたわけじゃないわ。それはわかっているでしょう。でも、あなたの言うとおりね。わたしは別の場所で必要とされているの。ああ、ありがたいわ！」

テアが顎を上げ、部屋を出ていった。あとに残されたコナーは顔をしかめた。なぜか傷ついた気分だった。

24

暖炉のなかで薪が崩れ、火花が炉床に飛び散った。その音で、テオドラははっと目を覚ました。

ぼんやりする目をしばたたく。自分がどこにいるのかも、なぜいるのかもはっきりと思いだせない。ドレスを着たままでショールを肩にかけ、深い袖椅子のなかで横向きに体を丸めていた。肘掛けのクッションが硬いせいか、頬の感覚がなくなっている。

ゆっくりと身を起こして頬をさすった瞬間、膝から本がすべり落ちそうになり、とっさにつかんだ。作物の輪作に関する本？　ああ、そうだった、ジェーンに読み聞かせていたのだ。退屈な本を読んであげれば、すぐに寝つけるだろうと思って。ところが、どうやら読み手まで眠りこんでしまったらしい。

テオドラはあくびをすると、本を脇に置いて伸びをし、疲れた顔で時計に目をやった。一時間もしないうちに夜が明ける。今のうちに目が覚めてよかった。もうじきジェーンが薬をのむ時間だ。

立ちあがって、ベッドに近づいた。ジェーンはぐっすり眠っていた。頬が真っ赤で、唇はひび割れている。病気になってから二日経過した。昼も夜もない長い二日間だった。

ジェーンの額を撫でてみる。まだ熱がありそうだが、苦しそうな呼吸がいくらか楽になっているように思えた。ドクター・マレーのおかげだ。きっと薬が効いているのだろう。

とはいえ、ジェーンはまだ寝苦しそうに体を動かしていて、上掛けを蹴ってはがしたかと思えば、寒そうに震えている。そのうえひどく感情的になっていて、テオドラがそばにいないと、べそをかく始末だった。

テオドラは痛む首をさすった。ダンスキー・ハウスに到着してからというもの、三、四時間ほどしか続けて眠っていなかった。ジェーンが病気になる前の晩も寝不足だったことを考えれば、まっすぐに立っていられるのが不思議なくらいだ。腰にも痛みを感じ、両手をあてて体を伸ばし、あくびを噛み殺した。こんなに疲れを感じるのは初めてだった。

また薪が崩れる音がした。テオドラが暖炉を見ると、火が消えかけていた。テオドラはため息をつくと、暖炉に近寄って薪をくべ、燃えさしをかき起こした。袖椅子に戻る途中で、長椅子に恨めしく目をやる。横になって少し眠りたかった。ジェーンが薬をのむ時間までに起きられるだろうか。

やはり起きていることにしよう。袖椅子に座って、時計が七時を告げるのを待つことにした。疲れていて頭が重い。クッションにもたれ、目を閉じて休めた。暖炉の火の暖かな光でさえ、今はやけにまぶしく感じられる。

ちょっと目を閉じただけのつもりが、いつのまにか夢のなかにコナーが忍びこんできた。深みのある心地よい声に耳をくすぐられ、テオドラは眉をひそめて身じろぎした。

「テア」

ああ、雪の日に飲むホットチョコレートのように魅惑的な声だ。

「おい、起きろ」

なぜ起きなければならないの？　テオドラはまた眉をひそめ、体の位置を変えてさらに小さく体を丸めた。

「おい」コナーがなおも言い続ける。

夢のなかでも命令してくるなんて。テオドラは目をきつく閉じて小声で言った。「あっちへ行って」

頬に触れる温かな手を感じた。「そうはいかない」

テオドラが目を開けると、コナーの顔がぼんやりとかすんで見えた。夢ではなかった。コナーはかがみこむと、片方の手を椅子の肘掛けに置き、もう一方の手をテオドラの膝にのせた。「椅子からずり落ちそうになってるぞ」

椅子？　目をしばたたき、あたりを見まわす。ジェーン。大変だ、薬の時間！　すばやく起きあがろうとして、こわばった首が抗議の声を発した。「ああもう、馬に蹴られたみたいに痛いわ。今、何時かしら？」

「まもなく七時だ」

「起こしてくれてありがとう。ジェーンに薬をのませる時間なの」立ちあがろうとしたものの、椅子のなかで縮こまっていたせいで左脚がしびれていて、その場に座りこんだ。

コナーが楽々とテオドラを抱き起こした。胸に抱き寄せられたとたん、テオドラは彼のコロンの香りに鼻をくすぐられた。

ついさっきまでぐっすり眠っていた五感がいっきに目を覚ました。テオドラはうめき声をあげそうになるのを必死にこらえた。

コナーが笑い声をあげた瞬間、温かな息が耳にかかり、背筋がぞくぞくした。「抱きしめてほしければ、そう言ってくれ」彼が頬を寄せてくる。

コナーの腕に抱かれるのは大好きだ。背中を撫でられているうちに、疲れた筋肉がほぐれてくる。やめてほしくない。このままじっとして……。

だがジェーンに薬をのませなければならないし、もうじき医師が来る頃だ。

がっかりしながらコナーの腕を振りほどいたとき、暖炉の上の鏡に目がいった。「まあ!」テオドラは乱れた髪を撫でつけた。眠っているあいだにヘアピンがほとんど落ちてしまったらしく、髪の房があちこち突きだしている。「まるで針刺しみたいじゃないの!」

コナーがテオドラの両手を取り、それぞれの手に軽くキスをした。「たとえ髪がなくなっても、きみはきれいだ。茶色の大きな瞳も、カールした長いまつげも、そして唇も……」テオドラの唇に視線を落とし、うめき声を発した。「ああ、その唇を見ていると――」

「テオドラ?」

ジェーンだ!　魅惑的なコナーの腕から身を振りほどくと、テオドラは洗面台に行き、冷たい水に布を浸して絞ってからベッドに駆け寄った。「目が覚めたのね!　気分はどう?」

ジェーンの眉間に寄せられたしわがすべてを物語っていた。テオドラはジェーンの眉間に冷たい布を置いた。「まだ気分が悪いのね。でも、ちょうどよかった。薬の時間よ」

「いやです」ジェーンがかすれ声で言い、顔をしかめた。「とてつもなく苦いんです！」

「ええ。だけど、咳がおさまるわ。そうだ、ここに来てからまだ一度も作ってもらっていないけれど、評判のスコーンを焼いてもらおうかしら。ミセス・マコーリーにお願いして、評判のスコーンを焼いてもらおうかしら。あれを食べたら、ひどい薬の味なんてすぐに消えてしまうわ」

ジェーンが顔をそむけた。「食欲がないんです」

「まだスコーンは試していないでしょう。わたしが今まで食べたなかでも、いちばん心に残る味だったのよ」ジェーンが返事をしないので、テオドラは身をかがめてジェーンの耳元でささやいた。「あなたにお客さまよ」

ジェーンがテオドラに顔を向けた。「誰ですか？」

「紳士よ」

ジェーンがテオドラの背後に視線を向けた——椅子のそばに立っているコナーに。「ミスター・ダグラス！」

「コナーと呼ぶはずだっただろう？」コナーが笑みを浮かべ、ベッドに近づいてきた。「診察を受ける準備があるだろうから、手間を取らせるつもりはないよ。ただちょっと様子を見ておきたいと思ってね」

ジェーンのやつれた顔に嬉しそうな笑みが浮かんだ。「まあ、ご親切にありがとうございます」

「聞こえたか？　テア。わたしは親切なんだぞ」コナーが冗談めかした口調で言った。

「たしかに聞こえたけれど、ジェーンは今、熱があるのよ。彼女の言うことはあてにできないわ」

ジェーンがまばたきをした。「わたしは心からそう思っているんです！」

テオドラは微笑んだ。「もちろんよ。さあ、仰向けになって。毛布をかけてあげる。たった今、馬車の音が聞こえたから、お医者さまがいらしたんだわ」

ジェーンが毛布をつかんだ。青灰色の目に涙が浮かんでいる。「帰るように言ってください。あのお医者さまは好きになれないんです」

「好きな者など誰もいない」コナーがあやすように優しく言った。「だが、することに抜かりはないんだ。あの名医の気に入るようにおとなしくして、彼の物言いを気にしないようにできたら……そうだな、ひょっとしたら診察のあとで、誰かさんが本を読み聞かせてくれるかもしれないぞ」

「誰かさん？」

「コナーのことよ」テオドラは言った。「わざと謎めかしているの」

「まあ、そんなあからさまなほのめかしに気づけないなんて、われながら情けないです」

テオドラは手を振り、コナーを追いやろうとした。「お医者さまを迎えに行って」

コナーが目配せすると、ジェーンが嬉しそうに頬を赤らめた。コナーがドアに向かい、テオドラもあとに続いた。

廊下に出ると、テオドラは小声で言った。「お見事だったわ。おかげで今日は、お医者さまの辛辣な言葉を真に受けずにすみそうよ」

コナーがテオドラの顔を見た。「ずいぶん疲れているみたいだな。自分の体をいたわってきちんと休まないと、きみまで病気になるぞ」

彼の優しい表情に気遣い以上の感情がこめられているのがわかったが、テオドラは必死に気づかないふりをした。「ジェーンの具合がもう少しよくなったら、アリスに何時間かつき添ってもらうつもりよ。でも今は、わたしじゃないと落ち着かないみたいなの」

「まったく、きみは本当に頑固だな」コナーにしてみれば、テアの目の下にかすかにくまができているのも、痛そうにずっと首をさすっているのも気に入らなかった。テアが疲れきっているのは一目瞭然だ。くそっ、なぜこんなに強情っぱりなんだ？　コナーがテアの背後に目をやると、ジェーンは目を閉じていた。眉根を寄せているということは、眠ってはいないのだろう。「わたしが見舞いに来たのをいやがるふうはなかったが」

「男性にちやほやされて嬉しくない女性はいないもの」

「それが回復に役立つと思うか？」テアがうなずいたので、コナーは力をこめて言った。

「マレーが帰ったら、また戻ってこよう」

テアが目を見開いた。「あなたが？」

コナーは顔をしかめた。「わたしじゃだめなのか？」

「だって……ええと、あなたは……」テアは手を振った。

コナーは腕組みした。「わたしがなんだ?」

テアが唇を噛む。「なんでもないわ」

コナーはあきれて鼻を鳴らした。「あとで戻ってくる。体面を気にしているなら、ドアを開け放しておいて、部屋の前にアリスを座らせておけばいい」

「そうじゃないの。ジェーンの世話をするのは骨が折れるのよ。ほとんど眠っているけれど、目を覚ますと、小さな子どもみたいに駄々をこねるの」

「甥のもとを訪問するときのいい練習になる」

テアがさらに何か言おうと口を開いたが、コナーは彼女の唇に指をあてた。

「きみの言い分はいくらでも聞くが、どうせ時間の無駄だ。きみがうなずきさえすれば、わたしはマレーを迎えに行く」

テアがコナーの手を取って唇から離したが、自然な形で指をからめてきた。どうやら無意識にそうしたようだ。「コナー、気を悪くしないでほしいの。ただ、あなたが協力してくれるとは思いもしなかったから」

「おいおい、どうしてそんなことが言えるんだ? わたしは初めからずっと協力してきたじゃないか」

「いいえ、あなたはずっと協力とは正反対のことをしてきたでしょう。駆け落ちをやめさせようとしたり、ランスの好ましくない点をあえて示そうとしたり、シャペロンをつけて事態をこじれさせたり、それから——」

「いいだろう。きみの駆け落ちをやめさせようとしたことは認めよう。だが、今回は違う」コナーは深く息を吸いこみ、そっと指をほどいた。「きみの駆け落ちの邪魔をするのはもうおしまいにする」

彼女は目を丸くした。警戒する顔つきになっている。「おしまいにする?」

「ああ。きみとの結婚はあきらめることにした。ただし、きみにはランスと結婚して、自分の人生を台なしにするようなまねはしてほしくない。ランスはいいやつだが、きみにはそぐわない」

テアが見つめてくる。「あきらめる? それじゃあ……もう結婚するつもりは――」

玄関のベルが歌うように美しく鳴り響いた。ミセス・マコーリーが甲高い声で挨拶するのが聞こえた。

テアの顔から表情が消えた。「お医者さまだわ」

その瞬間、話は終わった。まあいいだろう。「じゃあ、またあとで」コナーは未練を残しながらその場を立ち去ったが、さまざまな考えが頭のなかを駆けめぐっていた。まだ望みはあるのだろうか? 確信を持てればいいのだが。

「ああ、あなたを探していたんです!」

図書室の書棚の前に立っていたランスが、いそいそと歩み寄ってきた。手に薄い本を持っている。「階段を下りてくる音が聞こえたので。あの医者はもう帰ったんですか? ジェーンについて何か変わったことは？」

「今、診察しているところだ。今しがた様子を見てきたが、いくらかしゃきっとしているように見えたよ」

「それはよかった」ランスが唇を噛み、眉間にしわを寄せた。「大変な二日間でしたね」

「ああ」コナーは部屋に入り、すばやくあたりを見まわした。「そういえばここに到着してから、この部屋には一度も足を踏み入れていなかったな」

「そうなんですか？　素晴らしい蔵書ですね。あなたは何を読むんです？」

「主に船舶関係の本だが、船に置いてあるんだ。ここにある本のほとんどは……」コナーは近くの書棚を指し示した。「もとからこの屋敷にあったものだ。目録を作ろうと思っているものの、なかなか時間が取れなくてね」

ランスが手に持った本をぽんと叩いた。「これはイタリアに関する本ですね。前々から一度行ってみたいと思ってるんですよ」

「ぜひ行ったほうがいい。美しい国だ。だが、今は朝食をとろうじゃないか。さあ、行こう」

コナーはランスの肩に手をまわし、ドアのほうに向かせた。「まだすませていないんだろう？」

「ええ、でも食欲がないんです。かわいそうなジェーンのことが気になってしかたなくて」

コナーは眉を上げた。「テアもだろう」

「ええと、もちろんです」ランスが後ろめたそうな視線を投げてくる。二人は廊下に出た。

「テオドラはどうしてますか？」

「疲れきっているよ。この二日間、ろくに寝てないからな」

「体に障りますね」ランスがため息をつき、コナーの隣を歩きはじめた。「ぼくが役に立てることがあればいいんですけど」

「残念ながら……」コナーは立ちどまった。「待てよ、一つだけある。だが、さすがに無理な注文かもしれないな」

「そんなことはありません」ランスが待ってましたとばかりに言った。「なんですか？」

「これから毎日、われわれの病人としばらく一緒に時間を過ごせないかな？　本を読み聞かせるのはどうだろう？　そうしてくれると、そのあいだにテアが休めるんだが」

「ええ、ぜひ！」自分が興奮しすぎたことに気づいたのか、ランスが恥ずかしそうな視線を送ってよこし、抑えた口調でさらに言った。「テオドラの役に立てるなら、なんでもします」

「だろうな」

「ジェーンはイタリアの話を聞いて楽しめると思いますか？」

「もちろんだ」コナーは先に立って朝食室に入りながら、あたり障りのない話を続けた。朝食の皿の前に座ると、コナーはランスの話に耳を傾けた。ランスはイタリアじゅうを、なかでもヴェネツィアを見てまわりたいのだという。

コナーは普段から朝食を楽しみにしている。しかしミセス・マコーリーはだいたいにおいて期待を上まわる働きをするのに、料理だけは例外だった。いつもなら船の料理番を同行させるのだが、今回はパーティーの予定がないため連れてきていなかった。コナーは料理番特製のケーキとハムの朝食が恋しかった。そろそろ彼をダンスキー・ハウスに呼び寄せようか。

コナーはため息をつくと、ぼんやりしながらバターを塗ったトーストを一口かじった。そうだ、ミセス・マコーリーにあの悪名高きスコーンを作ってくれと頼んでおいたほうがいいだろうか。テアが言いだしたことだが、考えてみると素晴らしいアイデアだ。ジェーンが食べてみたいと思うかもしれないし……。

待てよ。ふとさまざまな考えがいっきに浮かんで、コナーはトーストを見つめた。スコーン？　なぜテアはあのスコーンを知っているのだろう……。

コナーはトーストを皿に戻し、立ちあがった。

ランスが話をやめた。驚きの表情を浮かべている。

「失礼する」コナーはきっぱりと言った。「ミセス・マコーリーに用があるんだ」

「何かあったんですか？」

「いや、今のところは」そう言い残し、朝食室をあとにした。

25

ランスがドアの隙間から顔をのぞかせた。「入ってもかまわないかい？」

テオドラは清潔な布を洗面台に重ねて置くと、顔を上げて微笑んだ。「まあ、来てくれたのね。今日は気が変わったのかと思っていたのよ」

ジェーンが病気になってから一週間が経った。ぶっきらぼうではあるものの熟練したマレーが監視の目を光らせていたおかげで、ジェーンは日を追うごとに回復していた。テオドラが看病で疲労困憊せずにすんだのには二つの理由があった。一つは、意外なことにランスがジェーンに毎日本を読み聞かせると申しでてくれたこと。もう一つはコナーがうまく屋敷を切り盛りしてくれていることだ。

テオドラはどちらにも驚いた。まず、ランスの協力によって休憩時間を取れるようになった。快方に向かったジェーンが時間を持て余すようになっていたから、なおさらありがたかった。そして、コナーが人手不足に悩まされていたミセス・マコーリーに救いの手を差し伸べたおかげで、屋敷は以前よりも住みやすくなった。コナーが自分の部下の船乗りたちを呼び寄せ、屋敷のなかの重要な仕事を任せたのだ——スペンサーが昼食をのせたトレイを運んでくることもあれば、マクリーシュが厨房の裏でアリスに監督されながら洗濯する姿を見かけたこともある。料理番の小柄なガリア人が、肉づきのいい鶏がいないとか、食品貯蔵室にまともなコショウがないなどとまくし立てたため、今では厨房で素晴らしい料理が作られるようになった。

コナーの部下の船乗りたちが人手不足の穴を埋めていた。ミセス・マコーリーによれば、コナーが指揮を執ったのだという。

ところがあるときテオドラがコナーに礼を言おうとしたら、途中で話を切りあげられた。このところなぜかそっけない態度を取られたり、陰気な顔で見つめられたりするので、妙に落ち着かない。何かがおかしいのに、その理由がどうしてもわからなかった。ジェーンの世話で疲れていなかったら、コナーを問いつめたかもしれない。だがいくら屋敷がうまく切り盛りされるようになったとはいえ、テオドラはジェーンの看病だけで手いっぱいだった。

「今日の調子はどうだい？」ランスは本を小脇に抱えていた。真っ先にジェーンに目をやると、足取りも軽やかに部屋に入ってきた。

窓から差しこむ夕方近くの太陽の光が、広いベッドに降り注いでいる。ジェーンは病気でやつれたせいで、以前よりも小さく見えた。彼女は目を閉じ、じっと横になっていた。

「めきめきよくなっているわ」テオドラは答えた。「ドクター・マレーが出してくださった薬をのめば、もっとよくなるはずなんだけど」

ジェーンが眉根を寄せて難色を示したので、ランスが笑みを浮かべ、わざと威厳のある口調で言った。「さては、今日は手を焼かせているな？」

ジェーンが目を開け、渋面を作った。「あの薬は嫌いなんです」

「わかるわ」テオドラはベッドに近づき、毛布を整えた。「でも、よくなるためにはのまないと」

「本当にひどい味なんですよ」ジェーンが不機嫌そうに言った。「あれをのむと吐き気がすると言っても、お医者さまは耳を貸そうともしないんです。それどころか……」今にも泣きだしそうに声を震わせた。

「それはひどいな！」ランスが声をあげた。「きみの代わりに、ぼくがあの医者を見つけて息の根を止めてやろうか。それとも自分で出した薬をのませて、味を確かめさせようか」

ジェーンの唇の震えが止まり、面白がるように目がかすかに光った。「ええ、ぜひ」

「それじゃあ、一度に二回分の薬をのませてやろう」

ジェーンがようやく笑顔になった。「五回分にしてほしいわ」

「よし、五回分だ。でもその前に、ぼくたちは今日の旅で何を見つけるのか知りたくてたまらないよ」

ジェーンが機嫌を直した。ランスが広大な図書室から見つけてきた本を読みながら、実際にイタリアを旅しているふりをする遊びに二人とも夢中になっているのだ。

「今日はどこに行くんですか？」ジェーンのかぼそい声には好奇心がにじんでいる。

ランスはベッドのかたわらにある椅子に腰を下ろすと、本を開いて、ページのあいだにはさんである栞を外した。「古都ミラノを旅してみようと思う。美しい教会に、あの有名なレオナルド・ダ・ヴィンチの絵があるらしいんだ」ランスがページのしわを伸ばした。「覚えているだろう。昨日は、小さいけれど魅力あふれるパヴィアという町を訪れた。今日はそこから馬車で二時間ほど進んで……道はわりと整備されているらしいんだが、ミラノに入ろう。昨日の田舎の旅とは違って、かなり大きな都市だ。そろそろ旅を始めていいかい?」

ジェーンが待ちかねたように言った。「ええ、いつも本を読んでくださってありがとうございます」ジェーンがランスの顔をのぞきこんだ。「本当に退屈ではないんですか?」

「とんでもない! きみが眠っているあいだも、先を読みたくてたまらないくらいだよ。以前からずっと旅をしたいと思っていたからね」

ジェーンがため息をもらした。「わたしもなんです。実際にこの目で見ることはこの先もないでしょうけど、行った気分に浸るだけでも楽しくて」そう言って、まつげの下から恥ずかしそうにランスを見あげた。「いくら感謝しても足りないくらいです。暇つぶしにはもってこいですから」

ランスが微笑んだ。「できれば自分の手柄にしたいところだが、実はミスター・ダグラスの提案なんだ」

ジェーンが頰を赤らめたのは、熱のせいではないに違いない。「ミスター・ダグラスはとても優しい方なんですね」

テオドラはどうしてこんなに胸が痛むのだろうと思った。このところ、コナーがまるで別人のようになってしまい、なんとなく満たされない気分だからだろうか。

テオドラは作り笑いを浮かべた。「それじゃあ、二人で旅を楽しんで。道に迷わないよう祈っているわ。本のページのなかに捜索隊を出すはめになるのはごめんだもの」

「道に迷うことはないよ」ランスが自信たっぷりに言った。

ジェーンがはにかんでランスに笑いかけた。「でも、道に迷うのもそんなに悪くないです。それだって冒険のうちですもの」

「たしかにそうだな……気心の知れた相手と一緒なら」

ランスが真面目くさった口調で言ったので、テオドラは探るように彼を見た。ジェーンがコナーに胸をときめかせているのが残念だった。それというのも、ジェーンには向こう見ずな私掠船の船長よりも、誠実で慎重な地方の郷士のほうがふさわしい気がしたからだ。

悲しいかな、自分にはどちらの男性もそぐわない。突然、テオドラは自己憐憫の情に駆られたが、その考えを頭から振り払い、そっけなく言った。「そろそろ失礼するわ。窓の掛け金の具合を誰かに見てもらえるように、ミセス・マコーリーに頼まなければならないの。ときどき隙間風が入ってくるのよ」

ランスがうなずく。「ぼくの部屋でも同じことが起きたから、ミスター・ダグラスに伝えてみたんだ。そうしたら一時間もしないうちに彼の部下が修理してくれたよ。とても腕のいい船大工らしい」

「本当に?」コナーはこの一週間で、屋敷を荒れ放題にしておくと、それ相応の代償を払わされるはめになると気づいたのだろうか。

だからといって、何かが変わるわけではないだろうけれど。

ランスが本を読みはじめたので、テオドラはドアを開けっ放しにして部屋をあとにした。

テオドラが廊下に出ると、ベッドがよく見える位置に置かれた椅子にアリスが座っていた。シャペロンとしての務めをきちんと果たしているのだ。かたわらにはリネンが山のように積まれていた。テオドラの姿を認め、アリスが顔を輝かせた。「あら、お嬢さま！　あたしたちの病人はずいぶん元気を取り戻したようですね」

「ええ。ミセス・マコーリーにリネンの繕いものを頼まれたのね」

アリスが鼻を鳴らした。「ほころびを直す必要があるから繕ってるんです。あの無愛想な家政婦に命令されたからじゃありません」

「あなたたち二人は以前よりうまくやっているように見えるけど」

「暗黙の了解があるんですよ。向こうはあれこれ指図しない。あたしは自分のすべきことをする」

テオドラは思わず噴きだした。「みんなが幸せなら、わたしも幸せよ」衣ずれの音をたてながら、きびきびした足取りで階段を下りた。少しのあいだだけでも、病人のいる部屋から出られるのはありがたかった。切望していた昼寝をする前に、寝室の隙間風についてミセス・マコーリーに話しておく必要がある。ジェーンがまた眠りに落ちる前に、誰かに修理してもらえるかどうかを。階段を下りきると、居間のドアが開いているのに気づいた。きっと、ミセス・マコーリーが掃除をしているのだ。テオドラが部屋に入ると、分厚い絨毯が足音を消した。

家政婦の姿はなかった——代わりにコナーがいた。彼は海を見おろせる窓辺に立っていた。腕組みをして、船にいるときのように足を床に踏ん張っている。

テオドラは目をそらせなくなり、思わず歩みを止めた。

いつもの洗練された物腰はすっかり消え、コナーはありのままの姿をさらしていた。脱いだ上着が近くの椅子の背に放り投げてある。飲みかけのウイスキーの入ったグラスを持ち、ほとんどからっぽのデカンタが机に置いてあるということは、飲んだのは一杯どころではなさそうだ。ほどかれたクラヴァットがだらりと首からぶらさがり、はだけたシャツから日焼けしたたくましい喉元がのぞいている。顎にうっすらと髭が伸びているせいで、獰猛な野獣のようにも見えた。

全身に震えが走り、テオドラがはっと息をのんだ次の瞬間、コナーが振り返った。独占欲をむきだしにした目で、食い入るように彼女を見つめてくる。

「そうか、ついに病人のいる部屋から逃げだしたわけか？」

やはり少し酔っているようだ。しかも怒りをあらわにしている——危険な組み合わせだ。少しでも分別が働いたなら、テオドラはきびすを返して走り去っていただろう。今のコナーに近づくのは危険だと本能が警告を発している。それなのに彼を避けるどころか、どうしようもなく引き寄せられた。

コナーが物思いに沈んだまなざしを投げかける。荒々しい視線をテオドラの顔に向け、唇に留めた。「さて、どうしようか」

テオドラはじっと待った。心のどこかでそばに来てほしいと願いながら。

焼けつく沈黙のあと、コナーが窓に向き直り、視界に入ってきた船を見つめた。

顔に深いしわが刻まれ、船が恋しくてたまらないと、淡い青の目が語っている。

窓の外では海が渦巻いていた。真っ白に泡立つ波頭が手招きをしているように見える。海がコナーを呼んでいるのだ。身がよじれるような嫉妬心をどうにか胸におさめ、テオドラは口を開いた。「今日は海が緑色なのね」

「そわそわしているんだよ。もうじき嵐になると、海もわかっているんだ」

コナーがかすかに窓のほうに身を乗りだした。荒れ狂う海に戻りたい衝動を必死にこらえているかのように。

「海の色でそんなことまでわかるの？」

「色、風向き、押し寄せては砕け散る波の様子……見る目があれば、海は秘密を明かしてくれる」

海を愛しているのだ。海の話をするときは、いつも顔を輝かせている。呼吸をするのと同じくらい、コナーのなかでは大切な一部となっているのだろう。

テオドラは肩を落とさないように深呼吸をした。彼は陸にいると不機嫌になるのだ。檻に閉じこめられて怒り狂う熊のように。テオドラは強い疲労感に襲われてベッドにもぐりこみたくなり、立ち去ろうと向きを変えた。

「テア」

テオドラは目を閉じた。コナーの声がさざ波のように全身に広がり、しわ加工《クラッシュト》の施されたベルベットで撫でられたように肌がぞくぞくした。

コナーはテアを見つめた。彼女が息をするたびに、肩がかすかに上下している。「何か用があったのか？」

テアが背筋を伸ばし、頭を上げて向き直った。目に哀愁の影が宿っている。「ミセス・マコーリーを捜していたら、あなたがいたのよ」コナーを見たあと、窓に目を移した。「海が恋しいのね」

コナーは肩をすくめた。「わが家だからな」

テアがまつげを伏せ、握りしめた両手に視線を落とした。彼女の気に障ることを言ってしまったのだろうか。

「きみだってわかっているだろう」コナーはいらいらして言った。

「ええ」テアが一瞬、コナーの背後の海に視線を向けたかと思うと、隣にやってきて窓の外の逆巻く波を眺めた。

腕がわずかに触れ合った瞬間、コナーはテアの香水のかすかな香りに鼻をくすぐられた。

「〈エメラルド号〉が波止場に停泊しているのが見えるかい？　その先の防波堤が海に突きだしているところで、波が逆巻いているだろう」

「ええ、波がいちばん高くなっているところね」

「妖精の旗《フェアリー・フラッグ》、白い波だ」

「あなたの部下の船乗りたちはそう呼んでいるの？」

「海の男はみな、そう呼ぶんだ」コナーはテアの後ろに移動して、彼女の腕を手でそっと包んだ。「ほかにもまだある」

テアがはっと息をのんだが、身動き一つしなかった。

コナーは手をすべらせてテアの手を取ると、二人で伸ばした腕の先に目を向けさせた。

「あそこを見てくれ」

テアが心持ち後ろに体を倒し、胸にもたれかかってきた。「ええ」

「崖の手前で波がうねってるだろう？　あの波は舞台に上がった踊り子だ。だが本番を迎えるのは……潮の流れが一つになるときだ」

「崖の真下で波が渦巻くのね」

「ああ。二つの潮の流れが交わり、浅瀬に打ち寄せて踊るんだ。ただし、幸せな恋物語とは言えない。周囲を巻きこんで、傷つけ合うわけだから。あの流れが崖の岩を削ってるんだ」

「せつない関係ね」テアがさらにコナーの胸にもたれかかった。

コナーはテアの重みを受けとめると、両腕で抱きしめ、彼女の耳に唇を寄せた。「きれいだと思わないか？」

「ええ、とても」テアが息をのんだ。欲望に身を震わせているのだ。息苦しい沈黙のあと、テアが口を開いた。「たしかに美しいけれど、海はあなたの家ではないわ。あなたの家はこ**こ**の屋敷よ」

コナーは抱きしめる腕に力をこめ、彼女の頬に顎を寄せた。「わが家のような場所を求めて屋敷を手に入れたわけじゃない。船の本拠地が欲しかったからだよ。ポートパトリックはすぐれた港だ」

「ただそれだけのために、このダンスキー・ハウスを手に入れたの？　港のために？」

「そうだ。あのときはそれで十分だった」コナーはシルクのようになめらかな首筋に向かって言うと、彼女の肌の香りを胸いっぱいに吸いこんだ。「あれが見えるかい？」水平線上に一隻の船が現れ、港に向かって進路を変えた。波の上で白い帆がはためいている。足元で船の甲板が揺れている気さえして、開放感を覚えた。「姉から海の素晴らしさを教わったんだ」

テアが首をめぐらし、コナーを見あげた。「アンナから？」

「ああ。姉は夕食のあと、よく本を読んでくれた。姉のうまさといったら！　声色を変えて、迫真の演技をするんだ。実際に目の前で物語が繰り広げられているかのようだったよ」鮮やかな記憶に押し流されそうになり、コナーは咳払いをしてから続けた。「われわれ兄弟がやんちゃになるにつれて、姉は冒険にあふれた物語を読んでくれるようになった。海賊、洞窟探検、財宝、帆をいっぱいに張った船なんかが出てくる話だ」ああ、姉さんに会いたくてたまらない。さまざまな思い出がよみがえって胸が痛む。

その気持ちを察したらしく、テアがコナーの頬に頭を預けてきた。コナーはその温かさにほっとした。「それであなたたち兄弟は大人になって、本物の冒険をするようになったのね」

「そうだ。海がいちばんわが家のように感じられる」

テアが思いやりに満ちた茶色の目でコナーを見た。「ええ、わかっているわ」

短い言葉のなかに悲しみがにじんでいるように思えて、コナーは胸が締めつけられた。

互いの目に、はっきり映っていた——二人のあいだに果てしなく広がる海が。

コナーが窓の外に視線を戻すと、旗が見分けられるほど船が近づいていた。「あれもわたしの船だ」

テアが視線の先を追う。「立派な船ね」

「〈プロミス号〉という第二船団の船だ」コナーは船の背後の海に目をやった。「ほかの三隻はどうしたんだ？　一隻だけで港に入ることはまずあり得ないのに。もっとも、あの船がいちばん速いから、ほかの船を置いて全速力で進んできたのかもしれないな」コナーはにこやかな笑みを浮かべた。「船長は若い男なんだが、こらえ性がないことで知られてるんだ」

「部下たちはあなたにとって家族同然なのね」

「気のいい連中なんだよ、テア。きみも彼らと親しくなればわかる」しかし、そんなことは起こらない。ジェーンの体調がよくなったら、テアはこの屋敷を離れ、自分は一人ここに残るのだから。コナーはテアから体を離し、顔がよく見えるように自分のほうを向かせた。

「わたしはきみに打ち明け話をした。今度はきみの番だ」

テアが困惑した表情を浮かべた。「打ち明け話？　なんの話をすればいいの？」

「スコーンだ」コナーは単刀直入に言った。

テアが目をしばたたいた。「スコーン？」

「先週、きみはミセス・マコーリーに評判のスコーンを焼いてもらおうかと言っていた。あのときは何も思わなかったが、ミセス・マコーリーがどんなスコーンを作るのか、なぜ知っていたんだ？」

テオドラは深く息を吸いこんだ。ああ、どうしよう。

「きみは以前にも、このダンスキー・ハウスに来たことがあるんだな」

テオドラは両腕をさすった。コナーの腕のなかに戻りたかった。「一度だけ」

「いつだ？」

「数カ月前よ」

「なぜ黙っていた？」

「なぜって……」なぜかというと、そのときの訪問で事情ががらりと変わってしまったからだ。でも彼女が正直に答えれば、コナーは理由を知りたがる。彼に秘密を打ち明けるわけにはいかない。「その場の思いつきで訪ねてみただけよ。母のお供をして、このあたりの沿岸にある友人宅を訪問したの。あるとき母たちが昼寝をしているあいだに、わたし一人で馬に乗って……別にかまわないでしょう？」

「きみはその件について、一言もわたしに話さなかった。なぜ隠していたんだ？」

「たいしたことではないと思ったからよ」

コナーが目を細めて微笑んだ。計算ずくの冷たい笑みで、目が笑っていない。「まったく、もっとましな言い訳はできないのか？」

テオドラは話すどころか、まともに考えることさえできなかった。彼がそこにいるというだけで。コナーは圧倒的な存在感を放っていた。彼がいるだけで空気が熱を帯び、あるものすべてを虜にしてしまう。

もちろん彼女のことも。

心臓がどきんと跳ねた直後、生々しい欲望がこみあげてきて、テオドラは思わず息をのんだ。

テオドラの胸が高鳴っていることに気づきもせず、コナーが視線を合わせたまま近寄ってきた。魅惑的な香りが漂ってきて、テオドラは肌がうずきだした。「説明してもらおうか」

「説明することなんて何もないわ」息がはずむのが気に入らないけれど、苦しくて空気がうまく入ってこない。「たまたまこのあたりにいたから、ちょっと立ち寄って屋敷のなかを見せてもらおうと思っただけよ。誰もがよくすることでしょう」

「もっと早く話してくれていたら、きみの言い訳を信じただろうな。しかし、きみは何か理由があってここを訪れたはずだ……何か認めたくない理由があって。それがなんなのか知る必要がある」

テオドラは何も答えずに顎を上げた。コナーの視線にさらされ、顔が熱くなる。

「おい、わたしの忍耐力を試してるのか?」コナーがテオドラの巻き毛を手に取った。「だが、温かな指の関節が頬をかすめたとたん、胸に触れられたかのように先端が硬く尖った。「だが、あいにく、きみに腹を立てることができないんだ」

二人のあいだの空気がどんどん濃密になってくる。テオドラはコナーにもっと近づきたいという衝動を必死に抑えた。「話しておくべきだったわね」

「ああ」コナーが巻き毛を持ちあげて頬ずりをしたので、テオドラは身を震わせた。「きみが黙っていた理由は一つしか思いつかない」

ああ、どうしよう。テオドラが何年も前からずっと彼に夢中だったことに、コナーは気づいているのだろうか？　いいえ、そんなはずはない。テオドラに残っているのは誇りだけだ。どうしてもそれだけは捨てたくない。だけどコナーが近くにいると、その決意を忘れそうになってしまう。乱れた服装で、近寄りがたい雰囲気を漂わせたコナーは息をのむほど魅力的だ。テオドラはわずかに身を乗りだし、物思いに沈んでいるたくましい男性の香りを吸いこまずにはいられなかった。コナーが巻き毛から手を離し、テオドラの首筋に指をすべらせてから、顔をてのひらで包みこんで引き寄せた。

「すべて打ち明けるまでは、この部屋から出られないぞ」

26

すぐに体を引き離し、この部屋を出て、どこか安全な場所に逃げこむべきだ。ところが、テオドラはコナーのほうに顔を向けて目を閉じた。

コナーが前かがみになると、息がまじり合った。

それなのに、彼はキスをしてこない。

テオドラはさらに身を寄せ、コナーの胸に自分の胸を押しつけて、待ちきれずに唇を開いた。彼が欲しくてたまらず、欲望で体がうずいている。

コナーがテオドラのウエストに腕をまわして抱き寄せた。それでもまだ彼は唇を重ねてこない。

テオドラはあえぎ声をこらえながら目を開け、コナーのシャツのひだ飾りに指をからめた。

「なぜなんだ？　テア」コナーがささやきかけてくる。今にも唇と唇が触れそうだ。「以前にもダンスキー・ハウスを訪れたことをなぜ黙っていた？」手でゆっくりとテオドラの背中をたどる――苦悶と歓喜の道筋を。

「なぜって……」話すわけにはいかない。それでもぴったりと体を寄せ、手で撫でられているうちに、最後のなけなしの誇りに火がつき、失望感にあおられて激しく燃えだした。テオドラの口から言葉がほとばしった。海にそそり立つ崖を削る潮の流れのように勢いよく。

「愛していた男性の屋敷を一度見てみたかったからよ」

テオドラは目を閉じた。ああ、なんてこと。ついに言ってしまった。言うべきではないのに打ち明けてしまった。

呼吸を整えてから、再び目を開けた。コナーが両腕を脇に垂らし、あとずさりした。そして向きを変え、立ち去ろうとした。

テオドラは心をずたずたに引き裂かれ、泣きそうになった。彼女が真実を告げたのに、コナーは出ていこうとしている。やはり――。

ドアが閉まる音がして目をやると、コナーがドアに鍵をかけていた。どういうこと？　息をすることも考えることもできず、テオドラはただ彼を見つめていた。

コナーが戻ってきた。「もう一度言ってくれ」

テオドラは喉の渇きを覚え、首を横に振った。

またしても抱き寄せられ、きつく抱きしめられた。「だったら、わたしが言おう。きみはわたしを愛している」

「違うわ！」

「でも、たしかにそう言っただろう」

「あなたを愛していたと言ったのよ。でも、今は違うわ」

コナーが眉間にしわを寄せた。こんなに困惑している彼を見るのは初めてだ。「どういうことか説明してくれ」

「ねえ、コナー、わたしはずっとあなたに思いを寄せていたのよ」思わず皮肉な声が出た。「何年もずっと。それなのにあなたは、これっぽっちもわたしに関心を示そうとしなかった」

「そんなことはない！　機会があるたびにきみに会いに行って――」

「機会があるたびに兄に会いに来ていたんでしょう。そしてここ何年か、あなたとわたしは友人として親しくしてきたけれど、あなたはわたしのことなんて眼中にもなかった。少なくとも、わたしが別の男性と駆け落ちするまでは」

「まったく、きみの目はごまかせないな。そこまでお見通しとは……。それにしても、どうして言ってくれなかったんだ？　もし打ち明けてくれていたら――」

「わたしに同情して、距離を置いていた？」

「そうじゃない！　たしかにわたしは見る目のない愚か者だった。だが、今は違う。きみの言うことが本当なら……きみがずっとわたしに好意を寄せていたなら、わたしたちが一緒になれない理由はないだろう」

「わたしはこれからもあなたを思い続けると思うわ、コナー。でも、愛することはできない。あなたは海と結婚した人だから。この屋敷に足を踏み入れた瞬間、その事実に気づいたの。この美しい屋敷を荒れ放題にして、どこか遠くで宝探しをしている人なんだとわかったときに。わたしはそんな生活には耐えられない。あなたとともに人生を歩むことはできないわ。わたしは初めから存在していないあなたに夢中になっていたのね……夫として、父親として幸せな家庭を築き、ずっと陸で暮らすあなたに」テオドラの目に熱い涙があふれた。「美しい夢だけど、しょせんはただの夢なのよ」

「テア、何もそんな――」

「いいえ、どうしても言わなければならないわ。愛だけでは幸せな結婚はできないもの。あなたが海に出ているあいだ、この屋敷でくすぶっているなんて、そんなのは耐えられない」

「きみをくすぶらせておくつもりはない」

テオドラはコナーの目をまっすぐに見つめた。

「もしわたしたちが結婚したら、あなたはこのダンスキー・ハウスで暮らすつもりなの？」

「もちろん、ときどきはそうするつもりだ！」

テオドラは首を横に振った。「わたしはそんなときどきの結婚なんて受け入れられない。だからもうあなたを愛するのはやめようと思って、ランスと結婚することに決めたの」

コナーはテアの言葉に圧倒され、耐えがたいほどの渇望の波にのみこまれた。なんてことだ。自分が何を求めているのかわかっていなかった。もちろん彼女を求めている。いや、それだけじゃない。求めているのは……いったいなんだ？

それがわからない。わかっているのはテアが言葉を発するごとに、彼女を失いかけていることだけだ。テアこそ自分が求めていた相手だと気づいたこの瞬間に。目がちくちくと痛みだし、立ち直れないほど気分が沈んだ。「テア、頼むから――」

テアが目をうるませて首を横に振った。「わたしは無理なの。あなただってそう。わたしたちは一緒になる運命ではないのよ」

しばらくのあいだ、二人とも黙っていた。それでも見つめ合い、互いに触れていないのにまだ体を寄せているようだった。部屋全体が嵐の前の静けさに包まれていた。

コナーは必死で呼吸をしながら手を伸ばしてテアを引き寄せると、彼女の頬から首筋へと指をすべらせてから、ドレスの胸元をなぞって魅惑的な鎖骨に触れた。テアをむさぼるように奪いたかった。彼女を手放すわけにはいかない。それはできない。この部屋から出ていくのを許すくらいなら、自分の腕を切り落としたほうがましだ。

指で素肌を撫でられたとたんに胸が激しく高鳴り、テオドラは体を震わせ、コナーに身を寄せた。コナーの手がしだいに大胆さと切迫感を増していくと、テオドラは思わず彼にしがみついた。どうしたらいいのかわからなかった——このままこうしているわけにはいかないけれど、離れたくない。

ああ、それにしても、コナーは女性を悦ばせるすべを知っている。ためらうことなく、ゆっくりともったいぶるように触れてくる。そのくせ、テオドラが受け入れるそぶりを見せてからでないと手を動かそうとしない。彼女が望めば、いつでもやめると言わんばかりに。

けれどもテオドラはやめてほしいと思うどころか、もっと求めていた。これは愛なんかじゃなく、ただの欲望だと、テオドラは自分に言い聞かせた。真実の愛なら、どうにかして障害を乗り越えられるはずだ。

「まったく、きみにはいつも驚かされるな」コナーが手の甲で目に見えない道をたどっていく——肩からドレスの胸元のリボン、そして顎の下へ。胸に触れられたわけではないのに、そこが痛いほど張りつめている。「いつからわたしに好意を持っていたんだ？」

「ずっと前からよ」テオドラは熱い息をこぼし、かすれる声で答えた。

「正確に言うと、いつからなんだ？　テア」

「だめよ、わからないわ」

コナーが身をかがめてテオドラの耳元に口を近づけたとたん、耳に息がかかり、背筋がぞくぞくした。彼の指はいつしか、胸の谷間にあるリボンのあたりをさまよっている。「わたしのことをもう愛していないと誓えるんだな……わたしはそうは思わないが」

テオドラは目を閉じ、必死に頭を働かせようとしたが、息もつけないほど激しく唇を重ねたいということしか考えられなかった。もっと体をぴったりと密着させて、触れてはならない部分を感じてみたい。「ずっと前からよ」テオドラはかぼそい声で繰り返した。

コナーが吐息をもらすと、テオドラのこめかみの髪がかすかに揺れた。ドレスの襟ぐりをなぞる彼の指は温かかった。「きみがここを訪れたときに、わたしはきみを失ったわけか。わからないな。ただの屋敷じゃないか」

「いいえ、違うわ。屋敷は家庭でもあるの。少なくともそうあるべきなのよ。でも、この屋敷は絶対にそうはならない」

コナーの手が胸をかすめた瞬間、テオドラは甘いため息をこぼした。コナーが強い口調で耳にささやきかけてくる。「わたしに海を捨てろというのか」

「そんなのはあなたらしくないわ。でも年じゅう、家を空けているのなら、ダンスキー・ハウスを家庭とは呼べないでしょう。わたしは家庭を築きたいのよ、コナー」

コナーが眉間に深いしわを寄せた。片方の手でテオドラの胸を包みこみ、親指で胸の先端を見つけだした。

テオドラは体がかっと熱くなり、身をのけぞらせ、じらすように動くコナーの手に胸を押しつけた。

ドレスの上から胸の先端を刺激されると、とろけるような感覚に襲われ、意思とは裏腹に胸が張った。テオドラは息をのみ、コナーのシャツのひだ飾りをつかんだ。なぜ飼い慣らせない野獣を愛してしまったのだろう。

でも、彼の荒々しいところがたまらなく好きだった。

それに、良識ある人間でいるのはもううんざりだ。

テオドラはつま先立ちになってコナーと唇を合わせると、舌をすべりこませた。

その瞬間、情熱の炎が燃えあがり、不安や恐れが消え去った。彼女はもはや降参するしかなかった。

コナーに抱き寄せられて体を撫でまわされ、膝から力が抜けそうになった。耳のなかで心臓が激しく轟き、苦しいほど息遣いが荒くなる。情熱的に体を探られ、溶けてしまいそうだ。

ああ、コナーを愛している。どんなに努力しても、何度自分に言い聞かせても、やはり離れることはできない。コナーが欲しい。どうしても欲しくてたまらない。

テオドラは彼に魅了された。コナーがテオドラの口を開かせ、舌をからめてくると、体がうずきだした。触れられるたびに乳房の重みが増し、先端が硬く尖り、肌がひりひりした。まるで自分がピアノで、コナーが大胆な作曲家になったかのようだ。彼の手が休むことなくピアノを弾き続けるので、どんどん興奮が高まっていく。

次の瞬間、硬く張りつめたものを押しつけられたかと思うと、いきなり抱きあげられ、長椅子に運ばれた。コナーが身をくねらせてベストを脱ぎ捨て、覆いかぶさってくる。唇を重ね、テオドラの髪や唇に向かって甘い言葉をささやいた。テオドラはざらついたコナーの頬や首に唇を押しあて、むさぼるように味わった。

いつのまにかドレスの紐をほどかれ、胸元を開かれていた。コナーの手がシュミーズのなかにすべりこんでくる。両手で胸を包みこまれ、テオドラははっと息をのんだ。彼の手はキスと同じくらい熱かった。

「この数週間、ずっとこうしたくてたまらなかった」コナーがささやいた。唇でなぞられた首筋が炎のように熱くなる。

胸の先端をてのひらで円を描くように撫でられた瞬間、テオドラは息をのみ、体を震わせて大きくのけぞった。食いしばった歯のあいだから甘い息をこぼす。

「ああ、わかっている」コナーはテオドラのドレスを引きあげて頭から脱がせて放り、シュミーズも同様にした。そして、あらわになったテオドラの体を物欲しげに見つめた。

テオドラは狂おしいまでの欲求に駆られ、脚を開いてコナーを引き寄せた。コナーが身をかがめ、テオドラの胸の先端を歯でとらえて舌で優しくもてあそぶ。甘美な責め苦を与えられ、腿の合わせ目が熱くうるおいだし、テオドラはまた息をのんだ。

彼女は時間の感覚をなくし、われを忘れた。巧みな愛撫を受けて体のなかで炎が燃えあがり、感じることしかできない。テオドラは身をよじり、コナーのシャツをつかんで裾をブリーチズから引っ張りだし、頭から脱がせた。あらわになった背中に手をすべらせ、たくましい肩を探ると、彼の手と口に向かって胸を突きだした。

湿りを帯びた胸の先端にそっと息を吹きかけられたとたん、荒々しく高ぶる欲望に駆られ、声を上ずらせた。「ああ、いいわ……」

コナーが体を引き離し、片方の手でブリーチズのボタンを外したので、こわばったものを引きだすのをテオドラも手伝った。あっというまに、二人のあいだに立ちはだかるものはテオドラのシルクのストッキングだけになった。テオドラが手を伸ばしてストッキングを引きおろそうとすると、コナーが手で押しとどめた。「そのままでいい」彼は耳元でささやいた。

コナーがシルクのストッキングに手をすべらせる。やがて彼の手がストッキングの上の腿の素肌にたどりつくと、テオドラは熱い息をこぼした。

彼女は無意識のうちに脚を開いた。コナーにやめてもらいたくないのだから、そうするのが正しくて自然なことに感じられた。

コナーは腿の合わせ目に手をすべりこませた。指でなぞると熱くうるおっているのを感じ、激しく欲望をかきたてられて、下腹部が硬く張りつめた。

テアがすぐそばにいる。期待のこもった熱っぽい表情を浮かべ、自分から脚を開いている。

彼女が目を閉じ、コナーを引き寄せた。これがほかの女性だったら、すぐにわが身を沈めていただろう。しかし、相手はテアだ。生まれてからずっとこの瞬間を、彼女を求めていたような感覚に襲われていた。

とにかく今はテアに夢中だ——甘いあえぎ声、豊かな胸、柔らかな唇。コナーは身を乗りだし、片方の胸の頂を口に含んでから、もう片方も歯と舌で刺激した。テアの胸は美しい。丸みを帯びた乳房は、ピンク色の先端がつんと上を向いている。彼女の胸を揉みしだきながら、熱く濡れた部分をもてあそび、責め立てた。

テアが悩ましげな声をあげ、さらに体を押しつけてくる。

テオドラは自分が爆発して炎に包まれるのではないかと思い、コナーの豊かな髪に手を差し入れて抱きついた。彼はためらう様子も見せなければ、無駄口も叩かず、巧みな手でただテオドラを導いた。コナーの愛撫を受け、彼女は身をよじった。背徳的な悦びが押し寄せ、もっともっと欲しくなる。

コナーが唇でテオドラの胸から肩、そして首筋をたどった。

「いけないわ」テオドラは荒い息を吐きながら言った。

「いいんだ」コナーはじれた口調で言い返し、さらに唇を這わせた。

彼の言うとおりだ。もう引き返せないところまで来ている。テオドラもコナーの口に舌をすべりこませると、彼の手が刻むリズムに合わせて口のなかを探った。コナーの手はまだ執拗に動いている。腿の合わせ目から蜜があふれでたと思った次の瞬間、雷に打たれたような衝撃が走り、心臓が止まるかと思うほどの快感がこみあげてきた。テオドラはコナーにしがみつき、すすり泣くような声で彼の名前を呼びながら、果てしない快感の波に襲われ、体を大きくわななかせた。

コナーがテオドラをきつく抱きしめ、彼女の名前をささやいた。テオドラは彼にしがみついたまま、必死に呼吸を整えようとした。こんな生々しい感覚を味わったのは生まれて初めてだった。全身に快感の余韻が広がり、何度も体を震わせた。

徐々に呼吸が落ち着き、火照った肌も冷めていった。

コナーが身動きをした拍子に、彼の下腹部が腰に押しつけられた。まだ硬く張りつめている。テオドラは問いかける目でコナーを見あげた。

コナーが額を合わせてきた。「いや、きみの初めての経験を長椅子の上なんかで台なしにするつもりはない。きちんとしたベッドで、しかるべき手順を踏むつもりだ」

その言葉を聞いたとたん、またしてもテオドラのなかに欲望がこみあげたが、彼女が引き寄せる前にコナーが脇へどいて身を起こした。そこで初めてテオドラは、肩の下にクッションがあるせいで自分が窮屈な姿勢で寝ていて、片方の脚がけいれんを起こしそうになっていることに気づいた。テオドラも身を起こし、自分のドレスを探した。足元の床に投げ捨てられ、しわくちゃになっている。

コナーがドレスを拾って差しだしてきた。テオドラは受け取ったが、まだ服を着る気にはなれなかった。

彼が微笑み、テオドラの頬にかかった髪をそっと払う。「きみは素晴らしい」

テオドラはなんと答えればいいのかわからなかった。

コナーがいたずらっぽい目つきになった。「褒めてもらおうと水を向けるわけじゃないが、少なくとも一度は甘いため息をこぼしたわけだから、まんざら悪くもなかっただろう」

彼が一人で悦に入っているので、テオドラは思わず噴きだした。「ええ、そうね。あなたもあなたの手も……それなりによかったわ」

コナーの顔から笑みが消えた。「それなりに？」

テオドラは笑い声をあげた。「ショックを受けているみたいね」

「おいおい！　まだ途中までしか経験していないくせに、このわたしをからかおうというのか？」コナーが身を乗りだし、テオドラの顎から耳にかけてキスを浴びせた。「きみのような」キス。「情熱的な」キス。「女性に会ったのは」キス。「初めてだ」キス。

「わたしは……」テオドラは乾いた唇を湿らせた。あれほどの悦びを与えられたあとで、女性はなんと言うべきなのだろう。〝ありがとう〟では妙によそよそしい感じがする。それ以外のことを言えば下品だと思われるかもしれないし、余計なことを口走ってしまうかもしれない。でも何も言わないと、満足していないという印象を与えてしまって――。

「テア、あまり考えすぎるな」コナーがテオドラの手を取り、指に口づけた。「世のなかには、いくら考えても結論の出ないこともあるんだ」

その瞬間、テオドラはコナーと結婚できない理由を思いだした――なぜそばにいて、彼を愛してはいけないのかを。彼女は沈んだ気持ちになり、コナーの背後に目をやった。窓のそばの壁紙がはがれ、暖炉はすすだらけで、絨毯はすりきれている。コナーは家庭を持ちたいと思っていない。彼が求めているのは、文句一つ言わずに自分の屋敷を切り盛りしてくれる女性なのだから。

テオドラはコナーの恋しそうに海を見つめるまなざしを思いだした。彼女が窓の向こうの船に目を向けたとたん、幸福感の余韻は消え去った。

今のところ、コナーは長椅子で過ごす午後の甘いひとときを楽しんでいる。もちろん、楽しくないはずがない。でも、彼の心はどこにあるのだろう？

そして自分の行く末は、相手の粗探しばかりをするかわいげのない女だ。すぐにドレスを着てここから立ち去る必要がある。なけなしの誇りをどうにか保たなければ。

耐えがたいほどつらい思いをすることになるだろう。コナーを長椅子に引き戻し、お楽しみの時間を続けたい。彼を感じて、手で触れて、味わって――。

だけど、それはできない。テオドラは深い後悔に襲われた。ドレスを着るのに気を取られているふりをして、必死に涙をこらえる。コナーのもとを去るのだと思うと、両腕がうずいた。彼から離れたら生きていけない。彼と一緒にいても生きていけない。もう、この魅惑的な男性を愛するのはごめんだ。

考えが顔に表れていたらしく、コナーが低い声で悪態をつき、手を伸ばしてきた。

「やめて」テオドラはささやき、彼の手から逃れてドレスの紐を締め直した。

「テア、なあ……頼む、とにかく話し合おう」

「話し合うことなんて何もないわ。わたしたちは縁がなかったのよ、コナー。最初から見込みがなかったんだわ」がらんとした屋敷に取り残されるのは耐えられない。テオドラにも夢と希望がある。自分が何を求めているのかはわかっているし、幸せになるためならどんなことでもするつもりだ。たしかに情熱によって愛の炎は燃えあがるかもしれない。しかし尊敬の念と思いやりを持って育てていかなければ、ただの燃えかすになってしまう。

それにコナーは自由を愛する人だ。自由を手放さないからといって、彼を責めることなどできない。

コナーが眉根を寄せた。淡い青の目に一瞬、いらだちが浮かんだ。服を着ながら、かろうじて怒りを抑えている。「わたしを悩ませないでくれ。きみは必要以上に物事を複雑にしている。わたしはきみと結婚したいんだ。どうしてもきみと結婚する必要が……いや、互いにとっていい結果を生むはずだ」

「そんなに簡単にいくはずがないってあなたもわかっているでしょう。わたしたちはうまくいかない運命なのよ、コナー。人生で望むものが正反対なわけだから、もし今、結婚したとしても、いつか憎み合うようになる。すぐにはそうならなくても、いずれ必ずそうなるわ。そんな事態はごめんなの。ここで自分の腕を切り落としておかなければ、つらい思いをしながら徐々に死んでいくことになるもの」言葉が思わず口をついて出た。たとえるなら、コップからあふれた水が辛辣な口調となって二人にはねかかったかのようだった。「この領地を見ればわかるでしょう。屋敷はぼろぼろで、土地は荒れ果てていて、畑は何年も耕されていない。馬小屋は今にも壊れそうだし、私道は浸食されているし、溝には泥や石がいっぱい積もって……」テオドラはお手上げだとばかりに両手を掲げた。怒りの感情にしがみつき、コナーのもとを去る勇気を奮い起こそうとした。「それでもあなたはおかまいなしなのよね。船以外のことはつまらなくて、どうでもいいと思っているからよ」

コナーの表情がだんだん険しくなっていく。「わたしにだって我慢の限界があるぞ」

テオドラはコナーをにらみ返した。「わたしのほうはとっくに我慢の限界を超えているわ！ジェーンが回復したら、崩れ落ちそうなこの屋敷を出ていって、自分の生活や家族を大事にできる人たちがいる場所に戻るわ。海に逃げるよりずっとましだもの」

「逃げるだと？　なんて言い草だ。そんなふうに思っているなら、とっとと出ていけばいい。引きとめるつもりはない」

テオドラはてのひらに爪が食いこむほど固くこぶしを握りしめた。「もう話はすんだわね。わたしたちがいなくなったらせいせいして、日の出とともに心おきなく海に出られるわよ。この際だから一つだけ白状するわ。ランスのことだけど……あなたの言うとおりだった。彼はわたしには合わなかったみたい」

「だから言っただろう！」

コナーがつかつかと歩み寄ってきたが、テオドラは片方の手を上げて制した。「でも、あなたも同じよ」

そのとき玄関のドアが勢いよく開き、誰かが大理石の廊下を走る足音が聞こえた。ドアの向こうから、スペンサーが息をはずませながら叫ぶ声がした。「船長！」

誰からも返事がないとわかると、スペンサーの足音が階段をのぼりはじめた。

コナーは小声で悪態をついた。「何かあったようだな。行かなければならない。だが、話はまだ終わっていないからな。またあとで話そう」

話はもうしない。少なくともテオドラに話すつもりはなかった。彼女は向きを変え、気持ちを落ち着かせた。

コナーが鍵を外してドアを開け、大声で呼んだ。「スペンサー！」

つかのまの沈黙のあと、スペンサーが階段を駆け戻ってきた。「船長、すぐに来てください！　今しがた、〈プロミス号〉が港に入ってきたんです」

コナーがいらだちのこもった視線を投げた。「ああ、見ていた。ほかの船も到着してから行く」

「問題はそこなんです……戻ってきたのは〈プロミス号〉だけなんです。なんでもフランスの船と揉め事を起こしたらしくて」

その瞬間、コナーの目に深い懸念の色が浮かんだ。「ほかの船は取り残されたのか？　リーヴス船長はなんと言っている？」

「二隻が被害を受けたらしいんですが、それ以外のことははっきりわからないそうです。リーヴス船長はごたごたから注意をそらすために、巨大なフリゲート艦を沖におびきだしたんです。フリゲート艦のほうから攻撃を仕掛けてきたらしいですが、沖に出られるほどの燃料は積んでないだろうと踏んだそうで。その読みがあたったらしく、そのうちあとを追ってこなくなったみたいです。フリゲート艦が向きを変えたら仲間の加勢に向かおうと思っていたら、仲間の船が一隻も見えなくなったと」

「それならまだほかの船も無事だという望みはあるな。〈プロミス号〉に負傷者は出たのか?」

「ええ。今、船医が診てるところです。リーヴス船長はここに来ていて、相談したいと屋敷の前で待ってます」

「すぐに行くと伝えてくれ」

「了解」スペンサーが急ぎ足で立ち去った。

コナーがテオドラに向き直った。「行かなければならない」

「ええ、もちろんよ。部下たちがあなたを必要としているんだもの」テオドラは懸命に努力したが、どうしても声に名残惜しさがにじんだ。

コナーが顎を引きしめ、最後にもう一度だけ燃える目でテオドラを見つめてから、ドアに向かった。

ところが次の瞬間、ドアに伸ばした手を止めると、体の向きを変えて大股でテオドラに歩み寄った。そして何も言わずにテオドラを腕に抱き寄せ、むさぼるように激しく唇を奪った。

やがてコナーが唇を離すと、テオドラは手探りで椅子の背もたれをつかみ、どうにか体を支えた。

「これだから、どうしてもきみを手に入れたくなるんだ」そう言い残し、彼は部屋を出ていった。

テオドラは椅子に座りこんだ。人生は本当に不公平だ。以前もコナーに夢中だと思っていたけれど、今はあのときとは比べものにならないほど彼を愛している。この旅のあいだにコナーと自分自身について多くのことを知るにつれ、彼への愛情がかつてないほど深まり、欲望もどんどん高まっている。

事態はますます悪化するばかりだ。テオドラはじっと座っていられなくなり、立ちあがって窓辺に近づいた。コナーが船長らしき男性と話している。若い船長は顔が青ざめ、ひどく取り乱した様子で大きく手振りを交えながらしゃべっている。

コナーが船長の肩に手を置き、何やら言葉をかけた。船長はすぐさま落ち着きを取り戻してうなずき、感謝と畏敬の目でコナーを見つめた。コナーは部下たちから愛されている。コナーがいなければ今の部下たちはいないだろうし、部下たちがいなければ今のコナーはいない。

テオドラは悲痛のため息を抑えた。コナーが馬にまたがり、彼女を振り返った。テオドラはカーテンの後ろにすばやく身を隠し、息を潜めた。やがてコナーと部下たちの馬が全速力で走り去っていく音が聞こえた。

彼女はカーテンの陰から顔を出し、冷たいガラスに額をつけた。重苦しい気分だ。コナーが家庭を築きたいと思い直し、長く家を空けることに喜びを感じなくなりさえすればいいのに。

ああ、どうして一筋縄ではいかない男性を愛してしまったのだろう？

27

それからの数日間を、コナーはあわただしく過ごした。行方不明になった残りの船は、〈プロミス号〉より何時間か遅れてのろのろと港に入ってきた。船体はぼろぼろになっていたが、どうにか沈まずに水面に浮かんでいたし、手に入れた船荷も無事だった。コナーはそれぞれの船の荷卸しを監督し、マレーが負傷者の治療をするのに必要なものを聞きだし、スペンサーとファーガソンを地元の村に向かわせ、船の修理を頼める職人がいないかどうか探してくるよう命じた。

そのほかにも積み荷の申告や、関税支払い証明書の申請手続きや、船荷証券の確認など、日常の仕事が山ほど残っていた。取得した船荷は戦利品なので、普段なら満ち足りた気分で仕事を進めるところだ。ところが今日は、気がつくと船室の湾曲した窓の前にぼんやりと立っていた。重要な書類は机に散乱したままになっている。ダンスキー・ハウスを見つめ、テアは今頃どうしているだろうとコナーは考えた。

もちろん、ジェーンの看病をしているだろう。それからミセス・マコーリーが屋敷をうまく切り盛りしているかどうか気にかけているはずだ。さらにアリスが厄介者扱いされていないか、コナーの部下たちが割りあてられた仕事をきちんとこなしているか、夕食の時間がきちんと守られているかなど、誰に頼まれたわけでもないのにあれこれ気を配っているだろう。

テアは有能で、おまけに機転がきく。頑固すぎるところを除けば、完璧な女性だ。

コナーは髪をかきむしり、顔をしかめた。テアが欲しくてたまらない――彼女を味わい、なめらかな曲線を描く体を腕に抱きしめたい。いや、それだけではない。テアを残して居間を立ち去るときに、彼女が目に悲しみをたたえていたのが気になってしかたがなかった。

ダンスキー・ハウスから目を離し、穏やかに波打つ海を眺めた。テアと話をして、真意を伝える必要がある。しかし毎晩、屋敷に戻ると、テアはジェーンの病室にいたり、ランスと食事をしていたり、数人の使用人がそばにいたりするのだ。

コナーは明らかに避けられていた。陸にいるかぎられた時間に、どうにかテアが一人きりでいるところをつかまえようとしても、毎回なんらかの邪魔が入った。頭にくることこのうえなく、そろそろ我慢の限界だ。

コナーはうなじをさすり、どうすべきか姉のアンナに相談できたらどんなにいいだろうと思った。すでに何度となくそう願っていた。姉は人に助言を与える才能があった。こちらが望むと望まざるとにかかわらず、コナーはやたら忠告されてうんざりさせられたものだ。今、このもどかしい状況にどう対処すべきかをあの落ち着いた声で教えてもらえるのなら、なんでもするつもりだ。やはりテアの言うとおりなのだろうか？　自分にはいい夫になる素質がないのだろうか？　身を固めて家庭を持ち、陸地で暮らすことが本当にできるのだろうか？

海が船を揺らした。波にはなぜか心を惹きつけられた。コナーはため息をつき、姉と話ができたらどんなにいいかともう一度思った。

「船長?」開け放したままのドアの隙間から、ファーガソンが顔をのぞかせた。手には革装の小さな帳面を握りしめている。「〈フロリック号〉の航海日誌を持ってきました。船長が目を通したがっているとジェサップ船長が言ってたので」

「ああ、そうなんだ。机の上に置いておいてくれ」コナーは両手を後ろで組み、窓に向き直った。コナーがまた物思いにふけりそうになったとき、ファーガソンが咳払いをした。

コナーはため息をこらえ、一等航海士に用心深い目を向けた。「なんだ?」

「われわれは……ただ……」白髪頭の年老いたファーガソンはしゃんと背を起こした。「船長が何か別のことで頭がいっぱいになっていることに気づいてます。そしてその理由もわかってるつもりです」

「おまえたちが?」コナーは警戒の口調で言った。

ファーガソンは意に介さなかった。「ええ、ミス・カンバーバッチ=スノウでしょう」コナーが無意識のうちにいらだちの表情を浮かべていたのか、ファーガソンは降参のしるしに両手を上げた。「まあ、落ち着いてください、船長。潮の変わり目に気づいただけなんですから、そんなに怒らないでくださいよ」

「別に怒っているわけじゃない」コナーはこわばった声で言った。「テアとわたしの件は、おまえたちが首を突っこむ問題ではない。われわれは目下……話し合っているところだ」

「何についてですか?」

「余計なお世話だ!」

「誰かに話さなければ、船長の胸が張り裂けちまいますよ。はるばるイングランドからスコットランドまでお嬢さんを追いかけてきたってのに、まだ進展が見られないようですね」

癪に障るが、そのとおりだ。

「いいだろう。どうしても知りたいというなら話してやる。わたしは何度も結婚を申しこんでるが、テアは頑として応じようとしないんだ」くそっ、声に出して言うだけで胸が苦しくなる。

「いまだにですか?」コナーがにらむと、ファーガソンは赤面したが、そのまま話を続けた。「船長の財産の件は?」

「財産なんか知るか。あんなものはくそ食らえだ。問題はあのレディで、ほかのことはどうでもいい。わたしはテアと結婚したいんだ。なぜなら……」テアなしでは生きていけないからだ。その言葉が頭のなかに響き渡り、恐ろしいことに、声に出して言ってしまおうかと一瞬思った。ところがコナーがちらりと見ると、ファーガソンは慰めるような顔つきになっている。まったく驚いていない様子だ。コナー自身はこんなに驚いているというのに。

テアを愛している。心から、深く、全身全霊で。なんてことだ、いつからだろう? 今、思えば、昔からずっと愛していた気もする。間違いなく愛情らしきものを抱いていて、ようやく彼女の気持ちを――自分の気持ちも――受け入れられた。当然のこととして。

コナーは腕組みをした。またとない貴重な発見をした気分だ。どうしたものかと戸惑ったが、ファーガソンに相談するような悩みでないことだけはたしかだった。「たいした問題じやない。彼女に応じる気はないようだが、わたしはあきらめるつもりはない」絶対にあきらめてなるものか。

ファーガソンが顎をかいた。「お言葉ですが、お嬢さんが船長との結婚を望まない理由をおききになったんですか？」

「ああ。例によってくだらない理由だよ。わたしが海に出ているあいだ、一人で屋敷に残されるのが気に食わないらしい。ふん、ばかばかしい。一年じゅう屋敷を空けるわけじゃあるまいし。二カ月に一度は帰って、一、二週間は屋敷で過ごすつもりなのに」

「うーん」ファーガソンが口をすぼめた。「前回の航海では、五カ月も海に出てました」

「ああ、そうだったな。だが、あれはインド諸島まで行っていたからだ。ポルトガルの商船隊に関する噂を耳にしたから、遠路はるばる向かったんだ」

「たしかに労力をかけたかいがありましたね、船長。でも、あのときは五カ月間でした」

コナーはしかめっ面をした。「その前の航海はたったの一カ月だっただろう」

「ええ、そのとおりです。だけどその直前の航海は、カイロを訪れてからヴェネツィアにも立ち寄ったので、三、四カ月間はかかりました。なぜ覚えてるかというと、航海に出ているあいだにマクリーシュの娘が生まれて、やつが早く帰りたそうにしていたからです。ロープに結び目を作って日にちを数えて、帰宅できる日を心待ちにしてましたから」ファーガソンが横目でちらりとコナーを見てから、悲しげに首を横に振った。「あいつのかみさんには心から同情しますよ。そういう大事なときに、女が一人でいるべきじゃありませんからね」

コナーはまた顔をしかめた。「マクリーシュはそんなことは一言も言ってなかったぞ」

「無口な男ですからね。船長の言いつけを忠実に守って、不平一つこぼさない。今にして思えば、いろいろと思うところもあったんでしょうが」

「もういい」コナーはぶっきらぼうに言った。「仕事に戻るぞ」

「ああ、そうでした、船長。ここに来たのは、〈スピリット号〉の船乗りたちの宿泊場所について相談したかったからです。あの船がいちばんひどい被害に遭ったので、ほかの連中のように船で寝泊まりするわけにいかないんです」

「それなら、ダンスキー・ハウスに行かせろ。屋敷の裏に小屋が二棟あるから、そこで寝泊まりすればいい。掃除して寝床を作らなければならないが、人手があればなんとかなる」

「了解、船長」

ファーガソンが立ち去ると、コナーは大きな出窓に向き直った。ダンスキー・ハウスから、崖とその下に広がる真っ青な海へと視線を移す。岩壁に打ち寄せては砕け散る波が手招きしているように見えた。恋しさがこみあげてきて、じっとしていられない気持ちになった。陸にいると、決まってこういう気分になる――海に呼ばれて。もうすぐだと自分に言い聞かせると、胸苦しさがいくらか和らいだ。コナーは海を愛していた。海こそがわが家で――。

コナーは眉をひそめた。テアにも同じことを言われた。そんなふうに考えたことは今まで一度もなかったが、まさにそのとおりだ。この船のなかがわが家なのだ。ぞくぞくしながら獲物を追って予測不可能な海を越え、精力的な部下たちとの交友を楽しみ、誇らしい気分で戦利品を持ち帰る。そういうことに生きがいを感じるのが自分という男だ。

ダンスキー・ハウスは、海とは無関係なものをしまっておくための単なる収納箱にすぎない。ただし自分が海にいるあいだ、テアが陸で待っていると思うと――彼女に会えなくなると考えただけで胸が痛む。テアを置いていくのは、彼女よりも自分のほうが耐えられなくなりそうだ。

再び屋敷に目をやった。四方を壁に囲まれたあのなかにテアがいる。今すぐにでも戻って、彼女と一緒にいたいという衝動に駆られた。しかし、テアはいつまでもあの屋敷にいるわけではない。ジェーンが回復したら、テアは出ていき、あの屋敷はまたからっぽになる。

コナーは小声で悪態をついた。どうにかして回避しなければならない。何かいい方法があれば……。彼は背筋を伸ばした。ひょっとしたら……。

おい、本当にそんなことができるのか？

視線を移し、自らが率いる船団を見つめる。いや、もしかして……。向きを変え、窓から離れて机に戻ると、机の上に散乱していた台帳や各船の航海日誌をかき集めた。そして腰を下ろし、それらを丹念に読んでいった。空が暗くなってからもずっとそうしていた。

28

「まあ、八品も……素晴らしいわ！」テオドラはそう言うと、夕食の献立表をミセス・マコーリーに返した。

「今夜はミス・シモンズが初めて病室から出ていらっしゃるので、ささやかながら回復祝いになればと思いまして」

「本当にあの料理番の男性がすべての料理を用意できるの？　彼は普段、コナーの船の調理室を切り盛りしているのよね。まさかウミガメのスープまで作れるとは思わなかったわ」

「それが作れるんですよ。何しろ、彼が自分でその献立を決めたんですから。ミスター・ダグラスはほかの私掠船の船長とは違うんです。洗練された紳士なんですよ」

ある意味ではそのとおりだが、別の意味では——。テオドラは甘美な震えを見られないようにした。「料理番が厨房に入ることをあなたが許可してくれて嬉しいわ」

ミセス・マコーリーが相好を崩した。「余計な口出しはすべきではありませんからね。ああ、そうでした、お嬢さま！　おととい、旦那さまに玄関ホールで呼びとめられて、この屋敷の家計費をさらに二百五十ポンド増やすと言われたんです」

「まあ、よかったわね！」コナーが屋敷にいたのは知っていたが、テオドラは彼と二人きりで顔を合わせないですむように、ジェーンの部屋にこもっていた。〝誘惑する者よ、汝の名はコナーなり（シェークスピアの戯曲『ハムレット』に出てくるせりふにちなむ）〟だ。

「でも、それだけではありませんよ」ミセス・マコーリーが得意満面で言った。「ダンスキー・ハウスをきちんと修繕してくださるそうなんです！　旦那さまの船の修理がすんだら、職人をここによこして、屋敷の修繕を終わらせるって」

テオドラは乾いた唇を湿らせた。「なぜそうするのか、コナーは理由を話していた？」

「そろそろ直す時期だからと」

「あなたの考えでは……」喉が詰まった感じがして、なかなか言葉が出てこなかった。ごくりと唾をのみこんでからテオドラは口を開いた。「彼はここにとどまると思う？　ここで暮らすつもりなのかしら？」

ミセス・マコーリーの表情がかすかに曇った。「いいえ。スペンサーが仲間と話しているのを小耳にはさんだのですが、二隻の船はまだ海に出られる状態ではないらしいのに、さっさと修理を終わらせるよう旦那さまが発破をかけていらっしゃるらしいですよ。なんでも、海に出たくてうずうずしておいでとか」

「それじゃあ、また航海に出るつもりなのね」そして、彼女の心も一緒に連れ去られるのだ。

テオドラは袖口の具合を見るふりをして、こみあげる涙を隠した。

「ええ。でも少なくとも、あとに残されるダンスキー・ハウスは以前よりいい状態になります」

「そうね。この屋敷の管理について、コナーが以前より真剣に考えるようになったみたいで安心したわ」こんなに悲しい気分になるのは初めてだった。テオドラは壁の時計に目をやった。「そろそろジェーンを呼びに行かないと。ランスはもう二時間近くもジェーンに本を読み聞かせているのね。わたしが戻らないと、彼の声がかれてしまうわ」

「ええ、お嬢さま」すばやくお辞儀をして、ミセス・マコーリーが立ち去った。

テオドラは分厚い絨毯の上を室内履きで歩き、ジェーンの部屋に向かった。部屋の前まで来ると、アリスが自分の持ち場で居眠りをしていた。膝の上には枝付き燭台とから拭き用の布が置かれている。テオドラは足音を忍ばせて、眠っているアリスの脇を通り過ぎた。「ジェーン、わたしが――」

ランスがジェーンを抱きしめ、髪に両手を差し入れ、唇を重ねていた。テオドラの声を聞いて、ランスがはじかれたように抱擁をやめてあとずさりし、嬉しそうな照れた表情を浮かべた。

テオドラは目をしばたたいた。「まあ」

「違うんです！」ジェーンは両手で顔を隠し、あえぐようなかぼそい声で何度も言った。笑いをこらえながら、テオドラはドアを閉めて寄りかかった。「あなたたちったら！」

「お願いですから！」ジェーンが片方の手を伸ばし、もう一方の手で自分の目をふさいだ。

「何も言わないでください！　わたしたちはなんて愚かなまねを――」

「いいえ、いいのよ。二人がこうなるまでにずいぶん時間がかかったことに驚いているだけなんだから」

ジェーンが目から手を離した。「テオドラ！　怒っていないんですか？」

「ええ、まったく」テオドラはランスを見た。「まだジェーンに話していないのね？」

ランスが顔を真っ赤にしてぎこちなく笑った。「話そうと思ってたんだが、ジェーンにあんな目で見つめられて、どうしてもキスをせずにはいられなくて……」ジェーンを見つめ、驚いたように顔を輝かせた。「必死に我慢しようとしたんだが」

「どうして我慢してくれなかったんですか」ジェーンが悲しげに言った。「しかも、あなたはテオドラの婚約者なのに！　ランス、わたしたちは――」

「実を言うと、もう婚約者じゃないんだ」

ジェーンが目を見開いた。「でも……テオドラ、いつから……いったい何が……」

テオドラは笑い声をあげた。「本当なのよ。ランスとわたしはダンスキー・ハウスに着く前に婚約を解消していたの」

「だからって、みんなに黙っているなんて！」

「これにはちょっと複雑な事情があるのよ。詳しい話はランスの口から聞いて」テオドラは微笑んだ。二人の友人が喜びに顔を輝かせているのを見て、胸のなかの悲しみがいくらか消えていった。「ちょっと用事があるから、これで失礼させてもらうわ。あとは二人きりで今後のことを話し合ってね」

テオドラは二人の返事も聞かずに部屋をあとにした。部屋じゅうに満ちていた幸福をねたまないようにしながら。

「彼女はまさしく天使だよ!」回復祝いの夕食のあと、ランスが目をきらきらと輝かせ、大股で居間に入ってきた。ジェーンは最後の料理を食べ終えると、疲れたからと言って席を立ったので、ランスがテオドラの話し相手を務めることになったのだ。ランスはにやにやした。「こんな気持ちになるのは初めてだよ。ジェーンはたとえようもないほど……ぼくは世界一幸運な男だ!」

テオドラにはランスのはしゃぎぶりが好ましく思えた。「わたしと違ってジェーンなら、あなたのお母さまとごきょうだいにもすぐに歓迎されるでしょうね」

「ああ、そうなんだ」ランスが顔を紅潮させた。「いや、すまない。家族がきみを歓迎しないと言ってるわけじゃないんだ。ぼくが妻に選んだ女性なら誰でも歓迎してくれるはずだ。だが、きみの場合は……」顔をしかめる。「もう口をつぐんだほうがいいね?」

テオドラは噴きだした。「ええ、お願い」

「結婚式には出席してくれるだろう? ジェーンがどうしてもと言ってるんだ」

「断る理由なんかないわ。あなたたちなら幸せな未来を築けるはずよ」

ランスが嬉しそうに顔をほころばせた。「彼女はぼくにとって大切な人だ」視線をテオドラに向ける。とたんに、彼の顔から笑みが消えた。「でも……きみはどうする?」

「わたし?」テオドラはしばらく黙りこんだ。「どうしようかしら」

ランスが椅子を引き寄せてから、両手でテオドラの手を取った。「よし、コナー・ダグラスの話をしよう」

テオドラは立ちあがった。「いやよ」

「そういうわけにはいかない。ぼくにはきみをここまで連れてきた責任があるんだ。それに最近のきみの様子を見ていると、ミスター・ダグラスについて尋ねないわけにはいかないよ。彼を避けているだろう。何か理由があるのかい？」

テオドラはため息をつき、また腰を下ろした。

「ミスター・ダグラスを愛しているんだね」

「ええ、たぶん」

ランスが眉を上げた。

テオドラは片方の手を上げて制した。「わかったわ、そのとおりよ。昔からずっとコナーを愛しているの。でも、だめなのよ……彼は結婚して落ち着くような人ではないから。コナー自身がそう言っているし、言われなくても初めからわかっていたことなの」

「そうか」ランスがため息をついた。「それじゃあ、見込みはないんだね？　それはたしかなのか？」

「ええ」

「それなら話は簡単だ。ジェーンとぼくは朝になったらここを出ていくつもりだ。きみにも一緒に来てもらいたい。いや、ぜひ一緒に来るべきだ」

テオドラは眉根を寄せた。「もうそんなことまで話し合ったの？」

ランスが顔を赤らめる。「きみはぼくたちの大切な友人だし……それに、きみとミスター・ダグラスのあいだに何かあったのは一目瞭然だったからね」

テオドラはため息をついた。「まずはお医者さまにきいてみないと。ジェーンが旅をできるくらい回復しているかどうか」

「今日の午後、きいてみたんだ。じめじめした隙間風さえ避けられるなら、彼女の家に帰ったほうが回復が早まるだろうと言ってた」

「ジェーンの家に帰るの？　ボストンに連れていくのではなくて？」

「それは結婚式がすんでからにするよ。一日も早く結婚したいんだ。ともかく、ぼくたちが出ていったら、きみもここにはいられないだろう。それはさすがにまずい」テオドラが口を開こうとすると、今度はランスが片方の手を上げて制した。「ぼくと駆け落ちしたせいで、とっくにきみの名誉は傷ついているという話ならやめてくれよ。実は、その問題についても解決策がある。ぼくが初めからジェーンと駆け落ちするつもりだったという話を広めればいい。きみはジェーンのシャペロンとして同行していたことにするんだ」

「でも、それだとジェーンが――」

「彼女はぼくと結婚するんだ。誰も何も言わないさ。たとえ何か言うやつがいても、噂が広まる前に、ジェーンの義理の姉上が揉み消すに決まってる。義理の姉上は自分の名声を守ることにひどくこだわる人だし、噂をたてようとするやつらにとって手ごわい相手になるだろう」

テオドラは黙った。たしかにうまくいきそうな気がした――もっとも、今となってはどうでもよかったが。コナーと結婚しないのだから、一生誰とも結婚するつもりはなかった。

とはいえ、ランスの言うことにも一理ある――そろそろこの屋敷を出たほうがいい。テオドラはかろうじて笑顔を作った。もう二度とコナーに会えなくなるのだと思うと胸が痛んだが、そうすべきだ。彼のためではなく、自分の心の平穏を取り戻すために。

「そうよね、わたしも一緒に行くわ」

ランスが満足そうな表情で立ちあがった。「やったぞ！　朝八時きっかりに出発したいんだ。途中で何度か休む必要があるからね。ジェーンは頻繁に休憩を取ったほうがいいだろう」

「ええ、そうね」

「これで決まりだ。さっそくジェーンに話してくるよ」滑稽なほどにやにやしながら、ランスが部屋を出ていった。

テオドラは椅子にぐったりと身を沈めた。屋敷のなかは静まり返っていた。コナーは部下たちと一緒にまだ船にいるのだろう。船団が港に戻ってきてから、彼は毎晩遅くに帰宅しているようだ。

暖炉では薪がぱちぱちと音をたてて燃えているし、屋敷全体がいまだに極上の夕食の繊細な香りで満たされている。それでもむなしさを感じ、テオドラは身震いした。この屋敷で過ごす最後の夜になるのだ。コナーのそばにいられる最後の夜――彼のほうは知るよしもないけれど。コナーは夜が更けてから帰宅し、自分は朝早くにここを出ていく。そして二度と会うことはないだろう。

涙で目がかすんだ。凝った装飾の施されたクッションを取って胸に抱え、光沢のある生地に頬を寄せた。せめて別れを告げなければ。テオドラは大きなため息をつくと、袖椅子のなかで身を丸め、暖炉で燃える火を見つめた。

29

玄関のドアのかんぬきをかける音が、静まり返った屋敷のなかに大きく響いた。コナーはため息をもらすと、ドアに寄りかかって手袋をむしり取り、帽子と一緒にサイドテーブルに放り投げた。疲れていたが、胸の内は熱意にあふれていた。考えはまとまりつつある。結果がどうなるか心配ではあるが、首尾よくやり遂げられたらこの努力は報われるだろう。

時計の鐘の音が夜の十二時を告げた。テアは今頃、ぐっすり眠っているに違いない。

もう一度ため息をもらし、階段に向かった。階段の手前まで来たとき、居間から何やら物音が聞こえ、コナーは振り向いた。

ドアに近づき、居間に足を踏み入れる。椅子のなかで身を丸め、シルクの赤いクッションに頬をのせてテアが眠っていた。コナーは部屋を横切り、彼女のそばに行った。なんてみずみずしい女性なのだろう。テアは信頼しきった様子で椅子の肘掛けに手をのせていた。伏せられた長いまつげが、頬に三日月形の影を落としている。唇は開かれていた。

ああ、この唇が愛おしい。クリーム色の肌にふわりとかかる巻き毛も。それから——くそっ、彼女のすべてが愛しくてたまらない。

コナーがテアの頬にかかる髪を払いのけると、彼女が眉根を寄せた。眠っているときでさえ、人に頼りたくないというわけか。

　コナーは微笑むと、テアの膝の裏に腕を差し入れ、もう一方の腕を背中にまわした。彼が抱きあげたとたん、テアの足から室内履きが脱げて絨毯に落ちた。テアはしきりにまばたきをして目を開けると、はっと息をのみ、コナーの首に腕をまわしてきた。「コナー?」

「いつのまにか居間で眠ってしまったようだな。ベッドに寝かせてやろう」コナーはテアを抱きかかえて部屋を出た。「そういえば、室内履きを置いてきてしまったな」

「ええ。足先が冷たいわ」テアはそう言って、コナーの肩に頬をのせて目を閉じた。

「ベッドに入れば温まる」そしてわたしのベッドに行けばもっと熱くなるだろう。その考えを必死に抑えこみ、コナーはテアを抱いたまま階段をのぼりはじめた。「病人につきっきりで看病してるからだ」

「わたしよりもランスのほうが長くつき添っているわ。おかげでジェーンの体はかなり回復したの。今夜は一緒に夕食をとったのよ」

　コナーはゆっくりと階段を上がった。テアを腕に抱いていると、天にものぼる心地になった。「順調に回復しているみたいでよかったよ」

「ええ」テアがコナーの頬に手をあてた。

　コナーは立ちどまり、テアを見おろした。目をのぞきこむと、茶色の瞳の奥に欲望が宿っていた。すぐにそうとわかったのは、コナー自身も同じ状態に苦しんでいるからだ。こうしているあいだも、下腹部が痛いほど張りつめている。この手で触れ、深くつながりたくてたまらない――いや、だめだ。そんなことを考えてはいけない。

テアの寝室まで来ると、ドアを押し開けた。部屋は暗く、暖炉で揺らめく炎の光だけがほのかな光を放っている。一歩足を踏み入れたとたん、テアが小声で告げた。「ドアを閉めて」

コナーは立ちどまり、彼女を見おろした。「テア……本気か？」

テアがまっすぐに見つめ返してくる。「ええ」

コナーは胸が激しく高鳴った。腰でドアを閉めてから、テアをベッドへと運んでいった。彼女を離したくなくて、しばらくそのまま立っていた。腕のなかのテアはやけに温かく感じられ、魅惑的な曲線を描く体は柔らかかった。シルクのようにつややかな髪からユリとバラの香りが漂ってくる。コナーはテアを抱く腕に力をこめた。「きみを離したくない」

「だったら離さないで」テアが肩に頬をすり寄せてきた。「せめて今夜だけは」

コナーの心臓が早鐘を打った。テアが彼の胸から首、さらに顎へとゆっくり手をすべらせ、目を見つめながらささやいた。「わたしたちはお互いをよく知っているでしょう。だからこのまま……」指で唇をなぞられた瞬間、高まる欲望で体がうずきはじめた。「情熱に身を任せましょう」

これでようやく、テアをすっかり自分のものにできる。

コナーはあっというまにテアをベッドに寝かせると、彼女の着ているものをはぎ取り、自分の服も荒々しく脱いでいった。興奮に震える手で紐をほどき、ボタンを外す。放り投げた服が、船の舳先に上がる波しぶきのようにベッドのまわりに散っていく。

コナーは自分のブーツとブリーチズを脱いで床に放った。あとに残されたのは、テアのレースのシュミーズとストッキングだけになった。コナーはテアのかたわらに身を乗りだして肘をつくと、肌をあらわにした彼女の姿を惚れ惚れと眺めた。薄手のレース越しに透けて見える胸の頂、腿の合わせ目からのぞく魅惑的な茂み。

「ああ、とてもきれいだ」コナーはかすれた声で言うと、なだらかな曲線を描くウエストに触れてから下のほうに手をすべらせた。

テアがはっと息をのみ、身をこわばらせた。

コナーは微笑んだ。「落ち着いて」さらに身を乗りだし、テアの耳にささやいた。「まだ始まったばかりだ」シルクのシュミーズの上からテアの胸をそっと包み、親指で先端に触れた。とたんにテアが身をのけぞらせ、胸を突きだしてきた。またしてもコナーの心臓が早鐘を打った。テアが何を望んでいるかはわかっている。あとは自分が思うように悦びを与えればいい。二人が一つになれることを教え、テアが彼のものであると認めさせるのだ。

コナーが紐を引っ張ると肩からシュミーズがすべり落ち、クリーム色の胸のふくらみとくすんだピンク色の胸の頂、さらに魅惑的なウエストがあらわになった。だが、そこから先は柔らかなシルクの生地に隠れたままだった。「脱いでくれ。全部」

彼は、テアが身をくねらせて着ているものを脱ぐ姿に見惚れた。彼女は一瞬手を休めたあと、シルクのストッキングを片方ずつ順番に脱いでいった。クリーム色の肌が徐々にあらわになっていく。

「ああ、素晴らしい。凍てつく夜に食べる焼き立てのミートパイのようだ」

むさぼるような目でテアを見つめずにはいられなかった。きれいでなまめかしく、体の曲線が官能的だ。暖炉から放たれる光で肌が金色に輝き、茶色の瞳にも暖かな炎の光が映っている。まるで手招きしているかのように。

コナーは再びテアの胸を手で包み、今度は身をかがめて胸の頂を口に含んだ。彼が舌で転がしたり軽く噛んだりすると、テアが声をあげて身をよじった。コナーは続いてもう一方の胸のふくらみに唇を移し、湿った胸の先端にそっと息を吹きかけた。先端がさらに硬くなり、テアがコナーの肩をつかんで甘い声をもらす。

この甘い声がたまらなく好きだ。テアの喉の奥からもれ、濡れた唇からすべりでた声を、自分の唇でとらえるのが。この声をもっと聞いて、彼女をもっと感じたい。コナーはテアのウエストに触れると、熱い肌を指でなぞっていき、下腹部の柔らかな茂みを探りあてた。茂みの奥に手を差し入れ、秘めやかな部分にたどりついた。

唇を奪いながら秘所を探ると、テアが腕をまわしてきて、両脚を広げてコナーの体を引き寄せようとした。

コナーは彼女をすぐに奪いたい衝動を必死にこらえた。「そんなふうにされたら、たまらない気分になる」

テアがさらにきつくしがみつき、体を押しつけてきた。これから自分はあらゆるところを責め立て、彼女にはまったく想像もつかない方法で悦びを与えるのだ。見つめるだけで体をうずかせることもできるだろう。

コナーはわずかに体の位置を変え、テアの耳に口を寄せた。「きみが欲しくて、痛いほど張りつめているよ」

テアが片方の脚をコナーの腰に巻きつけ、さらに引き寄せた。腿の合わせ目が濡れ、息遣いが荒くなっている。

コナーの高ぶりの先端を押しあてられ、テオドラは体を震わせた。そして無意識のうちにマットレスにかかとをつけて腰を持ちあげ、彼を迎え入れる姿勢を取った。

コナーがゆっくりと分け入ってきて、息を吐きながら苦しげに目を閉じる。

テオドラは一瞬、鋭い痛みを感じた。ところが体が完全に満たされたように思えた次の瞬間、狂おしい欲望がこみあげてきた。

「これでどうだい？」コナーがうめくように言ってテオドラの首筋にキスをすると、ヒップに手をすべらせ、彼女の体を持ちあげて引き寄せた。

テオドラはのけぞり、大きな声をあげた。コナーが動きはじめたとたん、身を焼く快感が体じゅうを駆けめぐり、肌がぞくぞくした。

これほど甘美な感覚を味わうのは初めてだ。テオドラもコナーに合わせて動きながら彼の体を引き寄せ、たくましい肩と広い背中に必死でしがみつき、豊かな髪に指をからめた。奔放な悦びがしだいに大きくなり、腿の合わせ目のうずきが激しくなっていく。テオドラがさらに速く動くと、コナーも動きを合わせ、テオドラの名前を繰り返し呼びながら猛々しく激情をぶつけてきた。「わたしのものだ」彼はテオドラの体を満たしながら、荒い息で言った。

「わたしのものだ。すべて」

テオドラはコナーの腰に脚を巻きつけ、荒々しい欲望にとらわれて息をはずませながら、彼をさらに深く迎え入れた。その瞬間、息もつけないほどの快感が波のように押し寄せ、思わず喜悦の声をあげて身をそらした。「ああ、コナー！」

コナーがさらに腰を突きあげてきたので、テオドラは身をよじった。テオドラの情熱に欲望をかきたてられたのか、コナーもうめき声を発したかと思うと、テオドラの名前を叫び、猛り立ったものを引き抜いて自らを解き放った。

荒い息遣いのまま、コナーが手を合わせて指をからめてきた。汗ばんだ体を寄せ合い、二人ともしばらく放心状態になっていた。

やがてコナーがため息まじりの声でテオドラの名前をささやくと、横向きになって抱き寄せた。「忘れられない経験だったよ。二百歳まで生きたとしても、この瞬間をいつまでも忘れないだろう」

自分もそうだと、テオドラは胸の内でささやいた。彼女が身を寄せてコナーの胸に頬ずりすると、胸毛が肌に触れた。朝になったらここを出ていくけれど、せめて今夜の思い出を抱えて去ろう。

テオドラは喉が締めつけられて目を閉じた。コナーの腕に抱かれる感触を味わう。彼を残していくのだと思うと胸に寂しさがこみあげたが、懸命にこらえた。彼女はコナーにしがみつき、胸に顔をうずめた。どちらも無言のままでいるうち、しだいに呼吸が落ち着いてきた。

しばらくすると、暖炉で薪がぱちぱちとはぜる音しか聞こえなくなった。コナーは深い呼吸をしている。抱き合ったまま眠りに落ちたようだ。テオドラは朝が来るのを恐れながら、暖炉の炎を見つめた。

30

乱れたベッドの上に差しこむ暖かな光を素肌に感じ、コナーはゆっくりと目を覚ました。前夜の記憶が一瞬のうちによみがえり、微笑みながらテアを手探りする……だが、ひんやりとしたシーツしか手に触れなかった。

彼は目を開けた。かたわらの枕にはまだテアの頭の跡が残っている。枕を抱きあげ、体を起こして伸びをした。ああ、なんて熱い夜だったのだろう！　テアはベッドでも情熱的だろうと予想していたものの、まさかあれほど積極的だとは思わなかった。恐れを知らず、大胆で――彼のものだ。

コナーはにやりとした。雄叫びをあげたい気分だ。テアは笑うかもしれないが、しかたがない。何しろ、彼女はまさしく理想の女性なのだから。

手で顔をこすった瞬間、屋敷のなかが静かなことに気づいた。

異様なほどひっそりとしている。

いつもは目覚めると、メイドたちのおしゃべりや柔らかな笑い声や、ドアを開け閉めする音が聞こえてくる。最近そういう物音に慣れたせいで、今日はやけにしんと静まり返っているように感じた。

テアが出ていった。

その言葉が頭に浮かぶと同時に確信に変わった。コナーは胸に痛みを覚え、すばやくベッドから出た。

いや、出ていくはずがない。

あれほど熱い夜を過ごしたあとで。

昨夜は身も心も捧げると誓い、テアもそれを受け入れてくれた。それなのに出ていくはずが——。

胸が締めつけられるように痛む。コナーは愛を誓ったが、テアのほうは別れを告げていたのか？　テアがずっと言い続けていたように、やはり彼の妻になって孤独で寂しい人生を送ることはできないと伝えていたのだろうか？

コナーはテアが使っていた寝室を見まわした。テーブルには花を生けた花瓶が置かれ、朝日が差しこむようにカーテンが開けられている。床はぴかぴかに磨きあげられているし、暖炉では心地よく火が燃えている。埃一つない家具は、居心地のいいように配置を換えてあった。

ダンスキー・ハウスはもうただの屋敷ではなく、れっきとした家庭だ。少なくともそうだった——テアが去るまでは。

何もかもがうつろに感じられた。孤独感。喪失感。心臓はいつものように打っているのに、そのたびに痛みを感じ、考えるたびに頭のなかでこだました。

コナーはテアが作った家庭を見つめた。彼女がいないとむなしさしか感じなかった。そして、自分が失いそうになっているものの大切さに気づいた。もしテアが待ってくれていたら――いや、そんなのは彼女らしくないだろう？

コナーは目を細め、耳を澄ました。テアはランスとジェーンも一緒に連れていったのだろうか？　だとすれば、まだ見込みがあるかもしれない。

すべきことはわかっている。一か八かの賭けだし、結局、徒労に終わるかもしれない。しかし、どうしても試さなければならない。

コナーは枕を放りだして叫んだ。「スペンサー！」

床からブリーチズを拾いあげてはくと、もう一度叫んだ。ちょうどブーツを捜しはじめたとき、スペンサーがドアをノックした。

「入っていいぞ！　ファーガソンに伝えてくれ。最後の船の修理現場の監督を任せると」

「ですが、完璧に仕上がるように自分の目で確かめたいとおっしゃってたはずでは――」

「彼女が出ていったんだ」

「ああ、もうお気づきでしたか。早朝に、郷士とミス・シモンズと一緒にお発ちになりました」

「やっぱりそうか」

「追いかけるおつもりですか？」

「ああ、だがその前にしなければならないことがある。馬に鞍をつけておいてくれ。おまえの馬にも。十時になったら、ある人物が港にやってくる。会う約束になっているんだ」

「その人物がお嬢さんと何か関係があるんですか？」

「わたしの悩みを解決してくれるかもしれない」

「そのあとは？」

「そのあとは馬でテアを追いかける」

「でも、どうやって見つけだすんです？」

コナーは含み笑いを浮かべた。「なあ、スペンサー、テアのすることは読めないが、彼女の仲間はそうではないだろう？」

スペンサーが何かを察した様子でうなずいた。「つまり、まだ望みはあるってわけですね」

「望みは必ずある」そうでないと認めるくらいなら、死んだほうがましだ。「さあ、仕事にかかるぞ」

スタイスコーンの町を、荷物をいっぱい積んだ荷馬車や甲高い声で鳴くラバが耳障りな音をたてながら走り過ぎていく。夕方の空気に埃が舞い、石炭の煙と海の匂いに、焼き立てのパンの匂いがまじっていた。テオドラは宿の窓から、人々が急ぎ足で行き交う様子を眺めた。みながどこかへ向かっているようだった。そして誰かのもとへ。

目に涙がこみあげてきて、テオドラは小声で悪態をつくと、ハンカチを取りだして涙をぬぐい、鼻をかんだ。コナーのもとを去ってから十時間が経過していたが、せつなさは分刻みで増していた。いつかきっと、今日のことを懐かしく思いだす日が来るのだろう。そうであってほしかった。しかし今は心にぽっかり開いた穴を、この先ずっと抱えたまま生きていく気がしてならなかった。

部屋のドアが歯切れよくノックされ、ドアの隙間からアリスが巻き毛の頭をのぞかせた。

「そろそろ目が覚める頃かと思ったんです」アリスがトレイを持って部屋に入ってくる。

「お茶を頼んだ覚えはないわ」

「ええ。でも、お飲みになったほうがいいですよ」

泣き腫らした赤い目をしていないことを願いながら、テオドラはやっとのことで口を開いた。「すっかり侍女らしくなったわね」

アリスが顔を輝かせた。「あたしにできることは任せてください」部屋の隅にあるテーブルにトレイを置くと、暖炉に近いほうの椅子をぽんと叩いた。「ここでお茶を飲んでてください。そのあいだに、夕食に着ていくドレスを出します。ここはきちんとした宿ですから、夕食の席にはドレスを着なければいけないそうです」

「そうなの？　そんな気分ではないのに」テオドラは椅子に身を沈め、熱い紅茶の入ったカップを持ちあげて、てのひらで包みこんだ。「ランスがこんなに素晴らしい宿を知っているなんて意外だったわ」

「マクリーシュの旅程表に載っていた宿ですよ」

「まあ、ランスはまだ持っているの？」

「そうなんです」アリスがトランクを開け、シルクの青いドレスと繊細なクリーム色のドレスを取りだした。「どっちがいいですか？　お嬢さま」

「青のドレスにするわ」

アリスはクリーム色のドレスをそっともとに戻し、物問いたげにテオドラを見あげた。

テオドラはカップを置いた。「なんなの、アリス。言いたいことがあるなら、はっきり言って。ぶちまけたくてたまらないって顔に書いてあるわ」

アリスがほっとした表情を浮かべ、ベッドにドレスを放りだした。

「わかりました。じゃあ、言わせてもらいます。でもその前に、お茶にウイスキーを垂らしたほうがいいかもしれません」

「お茶だけでかまわないわ。ありがとう」

アリスが大きく息を吐きだすと、黄色っぽい巻き毛がふわりと揺れた。「郷士とミス・ジェーンのことです。あの二人は――」

「愛し合っているのよ。知っているわ。数日前から」

アリスがベッドの支柱にぐったりともたれかかった。「まあ、知ってらしたんですか！」

「ええ、もちろんよ。だってほら、誰の目にも明らかでしょう？」

「どうしてお嬢さまは気づかないんだろうと思ってたんです。きっと、知りたくないからだって……」アリスが探るような目つきで見つめてきた。「お嬢さまはそれでいいんですか？」

「ええ、全然かまわないわ。ずいぶん前に、ランスとわたしはどうもしっくりいかないという結論に達したの」

「それじゃあ、お嬢さまは誰とならしっくりいくんです？」

テオドラは笑った。「それは質問なの？　まるで誰か心あたりがあるみたいな……そうね、でも、うまくいかなかったの」

「心あたりは大ありです。お嬢さまの目つきを見ていればわかりますよ」

テオドラは顔がかっと熱くなった。「さっきも言ったとおり、うまくいかなかったのよ」

「そのうち、状況が変わるかもしれません」

「ありそうもないことよ。その話はもうしたくないわ」

「わかりました、お嬢さま。だけど――」

「だめよ！　もうおしまいと言ったでしょう！」

「わかりました」アリスが口を尖らせながら、カーテンの位置を直そうとしてふと手を止めた。宿の前庭が妙に騒がしくなった。

「なんなの？」

アリスが庭の様子をうかがう。「別に何もありませんよ。馬が一頭いて、それから……」

アリスがぴたりと動きを止めた。

テオドラは紅茶を一口飲んだ。「それから何？」

「あれは郵便馬車か何かです。なんでもありません。どうせ酔っ払いか、猿か何かでしょう」

「猿ですって？　まあ、ちょっと見てみたい――」

アリスがカーテンを勢いよく閉め、つかつかと部屋を横切ってきた。「だめです。もういなくなりました」

「もう？」

「ええ」アリスがテオドラの肘をつかみ、反対の手でティーカップを取りあげた。「まあ、もうこんな時間です！　夕食のために着替えないと」

「夕食はまだ何時間も先よ」

「いいえ、郷士さまからお聞きになってないんですか？　夕食の時間が早まったんですよ」

「いいえ、聞いていないわ」

「まったく、男の人には困ったもんです。細かいところまで気がまわりませんからね」アリスは夕食のために用意したドレスを手に取って衣装だんすに放りこみ、あたふたと別のドレスを選びだした。しばらく悩んだ末に緑色のシルクの夜会服を取りだし、ベッドに置いた。

「アリス、そのドレスは着られないわ。夕食で着るにはあまりにも仰々しいし、胸元が大きく開いているもの。気取っているみたいで恥ずかしいわ」

「このドレスをお召しになってください」

「いやよ。ねえ、アリス、いったいどうしたの？　酔っ払っているの？」

「ええ、そのとおりです。だいぶ酔いがまわってるんです。とにかく急がないといけません、お嬢さま！　ぐずぐずしてると、郷士さまをお待たせすることになりますよ。それでもいいんですか？」

テオドラは言い返そうとしたが、小生意気なアリスが屁理屈をこねるのは目に見えている。侍女はぺらぺらしゃべりながら電光石火の早さで仕事をこなし、テオドラはそれ以上質問することができなかった。

そういうわけで、テオドラは気がつくと、いちばん上等な緑色の夜会服を身にまとっていた。髪もピンで留められ、やけに華やかにまとめられていた。そしてなかば押しこまれるようにして応接間に足を踏み入れると、驚いたことに自分だけしかいなかった。「アリス、ランスはどこなの？」

「遅れてらっしゃるようですね。郷士さまもミス・ジェーンも。迎えに行ってきます」

「でも――」手遅れだった。アリスの姿はすでに消えていた。テオドラは困惑して、開け放たれたままのドアを見つめた。やはり家に帰ったら、アリスの頭がどうかしていないかどうか、医師に診てもらったほうがいいだろう。

そのとき、中庭のほうで物音がした。テオドラは窓辺に寄って外をのぞいた。アリスが話していた猿だろうか？　きっとそうに違いない——。

「きみか？」

心地よいスコットランド訛りがさざ波のように押し寄せ、テオドラは胸が高鳴りはじめた。喉の奥から心臓がせりあがってくる感じがして、テオドラはゆっくりと振り向いた。

目の前にコナーがいた。相変わらずハンサムで魅惑的だ。だが今日は、いかにも虚勢を張っているような上着も剣も身につけておらず、落ち着いた濃紺の上着に、サファイアの飾りピンのついた真っ白なクラヴァットを合わせている。

自分だけが着飾っているわけでないことに気づき、テオドラは動揺した。「わたしは……あなたはここで何をしているの？」

コナーの視線がテオドラの口元からシルクのドレスの深く開いた胸元へと下りてくる。

その瞬間、アリスの挙動がおかしかった理由がはっきりとわかった。まったく、アリスったら！　コナーの気を引くために彼女をクリスマスのガチョウのように着飾らせたのだ。こんなことをしても無駄なのに！

アリスにはあとでうんと小言を言ってやらないと。でも今、対処しなければならないのは、大きく開いたドレスの胸元にコナーが必要以上に熱い視線を送ってくるせいで、自分が一糸まとわぬ姿になった気分にさせられていることだ。テオドラは腕を交差させて胸元を隠したい衝動を必死にこらえ、できるだけ落ち着いた声で言った。「なぜここにいるの？　もうお別れしたはずよ」

「わたしのほうは別れた覚えはない」コナーは抑揚のない口調で言ったが、淡い青の目には傷ついた表情が浮かんでいた。

一瞬、彼の目に苦悩がよぎったことに気づき、テオドラははっとした。悪気はなかったけれど、あんなふうに出ていったせいでコナーを傷つけてしまったのだろうか？　だとしたら、今度こそきちんと別れを告げなければならない。

コナーが息をついた。「とりあえず一杯やろう」部屋を見まわし、ドアのそばの戸棚にデカンタとグラスが置いてあるのを見つけて安堵の表情を浮かべた。二人分のグラスにウイスキーを注いで運んでくると、グラスを掲げた。「二人に乾杯」

テオドラもグラスを持ちあげかけたが、すぐに下ろした。「コナー、わたしたちはもう終わったのよ。うまくいきっこないもの」

コナーが温かいまなざしを向けてくる。「いや、うまくいく」

「無理よ」

「いや、必ずうまくいく。だがその前に、まずきみに謝らなければならない。わたしが何もかも間違っていた。とんでもない思い違いをしていたよ」

テオドラは話をさえぎろうと口を開いたが、思い直してまた閉じた。彼はなぜ謝っているのだろう？

コナーが長椅子を身振りで示した。「座ってくれ。手間は取らせない」

テオドラはグラスを置いた。「そんなことをしても、事態がさらにこじれるだけで――」

「頼む、テア」

懇願するような目で見られ、いやとは言えなかった。「わかったわ」彼女は長椅子に浅く腰かけ、膝の上のスカートのしわを伸ばした。

ほんの一瞬、コナーの視線が熱っぽさを帯び、テオドラは息をのんだ。当然、話を始めるものと思っていた。そうでなければキスをされるかもしれないと。ところがコナーはテオドラにまたグラスを手渡し、向かいの椅子に腰を下ろした。

テオドラは両手でグラスを包みこんだ。「わたしたちがここにいることがどうしてわかったの？　行き先は伝えていないはず……ああ、マクリーシュの旅程表どおりだったわね」

「ああ。もっと早くここに来たかったんだが、いくつか売らなければならないものがあったんだ」

「売るって？」テオドラは怪訝な顔でコナーを見つめた。

「四隻の船だ」

テオドラは目をしばたたいた。「あの船団を売ったの？」

「ああ、すべて売り払った。それと引き換えに、商船を一隻、手に入れた。最高に素晴らしい大型船だ。そのことをきみに伝えに来たんだ。なあ、テア、何もかもきみの望みどおりにすることはさすがにできない。だから、きみのほうも歩み寄ってくれないか。わたしは私掠船の権利を手放し、代わりに商船の権利を手に入れる」コナーが顎を引きしめた。「かなりの出費になるが、すぐにもとを取れるだろうし、そのうち利益も出せるはずだ」

「さっぱりわからないわ。あなたは……わたしのためではないわよね？」

「いや、きみのためだ……もちろん、自分のためでもある。二人とも満足できるようにしたいんだ。わたしの言う満足とは、これから一生をともに過ごし、家族を作って幸せになることだ。きみがいないと幸せになれないことに気づいたんだよ」

「コナー、そんなこと……」テオドラは手が震えだし、ウイスキーの入ったグラスを置いた。「どういうことかわからないわ。商船の船長だって、いつも家を空けることには変わりないでしょう？」

コナーの目がきらりと光った。「きみは勘違いしているな。わたしたちは一年の半分を海で一緒に過ごすんだよ」

テオドラは目をしばたたいた。「わ、わ、わたしたち？」

「そうだ。今日手に入れたのは、新型の商船だ。〈ソリューション号〉という大型船で、船長室は広々した続き部屋になっている。きみが思い描くとおりの調度品と衣装とメイドを用意しよう」

「わかったわ。一年の半分を一緒に海で過ごすというわけね。じゃあ、それ以外は？」

テアが目をのぞきこんできた。コナーは彼女を引き寄せて膝にのせ、激しく唇を奪いたい衝動を必死に抑えた。「一年の残りの半分は、ダンスキー・ハウスで暮らす。きちんと手入れして、家庭を築くんだ。引退した船乗りには農場で働いてもらおう。航海を終えた連中には住む場所が必要だからな」

「今まで……考えたこともなかったわ。あなたと一緒に海に出るなんて」

「わたしもだよ。きみを私掠船に乗せるのは危険すぎる。だが、商船なら話は別だ」コナーは身を乗りだすと、真剣な口調で言った。「これならうまくいくはずだ、テア。きみが快適な生活を送るためなら金に糸目はつけない」

テアが自分の手を見つめた。膝の上に置かれた両手はきつく握りしめられている。

表情豊かな彼女の顔にはさまざまな感情がよぎっていた。コナーはこの部屋に入った瞬間、テアの美しさに心臓を殴られたような衝撃を受けた。彼女が目のやり場に困るようなドレスを身にまとっていたからだ――緑色のシルクの生地が体にぴったりと張りつき、深くくれた襟ぐりから胸がこぼれそうになっていた。またしてもテアが欲しくてたまらなくなったが、一歩間違えば彼女を失うことになりかねない。これが最後のチャンスだということは、激しく打つ心臓と同じくらいはっきりと自覚していた。

コナーはテアの繊細な顔の輪郭から喉元へと視線を這わせた。とんでもなく美しい。彼女がいなければ息もできないほど、愛しくてたまらない。

テアも見つめ返してきたが、目に浮かんでいる表情は計り知れなかった。「わたしたちは一年じゅう一緒に過ごせるのね」

「ああ、毎日だ。きみがわたしにうんざりしなければいいが」

彼女の口元にかすかに笑みが浮かんだ。「もし家族ができたら――」

「家族ができたときのことも考えてみたよ。きみが身ごもって航海に出られなくなってから、子どもが船に乗れるくらいになるまでは、航海を任せられる船長を雇って、わたしが海に出るのはせいぜいドーヴァー海峡を渡ってカレーに行くくらいの短い航海だけにすればいい。それでも足元に海のうねりを感じたいという欲望は満たされるだろうし、どのみちすぐに陸地に帰りたくなるはずだ……きみと一緒に築いたわが家に」

テアは震える声で笑った。「よく考え抜かれているのね」

「わたしにはきみしかいないんだ。きみのいない人生なんて人生とは呼べない」

彼女は目に涙をためて立ちあがった。

コナーが息を詰めていると、テアが目の前にやってきた。そして欲望に身を震わせながら、ささやくように言った。「了解、船長」

「何を了解したんだ？」

笑いのにじむ声で、テアが言った。「あなたの賭けにのるわ」

驚きのあまり、コナーはテアを見あげるのがやっとだったが、やがて立ちあがって彼女を抱き寄せた。キスで唇をふさぎ、テアの足が床から浮きあがるほどきつく抱きしめる。

テオドラの目に熱い涙がこみあげた。コナーの腕のなかでとろけそうになりながら、情熱的なキスを返し、思いきりしがみつく。どんなにぴったり体を押しつけようと、どんなに彼の香りに包まれようと、どんなに彼のぬくもりを感じようと、まだ足りない。コナーに関しては〝足りる〟ということがなかった。

今まで一度も。

身動きもできないほどきつく抱きしめられていると、コナーの鼓動を感じた。テオドラも強く彼を抱きしめると、自分の胸も激しく高鳴り、必死に嬉し涙をこらえた。

永遠と思えるほど長い時間が経ったあと、コナーがため息をついてテオドラを床に下ろし、口元をゆがめてにやりとした。「わたしは幸せ者だよ、テア」

「しかも資産家になるのね。これで財産が手に入るわけでしょう」

コナーがテオドラを抱く腕に力をこめる。「相続財産はキャンベル家にくれてやればいい。わたしが欲しいのはきみだけだ。今もこれからも永遠に」自分の額をテオドラの額と合わせてささやいた。「きみがいてくれないと、わたしは船乗りのいない船のようなものだ。風のない航海だ。心を持たない人間になってしまうんだ。きみを愛している、テア」

テオドラは彼の頬に手をあてた。「わたしも愛しているわ、コナー」

するとと驚いたことに、コナーが目の前で片方の膝をついた。「テア、愛しい人よ、わたしと結婚して、一緒に航海に出てくれるかい？　東洋には香辛料が、アメリカ大陸には綿花と毛皮が、アフリカにはダイヤモンドと高価な木材がある。きみが決めた場所なら、どこへでも連れていこう」

テオドラは声をたてて笑い、コナーの手を引っ張って立たせた。「そんなふうに言われたら断れないわね」

「ああ、断る理由なんかないだろう。航海を終えたら、ダンスキー・ハウスに帰ってくるんだ。あの屋敷で子どもたちが遊びまわり、いつか孫たちも訪ねてくるようになる。年を取って海に出られなくなったら、あの屋敷で一緒に年を重ねていこう」コナーが両手でテオドラの顔を包みこんだ。「陸にいようと海にいようと、いつもきみのそばにいる。それこそが大冒険だ」

テオドラの全身を歓喜が駆けめぐり、彼女はコナーの首に腕をまわした。「いいわ、コナー。百万回だって言うわ。答えはイエスよ！」

エピローグ

帆に風をはらませ、〈ソリューション号〉が波の上で揺れている。コナーは海図を丸めてからスペンサーに手渡した。「これをわたしの船室に戻しておいてくれ」

「了解、船長」

うかつにも大ざっぱにロープを巻こうとした船乗りを監督していたファーガソンが顔を上げた。「次の行き先はフランスですね？　船長」

「ああ。フランスでは樽入りのワインを積みこんで、シルクの刺繍生地をある邸宅に届ける。彼らはベルギーの最高級品でも満足できないらしいんだ」

「そのあとはどうするんですか？」

「そのあとはスペインでオリーブオイルとマデイラ酒を積みこんで、ロンドンへ運ぶ」コナーはベルトの下にはさんである積み荷目録をぽんと叩いた。「今回の航海ではかなりの利益を出せそうだ。大儲けといってもいいほどだよ」姉のアンナが生きていたら、誇りに思ってくれただろう。コナーは空を見あげて笑いかけた。帆の隙間から太陽の光が差しこみ、躍る波がきらめいている。いつものことながら、姉の言うとおりだった。姉が満面に笑みを浮かべているように思えてならなかった。

ファーガソンが色あせたシルクのベストのポケットに親指を引っかけた。「一年前に、わわれわれは商船に乗って商人としてまっとうに金儲けをするようになると言われたら、船長のことを嘘つき呼ばわりしてたでしょうね！」

「懐が暖かくなるのはまんざらでもなさそうだな」コナーは言った。

「金はあって困るもんじゃありませんから」ファーガソンがうなずく。

部下たちが新たな冒険を楽しんでいる様子を眺めるのは愉快だった。この生活を始めてもうすぐ一年になるが、コナーは最高に幸せだった。暖かい時季にはテアと一緒に航海に出て、冬のあいだはイングランド沿岸だけを行き来した。今ではダンスキー・ハウスは温かく迎えてくれるわが家となっていた。

青いものがちらりと視界の隅をかすめた。振り向くと、テアが甲板に出てきていた。青いドレスが風になびいている。彼女は客人の男性たちと話していた。ほかの女性客たちは風で髪が乱れるのをいやがって、甲板に出ようとしないからだ。

しかし、テアは髪の乱れなどまったく気にしていないようだ。船の揺れに身を任せ、しっかりとした足取りでコナーのほうに向かってくる。髪を風になびかせて。ああ、やはりテアが愛しくてたまらない。

そして、彼もテアに愛されている。

コナーはにっこりすると、肩越しに振り返った。「ファーガソン、舵取りを頼んだぞ」

「了解、船長」

コナーは手すりを飛び越えると、テアのすぐそばの甲板に下り立った。

テアが笑い声をあげる。コナーは帽子を軽く持ちあげ、感嘆の目で見ている紳士たちに挨拶すると、彼女の腕を取って甲板を歩きだした。

「どこへ行くの？」テアが問いかけてくる。

コナーはにやりとした。「わたしたちの船室だ。生真面目な商人の心が最愛の妻の抱擁を求めている」

人目のない狭い廊下に入ると、テアがもたれかかってきて、コナーの目を見つめて微笑んだ。「お言葉を返すようだけど、〝生真面目〟という言葉だけは、あなたにはまったくあてはまらないわ」そう言いながら、コナーの腰に手をすべらせ、さらにその手を――。

コナーの体がすぐさま反応を示し、彼は笑いながらテアの手をつかんだ。コナーは今まで以上に彼女を深く愛するようになっていた。テアと一緒に航海をし、ダンスキー・ハウスの図書室のどこに彼女の書棚を置くかで言い合いをし、毎日、互いの腕のなかで目覚めるようになってからはなおさら。

二人の新しい人生はまだ始まったばかりで、毎日が冒険の連続だ。コナーは以前の生活に戻りたいとはまったく思わなかった。でも、もしこの生活を……。テアを腕に抱き寄せ、唇を重ねた。この生活を手放さなければならなくなったら、苦しくてたまらないだろう。

長いキスのあと、テアが顔を火照らせ、息をはずませながら唇を離した。コナーの手をつかみ、船室へと急き立てる。「いろいろと相談したいことがあるのよ、船長」いたずらっぽく目を光らせ、肩越しに言った。「二人きりで話したほうがいいと思うの」

テアの先に立って歩きながら、コナーはにっこりした。

コナーはついに〝わが家〟という言葉の美しさを理解した。

どこであろうと、テアがいるところがわが家なのだ。そして、彼女はどんなときもコナーの心のなかにいる。

本作は、時代的背景から、現在では差別用語とも受け取れる言葉を
そのまま使用しております。ご了承ください。

訳者あとがき

ニューヨークタイムズやUSAトゥデイ紙も認めるベストセラー作家で、ここ日本でも『わたしを愛した王子』（マグノリアロマンス刊）を始め、すでに何作も邦訳が紹介されているカレン・ホーキンスによる新シリーズ『Made to Marry』第一作の登場です。

スコットランドの名家であるダグラス家の三兄弟はアラン島に集まり、姉アンナの死を悼んでいました。十八年前に両親を馬車の事故で亡くしてからは親代わりとなって兄弟の面倒を見てくれたアンナが、息子の出産と引き換えに命を落としてしまったのです。悲しみに暮れる三人に義理の兄であるラクラン・ハミルトン公爵が告げた、アンナの遺言にのっとった驚きの条件、それは――〝四カ月以内に三人とも結婚すること。さもなければ相続財産はキャンベル家に譲る〟というものでした。

今は独立して私掠船の船長として成功しているコナーは、財産などもらわなくても何不自由なく暮らしていけるのですが、譲る相手がキャンベル家となれば話は別。憎き宿敵にダグラス家の財産を渡すわけにはいきません。放蕩者として悪名高い三兄弟の行く末を心配し、家庭に身を落ち着けて平穏な生き方をしてほしいと望んだ姉の願いにも胸を打たれ、コナーはジャックやデクランともども、遺言どおり結婚しようと決意します。

コナーには妻として迎えるのにうってつけの相手がいました。親友デリックの妹、テオドラです。彼女なら家柄も容姿もよく、大使の娘として異国を転々と移り住んできたので、旅にも、一人で時間を過ごすことにも慣れており、結婚後も特に干渉などせずに自由にさせてくれるはず。そう考えたコナーは、最後の独身生活を五週間たっぷり楽しんでから、テオドラの家へ求婚に向かいます。ところが、ときすでに遅し。実はテオドラはずっとコナーに思いを寄せていたのですが、親友の妹としてしか見てもらえないと悟って彼のことをあきらめ、わずか数時間前に地元の郷士ランスと駆け落ちしてしまったのです……。

コナーはテオドラを追いかけますが、心と心がすれ違い、そこにランスやテオドラのシャペロン（本来は若い未婚女性が社交界デビューする際につき添う年上の女性のこと）も加わって、旅は複雑な人間模様を描いていくことになります。

本書でコナーの求婚の行方を見守っていただいたあとは、ジャックやデクランの妻探しの首尾も気になるところ。シリーズの続編が楽しみです。

海賊に心とらわれて

2018年05月16日　初版発行

著　者　カレン・ホーキンス
訳　者　桐谷真生
発行人　長嶋うつぎ
発　行　株式会社オークラ出版
〒153-0051　東京都目黒区上目黒1-18-6　NMビル
営　業　TEL:03-3792-2411　FAX:03-3793-7048
編　集　TEL:03-3793-8012　FAX:03-5722-7626
郵便振替　00170-7-581612(加入者名:オークランド)
印　刷　中央精版印刷株式会社

定価はカバーに表示してあります。
乱丁・落丁はお取り替えいたします。当社営業部までお送りください。

ISBN978-4-7755-2768-9